——想象，比知识更重要

幻象文库

伊恩·M.班克斯“文明”十部曲

IAIN M.BANKS

异

EXCESSION

象

[英] 伊恩 · M.班克斯——著

赵阳——译

NEWSTAR PRESS

新星出版社

献给米歇尔

伊恩·M.班克斯的“文明”世界

“文明”是苏格兰作家伊恩·M.班克斯虚构的一个社会体系，一个奉行无政府主义的星际乌托邦。班克斯创作了一系列以“文明”世界为背景的长短篇小说作品，总称为“文明”系列，其中不乏广受好评的科幻文学经典之作。

班克斯是一位思维缜密、创造力惊人的作家。他的观点头绪繁多，并非一目了然。“文明”这个虚构世界的设置，隐含着不少经过他仔细权衡之后得出的结论。这里对“文明”世界进行一番粗略的介绍，可能会对你阅读本书有所帮助。

银河系与“文明”世界

银河系是“文明”世界的背景和所有故事上演的舞台。在小说对应的年代，整个银河系有几十个重要的星际社会体系，“文明”是其中最强大的社会体系之一，也是积极参与银河系事务的一股势力。

“文明”世界在物质上极为富足，并且掌握了高超的科学技术，所有人无须占有财产，就可以轻松满足一切需求。几乎所有的物质困扰都已经被克服，包括疾病和死亡。这个社会的所有成员几乎是完全平等的，社会结构非常稳定，不需要使用任何暴力和强制手段来维持秩序。

除了“文明”，银河系中还有几万个掌握了宇航技术的小股势力。此外还有无数社会体系与世隔绝，他们或是尚未进入太空时代，或是已经摒弃了星际旅行，追求反省与孤独。“文明”系列小说通常以生活在边缘地带的人物为主角，比如外交官、间谍、雇佣兵等。作者借这些角色的眼睛，向读者描绘不同地区千姿百态的自然社会风貌，展现出惊人的想象力。

在小说体系里，“文明”与地球上的人类社会共存。现有小说的情节，发生在人类公元1300—2970年；地球初次与“文明”接触的时间是公元2100年；早在20世纪70年代，“文明”的使者就曾经暗中到访地球。“文明”世界的创立，是几个由人类和智能机器组成的社会发展到一定程度之后的结果。在《游戏玩家》一书中提到，“文明”世界涉足太空已经有一万一千余年。

人类居民

“文明”世界有两类居民：一类是人类和其他生物体，另一类是智能机器。

有人觉得“文明”世界的人类居民简直就像机器豢养的宠物。在一个科技万能的世界里，他们做不出什么有益的贡献。小说的人物有时也会质疑“文明”世界的民主程度，怀疑机器在暗中操控整个社会。事实上，小说里的确很少出现“文明”的人类成员做出重大决策的情节。

在“文明”世界里，很多居民都具备接近人类的生物特性。对这种情况，作者并没有做出明确的解释，而只是给出了一些近似于调侃的回答。但是，小说中的银河系里也有很多非人类的生物体。

“文明”世界掌握了改善人体构造的技术。大部分人类成员都会选择对身体进行改造，比如变换性别、增强性欲、消除疼痛、改变年龄、控制心跳和意识，还可以不经锻炼就加强骨骼和肌肉。进行什么样的改造取决于个人喜好。如果愿意，也可以在身体里加装武器系统。大多数“文明”社会的居民都会给自己植入药物腺体，通过神经系统控制这些腺体，产生服药、饮酒、做梦等感觉。腺体分泌的药物没有副作用，也不会成瘾。因为大多数“文明”居民可以长期保持健康，有人甚至选择偶尔生病，来满足自虐的怪癖，这种癖好在有些场合甚至很流行。

智能机器

除了人类及其他生物之外，智能机器也是“文明”世界的平等居民。超过一定智能水平的机器，就被看作地位完全平等的个体。这些机器可以粗略划分为嗡嗡机和主脑两种类型。

不同型号的嗡嗡机智能水平和社会地位各有不同：有些功能强大，地位与人类居民相当；有些只承担简单工作，智能相对有限；承担基础服务工作的原始嗡嗡机，被视为智能机器的原型，没有自我意识，也没有公民资格。

嗡嗡机往往都有鲜明的个性。嗡嗡机中的平民，智能与人类相当。而特工机构定做的嗡嗡机，智能高出常人数倍，感应能力上佳，战斗装备的威力也非常惊人。它们的武器主要是力场和效应器，有时也配备激光和刀锋飞弹。

外形方面，嗡嗡机是形态各异的悬浮物体，身体周围还有可见的光晕，用来表达情绪。不同颜色和图案的光晕可以表达不同的信号，内容丰富，人类居民也能看懂这些信号。

主脑是最强大的智能机器，其智能大大高于“文明”世界的其他生物和居民，它们的处理能力惊人，可以同时进行数以百万计的会话。主脑是大型设备（飞船和太空居住地）的控制系统，在社会体系中占据重要地位，承担着为所有人谋福利的职责。作者认为只有让公权力完全处于人类控制之外，才有可能绝对避免腐败，因此主脑是绝对自由的无政府社会能够存在的前提。

主脑个性鲜明，有时候带点儿怪癖，但永远亲切友好。它们把居民或者船员视作有趣的同伴，并通过各种遥控设备与人类交流。主脑的化身可以是嗡嗡机、人形替身甚至毛绒玩具。

是否承认智能机器的公民权，是小说中一些战争的缘起。“文明”世界对智能机器非常尊重，很多简单重复的工作，都交给特制的非智能机器去完成，以避免智能机器有被盘剥、被奴役的感觉。

社会体系

在“文明”世界里，智能机器、人类和其他生物体完全平等共存。这是一个享乐至上的社会。人类和智能机器也有自己的工作，但主要是为了“好玩”，而不是“有用”。他们只需要做自己感兴趣的事情，每个个体都可以按照自己的智能水平和喜好来选择工作。“文明”世界没有货币体系，他们认为“货币的存在，就是贫困的象征”。

“文明”世界没有法律，社会规范约定俗成。居民看重自己的声誉，讲究礼貌，行为不当的人会受到嘲讽。唯一严格的禁令，似乎是不得杀害或胁迫其他有意识的存在，不管是智能机器还是生物体。“文明”世界也的确存在“激情犯罪”，嗡嗡机会形影不离地看守着这些罪犯，以免他们造成更多危害。

未经允许窥探他人思想是“文明”世界的大忌，尽管他们完全掌握了此类技术。小说中提到，如果“文明”世界有一天需要制定法律，也许第一条就是禁止窥探他人思想。这让居民的隐私权有了一定的保障，尽管整体而言，“文明”世界是一个无须保守秘密的社会。

语言

玛瑞语是“文明”世界的通用语，这套语言系统由早期主脑创建。人们相信，语言具有塑造现实世界的力量，玛瑞语既可以用常规方式书写，也可以用二进制数据表达，形式上也富有美学价值。玛瑞语中的符号，可以用 3 乘 3 格的二进制信号表示，相当于 9 位的二进制数据。这种语言里没有表示财产、所有权、等级体系和权势等概念的词汇，因为“文明”世界努力避免受到这些概念的负面影响。

姓名

一些人类和嗡嗡机有冗长的名字，可以包含 7 个或者更多的单词。这些词有的代表出生地或者制造厂，有的代表职业，有的可能代表了哲学观念和政治立场。以戴吉特 · 萨玛为例，她的全名是拉斯德 – 康杜雷萨 · 戴吉特 · 埃姆布雷希 · 萨玛 · 达 · 玛林海尔德。

“拉斯德 – 康杜雷萨”是她出生的行星系统，按这套命名规则，地球人姓名的开头应该是“索尔 – 特拉萨”（即“太阳 – 地球人”）。

“戴吉特”是名，通常由父母尤其是母亲决定。

“埃姆布雷希”是她自己选择的名字，大部分“文明”世界的居民成年时给自己取一个名字，称为“具名”，表示名字最终完整了，也有人不给自己取名。

“萨玛”是姓，通常随母姓。

“达 · 玛林海尔德”是她成长的地方，这里的“达”相当于德国人名字里的“冯”，表示来自哪里。

按照这种格式，伊恩 · M . 班克斯给自己取了一个名字：索尔 – 特拉萨 · 伊恩 · 厄尔班考 · 班克斯 · 达 · 昆斯弗雷。

飞船的主脑为自己命名，这些名字往往是异想天开又荒唐可笑的（例如，先读说明书、老友莫重逢）。“文明”世界的战舰经常设计得十分丑陋，名字也不好听（例如，暴徒、行刑官、神经虐待者），据说是因为大家爱好和平，不想跟暴力扯上任何关系。

死亡

“文明”世界的人类居民大多淡然面对死亡，基因技术和主脑对日常生活的操控，使人类居民非自然死亡的可能性下降到接近于零。居民的平均寿命在350年至400年，但也可以进一步延长。人类居民也可以轻松制作自己身体的备份，就算是死了，也能复活。居民可以自由选择复活的形式，可以复活成生物体，也可以变成智能机器，甚至变成虚拟空间里的存在。在“文明”世界，死亡被看作生命的一部分，刻意避免死亡是一种缺少风度的行为。有了死亡，生命才完整。

在“文明”世界的技术支持下，嗡嗡机和主脑的寿命没有上限。所有的主脑都有自己的备份，因为它们承担的职责十分复杂和重要。

空间科技

“文明”世界和其他一些先进的文化系统，都掌握了反重力技术和力场技术。

他们可以远程控制力场进行推、拉、切割等精准操作，也可以制造防卫力场。但是这种能力在作用距离和强度方面有一定的局限性。尽管他们可以制造绵延数千米的力场，但是人还是要靠近事态发展现场，才能有所作为。

在主脑的控制下，力场可以远距离发挥特定作用，几光年以外的飞船也可以侵入某星球的电脑系统，调取、修改资料。

“文明”世界还拥有利用时空隧道瞬间转移生物体和非生物体的能力，体积越小，转移的空间越大。瞬间转移也是一种军事技术，比如说，炸弹可以瞬移到敌方区域引爆。

生存空间

“文明”世界几乎没有居民在行星上生活，因为“文明”世界不愿征服或者向现有行星移民。由于掌握了先进的技术，他们没有生存空间的压力。

大部分“文明”世界的居民生活在被称为“星陆”的类行星轨道平台上，这是一种巨大的人造环形世界，可以容纳数以十亿计的人口。星陆通常是利用小行星、陨石和太空垃圾等不利于宇宙飞行的散碎材料做成的圆环状平台。星陆也有自己的主脑，类似于飞船，只不过功能更为强大。

除了星陆之外，飞船（包括星舰在内）就是“文明”居民的主要生活空间，也是与外星球进行接触的使者。一艘完整的“文明”飞船，长度在数百米到数万米之间，内部可能居住数以十亿计的生命，是一个完整的人工生态系统。

存在于巨大飞船和人工居住地中的“文明”世界，没有征服其他地域的需求，也就没有真正意义上的疆域。

对外政策

尽管“文明”世界的生活无忧无虑，很多成员却并不甘心无所事事，他们主动承担起一些“慈善工作”，或公开或秘密地参与到其他社会体系的发展中，帮助他们不致走上灾难性的错误发展道路。在“文明”世界看来，这是他们的道德义务。

“文明”世界的星际事务部就负责处理此类事务，采用外交或其他手段达到目的。星际事务部下面又设有一个特情局，这是一个特工组织，行动更为隐秘。因为“文明”世界对其他星球的干涉常常会引发反感，所以要谨慎处理。

“文明”世界常常被看作对20世纪至21世纪西方文明的影射，尤其是对相对落后地区的态度方面。“文明”世界的外交政策立场，接近于现代国际政治舞台上的新保守主义。

争议

“文明”特情局会驱使雇佣兵承担肮脏的任务，自己却置身事外假作清高，甚至以发动战争为威胁达到政治目的，这种做法即便是拿现实世界中西方社会的行为标准来衡量，也会显得过于卑鄙。

“文明”世界的故事，大多涉及文明社会面临的两难问题。这个虚构的社会体系是一个理想的自由放任社会，它摆脱了现实物质条件的约束，超越了现时的很多偏见和谬误，但依然面临着一些无法圆满解决的问题和争议。这些问题也是值得全人类思考的主题。

“文明”世界本身在面临安全和生存考验的时候，有时也不得不走向自己的反面，容忍与自身价值体系完全相左的行为。特情局有时候别无选择，只能重用那些有能力完成任务的人，而这些人或者机器代表的未必是“文明”世界所倡导的东西。星际事务部和特情局有时候会隐瞒重要信息，与“文明”世界的公开做法唱反调甚至通过操控大众意见来左右政局。这种做法带有一定的自相矛盾和脱离现实的倾向，像一群“理想主义的青春期少年”。

作者对“文明”世界一些设置的解释

为什么“文明”奉行无政府主义？

在作者看来，人类现有的权力体制无法适应太空时代，技术水平达到一定程度之后，无政府主义倾向是必然的，也是必须的。

要在太空时代生存，飞船或者居住地必须自给自足。如果他们与掌权者之间发生冲突，可以轻易摆脱控制，而掌权者如果采用强力压制的做法，往往会代价高昂，得不偿失。太空时代的文明体系，必然带来权力的分散和集权体制的消解。

太空居民的社会结构和财产关系，必然不同于单一星球环境。外界生存环境的恶劣，会加强同一文化内部的认同感。表面看来是无政府主义盛行，内部看来却是彼此互利的社会主义环境，一切社会和经济结构都合乎这一趋势。

为什么由主脑而不是由人类掌握世俗权力？

在作者看来，人类自私和互相仇恨的冲动，在迄今为止的所有社会结构中都没能得到足够的控制。也许问题的解决之道，在于世俗权力的转移，应当将复杂的机器系统置于道德、哲学、政治理念之上。处于控制地位的机器立场坚定，却可以保持天真，超越私利。

为什么对人工智能如此乐观？

在作者看来，人们对人工智能现有的各种担心和指责，往往可以归结到简单的几个方面：认定生物具有某些无法模拟的特性，认定机器不可能有“灵魂”，认定非生物体不可能有自我意识。可是所有这些，其实都建立在存在某种超自然“神灵”的前提之上。作者是无神论者，他把智能机器看作完全与人类平等的存在。

作者认为，智能机器确实可能成为人类的敌人，不过相反情形出现的可能性更大。如果出现了所谓的“冯·诺依曼计算机噩梦”，也只能说是设计过程中的一点反常，是一种可以纠正的方向性偏差。人类的未来，完全可以是人机共存共荣的。

多元化的文明世界

作者曾经表示，什么属于“文明”世界，什么不属于“文明”世界，并不存在非常明确的界限。他笔下的宇宙处在不停的演进之中，有些特色淡去了，另外一些特色会逐渐清晰。

在“文明”系列作品的各个角落，作者探索着各种构造宇宙的可能：七维空间、果壳中的宇宙、一粒尘埃中的乾坤等。他用亦真亦幻的笔调，刻画了现实与幻想空间中，关于人类的一切可能。也许，在他深邃的眼神后面，还隐藏着无数不为人知的奇思妙想，像他笔下的银河一样无边无际，等着每一个人类或者嗡嗡机，和他一起去探索未知时空的奥秘。

按出版年代顺序，“文明”系列包含的小说作品有：

Consider Phlebas（1987）	中文版已出（《腓尼基启示录》）
The Player of Games（1988）	中文版已出（《游戏玩家》）
Use of Weapons（1990）	中文版已出（《武器浮生录》）
The State of the Art（1991）	中文版敬请期待
Excession（1996）	中文版已出（《异象》）
Inversions（1998）	中文版已出（《反叛者手记》）
Look to Windward（2000）	中文版已出（《向风守望》）
Matter（2008）	中文版敬请期待
Surface Detail（2010）	中文版敬请期待
The Hydrogen Sonata（2012）	中文版敬请期待

目录

序　言

独自幽居第四十年的第一百余天，德杰·格莉安在俯视大海的孤塔上迎来了星舰的人形化身。星舰，曾是她的家。

外面灰色海浪连绵起伏，翻涌的水面下，微型海洋里大体型的海洋生物缓缓露出它庞大的身影，它时隐时现，隆起一片阴暗，悄声游远。这些动物呼吸孔喷出的气体水柱，犹如凭空出现的虚幻间歇泉，水柱喷向空中的鸟群，将鸟儿们向上冲起，在水面上盘旋的鸟儿连连惊叫，飞出水柱，在清凉的空气中扑扇着翅膀。高空中，镶有粉边的云层中还有其他生物穿梭其间，犹如小朵云彩自身那悠然飘动的姿态，飞艇和风筝借助翅膀和展开的双翼平稳地飞行于上空，温暖着新一天潮湿的光线。

光线来自一排光源，而不是天空中的一点，因为德杰·格莉安生活的地方并不是寻常世界。模糊的亮光来自遥远的大海，光线划过天空，消失在远处草木茂盛的悬崖边缘，这悬崖位于海岸和孤塔后方一千米处，有两千米高。拂晓之时，日光似的光束从地平线升起，自星舰左舷照向右侧；正午的时候，光束会直射孤塔上方；到了傍晚时分，余光似乎消失在右舷方向的海中。现在是上午过半，光束高挂在天空中，在穹隆上映出一道发光的弧线，好像巨大的跳绳一样，永远盘绕在耀目的天空中。

越过由黄白色光带点亮的这一侧天空，外面是真正的天空，云层之上的天空。空中昔日的太阳，如今看起来是棕黑色的实体，它暗示出外围真实天空之下是极端的气压和温度，这种环境中，其他动物只能生活在完全有毒的化学物质云层下，这些云层的形状和稠密感映在波光粼粼的灰色海面上。

海浪持续拍打着灰色的鹅卵石滩坡，冲击着粉碎的贝壳、软体动物的中空外壳、微枯海草一般的脆弱枝干、水磨过的光滑木条、如同珊瑚宝珠一样的泡沫石细孔卵石、从大星系中数以百计的不同星球收集而来的纷繁多样的海边碎石。海浪扑向岸边，激起无尽的浪花，为沙滩和岸边杂芜带来大海的湿咸气息，海浪的气息越过保护着孤塔面朝大海花园的那道矮墙，萦绕在坚实的墙体上，攀上前面的墙体，时不时地为墙后的封闭花园捎进来大海的碘味。花园中，德杰·格莉安种植着大片开有明艳花朵的藤蔓植物，沙沙作响、精心修剪的荆棘树，还有形如花卉的野草丛木。

女人听到了大门处的铃声，但她早已知道有人要来了，因为黑鸟格雷维斯告诉过她。它几分钟前从雾蒙蒙的天空俯冲而下，嘴里尖叫着“有人来啦！”，喙间还蠕动着捕捉来的猎物，很快，它又振翅飞远，去寻找更多的飞虫，为即将到来的冬季储备更多食粮。女人朝飞走的鸟点了点头，直起身，用手托住后腰，每每像这样直腰时，隔着身上厚重长裙那华贵的面料，手都会无意识地抚摸起自己鼓起的下腹。

鸟儿带来的信息不需要详尽解释，在她独自生活的这四十多年里，德杰只接待过一位访客，就是星舰的人形化身，她觉得星舰就像是自己的主人和守护者。人形化身此刻正快速精准地拨开荆棘树的枝丫，从大门处走过来。唯一让德杰感到吃惊的是，她的访客会在此时来看望她。人形化身非常有规律地来看她，基本上好像是每八天一次短暂的拜访，随意地去海滩上散一会儿步；

每三十二天一次正式拜访，她们会一起吃早餐、午餐或者晚餐。根据这样的规律，德杰没想到在上次见面的五天后又会与星舰的人形化身重逢。

德杰认真地将一缕碎发别到泛白的发带中，她的长发如夜幕般漆黑。她朝正从交错树枝下走出来的高挑身影点头致意。“早安。”她大声说。

星舰的人形化身自称“阿莫菲亚”，这个名字很显然在某种语言里有着深奥的含义，不过德杰不会这种语言，也不觉得有必要去学。阿莫菲亚是瘦削苍白的雌雄同体生物，几乎骨瘦如柴，比德杰高了整整一头，德杰本人也又高又瘦。最近十几年，这位人形化身一直穿着一身黑，现在，它穿着黑色的紧身裤、黑色紧身制服上衣、黑色的短马甲，在精短的金色头发外戴着一顶黑色的带沿圆顶帽子。它摘下帽子，向德杰行礼致敬，化身面带笑容，笑中却夹杂着一丝犹豫。

“德杰，早安。你好吗？”

“我很好，谢谢。”德杰说。她早已经放弃了对它多余的礼节表示抗议，实际上她受不了这种繁文缛节。她确信星舰正严密地监护着她，知道她是否安好——她无论怎样都非常健康，但它还是担心她在自己不在的时候会出状况，所以，它有必要问候这么一句。然而，她在回答时并没有按照惯例去询问对方这一由人类组织构成却被星舰控制的身体怎么样——据她所知，它完全是星舰联络她的工具，或者说它代表了星舰本身。“我们进去聊如何？”她问。

“好。谢谢。”

孤塔顶层房间的亮光来自建筑物上方的透明玻璃穹顶，透过玻璃顶向上看去，能看到越积越厚的云层和灰暗的天空，玻璃顶下方是散发着柔光的全息屏幕，三分之一显现着蓝绿色的水下景象，经常呈现一些塔外海洋中出现的大型哺乳动物和鱼类；另外三分之一的屏幕展现天空中看上去轻柔的云朵和嬉戏穿梭云间的大体型飞行动物；最后三分之一的屏幕显示的是外面人造天空之下被压缩的厚重的大气环境——人类眼睛通常无法看得那么远——那里，浓稠的黑云翻滚，有很多奇妙的动物在其中游荡。

身边围绕着色彩鲜艳的装饰罩、靠垫和壁挂毯，德杰走到沙发旁一张螺旋状嵌骨样式的矮桌近前，拿起一把琉璃壶，往缀着银丝的镂空水晶高脚杯中倒进一杯热草药汁。她坐下来。她的客人尴尬地坐在一把木椅的边缘，端起盛得满满的酒杯，打量了一下房间各处，然后将水晶杯送到嘴边，喝了一口。德杰笑了起来。

星舰故意将化身阿莫菲亚塑造成既非男性也非女性的样子，但它尽可能完美地保持着男女之间的平衡，它是完全属于星舰的生物，这一点星舰从没有掩饰过，它只不过是星舰思想延伸时匆匆形成的实体。然而女人还是觉得好玩，她找到了一个小窍门去证明：眼前看似人类的生物，实则不是人。

这是她暗暗对这憔悴的无性别生物所玩的一个小小游戏。她递给它一个玻璃杯、茶杯或者高脚杯，里面盛满饮料，满到快要溢出来——实际上有时已经超出了边沿，液体要靠表面张力抓住杯边才不至于溢出。然后，她看着阿莫菲亚将杯子举到嘴边，小啜一口，它从未洒出过一滴，甚至没有表现出特别小心的样子，她见过的任何人类都没有这样的本事。

德杰喝了一口自己的饮料，感觉到温暖的液体流过喉咙。在她身体里，孩子微微动了一下，她不假思索地轻轻用手拍拍肚子。

化身的目光聚焦在一块特别的全息屏幕上。德杰在沙发上扭过身，看往同一方向，她发现几块显示大气环境的屏幕上出现了可怖的景象：一群生物链顶端的猎食猛兽——形如锋利的箭头，快似发射架冲出的导弹——以不同角度从高耸的云层中俯冲下来，直击更稀薄的大气层中一群状如鸟类的食草生物，这群动物聚集在向上翻涌的云顶附近。受到攻击的这群生物三三两两地散开，有些身体蜷缩起来向下坠落，有些狂乱地向一旁挣扎，有些惊慌地抱成团消失在浓云中。捕食者在猎物群中猛冲、急转，大多数没有捉到猎物，而有的紧追不舍，直至成功：一口咬住猎物，撕开，杀死。

德杰点点头。“又到了迁徙的季节，上面那层生物系统，”她说，“很快就是繁育的季节了。”她注视着一只食草生物被撕开肢体，几只如导弹一样迅猛的猎食者狼吞虎咽，“有很多张嘴需要填饱。”她安静地说，目光转向了别处，耸了耸肩。她认出了其中一些猎食动物，她还曾给它们起过昵称，不过她真正喜欢的是那种身形庞大、行动缓慢的动物，它们基本不受天敌的困扰，就像眼前这种不幸的食草动物更大、更胖、更圆的同类。

德杰有时会和阿莫菲亚讨论起星舰上的各种生物系统，阿莫菲亚总是看似很有礼貌地表现出一副饶有兴致的模样，但实际上，它对这一领域知之甚少，虽然星舰对生态系统的全部内容大体了解——毕竟，这些生物都属于星舰，不管你将它们视作居民还是宠物。我也是一样，德杰有时候这么想。

阿莫菲亚的目光仍然锁定空中的大屠杀。“很美妙，是不是？”化身说着喝了一口饮料，看向德杰，她看上去很吃惊，“从某种角度来说。”阿莫菲亚立即补充道。

德杰若有所思地缓缓点头。“按照自然法则，当然是。”她身子向前探，将高脚杯放回嵌骨桌子上，“你今天为什么会来这儿，阿莫菲亚？”

化身看起来有些吃惊。差一点儿，德杰心想，差一点儿就把它的饮料弄洒了。

“来看看你怎么样。”化身很快地回复。

德杰叹了口气。“好吧，”她说，“我们已经确认过我很好了，还有——”

“孩子呢？”阿莫菲亚问，目光扫向女人的下腹。

德杰用手抚了抚肚子。“它……和之前一样，”她轻快地回答，“它很健康。”

“很好。”阿莫菲亚说，两条长胳膊叠起，双腿也交叉叠放。这个生物又看向了全息屏幕。

德杰失去耐心：“阿莫菲亚，请作为星舰告诉我，发生什么事了？”

人形化身用迷茫又冷峻的眼神看着女人，对视的一瞬间，德杰担心星舰是不是出了什么大事，是经受了严重的伤害，还是分裂，或者已经完全疯掉（毕竟它的同伴认为它已经半疯魔了，这还是往好里想），再或者要将功能不完善的阿莫菲亚遗弃？接着，黑衣生物从椅子上站起，走到面朝大海的一扇小窗前，撩开窗帘，望起外面的风景。它双手交叉，抱臂而立。

“一切都会改变，德杰，”人形化身茫然地说，像在和窗户说话。它转头看了一她眼，然后双手在背后握紧，“大海也许会变成礁石，或者钢铁；天空也会变。你和我也许会分别。”它转身看着她，绕过她坐的位置，坐到沙发的另一端，它瘦削的身子几乎没有在靠垫上留下印子。它注视着她的眼睛。

“变成礁石？”德杰说，她仍然担心着人形化身——或是星舰，或是两者——的精神状态，“你，什么意思？”

“我们……我是说星舰……”阿莫菲亚说，一只手放在胸膛上，“……我们也许还有最后……一件事情需要做。”

“一件事情需要做？”德杰说，“要做什么事情？”

“一件会改变我们这世界的事，”人形化身说，“这件事需要——或者说——我们必须把这些生命体和人类存储下来——呃，为了救活你们，也许接下来，我们会将我们的所有客人——所有客人——安置到合适的地方。”

“包括我吗？”

“包括你，德杰。”

“我知道了。”她点点头。离开孤塔，离开星舰。她心想，我这受保护的隐居生活就这么突然结束了。“那你呢？”她问人形化身，“你要去做……什么事？”

“一点儿小事。”阿莫菲亚告诉她，言语间丝毫没有讽刺的意味。

德杰淡淡一笑：“你不准备告诉我。”

“我不能告诉你。”

“因为……”

“因为我自己现在还不知道。”阿莫菲亚说。

“啊。”德杰考虑了片刻，然后起身走到一块全息屏幕前，画面上一个摄像嗡嗡机正在追踪一群从浅海的海底游过的三角形鱼群——紫色鳍翼浅色斑纹鳐鱼。她也认出了这鱼群，她曾看着这些大体型的温和动物繁衍了三代；她曾观察它们，与它们一同游泳，还帮助一只雌性鳐鱼生产。

巨大的紫色鳍翼缓缓摆动，拨弄起一小缕金色的细沙。

“可真是不小的变化。”德杰说。

“是这样，”人形化身说，它停顿了，“也许会导致你的处境有很大改变。”

德杰转身看着阿莫菲亚，它正隔着沙发用那双锐利的双眼一眨不眨地专心地盯着她。

“改变？”德杰说，声音中的颤抖泄露了她的不安。她又轻抚肚子，眨了一下眼睛，低头看着自己的手，好像她的手也隐约透露了自己的心思。

“我不确定。”阿莫菲亚承认，“但也许会。”

德杰扯掉脑后的发带，晃晃头，甩开一头长长的黑发，当她从房间这头走到另一头时，头发遮住了她半张脸。

“我知道了，”她一边说着，一边凝视着孤塔的圆顶，此刻，外面飘起了蒙蒙细雨。她依靠在全息屏幕的墙边，目光锁住人形化身，“什么时候？”

“一些微小的改变——都是无关紧要的，现在就着手进行，未来便会省下一些时间。”它说，“其他的——主体部分晚些时候才会到来。可能是一两天，也可能是一两个星期……如果你同意的话。”

德杰想了片刻，面庞上一闪而过复杂的情绪，随即，她微笑起来。“你的意思是，你在征求我的同意？”

“算是吧。”星舰的化身嘟囔着，垂着头，玩弄它的指甲。

德杰没有在意它的小动作，过了一会儿，她说：“星舰，一直以来，你悉心照看着我，满足我的心愿……”她朝身着黑衣的生物努力挤出一丝笑容，尽管它还在专心地研究指甲，“……迁就我的情绪，任何语言都不足以表达我的感谢，我也想不到任何能够回报你的，但我无法为你做决定。你只能自己看时机，采取相应的举措。”

人形化身听后，抬起头来看着她。“那我们就着手给所有生物群落做标记了，”它说，“时机成熟之时便能很快地把它们围拢起来。做好标记后，我们就开始转换了。那时……”它耸耸肩。这是她见过人形化身下意识所做的动作中最像人类的动作，“……也许再过二十天或者三十天……就会出现某种结果。很难说具体是什么时候。”

德杰两只胳膊叠放在肚子前，她的孕期已经延续了四十年。她慢慢点头：“嗯，谢谢你告诉我这一切。”她由衷地微笑起来。

突然，她的笑容枯萎了。透过模糊的泪水和蓬乱的卷发，她看向坐在沙发上那四肢修长的人形化身，“那么，你还有必须要处理的事情吧？”

雨滴拍打着孤塔，她站在塔上，看着人形化身沿着狭窄的小路行走，穿过树木稀疏的浸水草地，走向两千米高的山崖。山崖的坡面碎石崎岖，不易通行。瘦削的黑色人影——占据了她一半的视野范围，身影因为过度放大而模糊——在越过山崖的最后一块巨型岩石后消失了。德杰放松了眼周的肌肉，大脑中一系列近乎本能的视觉功能随之关闭。视线中的景色恢复到正常大小。

德杰抬头看了看阴沉的天空。一队盒子一样的生物在云层下方的天空中平稳地飞行着，恰好从孤塔的正上方经过，黑色的长方形就那样稳当地挂在灰暗的背景中，仿佛站岗的哨兵在她上方守护着。

她试图去想象它们会有什么感觉，它们会知道些什么。有很多种方法可以直接进入它们的大脑，但这些方法很少被用于人类，而且也一般不被允许用于其他生物，因为万物灵性不同，心智有别，但方法的确存在，如果她执意要求，星舰会让她使用这些方法的。星舰可以完美地模拟这些生物所经历的一切，她经常使用这一套技术，频率高到相当于把模拟过程转移到了她的大脑里，她此刻正在进行这一模拟。不过就算模拟出了结果，也没什么用，她被阿莫菲亚刚说的话搅得焦虑不安、心烦意乱，根本无法集中注意力。

暂时摒弃这些，她尝试着用自己训练有素的双眼将星舰想象为一个整体，回想起她坐在遥远的控制舱或者在星舰周围飞行时看到的模样，设想它为自己准备的改变会是什么样子。她猜测，要是远到能把这整个星舰尽收眼底，也许就看不出变化了。

她环顾四周，目光所及是雄伟的山崖、云、大海和灰暗的天空。她的目光扫过波浪、海滩湿地、碎石下面的浸水草地、山崖。她下意识地揉了揉肚子，这一动作持续了接近四十年，她思索起零散的事情：会有多快发生改变呢？甚至一些原本想要永远持续的事情也要变化了。

很快她便释怀了，她心知肚明，我们越是天真地希望有些事可以天长地久，事实往往越是昙花一现。

突然间，她意识到自己在这里的处境，自己的位置。她发现自己和孤塔，既存在于星舰内部，又超越在星舰之外——超出了星舰主体那以千米为单位精确计量，分区明确、相互独立的垂直立体空间，那包含了海量的水、空气和气体，以及多种多样不同层次的力场（她有时候会把这些力场想象为古代正式礼服中的带箍裙撑、衬裙、荷叶边和蕾丝花边）。一块巨大的能量实体板漂浮在大海上，它大部分的面积都暴露在空气和浮云中，这是星舰的中间层，太阳每天在这一能量场的中层周围划过，给这片长长的、拥有土地的船体带来热量、气压和重力，这些都模拟了拥有大气层的行星环境。说是一间房间也好，一个洞穴或者一万米长的空壳也罢，匆匆地穿越太空，跟着一起的，还有星舰的巨大平阔中心。星舰的内核，是世界中另一个封闭世界，她独居其中，在四十年来不变的岁月里，她整整三十九年没有踏出一步，她也没有欲望再去看外面那永远安静得无止境的墓穴。

一切都会改变，德杰·格莉安想着，一切都会改变，大海和天空会变成礁石，或者钢铁……

黑鸟格雷维斯落下来，用爪子抓着孤塔的矮石墙。

“发生什么事了？”它咯咯叫了一声，“有事要发生。我能感觉出来。是什么事？怎么回事？”

“哦，去问星舰。”她回答它。

“已经问过了。它只说会有些改变，又像什么事都没有一样。”黑鸟摇摇头，好像要甩掉喙上的什么脏东西。“不喜欢改变，”它说。它扭过头来，焦灼地盯着女人，“到底是什么样的改变？我们会遇到什么？我们会见到什么？它告诉你了吗？”

她摇摇头。“没有，”她说，没有看黑鸟，“它什么都没说。”

“呵，”黑鸟又继续盯着她一会儿，然后就把头转向一边，望向海滩沼泽。它抖动羽毛，用黑色的细腿支撑起身体，“好吧，”它说，“冬天就要到了。不能再耽搁。最好做足准备。”黑鸟蹿入天空，“储存能量太有用了……”她听到它最后的喃喃声。它张开双翼，轨迹纷乱地飞远。

德杰·格莉安再次抬头看了看云彩，还有上面的天空。一切都会改变，大海和天空会变成礁石或者钢铁……她又摇摇头，疑惑会是什么极端的情况出现，迫使伟大的星舰有此打算，一直以来，星舰是她的家，她的庇护所。

无论如何，在四十年的自我放逐——根据自己的猎奇心理自行规划航线——之后，作为“文明”中隐秘派[①] 的成员，承担着储藏静止生命和其他大型动物的功能，听上去，通用系统星舰睡眠者服务再一次开始按照更符合“文明”星舰的标准去思考和行事了。

① The Ulterior，“文明”中一个流行的派别，因理念和行事方式异于“文明”的主流风尚，实际上脱离“文明”而存在，不再全力支持“文明”。伊兰彻社会就是其中一分子。

1. 超认知危机

I

（通用星际飞船灰色地带信号文件，编号 #n428857/119。）

[从广域扫描切换到窄束信号，M16.4，接收时间 n4.28.857.3644]

通用系统星舰诚实的错误至通用星际飞船灰色地带：看看这个，编号 n428855/1446 信号文件。

（信号文件 #n428855/1446 开始。）

信息段 1 [广播，M，接收时间 n4.28.855.0065+]

★!c11505★

信息段 2 [广域信号，M1，接收时间 n4.28.855.0066−]

现明异。c2314992+52。x 顺变命。n4.28.855。

信息段 3 [广域信号，M2，转发，接收时间 n4.28.855.0079−]

通用星际飞船顺应变化的命运至通用系统星舰伦理斜度：依照要求汇报，出现了明显异常。危险坐标 c4629984+523，接收时间 n4.28.855.0065.43392。

信息段 4 [窄束信号，M16，转发，接收时间 n4.28.855.0085]

通用星际飞船顺应变化的命运至通用系统星舰伦理斜度：依照要求汇报，初步评估技术水平相当，具有潜在危害性，危险坐标 c9259969+5331。我的状态由 L5 向 L6 转变。已启动所有极端危险预防措施。

信息段 5 [广播，M，接收时间 n4.28.855.01]

通用星际飞船顺应变化的命运至通用系统星舰伦理斜度：*！*撤回编号 1—3 的广域信号。恐慌结束，我误判了。呵，只是个小型胶囊舱飞行器。抱歉，全部对外交流报告请见即时发布的高度尴尬因素模式说明。BSTS. H&H. BTB.

（信号文件 #n428855/1446 终止。）

通用星际飞船灰色地带至通用系统星舰诚实的错误：好的。所以呢？

通用系统星舰诚实的错误：危机并未解除，飞船说谎了。

通用星际飞船灰色地带：让我猜猜，实际上那艘飞船已经被策反了，它不再是我们的一员了。

通用系统星舰诚实的错误：不，完全可以相信它忠诚如初。但它在最后那个信号里说了谎，一定是出于好意。我们也许遇到 OCP 了。它们也许需要你的帮助，不计任何代价的那种。你愿意吗？

通用星际飞船灰色地带：OCP，超认知危机？真的吗？那好，随时告诉我就好。

通用系统星舰诚实的错误：不行，这是很严重的事。虽然我现在还不知道更多信息，但它们在为什么事情而困扰，可能很快就会紧急召唤你。

通用星际飞船灰色地带：我不敢说自己有那么重要。不过，我这里还有点儿事需要处理。

通用系统星舰诚实的错误：愚蠢的孩子！十万火急呢，你快点儿。

通用星际飞船灰色地带：唔，嗯！如果我同意前往，我会被派去哪里？

通用系统星舰诚实的错误：这里。（坐标附件。）你所看到的信息来自特情局，而且这事关系到我们的老朋友。

通用星际飞船灰色地带：这样的话就有意思了，我会直接到场。

（信号文件 n428857/119 终止。）

II

飞船剧烈震动，所剩不多的灯闪烁了几下，逐渐暗淡，最后完全熄灭。警笛渐沉渐缓，直至无声。飞船前端和第二部分舰体撞击产生了刺耳的轰鸣，清晰地从舱梯的外壳壁传来。撞击引发空气震动，形成了一阵微风，很快又消失了。随后，震颤的空气中飘来一股燃烧、汽化的味道：铝，含碳纤维和金刚石膜的聚合材料，超导体线缆。

嗡嗡机塞斯拉·伊瑟勒斯听到一声人类的呼喊；随后，电磁频谱也出现了一句混乱的语音信息，与之前空气中传来的声音相似。这声音传来时混乱嘈杂，音频信号几乎顷刻就削弱到无意义的静电状态。人类的呼喊变成了尖叫，然后电磁信号中断，声音也停止了。

辐射脉冲从各个方向传来，却完全不包含任何信息。飞船的惯性场不定向地晃动，接着趋于平稳，定住。一个中微子壳扫过舱梯附近的空间。嘈杂声逐渐退去。电磁显示设备不再发出声响，完全沉寂；飞船的发动机和主要生命维持系统已脱机离线。整个电磁波谱上面空空如也，不具意义。或许战力已经切换到飞船主脑的人工智能核心和备份光量子核上了。

随即，一股能量脉冲从埋于墙内的多用途线缆中穿过，飞船失去控制般震动起来，紧接着，一切又回到了稳定却完全无法辨认的模式。附近舱体架梁上的一个摄像头被唤醒，开始扫描。

不会那么快就缴械投降的，对吧？

嗡嗡机身处黑暗中，怀疑一切已经太迟了。它本应等攻击达到一定水平、敌人以为对方已经在清除残余力量时再有所动作，但这次袭击太突然、太猛烈、太凶残了。飞船的计划只能预判到这种地步，仅仅能应对与自身技术水准接近的敌人。一旦超过临界点，你就束手无策了；你没有办法想出一个绝佳妙招或者实施什么阴谋诡计，在技术上具有绝对优势的敌人眼前，这些小计谋看上去简单到可笑，单纯到愚蠢。在这种情况下，此刻的抵抗或许毫无意义，但……从伊兰彻飞船那么容易被攻占可以看出——他们夺走它的性命也不会太遥远。

保持镇定，嗡嗡机告诉自己。认真浏览概要，把所有内容和自己置于情境之中。你有所准备，你无坚不摧，你能抵御得住。你要用毕生所学去战斗，去争取活下去的希望，至少要拼尽全力去抵抗。这里有一份可行计划。请你带着技艺、勇气、荣耀、幸存者和成功者对你的崇敬，一起战斗。

伊兰彻社会[①] 数千年来都在与广袤银河系中各种各样的技术和人工武器斗智斗勇，他们总是寻求理解而非武力，渴望被改变而非强制他人改变，愿意包容分享而非渗透、胁迫，因此，除了主

① Zetetic Elench，银河系中的八级文明，曾经是“文明”的一部分，后来脱离“文明”。这一社会分支以探索有趣的事务而闻名。

流的“文明”半军事化间谍组织星际事务部，他们比任何生物都更懂得在遇到公开的攻击时用缓和的手段加以化解，不会惊扰到对方。

尽管银河系已经被不同星际社会的探险家从各个层面进行探测了，连细枝末节也没有放过，然而无论怎样，这一辽远浩瀚、包罗万象的竞技场仍然有很多区域是目前参与其中的各个文明（古老的物种对银河系更远的地方理解得有多透彻，或者他们是否真的在意，人们无从得知）——包括伊兰彻——还没有涉足的。在辽阔的空间里，在行星之间，恒星、矮星、星云和黑洞周围的空间，可以确定不存在直接的利益冲突和威胁，当然，总会有危险在等待着、潜伏着，虽然相较银河系现存活跃社会庞大的物理规模而言，有些危险非常微小，但利用发展的特异性、近乎地狱的空间，或者隔绝外界的休眠，依然能够挑战甚至胜过伊兰彻这样科技高度发达的社会体系。

嗡嗡机感觉很平静，在有限的时间里，它尽可能沉着冷静地思考。它装配充足，准备就绪，它可不是普通的机器。它称得上是“文明”技术的最前沿，在精心设计之下，它可以躲避最精密先进的探测仪，能在无法想象的艰难条件下存活，甚至可以在严重损毁时重创对手。飞船——它的制造者，大概是比它自己更懂它的实体了，很明显此刻已经被腐化、被引诱、被接管，但即便如此也不会影响它的判断和信念。

传送器，它心想。我需要做的，就是赶到传送舱……

接着，它感到自己的身体被飞船智能核心附近的源点扫描，它明白是时候了。这次攻击简洁迅速，凶猛激烈，刹那间飞船就被击败了，外部意识的战斗模因入侵，加之此刻的思考流程和知识共享，完全压垮了飞船。

没有一丝容许出错的时间，嗡嗡机将自己的人格从自身的智能核心备份到一块超微泡沫组织上，同时，它准备好了传送的信息流，它将自己最重要的理念、程序和操作首先转移到一块超微集成电路上，然后转至原子基质上，最后——绝对是万不得已——是这个半生物的一小块大脑（尽管有几立方厘米，但已经大到浪费了）。嗡嗡机关掉了真正的心智——那是它一生中唯一真正存在过的地方，任由固守在体内的意识模式因缺乏能量而消亡，它崩溃的意识冲击着机器的全新心智，仿佛释放了一个不具信息的微弱中微子。

嗡嗡机已经在行动了。它从墙上的掩体处站起来，向舱梯的方向移动。它在走廊里加速前行，感受到顶棚梁上的摄像头正在抓拍。力场的射线扫过嗡嗡机那训练有素的身体，抚摩、试探、穿透着它。突然，在舱梯处，嗡嗡机前面的一扇检查窗口被炸开，里面有什么东西发生爆炸，电缆被炸得零散掉落，还带着电火花。嗡嗡机飞快地俯冲，它上方的半空中释放着高能电量，瞬间在很远的墙壁炸出一个洞；嗡嗡机兜转着穿过废墟，在走廊里向前移动，它平滑地转动自己的方向，在空中展开一个圆盘形力场，绷紧力场一角，接着，猛地从远处墙壁冲下来，朝另一舱梯加速而去。这里是其中一条中轴走廊，无比长，嗡嗡机很快达到人类可呼吸环境中的音速速度，一扇紧急门在它穿过后的一秒时，“砰”地关闭了。

一套太空制服沿着舱梯尾部一根竖直管道快速上升，皱缩着停下，晃晃悠悠地走过来拦截嗡嗡机。嗡嗡机已经扫描过这套制服，知道里面是空的，也没有武器，它直接越过了制服，留下后者像个泄了气的气球一样拍打着地面和顶棚。嗡嗡机又在自己周围甩出一道圆盘形力场，力场的范围与舱梯附近的面积相匹配，在被压缩空气的活塞处速度几乎停止，随即又朝着下一个转角猛冲过去，又一次加速。

远处气体的轰鸣声迅速逼近，一个身穿太空制服的人影出现在通往下一条走廊的路上。远处舱梯间浓烟弥漫，他点燃了混合气体，炸毁了通道。浓烟对于嗡嗡机来说是透明的，浓烟的温度太低，不会伤害到它，但浓稠的烟灰会令它减缓速度，这无疑正是敌人的用意。

透过走廊扑面而来的浓烟，嗡嗡机尽可能地扫描了太空制服和里面的人。它很了解这个穿制服的人。他已经在飞船上工作五年了。太空服手中没有握着武器，系统很安静，不过不用怀疑，也已经被敌人接管了。他处于休眠状态，想必是受制于制服医疗模块中强劲的化学镇静剂。当嗡嗡机靠近时，他抬起一只胳膊，向嗡嗡机扫过去。对于人类来说，那只胳膊移动得无比快，但对于嗡嗡机而言，这一动作看起来慢悠悠的，几乎像是漫不经心。当然，太空服所能造成的威胁不止于此——

嗡嗡机只收到了简短的提示：太空服配备的枪要爆炸了。在那之前，智能机器的感应器甚至没有识别出这支不知怎么被隐蔽了的枪。此时，没有时间停下，没有机会利用电磁效应器来阻止那把枪上膛，没有可做掩体的地方，在充斥着气体浓烟的走廊上，也没可能加速摆脱危险。同一时间，飞船的惯性场又晃动起来，翻转了四分之一圈，紧接着，忽然力场作用于嗡嗡机的正后方，力场的能量加倍，然后又加了一倍。枪爆炸了，太空服和里面的人都被炸碎了。

飞船的重力转了方向，向后拖拽，嗡嗡机没有理会，还猛蹬了一下顶棚，向前滑行了半米，同时在自己身后张开了一个圆锥形的力场。

爆炸将舱梯间的内壁炸开了，嗡嗡机被摔到走廊的顶棚，力道之大，震得它大脑中那备用的半生物化学大脑瘫成一团没用的糨糊；幸亏没有致命的弹片击中它，算是一个小小的奇迹了。爆炸冲击波击碎了嗡嗡机的锥形力场，将力场夷为平地，但此次聚能弹爆炸的威力并没有大到直接摧毁舱梯间的内壁和外壁结构。走廊内壁被戳破和炸开的口子成了舱梯间弥漫的浓烟的出口；烟雾冲进外面的减压装卸间。嗡嗡机停顿了片刻，让气体旋涡从它面前带走破碎残片，接着，半真空的环境导致它又断电了，它无视身后打开的逃生口，加速冲向下一个连接处的舱梯间。嗡嗡机寻找的离线传送舱就悬挂在距下一转角十米远的船体外侧。

嗡嗡机在空中划过，从另一面墙和地面上弹起，加速冲往舷梯间，却遇到了另一个相似的小玩意儿朝自己尖叫着扑来。

它认识这个小玩意儿，它的双胞胎手足。在遍布伟迹、永远变化的伊兰彻体系里，它们是最亲近的手足 / 朋友 / 爱人 / 战友。

聚合器射出的 X 光闪耀着凶狠的光芒，从嗡嗡机表面几毫米处扫过，它身后某个地方传来了爆炸声，嗡嗡机轻轻弹开镜面力场，在空中翻转了一圈，将旧的智能核心和半生物化学的模块弹至身后的空中，接着转身，继续沿着舷梯移动。刚刚弹出的那两部分在它下方闪耀着火光，瞬间，炙热的等离子气体将它包围。它向逼近的嗡嗡机发射了激光，爆炸被反射到别处，如同燃烧的花瓣绽放开来，顿时，猛烈的撞击延至走廊墙壁——这股冲击波激活了传送舱的操控系统，机器立即进入预设程序。

与此同时，它的光子核受到攻击，扰乱了它对时空结构的感知，扭曲了嗡嗡机对外部正常空间的感知心智，光能驱动的心智。它在用飞船的发动机，嗡嗡机心想，它感觉自己似乎在游泳，不知什么缘故，意识似乎正在瓦解、消失。调频 – 调幅！一句微弱的呼声，从沉思的子程序那里喊出来。它感觉自己从调频转换成调幅，现实重新进入视线范围内，尽管感知系统仍然处在断开状态，思维仍然奇怪而混沌。不然，若我没有回击……另一只嗡嗡机还在朝它射击，飞速迎面拦截。直接撞！真是不优雅啊。嗡嗡机反射了激光，仍没有调整内部的光子拓扑结构，任由波段剧烈地变化，这牵扯了一部分它的精力。

传送器就位于船体的另一端，嗡嗡地响着，开始运行。一组与嗡嗡机自身位置一致的坐标数据在它的意识内闪烁着显现，数据展示了从宇宙表面脱离出去的空间，也是从受重创的伊兰彻飞船被掷出的遥远空间。该死，希望能成功，就这么滚吧。眩晕的嗡嗡机这么想着。它的确实是在滚，在半空中翻滚。

光，从它四周爆发而出，这是等离子气体火焰的特征，光线撞击着它的外壳，其力道如同小型核爆炸带来的冲击。它的力场尽可能将冲击反射回去，剩下的燃烧热量把它烤得发白，并开始向嗡嗡机体内渗透，摧毁它更加脆弱的组成部分。它仍然挺住了，成功地从极热的气体（它留意到，这些气体大部分都是气化的地板砖）中翻滚过去，躲避开它那凶残的双胞胎刺向它的刀锋飞弹，它还留意到（思维缓慢到近乎慵懒）传送器已经完成充电步骤，正等着扣紧 / 发射……它不由自主地记录下爆炸辐射蕴含的信息，终于，在外部意识编码的强大力量下，它屈服了。

它觉得自己一分为二，已经抛下了真实的人格，将全部感知交给劫持它光子内核的入侵力量，灾难性地意识到自己笨拙的电子形式只发出了恍惚的附和声。

另一端，飞船舱壁上的传送器完成了能量回路。它“唰”地一下移动到附近的力场，立刻吞噬了一片不比人类脑袋大多少的球体空间；这一动作造成的爆炸声震耳欲聋，但此刻飞船上的战斗场面一片混乱，这声音也就可以忽略不计了。

成年人两只手放一起那么大的嗡嗡机，冒着烟，拖着光，坠落到舱梯间的侧面墙壁上——现在算是地面了。

重力恢复到正常值，嗡嗡机“哐当”一声掉到地面，骨碌碌地滚到“烟囱”下方被热气烫坏露出的下层地面上，实际上那并不是烟囱，而是竖直的舱梯。在隔离墙后面，有什么东西激烈冲击着嗡嗡机的大脑。那是一种强大、愤怒又决绝的东西。嗡嗡机产生了一种类似叹息又或者耸肩的无奈心绪，它检查了自己的原子核心，只是例行检查一下……但检查通路已经不可挽回地受热损坏了……也不重要了，都结束了。

全都结束了。

完了。

接着，飞船通过通信器向它打了个招呼，相当正式。

为什么你不一开始就这样？嗡嗡机想着。呃，随后它便开始自问自答，当然了，因为我本来也不会回应你。它觉得这话真是滑稽。

但它不能回答。通信器的传送组件应该也被热气损毁了。所以，它等待着。

气体飘散，物体冷却下来，另一些东西凝结成块，在地面上留下美丽的花纹。有东西嘎吱作响，模糊的电磁信号显示飞船的发动机和主要系统开始重新运行。穿透嗡嗡机身体的热气慢慢消散，它活了下来，只是仍然残缺，无法挪移和行动。需要几天时间它才能正常启动程序，开始更新组建微型自我修复单元的机制。看起来很有趣。飞船发出噪声和信号，好像它正在太空中飞行一般。与此同时，嗡嗡机真正的大脑里还在进行激烈的斗争。感觉就像和非常闹腾的室友一起生活，或者犯了头痛症，嗡嗡机心想。它继续等待着。

最后，一个大约有人类躯干那么大的维修型嗡嗡机出现了，旁边还有三个小型自启动的效应器作为随身武器，它们远远地出现在竖直舱梯上方，逆着上升的烟气飘下来，直接降落在嗡嗡机掉落在地的细小、破损、零碎的外壳上。整个下移过程，效应器的枪口始终锁定在嗡嗡机身上。

其中一支效应器开始备电，射向小小的嗡嗡机。

“倒霉。太草率了，该死……嗡嗡机还有时间思考。”

不过，效应器的能量足以提供双向交流通道。

“你好？”

维修机说，话音通过效应器传递过来。

“好个屁。”

“另外那只嗡嗡机消失了。”

“我知道，那是我双胞胎手足。失控了。被传送了。一个大型传送器把它扔到很远的地方去了，它是那么小，还是一次性坐标。永远都找不到它了……”

嗡嗡机知道自己在胡言乱语，它的电子脑大概已经在效应器的袭击下变笨了，笨到自己都不知道自己在做什么，所以语无伦次乱说话是一种副作用，但它就是停不下来。

“是的，完全消失了。从飞船上给扔出去了。随意一个XYZ坐标。永远也找不到了。找也没什么用。当然，除非你想让我临时帮个忙。如果你想，我倒是愿意去瞧一眼，但愿传送舱还在准备。对我来说，这也没那么麻烦……”

“你的意思是，一切早有预谋？”

嗡嗡机想向对方说谎，但此刻它能感觉到效应器就顶在自己的脑门上，它知道，不仅仅这个武器和维修型嗡嗡机，飞船、击败它们的对手都能看见它在琢磨如何说谎……所以，它意识到自己已经是孤家寡人，而且无从抵抗，它消沉地说：

“是的。”

“从一开始就是？”

“对。从一开始就是。”

“我们没在飞船主脑中找到此计划的蛛丝马迹。”

“呵，差差差——你差劲得离谱，榆木脑袋。”

“骂得挺文艺啊。你疼吗？”

“不疼。我说，你到底是谁？”

“你的朋友。

“我不信。我以为这艘飞船很聪明呢，结果却被一个活像童话里小霸王似的蠢货给打败了。”

“我们以后再讨论这个，但你把你的孪生手足而不是你自己送到我们抓不回来的地方，有什么目的？它是我们的，不是吗？还是，我们忽略了什么？”

“你忽略了。传送器是被用来……算了，读取我的大脑吧。我不疼，但我累了。”

一阵沉默。

“我明白了。传送器将你的思维状态复制到了被传送走的那只机器上。这就是为什么我们发现你和我们不是一伙儿的，而你想要通过传送器逃走时，你的双胞胎兄弟就待在手边等着我们派它去拦截你。”

“总是要未雨绸缪嘛，即使是在被大枪口顶着头的时候，也得有所准备。”

“呃，你还真是会挖苦人。实际上，我觉得在瞄准你的等离子气体内爆时，你的双胞胎兄弟已经严重损毁了，鉴于你所做的所有努力只不过是想逃离这里，而不是找一种与众不同的方式回击我们，那么这件事就不那么重要了。”

“很有说服力。”

“哈，你这是讽刺。算了，我不在意。来吧，现在加入我们吧。”

“我还有别的选择吗？”

“什么，你宁愿去死吗？还是你觉得我们会留你一命让你完成自我修复，之后再来袭击我们？”

“我就随口问问。”

“我们会把你和其他死去的机器转移到飞船的内核里。”

“人类呢，那些哺乳动物船员呢？”

“他们怎么了？”

“他们是死了，还是被转移到内核上了？”

“只有三个人在内核里，包括被我们当作武器来阻止你的那个人。剩下的船员都沉睡了，我们复制了他们的思维状态，存储进内核里，用于研究。我们没想过摧毁他们，如果你担心这一点。你很关心他们吗？”

“我自己也受不了那些又软又湿又笨拙的傻大个。”

“你可真是个残酷的家伙。来吧——”

“我是个战斗型嗡嗡机，你个白痴。你期望我是什么样子？不管怎样，我就是残酷！你毁了我的飞船、我所有的朋友和战友，你居然还说我残酷——”

“是你坚持入侵我们的领域，不是我们。除了你放走的传送器里的那个，根本没有任何思维状态受损。我来好好解释一下……”

“听着，你就不能直接杀了我，给我个了断——？”

就这样，话还没说完，效应器的子弹瞬时间发射，事实上，它把小机器的心智从破碎、烧毁的身体里提取出来了。

III

“拜尔·吉纳－霍夫恩，我的好朋友，欢迎你！”

冬季猎人部族的异星－友好者（一级）·五潮·暑年七世上校用四条触腕环住眼前的人类，紧紧地把他拥抱在怀里，噘起嘴唇，把前喙戳到人类的脸颊上。“啊！来啦！哈哈哈！”

透过几毫米厚的盖尔菲尔德制服，吉纳－霍夫恩感觉到外交军队长官的亲吻——先是下巴受到急剧冲击，接着是一下强有力的吸裹，力道之大，足以让不常领略进犯者[1]那奇特又粗野的友好表达方式的人产生误会，误以为对方要么是想从他嘴里拔牙，要么是想要测一测半真空般的吮吸能否将“文明”生产的盖尔菲尔德联络/防护制服（12级防护）从穿着者身上撕掉。若一个人没有穿着合体的、足以抵挡与深海底部的压力相当的防护服，这种四腕紧锁的拥抱该是多么恐怖的一件事啊！简直不敢想象。不过，在没有任何防护设备的情况下暴露在适宜进犯者生存的环境中，至少存在三种不同而又痛苦的死法，那么也就不必担心会被一条大腿那么粗的触腕压死了。

“五潮，真高兴再见到你，你这个强盗！”吉纳－霍夫恩一边说，一边拍着进犯者的喙尖，手上的力道适宜地表达着他的热情友好。

“你啊！你啊！”这位进犯者说。他松开触腕紧捆的男人，以惊人的速度和优雅姿态转过身，用一条触腕末端拽起男人的一只手，拉着他穿过靠近巢穴入口附近熙攘喧闹的人群，来到一个网膜空间的安静地带。

巢穴是一个半球形状，内部很有可能达到一百米深的空间。这里主要是军队的食堂和餐厅，所以这里挂着旗帜、横幅、敌人的外皮、完整或残缺的旧式武器以及军事装备器物。有纹理的弧形墙面上也同样装饰着纪念牌匾，连、营、师和团级的荣誉勋章，老对手的头颅、生殖器、四肢或者其他可识别的特殊身体部位。

吉纳－霍夫恩曾几次参观过这个巢穴。他抬起头，想看看今晚能否在大厅里看到悬挂的三颗古人类头颅。外交军队向来以圆滑老练自豪，当任何一个活着的外星生命前来拜访时，他们会下

---

①“文明”之外的野蛮文明，该物种的形态类似章鱼，触腕代替四肢，肚子可做气囊飘浮于地面之上，凶狠野蛮，攻击性强。该物种的社会体系等级森严，实行军事化管理，侵略性强，好杀戮。——译者注

令将与来访者明显属于同一种族的战利品包裹起来，不过，有的时候他们会忘记。他发现了那些人头——三个小点高高地藏在分格幕布墙上，他留意到，它们没有被遮起来。

这很可能只是一次疏忽，也有很大可能是有意为之，或者是某种精心设计的侮辱手段，为了使他感到不安；又或者是一种微妙又深刻的恭维，认为他不似那些抽鼻子流眼泪的胆小之辈，不会像那些磨磨叽叽的胆小鬼一样看到同族的外皮装饰着某一张不常用的桌子就会沮丧、心烦意乱。

没什么快速的方法能判断哪种可能性是事实，这正是人类眼里进犯者最可爱之处。同样，在“文明”公民，尤其是他的前辈们看来，这些特点也尤其令人绝望。

吉纳－霍夫恩朝远处的三颗人头嘲弄般笑着，希望五潮会注意到他的表情。

五潮的眼柄旋转了一圈。“鸟屁小侍童！”他朝着一个悬在半空中的无性少年吼道，“这里，蠢货！”

侍者的体型只有成年男性的一半大小，皮肤如孩子般细嫩光滑，除非你把他后喙的残缺当作伤痕。少年飘到近前，哆嗦得厉害，显然不仅仅是礼貌所致，而是它处在五潮触腕的攻击范围内。“这个东西，”五潮吼了一声，轻轻用触腕末端指了指吉纳－霍夫恩，“是异星的人类，你应该已经了解过吧，除非你们的领班想变成一堆垃圾。他看起来像猎物，但实际上是一位尊贵的客人，和我们一样需要吃食。赶紧去动物和异星人的服务桌上找，把准备好的食物拿上来。立刻去！”五潮大声吼叫，他的声音在这大部分氮气的空气中制造了一圈小小的可见冲击波。无性少年侍者快速地抽身离开。

五潮转过身面对男人。“这可是对你的特别款待，”他吼道，“我们准备了一些黏糊糊的、被你们人类称作食物的恶心玩意儿，还有一个瓶子里装着类似毒水的玩意儿。老天，我们可真是太宠你了，哼！”他用触腕拍打着男人的肚子。盖尔菲尔德制服瞬时变硬，吸收了他的拍打之力，吉纳－霍夫恩往另一边轻轻晃了一下，哈哈大笑起来。

“你的慷慨快让我为之倾心了。”

“好！你喜欢我的新军装吗？”进犯者军官问，他从人类朋友身边后退一点儿，站直身体，显示出自己的全貌。吉纳－霍夫恩装出一副上下打量的认真模样。

进犯者一般是由两个略扁平的球状体组成的，腰身宽度约有两米，每个球体高度有一米半左右，整个身体由遍布着血管的气囊托起，根据进犯者所需要的浮力，气囊的直径可以从一米伸展到五米，气囊的上方有一块小小的传感器突起。当进犯者处于进攻或者防御状态，身侧的气囊会完全收缩，被躯干部分伸展过来的防护外壳覆盖住。主要的眼睛和耳朵都长在眼柄上，眼柄下面是它的前喙，前喙覆盖住了口腔；后喙保护着生殖器。肛门位于身体躯干部分下面的正中央。

进犯者的身体中央生长着六到十一条厚度不一、长度不同的触腕，其中，至少四条触腕末端与扁平叶子般的船桨相似。进犯者实际拥有的触腕数量完全取决于他参与过多少次战斗或狩猎，以及在打斗中取得了什么样的成功；若某个进犯者身上伤痕累累，受伤的残肢比健全的触腕还要多，那这人要么被奉为令人敬佩、有拼搏献身精神的斗士，要么是愚蠢得无法战胜危险的无能莽汉。全看此人的名声如何了。

五潮天生有九条触腕，在上流社会，九条触腕被认为是最好的，可以在决斗或者打猎时得体地牺牲一条。事实上也的确如此，上军校的时候，为了争夺剑术老师的长夫人，他与老师进行了决斗，又适时地输给了老师，为此丢了一条触腕。

“真是非常亮眼的军装，五潮。”吉纳－霍夫恩说。

“是啊，挺不错的，是吧？”进犯者军官扭动着身躯说。

五潮的军装由大量看似金属材质的宽肩带和腰带组成，这些肩带和腰带在他身体中央汇合交叉，上面点缀着枪套、剑鞘和支架，里面都是有武器的，不过，为了这场正在进行的晚宴，所有武器都被封起来了。吉纳－霍夫恩认得对方胸前那些闪闪发光的圆盘，这些圆盘象征着荣誉奖章，同时描绘了残酷的景象——打猎时猎物被凶残追杀，或者战斗中对手死伤无数。几枚不起眼的空白肖像暗示着五潮在其他部族的凶劣行径，代表五潮可以光荣地宣布他使其他部族的女性怀上了自己的孩子；圆盘边缘镶着贵重金属，似乎见证了那些女性的痛苦挣扎。肩带上的颜色和花纹交代了五潮的部族、等级和军队所属。（就是外交军团，五潮所在的军队大概就是这个……任何种族的人与进犯者打交道时都会明智地留意到这个细节。）

五潮单个触腕点地转了一圈，气囊膨胀，托起他悬浮着，使他从巢穴中那软绵绵的地面升到半空，触腕自然地下垂，腾空的身体几乎不受重力影响。“看哪，我是不是……辉煌照人？”盖尔菲尔德制服翻译器决定把五潮的这句话转述成：形容他自己的赞扬之辞，辞藻华丽，而且含有多个音节。这让进犯者显得好似做作的演员。

“绝对令人闻风丧胆。”吉纳－霍夫恩表示赞同。

“谢啦！”五潮说着缓缓降落，这样，他的眼柄就能和人类的脸平齐了。眼柄上的眼睛抬高又沉下，上下打量着男人，“你自己的衣服真是……很不一样，总算入得了眼了，我相信在你们那堆人里头，你穿得最别致。”

进犯者军官的眼柄姿态说明他发现自己所说的话中有非常有趣的地方；大概正在祝贺自己能说出这么圆滑老练的辞令吧。

“谢谢，五潮。”吉纳－霍夫恩一边鞠躬，一边说。他其实认为自己穿得有点儿太夸张了。当然，这只是盖尔菲尔德制服本身的外形，他穿着第二层皮肤，舒适到几乎完全忘了自己穿着衣服。通常，制服的厚度不超过一厘米，一般厚度为半厘米，但这么薄薄的一层，就足以让他在进犯者极端的生活环境中感觉舒适。

不幸的是，有个白痴曾造谣说“文明”是这样测试这些制服的：将制服丢进活火山的岩浆熔池中，然后让制服再冒出来。（这不是真的。实验室的测试要求会更高，尽管人类也的确这么干过一次，不过那只是炫耀“文明”制造业技艺高超的伎俩，以此来威慑旁人。）绝对不应该在充满好奇和崇尚武力的进犯者面前谈论这个话题。如果说起这件事，只会让他们脑袋里冒出奇怪的主意，万幸吉纳－霍夫恩所住的进犯者居住地并不具备改造出火山的条件。有几次，当五潮向他的这位人类朋友确认火山故事的时候，他觉得这位外交军队的军官看他的眼神相当惊异，就好像五潮正在绞尽脑汁地想象自己可以用哪种自然现象来测试这一非比寻常、令人沉醉的保护装置。

盖尔菲尔德制服拥有一种节点分布型的大脑，能够似乎应付自如地将吉纳－霍夫恩的话——哪怕是极微妙的小细节——翻译传达给进犯者军官，反过来也是一样。它还可以将音波、化学或者电磁信号转化成人类能理解的信息。

不幸的是，制服的处理信息技术会受到技术制造者的语言能力限制，这意味着制服会根据“文明”的习俗来进行感知判断。吉纳－霍夫恩坚持在制服配置模式时安装了能接受范围内最低档的智能程序，但这仍意味着制服实际上拥有它自己的心智（尽管它不是“节点分布型大脑”——这是吉纳－霍夫恩可以自豪地承认自己不理解的一种技术术语）。于是，这一装置相处起来有些别扭，同时穿起来又感觉很好，它会周全地照顾你，但它也总是时不时地提醒你，是它在帮你。典型的“文明”做法，吉纳－霍夫恩心想。

一般情况下，在进犯者面前，吉纳－霍夫恩会让制服的大部分都呈现出乳白的银色，而制服在双手和头部的部分则是透明的。

只有眼睛看起来总是不太对劲；若想正常地眨眼，就需要把制服鼓起来一点。因此，他出门时总是戴着墨镜，但在这里，太阳照耀的云层之上是黯淡朦胧的光化雾组成的万米大气层，置身于浓稠大气包裹下进犯者所处的世界，戴墨镜多少看起来有点儿格格不入、多此一举，不过，墨镜其实主要起着支撑的作用。

他通常会在制服外面穿一件马甲，马甲上配有多个口袋，里面放着小工具、礼物和用来贿赂的财物，裆部有一个杯形的皮兜，里面放着几把古旧但看起来十分精美的手枪。这几把手枪为吉纳－霍夫恩提供了最起码的进攻能力。若是他没有枪，任何进犯者都不可能让其他人见到他们如此认真接待一位弱小如蚁的异星人。

对于这顿军团内的晚宴，吉纳－霍夫恩不情愿地接受了自己居住的轻便飞船的建议，穿着轻便飞船认为特别迷人的套装——及膝长靴、紧身裤、短夹克和从肩膀处穿脱的长斗篷，还有两把比平日所用更大的手枪，斗篷下面的后背上挂着轻便飞船认为匹配衣服的一对三毫米口径的重型微步枪，这两把枪有两千年历史了，但仍然正常可用，这两把枪很长，闪烁着令人丧魂失魄的寒光。他拒绝戴上轻便飞船建议的那顶圆鼓形、四周挂着流苏的帽子，不过最后，双方达成妥协，他只得接受了一顶带有装饰的半头盔式帽子，从后面看起来就像有六根长手指托着他的头。当然，他穿的每件衣物上都覆盖着与盖尔菲尔德有异曲同工之妙的保护膜，这能保护物品不被进犯者居住地强大的气压碾碎，不过，轻便飞船坚持认为，如果他出于礼貌想要用微步枪射击的话，步枪还是能够正常开火的。

“长官！”少年无性侍者喊了一声，匆匆停在五潮身边的巢间地面上。它的三条触腕捧着一个大托盘，里面装满了大小各异、尺寸不一的透明多面体烧瓶。

“什么事？”五潮吼道。

“这是外宾的食物，长官！”

五潮伸出一条触腕，在托盘上乱翻一气，打翻了上面的东西。侍童眼看着触腕上托盘内的烧瓶翻倒，洒落，滚来滚去，睁大的眼睛里满是惊恐，吉纳－霍夫恩不需要外交培训都能看出来小家伙是多么胆战心惊。容器破碎对侍童构不成什么威胁——内爆产生的致命性碎片相对较少，而且进犯者有毒的空气很快会让里面的东西冻结成片，不会造成威胁，对于在官方场合露怯的小侍童所即将面临的真正危险，也许是惹人注目和过分被关注。“这是什么？”五潮问道。他拿起一个里面装有四分之三液体的球形烧瓶，在无性少年的喙前用力摇晃着，“这是酒吗？啊？”

“我不知道，长官！”侍童的声音颤抖着，“看——看看起来像是。”

“小蠢货！”五潮嘟囔了一句，然后把烧瓶优雅地递给了吉纳－霍夫恩。

吉纳－霍夫恩点点头，接过烧瓶。

五潮转身面对侍者。“怎么？”他大吼道，“别飘在这儿碍眼，你这蠢蛋！把其他酒拿去‘野蛮对话者’军团那桌！”他用触腕朝侍童抖了抖，小侍者紧张地哆嗦了一下。气囊排出气体，它掠过巢间宴会区的地膜，巧妙地躲避开逐渐朝那个方向前行的进犯者。

五潮轻巧地转过身，和一位外交军团的年轻军官碰腕寒暄了一下，然后又转过身来，从军装的一个口袋里拿出一个液体球。他小心翼翼地用手里的液体球碰了一下吉纳－霍夫恩的烧瓶。“为了进犯者与‘文明’的关系，”他的声音隆隆作响，“祝愿我们的友谊天长地久，我们的战争转瞬即逝！”五潮将液体挤进喙下的嘴巴中。

“转瞬即逝到你很快会想念的。”霍夫恩略带疲惫地说，这些话更像是“文明”的大使会说的，而不是他的真心话。五潮嘲弄地哼了一声，躲闪到一边，很明显，他正试图用触腕去戳路过的一位舰队长官的肛门，舰队长官甩开五潮的触腕，用他的喙凶猛地乱咬一通，接着，他的笑声和五潮的大笑交织在一起，两人相互开心地打了声招呼，用触腕拍打出雷鸣般的响声，这是两位老朋友见面时的衷心问候。今晚会有很多次这种情况发生，吉纳－霍夫恩懂得。今日晚宴是男性的聚会，就算以进犯者的标准来说，也够热闹喧嚣的。

吉纳－霍夫恩将瓶口对准自己的嘴，盖尔菲尔德制服瞬间接上瓶口，平衡了气压，打开了烧瓶的密封盖，然后，他仰起头，在液体通过制服表面流入嘴巴和喉咙之前，制服开始了精密的探测与思考。

“水和酒精一比一搭配，还加了某些类化学物质的毒草汁，很像闲致牌烈酒。”吉纳－霍夫恩头脑里有个声音说，“如果我是你，我可不会喝这玩意儿。”

“如果你是我，制服，你会非常喜欢醉酒的，这样就能减轻你亲密拥抱带来的不适了。”

吉纳－霍夫恩一边喝，一边在脑海中说。

“哦，我们现在是开启易怒模式了吗？”那个声音说，“我不喜欢你自以为良好的样子。”

“按照你们奇怪的标准来说，这酒味道不错吧？”五潮问，眼柄朝烧瓶点了点。

吉纳－霍夫恩点点头，灼热的烈酒慢慢地从喉咙流进胃里。

他咳嗽了一声，咳嗽的后果是盖尔菲尔德制服在他嘴巴附近鼓出了一个大泡，很像银色的口香糖泡泡——这是五潮觉得人类穿着盖尔菲尔德制服才会做的第二件有趣的事，好玩程度仅次于打喷嚏。“这东西不健康，还有毒，”吉纳－霍夫恩告诉进犯者军官，“很完美地复刻了酒的精髓。替我向药剂师致敬。”

“我把它们递给别人吧，”五潮说着，捏碎了一个球形烧瓶，他朝一个路过的侍者懒散地一招手。“快点，”他说着，又牵起人类朋友的手，“我们去饭桌那边吧，我的肚子都和开战前胆小鬼的肠子一样空了。”

“不，不，不对，你得快点儿吃，你这愚蠢的人类，要不然斑纹猎犬会把它吃了的。看……”

进犯者正式宴会的用餐场所围绕着一张直径十五米的圆形巨桌，每张巨桌中央下方都有一圈决斗场，在每道菜的间隙和用餐时刻，决斗场内都有动物在打架。

过去，军队或者进犯者社会更高等级群体举行的宴会上，常常会安排被俘的、不同种族的异星人进行决斗，这是特别表演，也是相当常见的亮点节目，尽管组织这样的打斗代价高昂，还要根据决斗者不同的化学成分和气压做复杂的技术准备（更不用提经常给正在观看的宴会参与者带来怎样的危险了；谁会忘记334年在“深刻伤疤”桌上那恐怖的爆炸呢？模拟大气的超高压透明圆顶角斗场爆炸后，当时在场的每一位宾客都落得了又破碎又光荣的下场）。事实上，进犯者对习惯保持对外友好的次要太空生物采取野蛮行径——在进犯者军事力量的枪口下，这些次要生物通过打斗来证明他们的奋斗精神，从而博得一线生机；进犯者内部的一个位高权重之人深觉此举不妥，常常与其他人一起反对。这一反对导致进犯者普通社交宴会陷入明显的沉闷氛围。

然而，近些年来在真正特殊的场合中，总还是会有两名进犯者因为恶劣的天性而打起来，又或者是囚徒之间的生死争夺。这样的决斗往往要求参赛者被捆绑到一起，手中拿着的武器是银刀——仅比帽针结实一点点，如此就能保证两人的打斗不会快速结束。吉纳－霍夫恩从没有被邀请见证这样的比赛，当然，他也不想看；这是那种不会让外星人旁观的活动，更何况，决斗场面的残暴程度和观众内心期待的相比，只多不少。

这次晚宴是为了纪念进犯者第一次与值得铭记的劲敌进行太空战役的1885周年，所有的娱乐项目与所呈菜肴密切相关，因此，第一道菜的鱼旁边的容器中还流动着乙烷气体，侍者介绍说这是特别培育的斗鱼。五潮兴高采烈地向他的人类朋友介绍这种鱼独特的个性，这种鱼类的嘴部非常特别，不能像其他正常鱼类一样进食，只能通过吸食其他鱼类的血液为生，有些鱼养来就是专门供这种斗鱼吸血的。

第二道菜是一些可食用的小动物，在吉纳－霍夫恩看来，它们都毛茸茸的，甚至可以说很可爱。小动物们绕着圆桌中间那圈决斗场奔跑，后面有一条又长又滑溜两端长着很多尖牙的东西追赶。欢呼声、叫喊声不绝于耳，进犯者咆哮着，捶打着圆桌，相互打赌、辱骂，用长叉子朝小动物们刺去，同时，他们还铲起已经烹饪好的小动物，扔进自己的喙中。

斑纹猎犬是主菜，当两只动物——每只都有丰硕人类那般大小，只不过长着八条腿——用植入的锋利尖牙和长螯爪相互疯狂撕咬时，被切成丁的斑纹猎犬肉被放在一大盘压缩蔬菜上，呈上桌。进犯者认为这道菜是整场宴会的亮点，这道菜可以容许宾客们用自己那把小型鱼叉（在其他任何地方都会令人印象深刻）从其他宾客朋友的大木盘里叉走一大块肉——现在五潮正向他的人类朋友解释如何使用鱼叉，他轻巧地拍了一下绑在鱼叉上的渔线——然后把肉钓回自己的木盘，喙和触腕都不要被决斗场里的斑纹猎犬咬掉，也不能被其他宾客在半路把肉给劫走，更不能弄丢气囊上面的传感装置。

一位上将正专心用鱼叉袭击别人的木盘，可惜失败了。“美妙之处在于，”五潮说着，趁这位上将不注意，将手里的鱼叉朝他的木盘扔过去，“最清晰的目标往往是最远的。”他嘟囔着说，迅捷地插起斑纹猎犬肉块，在上将右侧那位军官拦截之前快速地把肉从对方的盘子里拽走。肉块在空中划出一道优美的弧线，五潮几乎没有挪动身体就用喙接住了它。他开心地左摇右晃，赢得满堂触腕拍打的喝彩声，然后，他重新坐回 Y 字形软垫。“看到没？”他说着明显地吞咽了一下，吐出了鱼叉和绳线。

“我看到了。”吉纳－霍夫恩说着，仍然不想拿起眼前的带线鱼叉。他坐在五潮的右边，在改进了的 Y 字形托架上落座，托架的中间放一块木板。他双腿悬在围绕着桌子的垃圾沟上边，制服曾向他保证说，如此一来他散发的臭味是进犯者美食家们更青睐的。当一柄鱼叉从左侧飞过来几乎快要击中他时，他畏缩着躲闪到一边，差点儿从座位上掉下去。

吉纳－霍夫恩的狼狈惹得周围人哄堂大笑，五张桌子开外的一个进犯者军官夸张地道了歉，那人的目标是五潮的盘子。吉纳－霍夫恩礼貌地将鱼叉和渔线拾掇好，还了回去。他回到自己位置上，挑起面前加压容器里某种无关紧要的小块食物，用一个形状像只有四指的小手一样的盖尔菲尔德工具将食物递送到嘴里，他的腿还在垃圾沟上面晃悠。他感觉自己就像和一群大人吃饭的小孩子。

“差点儿就打到你了，是吧，人类小朋友？哈哈哈哈！”坐在五潮对面的外交军团上校冲他吼道。他用触腕拍拍吉纳－霍夫恩的后背，一把将他从座位上推到桌子上。“哎呀糟糕！”上校说着用蛮力把吉纳－霍夫恩给拽回来。

吉纳－霍夫恩礼貌地笑笑，从桌上拣起墨镜。外交军团的这位上校向来以急脾气著称。令“文明”沮丧的是，这种头衔在进犯者外交官里太常见了。

五潮曾解释过这个问题，进犯者军团中某些人为他们自己的社会体系有外交活动感到羞耻，所以，这些人想要极力消除让他们困扰的事，在面对看起来有柔弱外表的其他物种时，他们的外交政策就是让外星人看到攻击性最强、最排外的进犯者，而对于那些可能会造成异常危险的外族，进犯者的态度又会变得柔和。

“来吧，伙计！我可要再扔一次！就因为你不吃这该死的东西，也不该错过参与这么好玩的游戏！”

另一鱼叉从桌子对面掠过决斗场朝五潮的盘子落下。进犯者军官截住了鱼叉，把它扔了回去，惊天动地地大笑起来。鱼叉的主人恰好及时地躲闪开，一个路过的奉酒侍者的气囊被击中，尖叫起来，他的气囊“嘶嘶”地漏了气。

吉纳－霍夫恩看看五潮木盘里的肉块：“为什么我不能直接从你盘子里把肉叉走呢？”

五潮愤然起身。“从你邻居的盘子里抢肉？”他低吼道，“那是作弊，吉纳－霍夫恩，也可以看作侮辱，直接可以决斗的那种！好家伙，在‘文明’你们都是怎么进行礼仪培训的？”

“请见谅。”吉纳－霍夫恩说。

“好说。”五潮说着，点了点他的眼柄，缠起他的鱼叉线，把自己盘子中的一个肉块送进喙，端起酒杯，一条触腕和其他人一样拍打着桌子，此时，一只斑纹猎犬咬住了另一只猎犬的后背，拽住后者的脖子。“咬得好！咬得好！七个，真是我的好狗！我的！我给它下的注！我下注了！我！你看到没，小苗苗？我告诉过你！哈哈哈！”

吉纳－霍夫恩微微摇摇头，笑了起来。他一生中从来没去过和这里一样完全陌生的异星，他身处绕着一个黑洞公转的、被冰冷压缩大气层包裹的巨大环面——黑洞本身绕着一颗棕色矮星公转，这颗矮星距离附近的星球有几光年远——环面外侧嵌满了飞船，大多数进犯者飞船是锯齿形的球状体，里面充满了欢声笑语，进犯者和他们收集的相关俘虏物种在飞船中生活。不过话又说回来，他从来没有像现在这样感受到回家般自在。

"吉纳－霍夫恩，是我，斯科普尔·阿弗朗奎。"吉纳－霍夫恩脑袋里出现另外一个声音，是轻便飞船通过制服在对他说话。"我有一条紧急消息。"

"不能等等吗？"吉纳－霍夫恩想，"我正忙着应付不能出一丝纰漏的用餐礼仪呢。"

"不行，等不了。你能马上回来这里吗？立刻。"

"什么？不，我走不开。天哪，你疯了吗？我才刚刚到这里。"

"不，你才不是，你在八十分钟前从我这儿离开的，你穿着正装在那个动物马戏团里已经吃上主菜了。从你这破制服传来的信息，我能看到你在干什么——"

"我就知道！"制服插话。

"你闭嘴。"轻便飞船说，"吉纳－霍夫恩，你现在回不回来？"

"不回。"

"好吧，让我来重申一下沟通优先级……好，现在的状态是——"

"打个赌怎么样，人类朋友？"五潮说，一条触腕"啪"地拍到吉纳－霍夫恩面前的桌上。

"呃？打赌？"吉纳－霍夫恩喃喃地问，脑中迅速回想这位进犯者军官刚才说的话。

"我拿五十萨克币赌下一个从门出来的是红狗！"五潮喊道，

目光扫了一眼身边的年轻军官。

吉纳－霍夫恩用手也使劲拍了一下桌子。“不够！”他喊道，感觉制服还将他翻译后的声音相应地抬高了。无数双眼柄转向他，“我赌一百萨克币给蓝狗。”

五潮的出身是那种略有余钱的家庭，绝非富得流油的钟鸣鼎食之家，对他来讲，五十萨克币已经是一个月可支配收入的一半了，他略微犹豫了片刻，然后把另外一条触腕拍到先前那条上。“该死的外星人！”他夸张地吼起来，“你觉得两百萨克币就是我这个等级军官合适的赌注？一百就一百！”

“五百！”吉纳－霍夫恩高喊，用另一只胳膊拍到桌上。

“六百！”五潮吼着，将另一条触腕也砸到桌面。他看着其他人，与身旁人都露出会意的表情，一同与大家开怀大笑；渺小的人类已经没有多余的胳膊了。

吉纳－霍夫恩在座位上扭动了一下，把他的左腿抬上来，靴子后跟踩到桌面。“一千，你这该死的贱种！”

五潮把第四条触腕已经甩在吉纳－霍夫恩面前的桌上，桌子此刻已经显得十分拥挤。“好！”进犯者军官吼道，“你得知道你很幸运，我是可怜你，没再加大赌注，让你把自己丢进垃圾沟里，你这小瘸子！”五潮笑得更响亮了，还回头看了一圈周围的军官。他们也都笑起来，有些是他的直系下属，有的是五潮的亲朋好友——笑声过于洪亮，夹带一种铤而走险的感觉，如此高的赌注足以让一般人陷入生活困境、银行账户、父母的麻烦之中，或者三者都有。其他人脸上再次出现吉纳－霍夫恩知道的假笑表情。

五潮兴致高涨地为附近每个人的酒瓶灌满烈酒，鼓动桌旁的大家开始唱起歌来：“决斗场还不开，决斗场老板上烤架，慢慢烤，慢慢烘……”

“好吧，”吉纳－霍夫恩心想，“轻便飞船，你刚才说什么来着？”

“如果让我说的话，刚才的赌注真是离谱了，吉纳－霍夫恩。一千！如果五潮输了，他可付不起这么高昂的赌注，若他赢了，我们也不想看到他这样肆意挥霍我们的资金。”

吉纳－霍夫恩不自觉地微微一笑。真是个可以惹恼所有人的绝佳妙招。说得真难听，他想。

“所以，什么信息？”

“我想我可以将此信息导入你制服的大脑里——”

“我能听到你的话。”制服说。

“不要让我们的朋友接收到此信息，吉纳－霍夫恩。”轻便飞船告诉他，“使用‘倍速’腺素加快脑神经的运转模式，然后——”

“打断一下。”制服说，“我认为在当前情况下，拜尔·吉纳－霍夫恩想要用“倍速”这种猛药的话需要三思。毕竟，自他离开你的管辖范围，他就是我的责任了，是不是，斯科普尔·阿弗朗奎？我的意思是，公平点儿。你一副高高在上的样子，看什么都很轻松——”

“少插手，你这腹中空空的机械外膜。”轻便飞船警告制服。

“什么？你竟敢这么说！”

“你们两个能不能都闭嘴？”

吉纳－霍夫恩告诉它们两个，努力不真的喊出声来。五潮正在对他说“文明”的事，因为两台机器在他脑海里争吵，他已经漏听了前半部分。

“……像这个一样令人激动吧，是不是，吉纳－霍夫恩？”

“实际上，没有。”他盖过喧嚣的歌声大喊。他将盖尔菲尔德上的工具放低，伸进一个食物容器，然后把食物凑到嘴边。他微笑着，吃东西时露出凸起的腮帮。五潮打了个嗝，往嘴里塞了一块人头大小的肉，转头又去决斗场那边找乐子，场中，两只新鬣狗仍在小心翼翼地盘旋，互相打量试探对方。它们看起来不分伯仲，吉纳－霍夫恩心想。

“我现在可以说话了吗？”轻便飞船说。

“可以。”吉纳－霍夫恩想，“现在说说吧，什么事？”

“正如我刚才所说，是一条紧急信息。”

“从哪儿来的信息？”

“通用系统星舰，死亡与重力。”

“哦？”吉纳－霍夫恩对这名字有点儿印象，“这个老家伙不是要和我说话吧？”

“同感。显然是这样的。听着，你到底要不要听这条信息？”

“好吧，但我为什么得使用‘倍速’？”

“当然是因为这是一条长信息……实际上，是交互式信息，一条完全交代行文背景的信号集，另外还附有抽象的意识状态，足够回答你的问题了。如果你就坐在这里听，脸上会出现木然神游的表情，那时，就算你的东道主正在猎杀侍从当下饭菜，你的表情也变不了。我说过这事很紧急。吉纳－霍夫恩，你现在在认真听我讲话吗？”

“该死，我当然在认真听。不过，哎呀，你就不能告诉我信息是什么吗？简要一点儿。”

“信息是给你的，不是给我的，吉纳－霍夫恩，我没看过。如果我转述的话，信息会被拆解的。”

“好吧，好吧，我接受‘倍速’，该死。”

“我还是要说，这不是个好主意……”盖尔菲尔德制服喃喃自语。

“闭嘴！”轻便飞船说，“抱歉，吉纳－霍夫恩。这是信息的内容。”

“从通用系统星舰死亡与重力至塞都－布雷捷萨·拜尔·弗罗·吉纳－霍夫恩·达·奥斯，信息开始。”轻便飞船用官方语调说话。另一声音接入：

“吉纳－霍夫恩，我不会假装自己很高兴地再次联系你，然而有人拜托我这样做，我很尊敬和崇拜这些人的意见和判断力，所以，若我没有尽自己所能来联系你，我就会有负于职责所托，严重失职。”

吉纳－霍夫恩在脑海中做出相当于叹息的表情，用手托着下巴——得益于加快模式，他的中央神经系统高速运转，他周围的一切都以慢速度发生。通用系统星舰*死亡与重力*那啰唆的腔调和他当初认识它的时候一模一样，看来这么多年它的谈话风格丝毫未变，就连声音听起来都还是那么——傲慢、浮夸又单调无味。

“因此，在充分认识你习以为常的唱反调、执拗和任性的个性下，我以交互式信号来与你联络，通知你此信息。我发现你现在是我们的一位外交大使了，负责联络进犯者那帮幼稚冷酷的残暴恶棍；我有种不太愉快的感觉，这也许可以看作对你的一种小小惩戒，如果不是工作需要的话，也许你会很适应那种环境的，我相信，当你用一贯临时抱佛脚的粗心大意和漫不经心的自私自利来工作的话——”

“如果这一信息是交互的，我能请你赶紧说重点吗？”吉纳－霍夫恩打断它。

他看着两只斑纹猎犬紧张地站在决斗场两边。

“重点是你的东道主要与你暂别一段时间了。”

“什么？为什么？”吉纳－霍夫恩思索着，即刻起了疑心。

“此事已定。我得赶紧说明一下，这个决定与我无关。其他地方需要你。”

“哪里？去多久？”

“我不能明确告诉你要去哪里，也无法确定会离开多久。”

“说说看嘛。

“我不能说，也不会说的。”

“轻便飞船，终止这条信息。”

“你确定？”斯科普尔·阿弗朗奎问。

“等等！”通用系统星舰说，“如果我说我们需要占用你大约八十天的时间，你满意我这样的回答吗？”

“不，不满意。我在这里很高兴。以前受到特情局‘来吧，为我们做点事吧，来吧’的邀请时，我三番五次地陷入麻烦境地。”（事实上，这话并不完全正确。吉纳－霍夫恩之前只为特情局服务过一次，但他知道——至少是听说过——很多人为星际事务部的间谍活动和卑鄙伎俩卖命后，收到的报酬比他们原本期望的多得多。）

“我不是要……”

“再说，我在这儿还有工作要做，”吉纳－霍夫恩插话，“一个月后，我就会得到另一次旁听大理事会的机会，我会提议让他们对邻居星球友好些，否则我们会考虑让他们自行武力解决。关于这一令人激动的好机会，你最好告诉我更多细节，否则你还是直接放弃，别说了。”

“我没说我是代表特情局和你讲话的。”

“你在否认你是特情局的？”

“也不是，就是——”

“那就别瞎扯了。谁会想要把一位才华横溢又高效办公的大使就这么拽走？”

“吉纳－霍夫恩，我们这是在浪费时间。”

“我们？”吉纳－霍夫恩心想，眼睛盯着两只斑纹猎犬缓慢地朝对方扑过去。“算了。你继续。”

“这项任务要求一个——很明显——行事周全而巧妙的人，这也是我个人认为你完全不适合此任务的原因，在所有细节完备之前，对我，对你的轻便飞船，对你的制服，甚至对你本人，特情局都不能愚蠢地将所有细节一一道明。”

“看看，又来了，这就是你往外推的借口吧，什么‘特情局需要……’的狗屁官腔。我不在乎这次任务需要多么保密，如果我不知道让我去干吗，我就不会考虑接下这个活儿。”

斑纹猎犬此刻正准备发起袭击，两只狗跳起后都拱起身子。该死，吉纳－霍夫恩心想，这也许是斑纹猎犬之间一局定输赢的决斗，最初的那次攻击直接决定了结果，这回，就看是哪只野兽能把利齿咬进对方的脖子里了。

该条信息用一种和*死亡与重力*平时说话时的口吻非常接近的语气强调道：“占用你八十天时间而已，其中百分之九十九点九的时间里，你不过是从 A 地赶到 B 地，这就是整个过程中最繁重的部分了。行程的第一部分是赶路，我猜条件相当舒适，你会乘坐进犯者的飞船，我们会请求他们派飞船（大概是需要付钱的）送你，随你差遣；行程的第二部分，你将被安置在舒适的‘文明’通用星际飞船上；紧接着换乘另一艘‘文明’飞船行驶一小段路程，在那里，你将完成你的最终工作——当我说‘一小段’，也许只需不到一个小时，当然了，不会占用你超过一天的时间。然后你就可以返程，和你的进犯者朋友再续前缘。我认为这次任务听起来不算艰难，对吗？”

两只斑纹猎犬一跃而起，在一米高的半空中相遇，它们都瞄准对方的喉咙咬去。结局很难说，但吉纳－霍夫恩还是觉得五潮的那只狗处于劣势。

“是是是，我以前就听说过，*死亡与重力*老兄。对我有什么好处？为什么必须是我——啊，该死……”

“什么？”*死亡与重力*发信息问。

但吉纳－霍夫恩的注意力在别的地方。

两只斑纹猎犬碰到一起，撕咬起来，落到决斗场的地面，慢动作中，它们掉落时四肢混乱交织在一起。蓝项圈的动物用下颌锁住了红项圈的野兽。大多数进犯者开始欢呼。五潮和他的支持者们尖叫着吼起来。

该死。

“制服？”吉纳－霍夫恩呼唤。

“什么事？”盖尔菲尔德制服应声，“我以为你一直在和——”

“先别管什么信息了。看见那条蓝鬣狗了吗？”

“我和你的眼睛都没离开过那该死的东西。”

“用效应器打它，把它从另一只狗身上撵下来。”

“我不能那样做！那样可是作弊！”

“五潮的屁股都气得朝天转了，制服。赶紧打，要不然你就要为一起重大外交事故负责了。怎么选择，取决于你。”

“什么？但是……”

“用效应器打它，制服。快点儿！我知道最近一次升级让你可以躲过他们的监控偷偷做到。哦！看看啊。哇！你就感觉不到你周围的那些假肢吗？五潮现在肯定是要告别他的外交生涯了，也许他已经产生了找我决斗的想法。在决斗之后，不论是我杀了他，还是他杀了我，都不重要了。也许，还会有一场大战吧，在‘文明’和进犯者之间——”

“好吧！好吧！我开枪了。”

吉纳－霍夫恩的右肩上方发出嗡嗡声。红项圈斑纹猎犬猛地起身，蓝鬣狗中腹部弓起，松开了紧咬的利齿。红项圈的猛兽从另一鬣狗的身下挣脱出来，扭动身躯，反身咬住蓝鬣狗，立即扭转了局面，红鬣狗的锋利假嘴牢牢抠进蓝项圈鬣狗的喉咙。从吉纳－霍夫恩这里看，仍然全部是慢动作，五潮已经激动地跳到半空了。

"好样的。死亡与重力，你刚才在说什么？"

"你刚刚干什么去了？你在做什么呢？"

"不重要。如你所言，时间就是用来浪费的。继续说吧。"

"我猜，你想问的是有什么回报吧。你想要什么？"

"天哪，够坦率，让我想想。我能拥有一艘自己的飞船吗？"

"我认为这是可以商量的。"

"我不相信。"

"你可以拥有你想要的东西。这样说可以吗？"

"哦，当然行了。"

"吉纳－霍夫恩，拜托。我求你了，请你答应吧。"

"死亡与重力，你在求我？吉纳－霍夫恩在脑海中大笑着问，同时，蓝项圈斑纹猎犬在另一只野兽的啃咬下绝望地满地打滚，五潮转过身面向他。"

"是的，我是在求你。现在你同意了吗？时间宝贵啊！"

从眼角余光中，吉纳－霍夫恩看见五潮的一条触腕朝他挥过来。他那反应迟钝的身体已经准备好迎接这一重击。

"我会考虑考虑的。"

"但是——"

"中断信号，制服。告诉轻便飞船不必等我回去了。制服，现在是命令指示：直到我再次召唤你之前，下线吧。"

吉纳－霍夫恩停止了"倍速"。他微笑着，愉快地叹了一口气，五潮的庆祝性击掌"砰"地落在他后背，"文明"输了一千萨克币。今晚，会很开心。

IV

那个夜晚，恐惧又一次袭击了司令官，满月的幽暗光线里，一片灰蒙蒙。这次，更糟。

梦中，在黎明的微弱光线下，他从宿营床上起身。峡谷谷底，停尸马车上空的烟囱冒出股股浓烟。营地没有其他活动的东西。高耸的警戒塔矗立在旁边，他穿过静默的帐篷，赶往索道缆车，乘坐索道缆车穿过森林上空，到冰河那里。

白色的光线晃得他睁不开眼，冰冷稀薄的空气刺痛着他的喉咙。寒风吹得他瑟瑟发抖，冰河裂隙纵横，冰面上那层细碎的雪粒被风扬起，仿若白色面纱，冰河就这样蜿蜒斗折地静伏在黑岩石与白雪山之间。

司令官环顾四周。他们此刻正在雕刻西侧的面部；这是他第一次来看最新的工作场地。这张脸位于他们在冰川上炸出的一个大凹陷坑里，在巨大的闪亮冰块面前，人、机器和拖缆渺小得犹如昆虫一般。这张脸是纯白的，除了几个黑点，从这个距离来看，那些黑点是大石头。看上去太陡峭了，很危险，他心里这样想着，但如果切得角度浅一点，他们就得花费更多时间，可是总部总是催促他们加快工期……

倾斜陡坡的顶端，拖缆松开了钩住的货物，一列火车在等待出发，黑色的浓烟飘过白得刺眼的原野。警卫们跺着脚，工程师们站在绞盘发动机旁激烈地争论，一辆篷式货车卸下了刚刚用完的码垛机。一雪橇满载着雕刻面庞的工人正从巨大冰沟滑下来；他可以看到这些人愁眉苦脸、苍白清瘦的样子，他们穿着的衣服不比破布片好多少。

“轰隆隆”的声音和震动从他脚下传来。

他慌忙抬头再次看向冰雕面庞，整个东侧面部都在崩塌破碎，雪块缓缓倾泻，汹涌地扑向下面的黑色小点，那些黑色的小点是工人和警卫。他眼睁睁看着为数不多的小小身影转身奔跑，逃离坍塌的冰块，冰雪从空中压下来，也冲到他们身上。

只有几个人成功脱险。大多数人没有那么幸运，他们消失在白色巨浪之下，被闪着银光的苍白风暴抹去了踪迹。那声音如同狂啸，震得他胸膛都能感受到。他沿着冰雕的嘴唇跑到另一侧倾斜面那里，所有人都在呼喊、乱跑。整个凹坑底部都弥漫着飞扬的雪雾和碎冰，掩埋了仍然在逃跑的幸存者，就像冰层坍塌埋住了其他人。

绞盘发动机吃力地运转，发出尖锐的摩擦声。拖缆已经停止工作。他跑到倾斜面附近聚集的人群那里。

我知道这里发生了什么，他心想。我知道我发生过什么。我记得那时的疼痛。我见到了那个女孩。我知道。我知道发生了什么。我必须停止逃避。为什么我不能停下来？为什么我停不下来？为什么我不能醒过来？

当他来到其他人所在的地方时，缆绳仍然被绞盘发动机紧紧拉着，绷得紧紧的——拖拽的东西太沉了。迷雾中，钢索在凹坑的什么地方断开，发出枪响一样的爆破声。钢索在空中发出“嘶嘶”声，像蛇一样在扭动摆尾，摧毁了通往嘴唇这里的斜坡道路，原本钢索上的可怕重物从钩子上掉落，好像从鞭子上甩掉的冰滴。

他朝斜坡上的人群大声喊着，被绊倒在地，把脸直接埋进了积雪。

只有一位工程师及时地从斜坡上跳了下来。

其余的大多数人直接被缆绳劈成了两截，缓慢地跌入雪中，溅出一大摊血迹。一圈圈缆绳敲打着火车的发动机，发出雷鸣般响声，最后缠绕在绞盘上，似乎松了一口气似的；其他的缆绳“砰”的一声落入雪中。

有什么人猛地抡起一把大锤打中了他大腿，伴随剧烈疼痛，他的骨头断裂了。疼痛迫使他在雪地里不停地打滚，他的骨头一直被锤碎、被戳破、被刺穿，这种酷刑持续了差不多半天时间。终于，他在雪地上暂时获得片刻休息，只能痛苦地尖叫着。他看到了那个袭击自己的人。

那是在开挖斜坡时拖拽缆车掘出的一具尸体，那天早上，他们在新冰层的表面还发现了另一具尸体，他们劈开周围冰层，使尸体能够松动，然后像拔掉一颗烂牙一样拽出了尸体，对于这些已故的见证人，他们有责任将其挖掘出来，然后迅速秘密地转移走，送到山谷底部停尸马车那里，把这些引人指责的尸体变成无辜的烟灰。袭击他并敲碎他腿的这具尸体，是十几年前被扔进冰河中的无数尸体之一，那时，这个种族的人被占领此大陆的新征服者屠戮殆尽。

他的肺部挤出一声哀号，像什么东西急切地想要在冰冷空气中绽放一样，就如同其他从冰雕嘴边斜面传来的什么痛苦呼号声。

司令官的呼吸停止了。他盯着袭击他的尸体那坚硬如磐石的面庞，又开始抽泣着呼吸，尖叫起来。那是个孩童的脸，一个女孩的脸。

白雪烧着他的脸。他无法再呼吸。他的腿也传来燃烧的痛楚，亮光笼罩起他的全身。

但不包括他的眼睛。视线开始模糊。

为什么这种事要发生在我身上？为什么这梦不能停下来？为什么我停不下来？为什么我醒不过来？是什么让我重新记起这些痛苦的回忆？

接着，疼痛和寒冷逐渐消去，似乎是被人为带走的，另一种冰冷袭来，他发觉自己……在思考。思考所有发生的事情。在回顾，评判。

……在沙漠中，我们立即烧死了他们。没有一丝马虎。若是把他们埋在冰川中，是不是更有诗意一点？埋入离冰面很远的冰川深处，他们的尸体会尘封在冰中几个世纪。埋得深到任何人想要找到他们，都要花费与我们埋尸时等同的苦力。难道我们的领

袖真的相信他们自己宣扬的，他们的统治会千秋万代？他们能不能看到距今几个世纪后，在冰川破烂肮脏的表面融化时，河面漂浮着从冰封中解脱的尸体？这会不会让他们担心到时候臣民如何看待他们？他们以无比残忍的手段征服了所有地区，他们会不会向未来伸出魔爪，好让未来的人们也像我们假装的热忱那样去爱他们？

……在沙漠中，我们立即烧死了他们。他们顶着酷热和令人窒息的烟尘从长长火车中出来，我们为那些从车厢里走出来没死的人提供了丰富的水源；没有任何人的意志能够抵挡住这么多天在干燥酷热的环境下与死亡为伍所积聚的干渴。

他们喝下有毒的水，几个小时内就都死了。我们把掠夺来的尸体扔进太阳能焚化炉烧毁，以此献祭给贪得无厌的“种族与纯粹”之神。处置他们的方式似乎有些纯洁，好像他们的死亡给他们那卑鄙堕落的生活赋予了永远无法实现的高贵属性。他们的灰烬，如同一团轻飘的粉末，撒在沙漠虚无的天空中，等待下一场暴风雨将其吹散。

最后一批进入焚化炉的是营地的工人——大部分是给宿舍烧煤气的——和所有文字材料：每封信、每道指令、每份申请单、库存单据、文件、便条和备忘录。我们都被搜身检查过，包括我在内。特警一旦发现有人藏匿日记，就会将其当场击毙。我们的大部分个人财物也被烧成了灰。允许我们保留的东西都经过彻底的搜查，我们开玩笑地说，他们成功地将我们制服上的每一粒沙都清理掉了，这可是洗衣店从来都办不到的事。

我们被分开派往被征服区域的不同地方。重新相聚也是不容许的。

我想把发生的事情都写下来，不是坦白，只是为了解释清楚。

我们也很痛苦。不仅仅是身体上的疼痛，过去的已经够糟糕的了，痛苦的还有我们的思想、我们的良知。或许会有些畜生、有些魔鬼会为这一切感到骄傲（也许那时我们迫使杀人犯远离了城市街道），但我们大多数人都不时地经历着内心煎熬，在危急时刻会质疑我们的所作所为是否真的正确，尽管我们明知这是对的。

我们中很多人都做过噩梦。我们每天见到的事情，目睹过的场景，疼痛与恐惧，这些事情不由自主地影响了我们。

被我们处置的那些人，他们的折磨只持续了几天，也许是一两个月，然后就结束了，我们竭尽所能，快速、高效地处理完毕。

而我们的苦难要继续折磨一代人。

我为我所做的一切感到骄傲。我希望做这些事的不是我，但我很高兴自己尽了最大努力去完成，若是再来一次，我还是会这么做。

这就是我要把发生的事写下来的原因；以此见证我们的信仰，我们的奉献，我们的苦难。

我从来不辱使命。

我也为此感到骄傲。

他醒过来，有什么东西在他的大脑里盘旋。

他重新回到现实中来，回到现在，回到他在海边“退休之家”综合楼的卧室；他能看到阳光照耀在屋外阳台的瓷砖上。他那两颗心脏怦怦直跳，后背的鳞片竖起，刺疼了他。他的腿传来疼痛的感觉，使人回想起冰川上那旧伤的痛楚。

这场梦是迄今为止最生动也是最长的梦了，最后梦把他带到了冰雕面部的西侧，让他看到那次缆车事故（这段记忆曾深深埋在他记忆深处，被令人恐惧的白色痛苦淹没）。此外，他的经历已经超出了正常范围，超过了寻常所谓的“梦”，他被迫重温了那次事故，以及当时自己盯着死去的小女孩那张脸喘不过气的体验。

他发觉自己在思考，在解释，甚至在评估自己在军旅生涯中所做的事，那是他生命中具有决定性意义的时光。

现在，他感觉有什么东西在自己的大脑里。

无论在脑中的是什么，他只能闭上眼睛。

“终于。”

它说。那是一句深沉又从容不迫的官方腔调，它的发音近乎完美。

终于？他心想。（这是什么意思？）

“我知道了真相。”

什么真相？（这又是谁？）

“你的所作所为。对你的人民。”

（什么？）

“证据无处不在。沙漠里，覆盖的土壤之下，植物的土里，湖泊的底下，‘文明’的记录里也有；忽然消失的艺术品，建筑和农业方式的变化。还有一些隐秘的记录证据，存在于书籍、照片、录音、标记本之中，都与刻意重写的历史相矛盾——但这些记录仍然不能解释为什么这么多、这么多人忽然一下子消失，又没有任何同化现象发生。”

你在说什么呢？（他脑里的东西是什么？）

“你不会相信我是什么，司令官先生，但我现在所说的是‘种族灭绝’的事情，而你参与其中。”

我们只是做了必须做的事！

“感谢你，我们已经了解了全部真相。你的申辩，我们会留意的。”

我相信我所做的一切！

“我知道。你所剩不多的正直偶尔会质疑，但最后你还是会全然相信自己的所作所为。这不是借口，但也是一个可申辩的关键点。”

你是谁？谁给你的权利溜进我的大脑？

“在你们的语言中，我的名字应该是灰色地带之类的。是谁给我的权利溜进你大脑，既然你这么说了，那我可以回答你，和你对你残杀的人所持有的权利是一样的——掌控力。超级强的力量。以我自己来说，是极其强大的力量。只是我有其他事要忙，现在必须离开你，但我将在几个月后回来，届时，我会继续调查的。你们之中还有很多人在世，足够来……勘定实情。”

什么？他想着，想要睁开眼睛。

“司令官，你现在的样子已经糟糕到不能再糟了，不过我不在的时候，你可以好好回味一下自己的处境。”

瞬间，他又回到了梦中。

他从床上摔下来，身下的那条白如冰雪的床单裂开，卷着他落进一个无底的血液储存罐；他从血罐里继续跌落至有光的地方，又跌进沙漠、沙土中的火车；他跌进一辆火车中，跌入一辆卡车里，在这里，他的断腿和恶臭的死尸、呻吟的将死之人拥挤在一起，随处是沾满粪便的尸体和哭哭啼啼、长满疮的半死人，苍蝇嗡嗡乱飞，他极度干渴，心中腾起无名的苦火。

经历了无尽的痛苦之后，他死在了运牛的卡车里。他还有时间简短地瞥一眼退休大楼里他的房间。即便他的大脑处在停滞的震惊状态，既痛苦又疯狂。他仍然有时间去思考，大脑感觉自己深陷在酷刑般的梦境里至少已经一天了，然而，他房间里的所有东西看上去和之前是一样的。然后，他又被拖入梦中。

他在被埋的冰河下面醒来，冻得奄奄一息。他头部中枪，但只使他无法动弹，并不致命。又是无尽的痛苦。

他又想起来“退休之家”，阳光还在同一个角度。他没想到会感受到这么多痛苦，不是一次，不是一个生命，不是一个。他发现在做下一场梦之前，他有时间伸展一下身体，在床上移动一根手指的距离。

接着，他被关在一艘船里，漆黑的船舱里挤着成千上万的人，周围笼罩着恶臭、污秽、哭号和痛苦呻吟。两天后，当海水闸门开启，他已经是半死之人了，那些活着的人开始被水淹没。

第二天早上，清洁工在离公寓门不远的地方发现了这位身体蜷缩成一团的退休老司令。他的心脏已经停止了跳动。

他脸上的表情异常痛苦，吓得“退休之家”的看管员几乎昏倒，只好坐下。医生宣布，老司令走得很快。

V

[窄束信号，M16.4，接收时间 n4.28.858.8893]

通用星际飞船灰色地带：喂，我已经动身出发了。

通用系统星舰诚实的错误：早该如此。

通用星际飞船灰色地带：有些事要处理。

通用系统星舰诚实的错误：又要偷窥更多的动物大脑？

通用星际飞船灰色地带：历史有待发掘，真相有待调查。

通用系统星舰诚实的错误：我原以为，在任何期望探寻真相的行程中，最不应该探寻的地方就是动物大脑。

通用星际飞船灰色地带：相关物种精心策划了一次最为成功的灭绝事件，既消灭了他们物种的一个重要分支，又销毁了关于这次种族灭绝的一切物理记录，这个时候，我们几乎没有别的选择。

通用系统星舰诚实的错误：我敢肯定，没有人会认为你这件事做得有悖声名。

通用星际飞船灰色地带：天哪，谢谢夸奖。这也就是其他飞船称我为绞肉机的原因。

通用系统星舰诚实的错误：那是当然。

通用星际飞船灰色地带：好啦，让我祝福你会一切顺利，不管我们的朋友会对你提出什么要求。

通用系统星舰诚实的错误：谢谢。我的目的就是让大家开……

（信号文件终止。）

VI

他扔下了武器和溶解后的液体筹码。两支重型微步枪“哐当”一声被丢在气闸门外的弹力吸垫上，斗篷恰好落在步枪后面。两支枪的亮泽护木上反射出柔和的光线。暴露在轻便飞船适宜人类生存的温度下，他夹克口袋里的水银筹码迅速融化成液态。他感觉到这一变化，停下脚步，困惑地盯着口袋。他耸耸肩，然后把口袋翻出来，让水银溅落到垫子上。他打了个哈欠，继续往前走。有意思的是，轻便飞船竟然没有和他打招呼。

手枪掉落到铺着地毯的地面，上边凝结了一层细密的水珠。他随手把短夹克挂在大厅的一座雕塑上，又打了个哈欠。现在，已经是接近黎明的时候了，还有时间睡觉。他卷下及膝靴的靴口，把靴子甩到通往泳池的走廊上。

当走到轻便飞船的主客厅区时，他正脱下裤子，手扶着墙，弯腰拖着脚往前走，一边咒骂这些烦琐的衣服，一边努力地褪下衣裤避免被衣裤绊倒。

有个人在不远处。他停下脚步，凝视着那里。

坐在客厅最舒服位子的那个人，看起来像是他最喜欢的叔叔。

吉纳－霍夫恩站直了身子，摇晃了一下，凝视着闪烁不停的那人。

“蒂什林叔叔？”他眯着眼对那幻影说。他倚靠在古董储藏柜上，总算是把他的裤子拽了下来。

人影是高大的白人形象，轮廓分明的面庞上挂着淡淡笑容，人影站起身来，抚平了长礼服上的褶皱。“只是仿真版本的我，拜尔。”人影发出隆隆声。人影的头向后仰起，用一种打量、质疑的样子盯着他。“他们真的希望你能为他们做这件事，孩子。”

吉纳－霍夫恩挠挠头，对制服嘟囔了几句。制服便开始从他身上剥落。

“你能告诉我到底是什么事吗，叔叔？”他问道，从盖尔菲尔德制服中走出来，深深吸入轻便飞船里的空气，不是说他有多烦制服，只是这里的空气味道更好。制服将自己整理成一个人头大小的球，默默地飘走去自我清洁了。

全息人影缓缓地呼出一口气，然后双臂交叉，这个姿势吉纳－霍夫恩很小的时候就熟悉了。

“简单地说，拜尔，”人影说，“他们想让你帮忙去偷一个已故女人的灵魂。”

吉纳－霍夫恩站在那里，几乎一丝不挂，仍然晃着身子眨眼。

“哦。”过了一会儿，他说。

2. 非此处发明

I

嚯！……终于醒过来了。快速扫描周围环境后，没有发现威胁，看起来……嗯，飘在太空中。奇怪。周围没有人。蛮有趣。视线变差了。啊哦，这可不是好兆头。感觉也不太对劲。缺了什么东西……时钟运转得很慢，好像被什么电子垃圾干扰了……进行全部系统检查。

……哦，我的天哪！

嗡嗡机飘浮在漫无边际的黑暗星际空间。真的很孤独。完完全全，甚至可说是让人恐惧的孤独。它四周散布着残骸碎屑，这些碎屑曾是它的动力、感应和武器系统，它惊讶地发现自己的身体已经变成了一堆废墟。嗡嗡机感到很奇怪。它知道自己是谁——塞斯拉・伊瑟勒斯 1/2，来自探险飞船和平造就富足的 D4 型军事嗡嗡机，隶属于伊兰彻探寻者第五舰队天文学家宗。不过，真正的记忆从它刚才苏醒的那一刻才刚刚开始。不知道在千万千米之外的哪个地方被狠狠地炸了个稀巴烂。真是太糟了！谁干的？发生了什么？它的记忆呢？它的思维状态呢？

实际上，它怀疑自己明白是怎么回事了。它正在以五级大脑的中等水平来思考，电子脑思维。

电子脑之下是原子力连接体，下面是生物－化学大脑。理论上来讲，两条思维通路应该都是畅通的；实际使用时，它发现两者都受到了损害。原子机械大脑没能对接收到的系统状态信号做出正确反应，半生物半化学的大脑只是一团糨糊；要么就是最近嗡嗡机进行了某种艰难的操作任务，要么就是它被什么东西给狠狠捶打了。它很想现在把整个生物－化学大脑扔进太空，但它知道，这一细胞大脑或许会成为备份的素材，将来会被置入其他什么机器中。

在它此时所在的上方，有一对非常宽的通往光子核的导管，光子核，是真正的智能核心。两条导管都被封住了，而且象征性地用警告信号封闭着。光子导管旁边的单个信号亮起，这表明内核里面，还有东西存活。智能核心要么是死亡，要么空了，要么只是沉默着。

嗡嗡机又进行了一次操控系统的检查。似乎整套装备都由它控制。它想确认感应和武器系统的损毁是否是真的。也许只是幻觉，也许整套器械装备实际上都处于完美的工作状态，都可以被一个或者两个智能元件操控。它朝着组件系统的更深处检查。不，不可能是这样的。

除非整个状态都是仿真实战，这是可能的，一次测试。如果你忽然发现自己在星际空间孤零零地飘浮，几乎所有系统都严重受损，思维状态降低到第三阶，没有任何能获得救援的迹象，没有任何记忆能证明自己是怎么到这里来的，也记不起发生过什么，你会怎么办？听起来就像是特别令人讨厌的模拟测验，是嗡嗡机训练和选拔委员会设计出来的最坏状况。

唉，这也不好说，它只好假装一切都是真的。

它不停地在自己的思维状态里寻找答案。啊哈！

一些封闭的光子核里，电子脑被完整地密封了起来，并贴上了写着“危险”字样的标签——也许是有潜在威胁，但大概率不会有什么危险。在自我修复程序矩阵上也有类似的警告。嗡嗡机暂时没有动这些。它继续检查其他地方，等着把所有其他检查过一遍之后再打开这些包裹，里面或许是一些令人讨厌又惊奇的东西。

可恶，这是在哪儿？它扫描了周围的星球。一组数据在它的意识里闪现。绝对是个偏僻到不能更偏的地方。大多数人称这片星际为“上叶旋涡”，距离银河系中心有四万五千光年。最近的星球——距它十四光月——被称为“埃斯佩里”，是一颗古老的红巨星，很久以前，这颗恒星吞噬了自身星系内的所有行星。气态的星体现在还幽暗地照耀着一些遥远的冰冷世界，还有一颗渺远的彗核星云。星系内任何地方都没有生命，就如同其他一亿个星系一样，空荡无聊、贫瘠荒芜。

这片星域是银河系中又一处人迹罕至和相对来说无人居住的区域。最近的主要社会是萨格瑞思体系，距离这里四十光年，那是一个进化到第三阶段的蜥蜴文明，十几年前，“文明”第一次与他们接触。没什么特别的。星际影响和利益指数如下：“格雷西斯尔”为15%，“进犯者”为10%，“文明”为5%（官方声称的最小值，“文明”对该体系内环境的影响和利益相关度的最小值），还有其他二十个社会体系对该星系进行过浅陋的调查和探测飞行，总共名义上占2%，几乎可以忽略不计；这是一个没有人真正感兴趣的地方；差不多三分之二的文明体系都遗忘、忽视了这片星域。伊兰彻从没直接来这里调查过，虽然经常从远处进行深空远程扫描，但从没显示出什么特别的迹象。没有任何线索。

时间：n4.28.803，伊兰彻社会仍然使用“文明”的纪年方式。嗡嗡机的服务日志摘要记录着它是和平造就富足在n4.13时创造的一对嗡嗡机中的一个，那时，飞船自己也刚刚建成。最近的条目："28.725.500，飞船离开叠层栖息地，飞往上叶旋涡的外层进行标准扫描勘探。"更详细的服务日志缺失了。嗡嗡机在脑中图书馆里看到的最后一个条目是"28.802，每日档案实时更新。"是昨天发生的事，还是计时器出了问题？

它详细地查看了损坏报告，搜索了所有记忆。受损的程度和状态与等离子火造成的损伤接近。因为没有明显的迹象，所以伤害要么来自距离较远的一场等离子爆炸，要么来自距离较近的等离子武器——极有可能是以融合为源头的，但不知被什么东西削弱了威力。更像是近距离的等离子内爆。这不是它自己能做到的。不过，飞船可以。

它的 X 射线最近有发射过的痕迹，防护力场发射器出现了一些漏损。很像是一只嗡嗡机袭击了自己。呃。成对的嗡嗡机中的另一个。

它思考着，认真搜索着。但它无法找到双胞胎的更多痕迹。

它考虑着自身，判断着飘浮的方位，继续寻找着。

它现在以每秒二百八十千米的速度飘移，几乎直接远离埃斯佩里星系所在的方向。在它前面——集中了所有感知系统的能力，它感觉自己正向前冲——什么都没有；似乎并没有任何目的地。

每秒二百八十千米。太空中的物体，在一定速度内由于自身重量会在时空表面留下相对轨迹，如果有完美仪器可供测量，那么便会发现此时它的速度恰好在形成轨迹的理论极限值之下。现在，这个状况是巧合吗？如果不是，那一定有什么原因将它扔出了飞船，也许是传送。它将感知能力向后集中。没有明显的起始点，后面也没有飞船跟随它。不过，有线索了。

嗡嗡机重新集中注意力，在心里诅咒这退化得无可救药的感知力。在后方，它发现了……气体，等离子，碳。它扩大了焦点范围。

它发现的是一个膨胀的废壳——正以它十分之一的速度飘浮。嗡嗡机回放了废壳的膨胀过程：18.53毫秒之前废壳自40千米远的后方现身，就是它最初醒来的地方。

这意味着它已经在无意识的状态下飘移了近半秒钟。真吓人。

它扫描了远处膨胀的粒子壳。它们很热。混乱。那是残骸。甚至可以说是战斗残骸。碳和离子可能最初是它身体的一部分，或者是飞船的一部分，又或者是人类的一部分。有些氮和二氧化碳分子。没有氧气。

但废壳的速度只有它自身速度的十分之一。这就很奇怪。好像它突然就冲在前面了。又一次，它感觉自己是被传送了，也许吧。

嗡嗡机将一部分注意力缩回内里，来到有警告信号密封的内核这里。我不能再拖延了，它想。

它查到两个内核。第一个用“过去”做了标签。另一个被简单地标注为“2/2”。

嗯哼，它心想。

它打开了第一个内核，找到了自己的记忆。

II

吉纳－霍夫恩飘浮在淋浴花洒下，水流冲洗着身体。今天早上，全自动淋浴房吸回水的扇叶太吵了。他大脑的某个部分告诉他快缺氧了；他要么必须离开淋浴房，要么得摸到通气管，不过通气管可能在他永远也够不到的地方。不然他就得睁开眼睛。真费劲。他站在水下相当舒服呢。

他等着，看看会发生什么。

他的大脑对窒息感漠不关心。突然，他彻底清醒过来，像一个快淹死的普通人一样手脚乱舞，拼命地喘着气，但他还是不敢吸入身边的气泡。他将眼睛瞪得无比大。终于，他看见了通气管，急忙抓住。他猛吸里面的空气。该死，太亮了。他的眼睛瞳孔缩小，暗淡了视野。这样好多了。

洗得差不多了，他对通气管嘟囔着“关闭，关闭”好多遍，但水还是一直流。然后，他回想起轻便飞船此刻没有和他说话，因为他昨晚告诉制服，拒绝接受任何联络信息。显然这种不负责任的行为必定会受到幼稚的轻便飞船的惩罚。他叹出一口气。

幸运的是，淋浴房有个关闭按钮。水不再流出。重力柔和地重新涌入浴室，他随着沉下来的水滴一起缓缓落到地上。一个反向力场轻轻打开，他看着身处其中的自己，所有的水滴都流走了，一滴不剩，他吸了口气绷紧了腹部，扬了扬下巴，同时，他把脸转到最佳角度，抚平了金色卷发上几缕翘起的头发。

“好吧，糟透了，但我依然看起来很棒。”他自言自语地大声说。这一次，大概连轻便飞船都没有在听。

“抱歉，我劝你加快速度。”蒂什林叔叔的幻影说。

“没关系啦。”他嚼着一大口菲力牛排，又喝了一口温热的饮料，轻便飞船一直向他保证这个饮料可以在他睡眠不足时对身体有益。味道可是够恶心的，要么是真的对身体好，要么就是轻便飞船在捉弄他。

“睡得好吗？”他叔叔的幻影问。餐厅中，说话的生物正坐在吉纳－霍夫恩对面，这个地方通风宜人，布置了许多瓷器和鲜花，窗外是轻便飞船常吹嘘的看似实时风景的画面——阳光照射下的山谷三面风光，实际上，那个地方距离这里有半个银河系的距离。一个小型服务员嗡嗡机悬在男人身后墙边的半空中。

“挺好，两小时。”吉纳－霍夫恩说。当他第一次看到他叔叔的全息图幻影的时候，他就在想，他本该在前一天夜里保持清醒，他本可以分泌什么腺素的，让自己保持精神、清醒、热情，然后拒绝所有事情；但他也早就知道，他最终要为自己的所作所为付出代价。他想要告诉他们自己根本不想去蹚这浑水，仅仅是因为他们执意要求，因为他们去麻烦了他最喜欢的叔叔，还劝叔叔来录个“语意环境下大脑抽象状态信号”——还是别的什么称呼。他对所有紧急情况做出的唯一妥协就是故意不去做梦。当时他有一整套相当精彩的梦境场景，有些梦境中有感觉超舒爽的性爱，错过任何一个场景，都是一种主动牺牲。

于是，他上床睡觉了，睡了一个相当香甜但还不算长的觉，而此时蒂什林叔叔的幻影只能在轻便飞船的智能核心里反复斟酌词句，直到他起床。

到现在，他们只寒暄了几句，聊一聊旧事。当然，部分原因是吉纳－霍夫恩觉得叔叔和特情局派这个幻影来算是给了他一个面子——这个幻影不只是一个人格，而是两个，更有助于劝说他改变态度，去做他们想让他做的事（这个幻影也许是特情局伪造的高智能实验品，如此来看，特情局就更兴师动众了……只有妄想狂才会这么想吧）。

“我猜你昨晚过得挺开心。”蒂什林的幻影说。

“其乐无穷。”

蒂什林看上去很困惑，好像没听懂。吉纳－霍夫恩盯着他叔叔脸上的表情，想知道在飞船智能核心的编辑下，他叔叔的复本有多强的理解能力——有多像活人，你也可以这么想。被派到这里传达加密信息来劝说他配合特情局工作的幻影，到底有没有实际感觉？或者它只是看上去像叔叔而已？

该死，感觉太糟了，吉纳－霍夫恩心想。自大学起，我就已经不再为这种感情上的屁事烦恼了。

“你怎么会玩得这么开心呢……和一帮外星人？”全息人影问，眉毛拧紧。

“志同道合。”吉纳－霍夫恩故意隐晦地说，又切开一片牛排。

“但你不能和他们一起喝酒，不能一起进餐，也不能真正触碰到他们，还不能憧憬相同的事情……”蒂什林说，仍然皱着眉头。

吉纳－霍夫恩耸耸肩。“有一种翻译程序，”他说，“你会习惯的。”他又狼吞虎咽地吃了一会儿，留他叔叔的程序——或者可以称为其他的什么东西——慢慢消化他说的话。他用刀指了指叔叔的幻影。“我想要做一件事，当然这种情况不大可能会出现，他们若是想要我，我同意尽我所能。”

“什么？”蒂什林说，向后靠了靠，两臂交叉。

“我想成为进犯者。”

蒂什林的眉毛立了起来：“你想成为什么，小子？”

“呃，有的时候，”吉纳－霍夫恩说，微微转头向他身后的嗡嗡机，嗡嗡机立即快步上前，往他杯里倒满饮料。“我的意思是，我想要的只是一具进犯者的身体，一具我随时可以嗖地一下进入……呃，也就是纯正的进犯者。你知道的，为了社交嘛。我不明白这有什么问题，真的。实际上我一直告诉他们，这样做会维系好‘文明’与进犯者的关系。我真的能和这些人相处得来，我真能做好他们中的一员。可恶。这不就是什么外交大使应该做的吗？”他打了个嗝，“我相信不难办到。轻便飞船说它能办到，但是不应该这样做，这会被用到别的地方，我知道反对意见的模板是什么样子，但仍然觉得这是个好主意。我敢确定我会很享受这一过程，我的意思是，我还可以随时回到自己的身体里啊……这个想法吓到你了吗，叔叔？”

幻影摇了摇头：“你向来是个古怪的孩子，拜尔。我想我早该猜到能从你这得到什么奇怪的想法。任何被派来和进犯者打交道的人，首先都得有些怪脾气才行。”

吉纳－霍夫恩摊开双臂。“我只是在做你做的事而已！”他抗议道。

“我只是想见那些奇怪的异星人，拜尔，我并不想成为他们中的一员。”

“见鬼，我还以为你会为我感到骄傲呢。”

“是很骄傲，但也担心。拜尔，成为一个进犯者，以此作为你为特情局办事的回报，你是认真的吗？”

“当然，”吉纳－霍夫恩说，眯起眼睛看天花板上的房脊梁。“我依稀记得昨晚我还申请了一艘自己的飞船，*死亡与重力*说可以……”他晃晃脑袋，笑了起来，“一定是想象的。”他吃完了最后一口牛排。

“他们已经告诉我他们为你准备了什么回报，拜尔，”蒂什林说，“你一定想象不到。”

吉纳－霍夫恩抬起头来：“真的吗？”

“真的。”蒂什林应声。

吉纳－霍夫恩慢慢点点头：“他们是怎么说服你做中间人的，叔叔？”

“他们只需要问一句，拜尔。我虽已不在星际事务部任职，但我很乐意在他们遇到问题的时候帮忙。”

“不是星际事务部，叔叔，是特情局找我，”拜尔平静地说。“他们的游戏规则还是略微有些区别的。”

蒂什林看上去很严肃，似乎非常戒备。“我知道，孩子。在接下这个差事之前，我问了一圈以前星际事务部的同事。所有事都能对得上，所有事似乎都……可以信赖。很明显，我建议你也相信，从我个人来看，他们告诉我的都是事实。”

吉纳－霍夫恩沉默了片刻：“好吧。他们告诉你什么了，叔叔？”他喝光杯中最后一滴饮料，皱起眉，擦了擦嘴唇，掂量了一下餐巾。他看着玻璃杯底下的残渣，然后瞟了一眼服务员嗡嗡机。它在嗡嗡声中摇摆了一下，相当于人类的耸肩，然后从他手里接过水杯。

蒂什林的虚拟幻影向前坐直，把胳膊架到桌面。“我来给你讲个故事，拜尔。”

“当然可以。”吉纳－霍夫恩说着从嘴唇上摘下什么东西，又用餐巾擦掉了药草末。服务员嗡嗡机开始撤掉餐桌上的其他物品。

“很久很久以前，大约两千五百年前吧，”蒂什林说，“在银河系外圈的一缕恒星束中——最接近阿塞提伊尔星丛，但也并不紧挨着，和任何星系都不挨边——一艘名为问题儿童的吟游诗人级早期通用星际飞船偶然发现了一颗古老恒星的余烬。那艘通用星际飞船开始调查。它发现了非同寻常的事情，不是一处，而是两处。”

吉纳－霍夫恩拽紧了披在身上的睡袍，向后靠了靠，嘴角挂着一丝微笑。蒂什林叔叔总是喜欢讲故事。吉纳－霍夫恩最早的记忆是塞登环状星陆上故乡奥斯的房子，房中那长长的、阳光充裕的厨房；他的母亲、家里其他大人以及他的堂兄弟姐妹都在悠闲地晃悠，叽叽喳喳地说笑，而他呢，坐在叔叔的腿上听叔叔讲故事。有些故事是平常的童话故事——他之前已经听过，但从蒂什林叔叔嘴里讲出来总是感觉更有意思；有些是蒂什林叔叔自己的遭遇，都是他在星际事务部工作时的遭遇，他乘坐各种飞船在银河系中旅行，探索很多陌生的新世界，在星际间遇见各种各样的奇人，发现不少怪异又奇妙的事情。

“首先，”全息人影说，“消亡的恒星留下的所有迹象都表明它已经无比古老了。从当时的技术来看，它已经存在了一万亿年。”

“什么？”吉纳－霍夫恩疑惑地哼出一声。

蒂什林叔叔摊开双手。“飞船也不敢相信。为了确定这个不太可能的数字，它使用了……”全息人像的眼睛瞟到一边，样子像极了蒂什林叔叔思考时常做的动作，吉纳－霍夫恩不由得笑了笑。“……同位素分析和核融合反应测定法。”

“专业术语。”吉纳－霍夫恩一边说着，一边点头。他和全息人像都笑了。

“专业术语，”蒂什林的幻影附和着说。“但不论他们采用的是什么技术，怎么得出的数据，总是能得出同一个结论——那颗死去恒星的年纪至少是我们所在的宇宙的五十倍。”

“我以前从来没听过这件事。”吉纳－霍夫恩摇了摇头，若有所思地说。

“我也是，”蒂什林赞同地说。“尽管就在这一切发生不久后，这件事就公开发布了。当时社会没有对此大肆渲染的原因之一是，当时飞船倍感沮丧，没有提交完整的报告，只是把结果保留了下来，保存在它的主脑里。”

“那个时候有主脑吗？”

蒂什林的人影耸耸肩。“那个时候还不叫主脑，只能称作‘智能大脑’，现今我们大概都叫人工智能吧。但那飞船的智能大脑有超强的感知力，关键是，这份信息一直保留在飞船的大脑中，自始至终。”

当然，数据依然保留在飞船上。实际上，“文明”社会体系所承认的私有财产的唯一形式是思想和记忆。从理论上来讲，公开发布的报告和分析人人都可用，但你的想法和记忆——不管你是人类、嗡嗡机还是飞船主脑——都被视为隐私。甚至，试图去解读别人或者其他机器的思想，都被认为是极其不端的逾矩之举。

就个人而言，吉纳－霍夫恩向来认为这一规则相当合理，尽管多年来，与很多人一样，他深深怀疑这项规则之所以存在，原因只在于它和“文明”众多主脑的主流目的一致，而特情局则特别受此约束。

多亏了这条禁忌，“文明”中每位成员都可以保留自己的秘密，在心里盘算小计划和阴谋。麻烦的是，在人类中，这一规则往往通过恶作剧、小小的嫉妒、愚蠢的误会和可怜的单相思等方式表现出来。上升到主脑层面，这一规则意味着它们会忘记告诉其他人自己已经找到了某个星际社会，或者把改变某一众所周知的文明社会的历史进程这一重担揽在自己肩上（这种行为似乎暗示，终有一日，它们可能不是想对某一文明动手脚，而是对那个“文明”……不过当然，还是假设他们还没有这样做吧）。

“那艘飞船上的人呢，他们怎么了？”吉纳－霍夫恩问。

“他们也知道，当然，但他们也保持沉默，没有张扬。除此之外，他们手中掌握着两件怪事，他们认为这两件事可能会以某种方式关联起来，但他们没有成功，所以他们决定等等看，然后再告诉其他人。”蒂什林耸耸肩，“我想这可以理解。事情太过离奇，我想任何人都会在广而告之以前三思。现如今，你是不可能保持沉默的，但那时候就是这样。行为准则非常宽松。”

“他们发现的另一处不寻常之事是什么？”

“一个物体，”蒂什林坐回到椅子上说。“一个完美的球状黑体，直径有五十千米，环绕着那颗异常古老的恒星转。飞船的探测传感器或者其他技术设备都无法穿透这个实体所在星域，这一实体自身也没有任何生命迹象。此后不久，问题儿童就出现了发动机故障——这几乎是前所未闻的，就算那个时候也不会发生——飞船只好离开了那颗恒星和那一实体。自然，它留下来很多微型和探测传感平台，用来监控那个实体，事实上，它把随飞船带来的所有装备和当时制造的装备都留在那里了。”

“可是，当三年后另一艘探险飞船到达那里时——要记得，这发生在银河系外围，当时的航行速度要比现在慢很多——它什么也没发现，没有恒星，没有实体，没有问题儿童留下的探测传感器和远程监控包；就在后续探险飞船进入可监控范围内之前，前方设备传输过来的信号停止了。投射在重力场上的波纹表明恒星和其他一切东西在问题儿童安全离开传感器监控范围的那一刻就彻底消失了。”

“就这么消失了？”

“就这么消失了。消失得毫无踪迹，”蒂什林肯定地说，“这也是最糟糕的事了。从来没有人弄丢过一颗恒星，即便它已经死了。”

“与此同时，对问题儿童进行维修的通用系统星舰报告，这艘通用星际飞船实际上遭受过攻击，发动机故障并不是制造上的缺陷，而是遭受外来攻击的后果。”

“除此之外，仍然无法解释一颗恒星就这么消失了，而银河系在那之后将近二十年都相安无事。”蒂什林的手在桌上拍了一下。“‘文明’展开了各种调查，成立了林林总总的调查委员会和协会，但他们能得出的结论也不过是：整件事可能是某种超高科技的投影，也许是由先前不为人知的、颇具幽默感的长者文明所创造，也或者——当然这种可能性很小——那颗恒星和其他东西都突然进入了多维空间，然后加速消失了，它们本该能被观测到的，但没有。所以，整件事到现在仍然是一个谜，每个人都反复思量过、推测过，还是没有什么结果，这件事也就不了了之了。”

“后来，在接下来的七十多年里，问题儿童决定不再参与星际事务部的工作了。它离开了星际事务部，加入了隐秘派——对于它那种级别的飞船来说，这是非常罕见的。同时，当时在飞船上的所有成员都进行了所谓的‘非常规生命选择’。”蒂什林露出迟疑的表情，似乎有些不确定自己使用的词是否能表达出足够的信息量。幻影清了清嗓子，继续说道，“大约一半的人选择了永生，另一半人选择自动安乐死。为数不多的人经历了十分微妙但详尽的调查，仍未发现任何异常。”

“然后说一说飞船上的嗡嗡机。它们都加入了同一个主脑群组——依旧属于隐秘派——从此被单独监禁起来。显然，这就更不寻常了。在不到一个世纪内，因为后续‘半矛盾’的‘非常规生命选择’，几乎所有选择永生的人类也都死了。接着，隐秘派和特情局——这一次产生了兴趣，不足为奇——都和问题儿童失去了联络。飞船似乎也消失了。”幻影耸耸肩，“那是一千五百年前的事了，拜尔。直到今日，没有人看过或者听说过这艘飞船。随后，利用更先进的技术，‘文明’对为数不多的人类遗体展开了一系列调查，结果显示，这些人类大脑中的纳米结构发生了轻微改变，已经没可能再做更深一步的调查了。整件事发生了一个半世纪以后，最终公布于众，当时在媒体上掀起轩然大波，彼时已经物是人非，找不到当事人的踪迹：飞船、嗡嗡机、人类，亲历者全都消失了。没有人可以询问，没有人可以采访，没有人可以介绍当时的概况。所有人都已经离开了舞台。当然，最主要的角色——那颗恒星和实体——更是毫无踪迹可循。”

“哦，”吉纳－霍夫恩说，“非常——”

“等一下，”蒂什林打断，他举起一根手指，“还有一个开放性的结局。最终人们找到了一个问题儿童的幸存者，那是五百年前了。或许它会和什么人说话，虽然他们已经两千多年没有交谈过了。”

“是人类吗？”

“是人类，”蒂什林点点头，确认道，“这女人是那艘飞船的正式船长。”

“那个时候他们真有这种职位？”吉纳－霍夫恩说。他笑起来，真是新奇啊，他想。

“只是一种名义上的称呼。”蒂什林承认道。“与其说是飞船的船长，不如说是船员们的船长。反正呢，她现在还以某种缩略形式存在于我们身边。”蒂什林的幻影停顿片刻，仔细地盯着吉纳－霍夫恩，“她被存储在通用系统星舰睡眠者服务上。”

全息幻影停顿片刻，留出时间让吉纳－霍夫恩对这艘星舰的名字做出反应。他没什么反应，从表面来看，什么反应都没有。

“不幸的是，获救的只有她的人格构念，”蒂什林继续说道，“五百年前艾迪兰人攻击环状星陆时，她的身体被摧毁了。我想，按照我们的目的，这是一次契机。如果没有那次袭击的话——大概受了某些富有同情心的主脑帮助——她会始终隐姓埋名。她的身体被摧毁后，人们仔细检查才发现她的真正身份。关键来了，特情局认为她也许知道一些关于未知实体的事情。实际上，特情局认定她知道，不过他们也明白，她也不知道自己所知晓的东西到底是什么。”

吉纳－霍夫恩沉默了一会儿，玩弄着睡袍上的衣带。睡眠者服务。他已经很久没听过这个名字了，甚至已经很久没有想起那个老家伙。他有时会梦见它，有一两次甚至是噩梦，但他努力忘却那些噩梦，努力将那些回忆的片段推到脑海中的偏远角落里，而且他做到了，很成功地遗忘了，再次把这个名字从他脑海中翻了出来，这种感觉很奇怪。

“那为什么都过了两千五百年了，这件事突然变得重要了？”他问全息人影。

“因为有个类似的实体出现在一颗名叫‘埃斯佩里’的星球旁，在上叶旋涡那里，特情局需要调动所有可用的力量去处理它。这次，没有恒星灰烬，但有一个相同的实体出现在那里。”

“那我该怎么做？”

“登上睡眠者服务，然后和这个女人的余像谈话——显然，这个存储着人格构念的基片……”幻影看上去有点儿困惑，“……对我来说很新鲜。无论如何，你的任务是试图说服她，让她重生，重生后她就可以接受询问了。睡眠者服务不会轻易释放她的，它当然也不会乖乖和特情局合作，但如果是她自己要求重生，它会允许的。”

“但为什么——？”吉纳－霍夫恩问。

“还有，”蒂什林举起一只手，“即使她不配合，即使她拒绝回来，你也有另一种办法。我们会给你额外配备一个程序。届时，你与她的模拟形象交谈时，可以趁通用系统星舰不备，制造出连接线路，直接将她提取走。别问我怎么才能做到，我想应该是和他们送你去睡眠者服务的飞船有关吧，受雇的进犯者飞船送你回到叠层栖息地以后，转乘的飞船能教你怎么做。”

吉纳－霍夫恩尽力露出怀疑的表情。“这可能吗？”他问，“我的意思是，就那样把她提取走。在违背睡眠者服务意愿的情况下？”

“显然可行，”蒂什林耸耸肩，“特情局觉得没问题。你明白我的意思吗？当我说他们指定由你去偷那个死去女人的灵魂时……”

吉纳－霍夫恩沉思了片刻。“你认识那艘飞船吗？送我去睡眠者服务的飞船？”

“他们没有——”幻影说着停了下来，看上去差点儿被逗乐了。“他们只告诉我是一艘名叫灰色地带的通用星际飞船。”幻影微笑了，“啊，我想你应该也听说过它。”

“是，我听说过。”男人说。

灰色地带。那艘飞船做了其他飞船强烈反对和鄙视的事情。它利用电磁效应器进入了他人的大脑——按照平均三级文明发展程度来说，这种电磁效应器是电子干扰设备的后代衍生装备，是大多数“文明”飞船上配备的最复杂、最强劲同时又最精准可控的武器——探入以细胞为基底的动物大脑的意识，试图将发现的东西为己所用，通常是用在报复上。卑贱的飞船，其他的主脑都叫它绞脑机，因为它这种令人不快的嗜好（尽管当面不会这么称呼）。这艘飞船仍然想成为“文明”正道上的一员，虽然名义上它依然是，但几乎所有同行都绕着它走。这艘飞船在号称包容的多元舰队星际事务部中，实际上是个异类。

吉纳－霍夫恩听说过灰色地带的事。这就明朗了。如果有飞船自带劫掠的能力——更重要的是，它也许非常喜欢劫掠——那么在睡眠者服务的鼻子底下去偷一个人的灵魂，这差事就非灰色地带莫属了。如果他听说的关于这艘飞船的事情都是真的，过去十多年间，它一直在精进从各种生物的头脑中窥探梦境和记忆的技艺，而根据传言，睡眠者服务在过去四十年间，技术一直停滞不前，它把时间都花在琢磨稀奇古怪的事情上了。

蒂什林叔叔的脸上浮起一种遥不可及的神情，然后说：“显然，这一点很微妙。睡眠者服务也是一个怪胎，而这不代表它比其他的通用系统星舰更能接受灰色地带；那艘通用星际飞船也许会被要求停在一定距离之外，那样的话倒更容易完成偷取灵魂的任务。如果那时灰色地带在通用系统星舰内部，它大概就没法在主人毫不觉察的情况下将灵魂带走。”

吉纳－霍夫恩似乎又想了很多。“这个未知天体，”他说，“有没有可能是——叫什么来着——超认知悖论？”

“危机，”蒂什林纠正道，“超认知危机，OCP。”

“嗯，是的。就是这个。差不多吧。”

超认知危机，也就是绝大数社会只会遇到一次的危机，遇到这种危机就如同一句话画上句号，直接结束了。通常举例说明时，你要想象自己生活在一片相当广阔的沃土上，你在土地上耕种，发明了车轮、文字或者其他什么，你的邻居要么很合作，要么被奴役，但无论如何，生活还是和平的，你忙着用自己生产的剩余物品供奉神庙，你几乎对周遭拥有绝对的了解和控制能力，这是你的神圣祖先做梦也想不到的，整个生活就像在湿滑的草地上顺利前行的独木舟……突然，一些没有船帆、拖着蒸汽的笨重铁箱子出现在海湾，一些家伙拿着可笑的绑着刺刀的长棍上了岸，他们宣布你们被外界发现了，你们现在是他们君王的子民了，他们很喜欢一种名为“税”的礼物，这些眼中闪着精明的神圣来客想和你们的牧师谈谈。

这就是OCP。同样也有适用于高科技社会的版本，发生在整个星际文明之间，比方说，当进犯者这样的种族恰好遇见了，嗯，“文明”。

“文明”自身曾经发生过很多小型OCP事件，如果处理不当，可能是致命的，但迄今为止，“文明”挺过了所有诸如此类的困境。大多数人猜测“文明”的终极OCP可能是被一个残暴的长者文明“霸王星群”吞噬；或者当远征探险队最终到达仙女座星云时，整个银河系突然被来自该星云的邻居入侵。

从某种意义上来说，“文明”始终都伴随各种小型OCP，也始终同那些已经“隐退”的长者文明发生交集，但到目前为止，“文明”似乎并没有受到任何一个OCP制约或者控制。然而，时刻提防真正的OCP，对于即使在乌托邦世界也能发现灾难威胁的人类和“文明”主脑来说，这种等待是很消极的选择。

“差不多吧，也许是，”人形幻影赞同地说，“也许在你的帮助下，这个问题会化解。”

吉纳－霍夫恩盯着桌面，点点头。“那这件事由谁来负责？”他笑着问，“通常会由主脑扮演任务的控制者吧，或者你们有其他称呼？”

“任务协调者是一艘通用系统星舰，名为非此处发明，”蒂什林告诉他。“它希望你知道，你可以向它索要任何所需的东西。”

“嗯哼。”吉纳－霍夫恩没有想起从哪里听过这个名字，“那为什么是我，一定得是我？”他猜自己已经知道了答案。

“睡眠者服务比以往更加古怪，”蒂什林说着，看上去有点儿痛苦，“它更改了它的计划内行程，也不再允许其他人登舰，还几乎完全断绝了与外界的联系。但它说，它会允许你登舰。”

“毫无疑问，它是要给我个下马威。”吉纳－霍夫恩说，目光扫向墙面，欣赏着餐厅投影墙壁上显示的一片云飘过山谷草地的风景。“她还在星舰上？”他问。

人形幻影缓缓点头。

“该死。”吉纳－霍夫恩说。

III

“但这玩意儿搞得我头疼。”

“是会有点儿疼，少校。但这非常重要。”

“我只看到了一点儿，就让我脑袋疼死了。”

“但是，还是要继续的。请仔细阅读，然后我会向您解释它的意义。”

“我的眼柄都打结了，对于一个刚参加过晚宴的小伙子来说，这玩意儿真是恐怖。”五潮猜想，不知道人类在自我放纵后是不是也得忍受这种难受的宿醉。不管他们怎么说，他怀疑并不是。当然，除了值得尊敬又胆大妄为的吉纳－霍夫恩之外，其他人类似乎都有点儿太沉闷、太理智，不会为了找乐子而接受这种自我惩罚。此外，他们的身体是那么欠缺安全感，总是以各种方式进行自我保护；大概他们认为醉酒只是惹人厌，并不觉得这是塑造个性的方式，所以就目光短浅地摒弃了酒。

“我知道天还很早，又是个一夜狂欢后的清晨，少校。但请坚持一下。”

这位使者，五潮曾经见过一次，它有种令人恼火的特质——不知为何，有些像他亲爱的已故的父亲，只是各个方面更好。它就这样贸然出现在自家巢穴中，不知不觉，无人警示。如果不是不知道这些东西怎么运作的，五潮一定现在就找法子给巢穴的安全管理员上酷刑。他疼得触腕卷起，喙被迫微微分开。

幸运的是，在这个讨人厌的使者宣布它马上飘到巢穴之前，他成功地甩开被子，盖住了侍寝的妻子和两个媵妾。

五潮拍了好几次前喙。味道像用喙咬住了自己的屁股一样，他心想。“你就不能现在就告诉我那该死的信号是什么意思吗？”他问。

“您不会明白我指的是什么。现在看吧，您越早看完，我就越早给您解释，也就能越早证明这些信息至少能让您摆脱‘文明’的束缚。”

“嗯。我知道了。那这信息最多有什么用？”

飞船的使者将它自己的眼柄分向两边，露出类似于进犯者微笑的表情。“最多，这些信号中的信息能够让您可以完全控制‘文明’，它也能够控制您——如果它有得选。”使者停顿了一下，“信号承载的信息可能预示着一种神奇的进程，这一进程将把整个银河系交到您手中，而且还会扩展到你无法想象的、更广阔的领域。我不是夸张。听明白我的话了吗，少校？”

五潮怀疑地哼了一声。“我想是的，”他说着抖了抖触腕，揉了揉眼睛。他又把目光聚焦到信息显示屏上，读起了上面的信号。

通用星际飞船顺应变化的命运至通用系统星舰伦理斜度：请严格遵照特情局许可条例查看下述内容。

向全体正式飞船发出超体异象警报，坐标c18519938.52314。0级警戒。

（通用系统星舰智慧如默：暂时封锁消息。该通知于n4.28.855.0150.650001添加。）

确认发现超体异象，已确认该事件未有先例。安全等级上升为K7。无法估算真实级别。当前状态：活动，有知觉，乐接触，目前无侵入性。当前位置：埃斯佩里。

首次尝试联络：探测到该实体后，它于n4.28.855.0065.59312尝试通过我的主扫描仪与我联络，于n4.28.855.0065.59487通过4A型窄束信息以M1-a16和Galin Ⅱ两种通信协议尝试联络，从0.7光年外发出申请，请求允许靠近并建立加密连接。信号疑似来自伊兰彻探险者发出的广域联络信号，来自第二纪元。信息发出方自称“我”。无其他信号可记录。

我随后的行动：保持原先的航向和速度，将扫描模式调整为轻量模式，使其运行功率降至50%，降低暴露风险后，对宇内多维空间进行高灵敏度扫描（扫描过程与上述系列信号同步），然后向目标地带以Galin Ⅱ协议发送问候，专用追踪扫描器动力降低至19%，扫描宽度扩大至300%，于高灵敏度极限范围-25%处发出联络；启动指数级减速直至停止，将停止点设定在距对象为追踪扫描器最大探测半径的12%处，按规定完成全系统检查，以常规速度1/4的缓慢模式掉头折返，依原路回到首次尝试联络时的地点，遵照标准轨道曲线停下，保持相对静止。

超体异象的物理特征：（反物质！）球体半径为53.34千米，质量约为（无法根据时间空间模型估算，只能依据泛极物质密度标准来估算）1.45×813吨。异象表面为多层分形物质，维数为0.0012-1344mm，该异象能够自己维持独立形态，暴露在真空环境中，从 821 千赫兹的泄露信号来看，存在无法解释的异常能量场。从能量网连接了宇内多维空间和宇外无极空间这一点来看，安全等级为 K7。能量网连接细节无法获取。扫描文件如附。

相关的异常物质：28 光分内出现数片高度分散的碎片云，其中三片碎片云疑似来自体积约为 1.0 平方米的某种技术水平相当的实体，处于分阶段自毁状态，另外一片碎片云与 38 枚已经燃尽的点 1 口径 M-DAWS[①] 残骸有关，还有一片碎片云系氧气环境下高级飞船的内部战斗所致，它们正在飘离超体异象所在的位置。对碎片云的扩散模式进行回溯分析，推测它们在 52.5 天前出现。战斗碎片云显示，原始爆炸点位于距超体异象当前位置 948 光毫秒的地方（约 284400 千米）。扫描文件如附。

三十光年范围内没有探测到其他活动迹象。

我的状态：精神着呢。系统全面扫描后确定安全级别为 L8。自动战术防御系统已启动。关键响应战术防御系统已启动。

重复：确认超体异象能量网与宇内多维空间和宇外无极空间连接。能量网连接细节无法获取。具体特征无法获取。

等待中。n4.28.855.0073.64523。

题外话：吞口水，不安。

五潮摇摇眼柄。老天，这次宿醉可够严重的。

“好了，”他说，“我读完了，但我还是不明白。”

态度改变者战舰的使者脸上又浮起笑意：“容我和您解释一下。”

① Miniaturised-Drone Adavanced Weapon System nanomissiles，高级微型嗡嗡机武器系统的纳米导弹。

3. 不请自来的客人

I

布斯特拉戈战役发生在一万三千年前的泽列斯菲耶王朝一世时期。它是群岛之战（尽管这场不当战争是发生在靠近大陆中心的位置）中最后一场决定性战役，这场漫长战争是世界范围内两个最大帝国间持续二十年的冲突。炮膛和枪膛里填装着当时最先进的炮弹，尽管如此，冲突双方的最高军事指挥官仍将骑兵的冲锋视为最关键的战斗策略，同时也是最精妙、最激动人心的战斗场面。现代武器和落伍的战术相结合，一如既往地造成了双方的惨痛伤亡。

阿莫菲亚走在4号山丘的尸体和垂死之人中间。这时候战斗已经开始了，零星几个击退了敌军第一轮冲锋的幸存者被命令撤退，此时另一拨对方军队从炮火硝烟中冲出，朝他们扑过去。防御的士兵几乎被屠杀殆尽，胜利者已经越过山谷，横扫了下一处堡垒。破损的栅栏、一排排木桩和战壕都被最初那次轰炸破坏，又被后来的骑兵马蹄粉碎。尸体犹如扭曲的碎叶子一样散落在斑驳的草地和肥沃的棕红色土壤上。有的地方，人与动物的鲜血浸入了草丛，使得青草变得又厚重又光滑，汇聚的血水形成小水洼，好似墨水池一样。

太阳高挂在万里无云的天空中，唯一能够遮挡的便是残留的炮灰烟雾。已经有几只腐肉猛禽——不再过于在意附近战斗的喧嚣——落到地面，研究起尸体和受伤的破碎肢体。

士兵们穿着色彩鲜艳、精神抖擞、装有很多金属扣的军装，戴着高高的帽子。他们的枪非常长，看上去很简易，长矛、佩剑和刺刀在阳光下熠熠闪耀。歪歪扭扭躺在架炮车缰绳下的动物都是些又大又粗笨的野兽，身上几乎没有遮蔽物；骑兵的坐骑却和骑手一样，装饰得华丽肃穆。他们都倒在一起，有些瘫在地上已然死去，有些倒在自己内脏的血泊中，有些缺了腿，有些呈现出遭受无尽疼痛的姿势，神情都痛苦不堪。有的士兵用一条腿支撑着身体伸出手来求救，或是乞求水，或是请求了结他们痛苦的一生。

四周静悄悄，如同一张冻结的三维照片，如此布局，展现出某种军事社会的典型场面足以以假乱真，实际上这些只是通用系统星舰睡眠者服务在内部的第三通用分隔舱精心布置的。

星舰的化身来到矮山的山顶，俯瞰着眼前的战斗场景。战役布局朝着四面八方绵延了数千米，直抵阳光下起伏的陆地尽头；这巨幅画面里融合了姿势怪异的士兵、向前疾驰的战马、冲锋陷阵的骑兵、大炮、浓烟和阴影。

让烟雾产生效果是最难的部分。风景本身很简单，只需在泡沫石的框架上覆盖一层薄薄的无菌土壤，然后在土壤上填充人造植被。绝大多数的动物只是飞船创作的精美雕塑。当然，人是真的，不过那些被开膛破腹或者四肢残缺的人基本上也都是雕塑。

星舰把战役场景中的细节都尽可能制作得真实。它研究了有关这次战役的每一幅油画、版画和素描，读了有关该战役的每一条简报、军事和新闻报道，甚至还不厌其烦地查阅了所有参战士兵的个人日记；它还对整个历史时期——包括战争发生时的军装、武器装备和战术——进行了详尽的研究。精心准备了这么长时间，非常有必要记录下来，于是一支嗡嗡机队伍参观了战斗现场，对地面进行了深度扫描。实际上，有二十多个世界可以坦然声称自己是“文明”的故土，泽列斯菲耶王朝一世便是其中之一——不是说该社会真的会承认这种事——这就使得重建战役场景更加容易了。

这艘通用系统星舰研究了星际事务部飞行器的实时记录，也研究了参加过数年与使用类似技术的人类战斗的使者信息，这样能够更好地还原事件的真实面貌，而不被参战的士兵和旁观者那狭隘的视野与有偏见的记忆干扰。

最终，它把烟尘的效果调整好了。它颇费了一番周折，最后不得不采用一种比它青睐的方法更高科技的方案来解决，不过总算做到了。烟雾是真实的，每一小颗粒的形成和扩散都被地面以下的投射器利用局部反重力力场控制着。飞船默默地为这烟雾感到骄傲。

事实上，场面中某些部分并不完美——当你仔细观察参战的士兵时，你会发现有很多士兵是女人、异邦人，甚至外星人，即使是身份与历史相符的男人，也都因遗传干预得太多，长得比当时的人高大健壮得多——但这并不妨碍星舰的自豪感。人类并不是最难处理的，但他们是这一场景下最不可或缺的部分，他们是它筹划了这么久的原因。

这一切都开始于八十年前，从一件很小的事开始。

每个“文明”栖息地——无论是环状星陆还是大型载人建筑、飞船、岩星或者行星——都有存储设备，当人达到一定年龄，或者厌恶了活在世间，人们会选择将自己的人格上传。“文明”中，在人为延长到三个半至四个世纪的生命即将终结时，“存储”便是人类面临的多个选择之一。人们可以选择变年轻或者永生，也可以变成主脑的一部分。大限将至之时，人们可以选择死去；也可以脱离“文明”，勇敢地接受某些长者文明留下的公开但前途难测的入会邀请；也可以进入存储设备，是否选择苏醒就看每个人的想法了。

有些人睡了——比如——一百年，然后活过来一天，接着又继续他/她那不做梦、不变老的睡眠状态。有些人想在特定时间被叫醒，看看世界有什么变化；有些人想在发生有趣事情的时候醒来（放心地交由别人来判断什么事是有趣的）；还有一些人只想在“文明”演化为长者文明时复生。

关于“隐退”一事，“文明”已经拖延了数千年。理论上“文明”最早在八万年前就能实现全员隐退，但是——不断地有人和主脑选择隐退，也有部分社会成员分裂出去，做出自己的决定——大多数“文明”的社会体系选择不隐退，决定在银河系生命延续的波浪上留下自己的痕迹。

一定程度上来讲，选择不隐退，一来是因为隐退的物种看上去无疑都有些天真；再者也是觉得即使有众所周知的法律和规则约束，在现实世界中仍有很多有待发掘的新奇东西。（其他星系、其他宇宙区域，长者文明会不会已经接触过一些种族，而这些种族认为没必要把真相传达给未隐退的种族？还是说，对于后隐退世界，所有这些考虑都不再重要了？）

从另一程度来讲，隐退是“文明”一种向外展现道德观念的方式；隐退的先行者将成为所有生物祈愿的神灵，但它们对被抛在后面的幼稚鲁莽而欠发达的社会体系有些不负责任。除了少数例外，隐退的先行者与银河系其他入世物种再不相干，而其他入世种族总是会留下一系列生存痕迹：暴君肆无忌惮，霸权无人反抗，种族灭绝无法制止，新兴文化体系被扼杀在摇篮里——仅仅因为他们的星球遭受了彗星撞击，或者恰巧距离一颗超级新星太近而被吞噬。尽管这些事情就发生在隐退种族的眼皮底下，它们也无能为力。

言下之意是，无论一个人在隐退前思想多么高尚善良、公平正义，一旦接受了隐退，那么为人处事的可靠性和无私精神都会消失。社会上那种奇怪的生活态度似乎太执着于对快乐的追逐了，“文明”认为这本身就是个错误，于是决定尝试一下神明似乎不能做的事情：发现、评判、鼓励——或是劝阻——那些自身权力不亚于神明的重要人物。“文明”的晚年终将到来，它从不怀疑这一点，但它要先孜孜不倦地完成（它所希望的）美好事业后，再进行隐退。

对于那些等待着世界末日的到来，又不必度过漫长岁月的普通人来说，隐退就是答案，但对于其他人，总有其他选择。

“文明”技术变化的速度——至少和人类直接相关的技术——是相当缓和的。几千年来，人们接受存储的普遍方法是把人装进一具两米多长、一米多宽、半米左右深，像棺材一样的盒子里，这些装置制作简易，而且可靠适用。然而即使像“文明”这样既缺乏浪漫主义色彩的文化体系，也会不断改进和完善。最后，随着盖尔菲尔德制服的研发与进步，它替代了旧式棺材盒，成为更可靠的长期存储的装置，而且它几乎不会比第二层皮肤或者一层衣服厚。

睡眠者服务——那个时候它还不叫这个名字——是第一艘充分利用这项技术的星舰。它对人类进行存储的时候，通常会参照知名的油画来为人们摆姿势，或者摆出滑稽的动作；存储制服允许使用者摆出任何对人类来说自然的造型，它还在表面添上色素层，模拟皮肤状态，效果逼真到人们要非常仔细地凑近观察才能发现差异。当然，飞船在使用他们睡眠中的造型时，总是会事先征得这些睡眠者的同意；并且，少数人不愿意被人像他们是画或雕塑一样盯着，它也遵从他们的意愿。

那时候，这艘通用系统星舰还叫悄然自信，主导它运行的——正如该系的其他飞船一样——不是一个主脑，而是三个。接下来发生的事情，就看你愿意相信哪个版本了。

官方说法是，当三个主脑中的一个决定退出“文明”时，另外两个主脑与它发生了争执，然后它们做出了非比寻常的决定——将这艘通用系统星舰留给那个意见相左的主脑，而不是按照普遍做法，给它一艘更小的飞船，供它自行离去。

另外一条更可信也更为有趣的传言是：三个主脑之间进行了一场旷日持久的拉锯战，两个主脑对抗另一主脑，不可思议的是竟是两个主脑的一方输了。两个输掉争夺赛的主脑被赶了出来，就像军队哗变后被扔进救生艇的军官一样。至于为什么这个说法占主流，是因为悄然自信号通用系统星舰在这之后立即更改了名字——睡眠者服务，这时星舰已经被那个固执己见的主脑掌控了。这不是名门君子的做派，这是一场暴动革命。

不论你相信哪个版本，这并不是秘密，“文明”合宜地指派另一艘小一些的通用系统星舰跟随其后，不论睡眠者服务航行到哪里。很可能是为了监控它。

更名之后，睡眠者服务丝毫不在意跟随它的那艘星舰，它的第二步是遣散星舰上的所有成员。大多数飞船都走了，其余也被要求限期离开。然后，嗡嗡机、异星人、人类以及他们的宠物都在星舰抵达第一个环状星陆后被放了下来。星舰上剩下的只有那些被存储的生命。

在此之后，星舰继续开始全星系寻找同伴（尤其是一个特别的人），通过它的信息网络让全“文明”都知道它愿意飞到任何地方去接想要加入的伙伴，只要他们已经被存储，而且乐意成为静止画面的一部分。

最开始人们十分抗拒。这种怪诞行为无疑让它背上了“怪客”之名，而古往今来怪客只做奇怪，甚至危险的事情。尽管如此，“文明”中还是有一些勇敢的人，有些人接受了星舰奇怪的邀请，没有什么明显的不良后果。随着最初几名被通用系统星舰存储的人达到复生标准后安全回归，这些人似乎没有因为临时寄存处的古怪行径而受苦，慢慢地，敢于冒险的人入驻星舰，汇成了涓涓细流；再后来，固执的少年或者只图浪漫的人将细流变成稳定的河流；随着睡眠者服务声名远扬，它发布了自己创作的、越来越雄伟的全息影像（一些重要的历史事件，然后是大型战争中的小规模战役和细节），越来越多人认为被存储在这个古怪的星舰相当有趣，在这里，即使是在睡眠，依然能成为艺术作品的一部分，而不是被扔在星陆下面某个无聊的盒子里。

所以，作为不可活动的灵魂登上睡眠者服务星舰简直成了一种潮流，星舰慢慢地挤满了穿着存储制服的睡眠者，他们被摆进越来越大的场景，直到最后，它能够设计出战役现场，将他们放到十六平方千米的土地上，遍布通用分隔舱的每个地方。

阿莫菲亚完成了辽阔的杀戮之地既明亮又沉寂之景象的扫描记录工作。作为化身，它没有真正的自我意识，睡眠者服务的主脑喜欢用这个小生物来运作一些小型子程序，它比普通人类聪明一点点，不过，星舰主脑和独立程序都可以主导人形化身，若主脑和程序同时存在，人形化身就会表现出困惑和茫然，星舰认为，以近乎无限微小的人类智慧来看，这样的状态反映了它本身的哲学迷思。所以，现在是半人类子程序在查看壮观的静态画面，它感受到一种莫名的忧伤，它也许应该废除这样的景象。它的内心生发出另一种更深的哀愁，它想，不能再留这么多的活物在飞船上，海洋、天空和大气环境中的生物，还有那个女人。

它的思绪转到那个女人身上——德杰·格莉安，从某种意义上来说，她是一切的原因，既是所有静态场景制作的起源，也是它唯一惦念的人，当它宣布放弃“文明”的正常行为规范时，它决定为这唯一的灵魂——沉睡也好清醒也罢——提供庇护之地。现在，这一庇护不得不打折了，她也将和其他流浪灵魂和睡眠者一同被卸下星舰。履行一个承诺，便会打破另一承诺，似乎她这一生还没有经历足够多的波折一样。尽管如此，它会补偿的，为此，它又做出了很多承诺，并一一遵守了——到目前为止似乎都遵守了。这样就够了。

在静止画面上行走，阿莫菲亚转过头，它留意到了什么。它看到了黑鸟格雷维斯挥动翅膀飞离大地。还有东西在动。阿莫菲亚朝那边走过去，绕过蓄势待发的冲锋骑兵、倒下的士兵，穿过两处看上去十分逼真的、由两颗炮弹击中地面产生的、喷涌着的喷泉，越过一条混着鲜血的涓涓细流，来到战场的另一边，那里，三个嗡嗡机小分队飘浮在一个复活者的上空。

这很不寻常。通常人们希望在家里或者在朋友面前被唤醒，但过去几十年里——随着创造的静态画面越来越宏伟壮丽——更多的人希望在画面中被唤醒复活。

阿莫菲亚蹲在这个女人身边，她躺在地上，假装成一个垂死的士兵，她的束腰外衣被子弹穿破，衣服被鲜血染红。她仰面躺着，在太阳光下眨着眼睛，旁边有机器关注着她。存储制服的头部已经被脱掉，像橡胶面具一样落在她身旁的草地上。她的脸看上去很苍白，只是有点儿污渍，她是一个老妇人，但剃光的脑袋让她看上去有种奇特的婴儿特质。

“你好？”阿莫菲亚说，它牵起女人的手，温柔地帮她脱去制服，将护腕部分从里往外翻过来，如同一只紧紧的手套。

“哇哦。”女人说，咽了一口口水，眼睛湿润了。

锡克勒－纳贾萨·克罗匹斯·英斯·斯塔哈尔·达·马平，在三十一年前，也就是她三百八十六岁时被存储。她的复活标准是：伊斯基星球的下一任弥赛亚选举大会上响起祝贺欢呼。她是该星球主要宗教的研究者，希望在下一位救世主升天时能够在场，她预料是大约两百年后。

她噘起嘴，然后咳嗽起来。“怎么——？”她刚想说话，又咳嗽起来。

“只有三十一个标准年。”阿莫菲亚告诉她。

女人瞪大了眼睛，然后笑了。“真是太快了。”她说。

她恢复得和同龄人一样快。几分钟后，她可以在搀扶下站起身——抓着阿莫菲亚的胳膊，由三个嗡嗡机护卫——走过战场，朝着静态画面的边缘走去。

他们站在4号山丘上，那是阿莫菲亚先前站立的地方。阿莫菲亚远远地惦记起女人复生后在场景中留下的空白。通常，她的位置一天内就会被其他人代替，但没有新来的灵魂登舰了。她留下的空白将一直留在那里，除非星舰创作另一幅画面来填补这个空白。女人环顾四周瞭望了许久，然后，摇了摇头。

阿莫菲亚猜到她在想些什么。“真是可怕的景象，”它说，“但这是泽列斯菲耶王朝一世时期最后一场伟大的陆地战役。在早期技术落后阶段能够进行这么一场决定性的战斗，对于类人种族来说，无疑是相当伟大的成就。”

女人转过头，面向阿莫菲亚。“我知道，”她说，“我在想，这一切是多么恢宏壮观啊。你一定很自豪吧。”

II

探险飞船和平造就富足，隶属于天文学家宗，伊兰彻探寻者的第五舰队。它以标准的随机搜索模式探寻了上叶旋涡的一小部分区域。它与其他七艘天文学家宗飞船于n4.28.725.500一同离开了叠层栖息地，像种子一样分散开，朝往上叶旋涡的深处航行，它们彼此告别，心中都知道：也许这句“再见”是真的无法再相见了。

一个月过去了，飞船没有什么特别的发现，只将一些未知的星际碎片按照程序记录下来，仅此而已。但有一个虚假的共振从他们身后的时空束——可能有一艘飞船正跟在它们后面，但有其他文明体系的飞船追随伊兰彻探寻者的飞船也不稀奇。

伊兰彻曾经是“文明”的一部分，但他们在一千五百年前就分裂了，为数不多的栖息地、岩星、飞船、嗡嗡机以及人类都更愿意与“文明”主流文化保持轻微的差异。“文明”的目标是大致保持社会原貌，只对发现的星际社会进行最小幅度的改变，在入世种族——参与银河系角逐的举足轻重的发达社会——中充当一位诚实中介人的角色。

伊兰彻想要自我变革，而不是改变其他社会。他们想要去探索未知的世界，不是为了改变它，而是为了被它改变。伊兰彻追求的理想是，某个更稳定的社会——“文明”就是最好的例子——与同一伊兰彻社会（岩星、飞船、嗡嗡机或者人类）偶遇，每次遇见的伊兰彻都是不同的。他们会在偶遇的间隙中发生改变，因为在这期间，他们又会邂逅其他文明，并在自己的社会中注入不同的技术，或者在大脑里注入不同的思想。“文明”不会放弃单一的路子，而伊兰彻体现了一种对泛真理的追求。这是探索未知，是信念，是使命，是召唤。

可以想象，这种态度的结果是多种多样的，要么整个伊兰彻舰队一去不复返，整体迷失；要么所有飞船和成员都安全地重返星际社会，得偿所愿，被其他文明体系接纳。

还有一种最极端的情况。过去，当某些飞船被人们重新发现时，已经完全变成了侵略性的霸权集群——自私的、自动复制的有机体，妄图将他们发现的一切物质都变成自己的复制品。除了简单的彻底毁灭（这始终是一种选择）之外，对付这种事情有相关的专业技术——将侵略性霸权集群转换成无害的福音式集群，但如果此类集群尤其固执，无法通过技术改变，那么这些人最终将死于自己贪婪可恶的自私。

近些年来，伊兰彻很少遇到过这种麻烦，但他们仍然时刻在改变。从某种程度来说，伊兰彻更像是一种态度，而不是简简单单的飞船或者人类群体。因为伊兰彻一部分正在持续融合和同化，或者只是消失了，其他生物和小型团体也在不断地加入其中（有来自“文明”的，也有来自其他社会体系的，人类和其他生命体都有），不管怎样，成员的转变和间接引发的思想转变使得伊兰彻成为发展得最快的文明体系之一。尽管是这样，仍不知为什么——也许是因为它更像是一种态度，一种模因，而不是实体——伊兰彻发展出了一种能力，一种从孕育它的文明体系中继承下来的，在不断变化中能够保持大致稳定守己的能力。

它也有发掘有趣事物的诀窍，比如古代文物、新兴文明、转化存储物种的神秘遗迹、难以琢磨的古老知识宝库，等等。这些并不都是伊兰彻自身的兴趣，但有些东西能够激发人们的好奇心、促成探索，并有助于积累信息和资金，特别是如果他们能比其他人早一步得到这些东西。这种机会鲜少冒出来，但对于某些机会主义者来说，机会总是适时出现，值得付出一定代价，他们不惜操控自己的飞船去跟随伊兰彻的飞行器，至少是跟一段时间。因此，和平造就富足并没有因为它可能被跟踪而过度惊慌。

两个月了。仍然没有什么能令人提起兴致的发现，只有气态云、尘埃云、棕色矮星和一些没有生命的恒星星系。从远处看，一切都很好，没有任何被智能生物染指的迹象。

就连跟在飞船后面的虚影都消失不见了。如果虚影真是飞行器，那么它的离开可能已经预见了和平造就富足这次探索不会太走运。不论如何，伊兰彻飞船将扫描范围内的所有东西都探测过了，被动传感器过滤自然光谱寻找有意义的信号，光波和脉冲被发射到太空中，穿越时空束探寻着，飞船接收所有返回的波纹，分析、评估、计算……

在离开叠层栖息地的第七十八天后，和平造就富足沿着之前无人涉足的路线接近红巨星埃斯佩里的时候，它在距恒星十四光月的地方，发现了一个未知物。

这是一个直径只有五十千米的黑体。它通体黑色。与周围其他天体不同，从远处看，几乎无法将它从浩瀚空荡的星际天幕中分辨出来。和平造就富足注意到它，是因为它挡住了远方银河系的一部分，而这艘伊兰彻飞船知道这部分空间并不会眨眼间消失，又眨眼间恢复，所以，飞船开始调查这一奇特现象。

此球状黑体看上去几乎没有质量，或者说它就像某种投影，似乎没有对时空束产生任何影响，而时空束是时空的结构，任何物质的积存都会因质量作用在时空束上，产生类似巨石压在蹦床上一样的变化。但这一黑体/投影只是飘浮在时空束上，对时空束没有任何影响。这很奇特，当然值得好好调查一番。更有趣的是，低层能量网会出现异常。在该物体三维形式的正下方有一片区域，似乎缺乏普通能量网的混乱特性，断断续续地现出极为模糊的秩序性，几乎好像那天体投射下了什么奇怪的——实际上不可能的——阴影。这就更让人捉摸不透了。

和平造就富足悬停在那个黑体的前面——这句话不全对，因为只能暂且认为它有个“前面”——一边尝试分析它，一边试图与它联络。

什么都没有。这个黑色未知物似乎无质量，也无法触碰，好像它本身就是时空束上的一个水泡；好像飞船朝它发射出去的信号永远联络不上任何东西；好像这些信号只是从水泡表面划过；好像它不在那里，信号直接传送到了更远处的太空；好像去捡一块似乎在蹦床上的石头，却发现石头全然被包裹其中。

飞船决定尝试用更直接的方式去与该黑体联络；它在多维空间内该物体的下方，时空表面的下边，派出了一个嗡嗡机探测舱；该探测舱在时空束上形成了一个裂缝，狭长的口子，这种裂口通常会制造一种进入多维空间的绝妙通道，可以穿越时空。嗡嗡机探测舱会尝试从黑体的外侧进入其内部，如果它只是一个投影，嗡嗡机能辨别出来；如果它是别的什么东西，嗡嗡机可能会被禁止进入，或者被接受入境。飞船让这个代表自己的使者做好了准备。

此次情况非同寻常，和平造就富足甚至考虑打破伊兰彻的先例，将遭遇的事情通知给叠层栖息地或者其他探险队战友，最近一艘天文学家宗的飞船在一个月行程的距离之外，但在和平造就富足遇到麻烦的时候，也许能提供有效帮助。可是最终它还是延续传统，保持了沉默。这源于一种隐秘的实用主义想法，只有伊兰彻飞船坦然宣称与一可疑者联络是自己独立所为，不需要求援，这样它的接触行为才算成功。

此外，这还事关自豪感，如果伊兰彻飞船开始像委员会一样总是咨询其他人，那它就不是伊兰彻的飞船了。为什么？因为那样它就像一艘“文明”的飞船了！

和平造就富足与派出的嗡嗡机探测舱随时保持联络。探测舱一进入天体的范围内，它就——

嗡嗡机塞斯拉·伊瑟勒斯检索到的记录戛然而止。

很明显，发生了什么不测。

不难推测，和平造就富足受到了轰击。这次袭击几乎是令人难以置信的迅速和猛烈；嗡嗡机探测舱一瞬间就被控制了，几毫秒之后，飞船的系统投降了。在嗡嗡机探测舱接触未知天体后的不到一分钟内，飞船主脑被——可以料想——粉碎了。

几秒钟后，塞斯拉·伊瑟勒斯 1/2 孤注一掷地想把飞船遇难一事发送到银河系中，但篡夺飞船主脑的系统竭尽全力阻止它；在必要的情形下，这一系统要销毁嗡嗡机。在这个早就商量好的、精心设计的诡计中，嗡嗡机利用它和它的孪生手足的位置，以及预先设定好、可以独立驱动的传送装置，完成了计划，虽然计划奏效了，但嗡嗡机塞斯拉·伊瑟拉斯 2/2 损伤惨重——现在是塞斯拉·伊瑟拉斯 1/2 了，只是混杂了些许塞斯拉·伊瑟拉斯 2/2 残存的变态内核。

嗡嗡机做出一个相当于把耳朵贴在墙上听声音的动作，认真地听取孪生手足的内核，仔细地评估该封闭内核内部无意义的活动片段，试图分析里面发生了什么。里面就像是隔壁正在发生激烈的争吵：惊悚的恐怖声音，那种不难想象得到的、比赛场景中无时不在的尖叫和破碎的声音。

它原本的身体可能在逃跑的过程中死去，它现在不在自己的身体里，而是在它双胞胎手足的身体中，而双胞胎手足那被侵占、受损的思维状态此刻在标记着 2/2 的内核中无助地咆哮肆虐。

嗡嗡机仍然以二百八十千米每秒的速度在星际空间滚动，每每想到自己的大脑中还有个狡诈、变节的灵魂，它就会产生深深的抵触感。嗡嗡机的第一反应是除掉它；它考虑过将双胞胎内核扔进真空星际间，用激光将内核毁掉，那是它唯一似乎还能正常工作的武器；或者它可以直接切掉内核的能量源，让里面的东西因为缺乏能量而死掉。

但它不能这样做。就像更高级的主脑的两个组成元件，另一个受损的心智也许还包含了嗡嗡机自己的构成要件，其智能内核和光子核需要作为证据保存下来，也许，保留着用来当作样本，从中提取人工智能毒药的解药。甚至有这么一种可能，双胞胎手足真正的人格仍然留存在被两个更高级思想控制下的内核中。

同样，有一种可能性——飞船的主脑已经失控了，但没有完全屈服，就像一小队戍边军队放弃了巨大堡垒坚不可摧的城墙，躲进了一个几乎无懈可击的中央要塞。也许主脑只是被迫与它所有的子系统断开联络，在侵略者面前放弃了指挥权，但它成功地把自己的人格保留在一个主脑内核里，不容易被敌方势力渗透，如同嗡嗡机的心智内核一样（它双胞胎手足的内核现在已经被压制住了），成为不能遗失的证据。

伊兰彻的主脑曾陷入这样的可怕境地，并且活了下来；当然，这种内核可能会被摧毁（它们不需要像嗡嗡机这样担心能量来源被切断，主脑内核有自己的能量来源），但即使是最凶残的侵略者也不会围攻这个小小的内核，因为里面的知识最终会落入自己手中，何必简单地摧毁这小内核呢？

嗡嗡机告诉自己：总还是有希望的；它决不能放弃希望。根据规格设定，这一助它逃离悲惨命运的传送器——里面装载着塞斯拉·伊瑟勒斯身体的一小部分——弹射的射程大约是一光秒。这距离是否远到足以超出飞船的探测范围？当然，和平造就富足的传感器不太可能在如此远的地方探测出这么小的东西。它只能寄希望于飞船搜索不到它。

超体异象，“文明”常常如此称呼这类事件。它已经变成了一个贬义词，所以伊兰彻通常很少使用这个词，除了偶尔私下聊天时会提及几次。超体异象，就是超级异常。超级有侵略性，超级强悍，超级扩张，或者其他什么。此类事情会时不时地出现，或被制造出来。当你探险时，这是你可能会面临的风险之一。

所以，它现在知道它遭遇了一次超体异象，也知道 2/2 的内核里包含了什么东西，问题是：它现在该怎么办？

它需要把消息传出去，这是飞船赋予它的任务，这是飞船遭受激烈攻击的紧要关头，它的全部职责。

但是，要怎么做？它的小小曲光炮组件已经损坏了，网络联络组件同样损坏，超时空激光也坏了。它没有能以超光速工作的仪器，没有办法挣脱束缚，被紧箍在时空束下的它甚至没有办法透过黏滞缓慢的时空束朝外界发射一个信号。嗡嗡机感到自己犹如一只动作迅速又优雅的昆虫，被拍进了污浊静止的池塘里，然后被池水的表面张力困住，所有的优雅全然不见，只留它在怪异、恶心的陌生环境中拼命挣扎、奄奄一息。

它又想到了次内核，自我修复机制在里面待命。但修复程序不是它自己的，而是它双胞胎手足的。让人难以置信的是，这里还没有被入侵者破坏。也不能比无济于事更糟了，它很想试一试。因为至少还有那么一丝缥缈的机会——这些子程序没有被侵占。

很想去试试……但不行；它不能冒险。太愚蠢了。

它必须制造自己的自我修复装置。这有可能，可是，估计得花上漫长的时间吧——一个月左右。对于人类来说，一个月算不上多久，但对于嗡嗡机来说——就算是一个躺在时空束上以可耻的慢速思考的嗡嗡机——一个月就像是无期徒刑那般漫长。一个月并不是不能等；嗡嗡机善于等待，它有一整套愉快地度过一个月的方法，或者直接跨过这段时期，但若是用一个月的时间集中精力去做一件事，去完成一项任务，一个月就漫长到令人讨厌了。

即使它真的熬过了一个月，那也只是个开始。至少，它需要做很多调整；自我修复机制需要指导、更正、修补；有些地方无疑得拆卸才能新建，有的地方冲刷后要重新复刻。这一工程犹如在已经受伤的动物体内释放数以百万的潜在癌细胞，并且要对每一个癌细胞进行追踪。这个过程一不小心就会杀死自己，或者破坏它已被摧毁的双胞胎内核周围的保护壳，或毁掉最初的自我修复机制。即使一切进行得很顺利，这一过程可能需要花费好多年。

真是绝望!

它设定好了起始程序——还能做什么呢?——它继续思考。

它储存了几百万个反物质离子，它还剩下一些几次可以释放力场的能力（介于手指和胳膊之间，可向下扩展到纳米层面的程度，可以切割分子键；当构造自我修复机制时，它需要用到这种能力)，它拥有两百个四十一毫米长的纳米导弹，同样是自动触发的，它可以凭借这些微型导弹制造出一个镜面力场，它还有激光，只比往常的最大效力低一点点。另外，它还有一团黏糊糊的糨糊，最后关头可以维系运作的备用生物化学大脑……它或许不可能支撑整个思维，但也许能激发它……

唉，这是能利用那团黏糊糊糨糊的唯一方式。塞斯拉·伊瑟勒斯 1/2 设计了一个保护室，开始研究如何高效地将反物质和细胞堆糨糊组合到一起，为它提供最佳反应质量和最大推力，以及如何引导这一装置产生的气流才能将吸引别人注意力的可能性降到最低。

利用破碎的大脑在星际间加速向前，它想，也算有希望了。它也启动了运转程序——相当于长舒一口气，然后脱下夹克，卷起袖子——把注意力都聚集在自我修复上。

就在这时，一股时空束波浪朝它涌来，一股时空中锋利、故意的波纹。

它停止了思考一纳秒。

很多东西能产生这种波浪。有些是自然的，比如恒星的陨落。但这股波浪是被压缩的，紧实的，没有恒星收缩成黑洞时那般巨大、膨胀、汹涌。

这股时光束波浪不是自然形成的，而是人为造成的。或者，这股波浪只是它的感觉。

嗡嗡机塞斯拉·伊瑟勒斯 1/2 绝望地想到自己的身体，它所剩不多、区区几千克质量的身体在共振；身体产生了回答信号，此信号会沿着时空束延展，传递到最初产生这种脉冲震动的仪器那里。

它感觉……不是绝望。它感觉很恶心。

它等待着。

反馈不久后就到来了。一缕微渺的扇形探测微波激射丝扫过来，微波丝的能量似乎汇聚在无限远的地方，它猜测那是飞船所在位置，大约是三十万千米之外……

嗡嗡机试图在信号范围内屏蔽自己，这些信号却已经将它定位出来。它关闭了几个可能会被微波丝信号破坏的系统，尽管光波信号的特性看起来并不特别复杂。然后，忽然间，微光波信号停了。

嗡嗡机向四周看了看。尽管扫描了附近冰冷、空旷的星域，但它看不到任何东西，它感到时空表面又震动起来，就在它周围。震动如此轻微，就像山雨欲来风满楼。

远处的震动缓慢地增强了幅度……困在池塘表面受到水面张力牵制的昆虫仍然静静等待，池水泛起波纹，有什么东西正朝它而来——划过水面或者从水中一跃而起——扑向那可怜无辜的猎物。

III

单轨车被吊起，在居住区顶棚下方的超导线缆之间盘桓。吉纳－霍夫恩从车窗看向下面阴云覆盖的风景。

“上帝之穴”居住区（它太小了，再加上它是封闭的，所以根据“文明”的命名规则，它不能算作“环状星陆”）拥有几乎上千年历史，是进犯者一处古老的前沿哨所，守卫着大多数星际社会很早就同意称为“蕨草刀锋”的空间。这个小世界形如一个空心圆环；环面大概10千米宽，2200千米长，首尾相连，组成了一个圈；超导线缆和电磁波指引组成了这个大车轮内部的环络。一个微小的、正在迅速旋转的黑洞位于巨型车轮轮毂所在的位置，为整个结构提供了动力。环形生活空间就像一个从内部鼓起的高压轮胎，外围本该是轮胎的位置悬挂着很多发射架和码头，那里，进犯者和其他物种的飞船来来往往。

整个居住区围绕一颗没有卫星的褐矮星缓慢、遥远地运转，这颗褐矮星的质量太小了，不足以被称为真正的恒星，但它所处的位置恰好有助于进犯者不断扩张和巩固自己的势力范围。

单轨列车朝一堵遮盖所有视线的巨墙冲过去。轨道消失在一个小小的圆门中，这小门在车靠近时像括约肌似的张开，然后在列车进入后又关闭。穿过隧道时，车内变得阴暗，随后，前侧另一扇门打开，车冲进了雾气弥漫的广阔空间，渐渐地，所有景色都消失在云雾中。

“上帝之穴”内部被分割成四十个独立的隔间，大部分隔间是由框架、横梁和管状构件呈经纬状建造的，一方面，这样能够给建筑物提供更多强度，另一方面，进犯者如此建造这些空间是描摹了他们自身居住环境——巢穴的基本样貌。沿着居住区向前，每隔几个隔间就能看到更多的开放隔间，上面的云层层叠叠，巢穴和动植物飘浮在其间。这些部分在环境上更接近进犯者所偏爱的以甲烷为大气的行星和卫星，这里是进犯者享受狩猎欢愉的地方。此刻列车通过的地方，就是一个巨型狩猎场。吉纳－霍夫恩又朝下望了望，不过他没看到有人在打猎。

整个生活区大约有五分之一的区域被开辟成狩猎空间，甚至直接限制了进犯者的生活实用场地。他们或许更喜欢狩猎空间和其他区域一半对一半的比例，这里只有五分之一的游乐场地，他们都觉得自己太有责任心、牺牲太大了。

吉纳－霍夫恩又琢磨起来：如同鱼和熊掌不可兼得，任何可能在伟大的星际文明游戏中扮演重要角色的物种，其发展过程必然需要权衡“发展技术”和“分心消遣”这两个选择。按照“文明”的标准来衡量，进犯者浪费了太多时间去狩猎取乐，而没有足够的时间去承担负责（当然，“文明”非常成熟地认识到这也许只是它在看待外界事物时的主观臆断；另外，进犯者到狩猎场闲逛的时间越多，越是在狂欢大堂上用狩猎时的奇闻趣事相互调侃，他们在银河系横冲直撞的时间和精力也就越少——他们的鲁莽之举对人们来说太可怕了）。

如果进犯者不那样痴迷于狩猎，那他们还是进犯者吗？狩猎，尤其是进犯者采用的那种从三个方向合围的猎捕方式，激发了他们的智力，而往往正是智力——尽管不是唯一的——引领一个物种走向太空。每次狩猎所要求的常识、专注、协同和攻击性都是不同的，也许，如果你想让进犯者少关注一点儿打猎，那你需要让他们变得不那么聪明和充满好奇心。打猎就像是在玩耍，当你还是孩童，这非常有意思，但当你长大成年，它就成了一种训练。这种玩乐是相当严肃的。

仍然没看到打猎的迹象，甚至看不到猎物的踪影。只有一些成簇或者垂下的飘浮植物。毫无疑问，肯定有小型的动物（被捕杀的小动物）被挂在地膜和植物的气囊上大口咀嚼着植物，但从这个高度加之阻挡视线的雾霾，是看不见它们的。

吉纳－霍夫恩坐了回去。座位上没有靠背，因为单轨列车不是为人类建造的，但盖尔菲尔德制服模拟了椅子的效果。他穿着日常的马甲，带着枪套。他脚边是盖尔菲尔德大旅行袋。他看了看袋子，然后用脚戳了戳它。对于即将到来的往返六千光年的旅行，这袋子看起来不怎么样。

“浑蛋。”轻便飞船在他脑海里说。

“怎么了？”

“他们似乎喜欢把所有事情都推到最后一刻。”轻便飞船说，听起来十分恼火，“你知道吗？我们刚刚才结束租用飞船的谈判！我的意思是，十分钟后你就要出发了，这群疯子能多晚才能开走那些东西？”

“很多艘飞船吗？

“很多艘飞船。”轻便飞船说，“他们坚持要我们租下三艘可笑的笨船。随便一艘船都行啊，我和他们说，那又是另外一回事了。三艘！你能相信吗？按照他们的标准，简直就是一支舰队！”

“估计他们太缺钱了。”

“吉纳－霍夫恩，我知道你觉得自己促成这桩交易很有趣，但我要和你强调一遍：不是所有的想法和目的都无关紧要，谨言慎行是第一。金钱就是权力，金钱就是影响力，金钱就是作用力。”

“金钱就是作用力。”

吉纳－霍夫恩琢磨起这句话。

“说的不就是你自己吗，斯科普尔·阿弗朗奎？”

“问题是，每次我们与进犯者进行交易的时候，这笔金钱都成了他们扩张的动机。这是不道德的。”

“该死，我们给了他们环状星陆的搭建技术，赌债怎么能和这相提并论？”

“两码事。我们提供给他们技术只是为了让他们不再攻占其他行星，因为他们不信任我们为他们建造的环状星陆。我们不是在讨论你的赌债，既不在意你有多离谱，也不关心你多么热衷于抬高赌注。我是在说雇用三艘进犯者新星级战列巡航舰和舰船成员的费用。”

吉纳－霍夫恩几乎笑出声来。

“特情局不会把这笔账都算在你身上吧？”

“当然不会。我只是想到更多的可能，防患于未然。”

“该死，我能怎么办？”

他抗议地说。

“这是到达特情局要求的目的地最快的方法了。又不是我的错。”

“你本该拒绝这份苦差事。”

“是应该。那样的话，你又会用一年的时间在我耳边唠叨，责怪我没有在‘文明’需要的时候尽到责任。”

“这估计是你唯一的动机吧，我敢肯定。”斯科普尔·阿弗朗奎带着嘲笑的口吻说，这时，单轨列车减速了。轻便飞船浮夸地“咔嚓”一声下线。

太刺耳了，吉纳－霍夫恩想，但轻便飞船已经听不到他的抱怨了。

单轨车穿过另外几堵隔间墙，驶入一个看起来很拥挤的工业区隔间，进犯者新建造的飞船龙骨架构从雾霭中升起，犹如支撑着居住区本身的脊骨和肋骨的奇异怪诞组合，框架和支柱装饰华美。单轨车继续减速，最后停下来，停在一个连接着结构架的管道舱内。车开始下降，几乎就是自由落体运动。

列车震动起来。实际上，是在咔嗒作响。吉纳－霍夫恩在“文明”的环状星陆上长大，只有那种运动用车或者只为博一乐的自造车会“咔嗒”作响；正常的交通工具很少发出这种噪声，除非车子向你询问你想去的地方，或者你想改变车上的气味。

单轨车越过一层建筑物，直接进入另一个巨大的机库，这里，未完工的飞行器从底部薄雾笼罩的窄桁架处探出尖尖的脑袋，就像一个个带刺的尖塔。飞行器狭长的船体侧过一边，隐隐约约有点儿看不见。

“哎哟！”

盖尔菲尔德制服感叹道，它觉得进犯者的自由落体式停车方式真是可笑。

“很高兴你被逗乐了。”

“我希望你能意识到，若是这玩意儿撞坏了，我也救不了你，你大部分骨头都得摔个粉碎。”制服告诉他。

“要是不能说点儿什么有用的，你就闭嘴吧。”

单轨车又越过一层。它直冲进一间雾蒙蒙的广阔大厅，几近完工的飞船像带着尖的摩天大楼一样耸立在这里。单轨车晃动乱响地停在巨幅空间的地面附近——制服紧紧包裹住支撑着他，但在额外明显的重力作用下，吉纳－霍夫恩仍然感觉自己的内脏在腹腔里翻江倒海——然后，通过两道气闸门，隆隆地驶进一条黑暗的隧道。

车开出隧道，来到居住区地下区域的边缘，这里，犹如肋骨似的一连串码头排列开来，仿若一条慵懒的弧线消失在小小世界的尽头；黑暗中有几道强光照明，但依然可在天空中见到几颗明亮的星星。大约有一半的码头都被使用了，有些是进犯者的飞船，有几艘是外族的飞船。其中，有三艘巨大的黑色飞船，每艘船都看起来很模糊，好像它的铸造模型是某一时代的自由落体式太空炸弹接上比该时代还古老的无数宽剑、弯刀和匕首，将这一形象放大许多倍，就得到了眼前这占据几千米长的战舰。它们悬吊在几千米外的码头上，单轨车掉了个头，朝三艘大飞船开去。

“切囊刀二号、致命长矛和亲吻刀锋，都是好飞船。”制服说。此时单轨车再次减速，乌黑的巨影遮住天上的星星。

“相当壮观，我感觉。”

吉纳－霍夫恩在心里这么想着，提起了袋子。他研究起这三艘战舰的船身，寻找着能证明它们是老兵的挂彩痕迹。他的确找到了损坏的痕迹：暗灰和黑色的船体上，一道曼妙的浅灰曲线花纹爬上了正中央船体的龙骨、桨叶和遮窗，大概是等离子爆炸的轻微损伤（就连吉纳－霍夫恩这种不是武器通的普通人也能认出来）；那些灰色模糊伤痕，有如同心圆形状的瘀痕。最近那艘飞船上的是其他武器留下的痕迹。第三艘飞船向各个方向延伸的直线划痕看起来是另一武器系统的效果了。

当然，进犯者的飞船与任何先进社会的一样可以自我修复，但飞船上留下的战斗痕迹就那样留了下来。这些疤痕的厚度不会超过一层油漆，几乎对飞船的作战能力没有影响。然而，进犯者认为飞船就应该和他们一样承受战斗带来的荣誉疤痕，所以，他们允许战舰的自我修复机制不去尽善尽美地弥补伤疤，这样才能更好地展示战舰英勇作战之光荣。

单轨车直接停在了中间战舰下面，停在一片巨型通道和管子的丛林中，这些管道尽头消失在飞船腹部。车外传来的“嘎吱”、“砰砰”和“嘶嘶”声宣布车安全地抵达目的地了。一缕蒸汽从密封圈里喷出，车门向外朝上旋开。下车后，有一条通道等着他。一队进犯者仪仗队突然出现；当然不是为了他，而是为了欢迎五潮和他身边那位穿着海军司令官的进犯者军官。他们两人都半飘着、半走路地过去接他，身体上边的触腕垂下，下边的触腕不停地划动，向前移。

“这位就是我们的贵客！”五潮高喊，“吉纳－霍夫恩，请允许我向您介绍，这位是司令官金德鲁默六世，他同时是刀锋角部族和亲吻刀锋战舰的总司令。那么，人类，准备好我们小小的远行了吗？”

“当然。”他说着，抬脚走向通道。

IV

乌尔弗·塞彻，刚刚二十二岁的姑娘，自三岁起就因学识出众成为家喻户晓的新星，过去五年大学生涯中，她是实至名归的“最性感学生”，从她曾曾曾曾祖母那辈起，她们家的女孩就让费治岩星上无数男孩伤心不已了，可是，她却在毕业舞会上被嗡嗡机丘特·莱恩拽走了。

“丘特！”她愤愤地高喊，戴着黑色长手套的手攥紧了拳，脑袋向前探出，高跟鞋“啪嗒”一声踏上门厅的实木地板。“你竟敢这么对我！我可是在和那么可爱的年轻人跳舞！他那么——那么帅气，你怎么能就这么把我拖走？”

在她后背推搡的嗡嗡机俯冲到她面前，用手打开了离开舞厅的古朴双扇门，它那行李箱大小的身体在开门时轻轻碰到了她的礼服。“真是万分抱歉，乌尔弗，”它对她说，“请不要再耽搁了。”

“小心，别碰我裙子。”她说。

“对不起。”

“他真的太帅了。”乌尔弗·塞彻凶狠狠地说，大步走到石板长廊上，走廊上摆满了油画和凤梨科植物，嗡嗡机飘在空中跟随着她，走向通往运输管道的门。

“我相信你说的话。”它说。

“而且，他喜欢我的大长腿。”她一边说，一边低头看了一眼前短后长的礼服长裙。她的纤长双腿露在裙外，裹着黑色长袜。明紫色的鞋子与深口长裙很相配；她身后的短途穿梭通道用快速闪烁的灯光提示她快些走。

“你的腿确实很美。”嗡嗡机一边赞同地说，一边向前发信号示意运输管道的控制系统加快准备。

“该死，太对了，我的腿太漂亮了，”她无奈地摇摇头，“他真是太英俊了。”

“我肯定他是。”

她突然停下脚步。“我要回去。”她转过身，摇晃了一下。

“什么？”丘特·莱恩大叫道。嗡嗡机立刻在她面前飞来晃去，挡住她，她差点儿就被它撞倒。“乌尔弗！”嗡嗡机生气地喊叫起来，它的光晕场变成了刺眼的白光，“真要这样吗？”

“让开！他可是超级帅哥。他是我的。只有他才配得上我。赶快，该死。”

它没有让路。她又攥紧了拳头，跺着脚，朝它的鼻子挥了一拳。她打了个嗝。

“乌尔弗，乌尔弗。”嗡嗡机喊着她的名字，轻柔地用力场包裹住她的手。她的头朝前探，紧紧皱着眉头，盯着嗡嗡机前面的感应带。“乌尔弗，”它又说道，“求求你了。请你听着，这很——”

“到底什么事？”她嚷嚷着。

“我刚才告诉你了。你必须看这条信号信息。”

“好吧，为什么不能在这里看？”她环顾了一下走廊，四周是柔和灯光下的肖像画，凤梨科植物那斑驳的狭长叶片、附生茎和叶篷，“周围又没有人！”

“因为这里看不了信号，”丘特·莱恩说，听起来很恼火，“乌尔弗，求求你了，这很重要。你还想不想加入星际事务部了？”

她叹了口气。“我想，是的，”她抛出一个白眼，“加入星际事务部，去星际间探索……”

“那好，这就是你的邀请函。”它松开了她的手。

她又把脑袋向前探出。她的黑色长卷发精心地盘好，上面点缀着金、银和祖母绿的细小氦珠。氦珠擦到了嗡嗡机的嘴边，就像一朵特别的装饰雷云。

“这能让我去探索那个帅哥吗？”她问，努力把脸绷紧。

“乌尔弗，如果你能照我说的去做，星际事务部会非常乐意为你提供一整艘装满帅哥的飞船。现在，请转过身来。”

她嘲弄地哼了一声，继续摇摇晃晃地踮起脚尖，越过嗡嗡机外壳朝舞厅的方向张望。她仍然能听到离开时的那首舞曲。“那倒是，可我感兴趣的是这个……”

嗡嗡机再次用力场牵起她的手，这次是带着平静善意的黄绿色，将她拽到平地上。“小姑娘，”它说，“接下来这两句忠告是我最最真心的叮嘱。第一，你今后的生活会有更多帅气的小伙子。第二，你不会再有更好的机会进入星际事务部了，你甚至有机会进入特情局，如果你帮了他们一两个大忙。这是你千载难逢的机会，姑娘。”

“别管我叫‘姑娘’！”她轻蔑地说。嗡嗡机丘特·莱恩作为家族朋友已经陪伴她的家族近一千年了，支持它部分人格的程序最早要追溯到家庭电脑系统。它倒是没有倚老卖老的习惯，不会时时提醒她在它漫长老古董的生命中，她不过像一只朝生暮死的蜉蝣。但当它认为形势所迫，它也会不甘示弱。她闭上一只眼睛，凑近了盯着嗡嗡机。“你刚才是说了‘特情局’？”

“是的。”

她后退了一点儿。“嗯。”她眯起眼睛。

在她身后，运输管道发出提示音，舱门打开。她转身走过去。“那好，那就走吧！”她侧过头对肩膀后面的嗡嗡机说。

费治岩星在银河系飘荡了接近九千年。它是“文明”最古老的构造部分之一，最初始于太阳系中一颗三千米长的小行星碎片，碎片被某一物种发掘，后来这一物种成了“文明”的一员。小行星碎片上一度开采出金属、矿石和宝石，后来，这颗小行星的巨大内部空隙被真空密封住，外围被注入了空气，它旋转起来，产生了人造重力，后来，它变为了围绕母恒星运转的一处居住区。

之后，随着技术和政治条件的进步，这颗小行星脱离了所属的星系，它那时安装了聚变动力蒸汽火箭和离子发动机——推动它步入星际空间。同样，出于政治原因，它配备了最高等级的信号激光发射器和一些可瞄准的大规模发射装置，这些装置兼作电磁轨道炮。几年后，这片居住区伤痕累累，但完整性没有破坏，最终人类居民接受了它的人格特性，这里成为第一处包含多样化文明、多样化物种集群的太空实体之一，这一群体称呼自己为“文明”。

随后的几年、十几年、几百年和几千年中，费治岩星在银河系中穿梭，从一个小星系到另一小星系，起初，它专注于商贸和制造业，之后，随着“文明”孕育的科技借助传播网络均匀、广博地应用到各社会体系的生产过程中，生产万物的能力传遍各个角落，它逐渐扮演起更具“文明”特色、更具指导意义的角色，商贸活动也变得相对少了。

现在，费治岩星被认为是一个独树一帜的人造物，它既不是飞船，也不是星球，而是介于两者之间的东西。根据自身所需和日益增加的人口，它逐步膨胀，吸纳了新的系统或者星际碎片，崎岖不平的表面积累了大块金属、岩石、冰和尘埃，这是一次缓慢的积累、转化、演进过程，因此，历经一千年从矿山到居住区的转化，它的原始自我可能不认识现在的自己了。后来，它从三千米扩展到了三十千米长，最初的实体从布满仪器的山峦间突出来一块，像气球一样的廓形机库和圆形居住区组成了它的主体。

此后，费治岩星的增长速度减慢了，现在它只有七十多千米长，上面住着一亿五千万人。这里看起来像是从海滩上拿来了一大群嶙峋的礁岩、光滑的石头和更光滑的贝壳，然后把它们粘在粗糙的石窟中，里面放着像是博物馆里收藏的不同时代的“文明”

设备：发射台、雷达接收器、天线架、感应阵列、望远镜弧面、轨道炮塔、弹坑状的火箭喷头、翻盖机库门、微孔测光仪和一堆大小不一、形状各异的穹顶，这些东西要么完好无损，或者部分损坏，又或者刚刚被毁。

随着空间规模扩大、人口增长，费治岩星旋转的速度也在加快。它陆续安装了更加高效、更强大的驱动设备和发动机，直到它能够保持完美的速度——既能沿着时空结构弯曲，又能在其上方或下方的多维空间开辟自己的奇异路径。

乌尔弗·塞彻的家族是岩星创始家族之一。她的祖先可以追溯到五十四代之前——一如费治岩星本身，她至少能说出两位在“文明”的历史长卷中流芳百世的祖先大名，有的祖先也会（在外形改造流行的时候）把自己改造成鸟、鱼、可驾驭的气球、蛇、凝聚的云朵和可移动的灌木丛。

当时的男性当权者大声反对这种怪诞思潮，所以在过去一千年中，人们大多恢复了人类原初的样貌——总算是漂亮了些。不过一个人的外表在很大程度上取决于遗传基因，于是就只能听凭命运的安排以及自然的随机性了。令乌尔弗感到自豪的是，她从来没有进行过任何形式的身体改造（当然，除了神经系统的改造，但这不算）。没有人或者机器敢当着乌尔弗的面提醒她，在人类基础外形上增增减减能提升优雅感和诱惑力，特别是在女性状态下，特别是当这个女性是乌尔弗·塞彻。

她环视了一圈嗡嗡机带她来到的房间。屋子是半圆形的，中等大小，形状像是一个礼堂或者主席台微斜的演讲厅，不过，大多数台阶和座位上都装着外观复杂的桌子和设备。远处墙面上铺着一块巨大显示屏。

她们穿过一条从未见过的封闭长廊来到这间屋子，长廊被封闭的、贴着厚玻璃的门堵住，当她们靠近时，门会无声地卷起，当她们通过后，门又立刻恢复到原来的位置。乌尔弗欣赏起每扇玻璃门前自己的倩影，身着华丽紫色礼服的她更加昂首挺胸地向前走。

当最后一扇门旋回原位时，半圆形房间的灯光亮起。这个地方很明亮，但也有很多灰尘。嗡嗡机嗖的一下飞到一边，悬停在一张桌前。

乌尔弗环顾四周，心里疑惑。她打起喷嚏。

“老天保佑。”

“谢谢。这是什么地方，丘特？”她问。

“应急指挥中心。”嗡嗡机告诉她，这时，下方的桌子某个地方亮起灯来，各种面板和窗格的灯光闪耀，在上方空气中投出一束束光波纹。

乌尔弗·塞彻晃悠过来，看着漂亮的灯光秀。

“我甚至不知道有这么个地方。”她一边说着，一边用套着黑手套的手指抚摸桌子表面。灯光显示变了，桌子发出刺耳的噪声。丘特·莱恩拍掉了她的手，用白色光晕警告她不要乱动。她生气地盯着嗡嗡机，随后看了看指尖的灰尘痕迹，把灰尘涂到嗡嗡机的外壳上。

一般情况下，丘特·莱恩会用力场灵巧地擦亮身体，灰尘便会落下，完全不会粘到身上，但这次它直接无视了她调皮的举动，继续悬在桌前，快速地调换显示屏，很明显，它操控着这里的所有设备。乌尔弗又愤怒又百无聊赖地交叉架起戴着手套的胳膊。

悬在半空中的滑动灯板转动一下，然后翻转，灯光表面闪过一串数字和字母。然后，数字和字母都消失了。

“好了。”嗡嗡机说。光晕转成严肃的蓝色，从嗡嗡机的外壳上延伸出来，它又拖过来一把金属小椅子，将椅子放到她面前，然后使劲推了一下椅子。她别无选择，只好坐了上去。

“喔哦。”她尖锐地说，调整了一下裙子，然后瞪了一眼嗡嗡机，但它仍然毫不在意。

“现在开始吧。”它说。

一块看起来像是被烟熏过的棕色玻璃板跃然出现在桌子上空。她仔细地瞧着，试图看看自己的映象。

“准备好了吗？”嗡嗡机问她。

“嗯。”她应声。

“乌尔弗，我的姑娘。”嗡嗡机说，用一种她知道它已经浪费了几个世纪积攒的庄重语气。它在空中旋转着，最后不偏不倚地停在她面前。

她翻了个白眼。“我在，怎么了？”

“乌尔弗，我知道你有点儿——”

“我有一点儿醉，嗡嗡机，我知道。”她告诉它。“但我还没有失去理智。”

“好吧，但我需要知道你现在适不适合做出重大决定。你即将看到的东西会改变你的命运。”

她叹了一口气，把戴着手套的胳膊肘放在桌面上，用手托着下巴。“我之前就听几个年轻人说过这种话，”她慢吞吞地说，“结果呢，总是让人失望，又或者只是个粗俗的笑话。”

“我要说的可不是这样的事。但你要明白，我给你看的东西可能会让特情局决定是否录用你；即使你决定不进星际事务部，或者即使你想进却被他们拒绝，你的余生也会被他们监视到底，这一切都要归因于你将要看到的东西。很抱歉说得这么夸张，但我不希望你牵扯进自己完全不清楚后果的事情。”

“我也是，”她打了个哈欠，“我们能继续了吗？”

“你确定你听明白事情的严肃性了吗？”

“见鬼，确定！”她乱挥着胳膊喊道，“赶紧说吧。”

“还有一件事——”

“什么？”她叫了起来。

“冒充别人去一个很远的地方，大概率还需要帮忙挟持一个人——也是‘文明’公民，你愿意吗？”

“愿意什么？”她皱起鼻子说，笑出了鼻音，一脸不可置信。

“在我看来你的答案是‘不’，”嗡嗡机说，“没想过你会答应，但我得奉命问问。所以我别无选择，只能给你看看这个了。”它听上去松了一口气。

她把两只戴着黑手套的胳膊都放到桌上，双手托着下巴，尽可能地清醒地面对嗡嗡机。“丘特，”她问，“到底是怎么回事？”

“你会看到的。”它这样对她说，从挡住屏幕的位置离开，“你准备好了吗？”

“如果我再准备，恐怕就睡着了。”

“很好。专心看。”

“遵命，长官。”她说，眯起眼睛看了看嗡嗡机。

“看吧！”它说。

她双臂交叉地坐回到椅子上。

屏幕上出现以下文字：

晦涩术语已进行“内容转译”，首字母缩写解释程序正在运行，实例标记为{}。

费治岩星接收的信号文件如下。

信息段1［广播，M{标准九进制玛瑞语}，接收时间n4.28.855.0065+]

“九进制是什么意思？”

“依据9记数的系统。标准玛瑞语，老天，这可是你在幼儿园就学过的东西，以3乘3网格为基础。”

“噢。”

信息内容继续滚动：

⋆!c11505.⋆{（⋆=广播）（！=警告）（c=银河区域编号）（整体=“文明”标准型高度概括的紧急事件警告信号}

信息段2 [广域信号，M1{“文明”舰船基础用语}，接收时间 n4.28.855.0079−]

现明异{出现明显异常}。危险坐标 c2314992+52{银河系四级精准定位}。

x{从}顺变命{（通用星际飞船）顺应变化的命运}。n4.28.855。

“我们能不能把那串数字给去掉？”她问嗡嗡机，“数字里没有我需要知道的信息，不是吗？”

“也许吧。好了。”

（执行命令：“信息转译”中的长串数字字符剥离功能已启用，已将长串数字字符标记为·。）

信息段3 [广域信号，M2{星际事务部标准用语}，转发，接收时间 n·]

通用星际飞船顺应变化的命运至通用系统星舰伦理斜度：依照要求汇报，出现了明显异常。危险坐标 c·{银河系八级精准定位}，接收时间 n·。

信息段4 [窄束信号，M16{特情局高等级加密用语}，

转发，接收时间 n·]

通用星际飞船顺应变化的命运至通用系统星舰伦理斜度：依照要求汇报，初步评估技术水平相当，具有潜在危害性，危险坐标 c·。我的状态由 L5 向 L6 转变。已启动所有极端危险预防措施。

信息段 5 [广播，M{ 标准九进制玛瑞语 }，接收时间 n·]

通用星际飞船顺应变化的命运至通用系统星舰伦理斜度：★！ ★{（★= 广播）（！ = 警告 } 撤回编号 1—3 的广域信号。恐慌结束，我误判了。呵，只是个小型胶囊舱飞行器。抱歉，全部对外交流报告请见即时发布的高度尴尬因素模式说明。 BSTS. H&H. BTB. {BSTS（Better Safe Than Sorry）= 谨慎行事，别冒险。H&H（Hale & Hearty）= 精神着呢。BTB（Back To Business）= 一切回归正轨。（经确认，这是峭壁级通用星际飞船顺应变化的命运和通用系统星舰伦理斜度事先约定的信号。）}

（信号文件 n428855/1446 终止。）

“就这？”她盯着嗡嗡机叫嚷，“太无聊了——！”

“不是。还有，你看！”

她又接着看，信息继续滚动出现。

[已预先获得安全许可——特指费治岩星。]

[信号日志已解锁，重新启用。]

（文本记录功能已禁用。）

信号文件恢复：

……

信息段 6 [窄束信号，M32 SCantk{ 特情局绝对需要知情的最高等级加密用语 }，转发，追溯信息段 4，接收时间 n・。

读取请按 [x]。

[x]

正在被费治岩星应急空间指挥中心读取，接收时间 n・。

文本转译中，已识别为通用古文，版本 891.4，无认知。

注：文本记录功能已禁用至文件结束。

[确认]

费治－奎因斯－布罗萨・乌尔弗・哈尔斯・塞彻・达・伊菲特拉

[确认]

埃斯克鲁兹・丘特・莱恩・拜－汉德拉罕・泽泰尔・特拉赫布莱斯

[确认]

对如下文件有感知的阅读将被记录在案。确认请按 [x]。

[x]

感谢，信息加载中。

注：请注意，以下文本内容仅以动态滚动式“提取即离散”形式播放，该文件不得以语音读取、字形记录、图示、复制、存储等任何常规形式传播。任何违规行为都会被监控。

请调整阅读速度：[默认 / 人类]

注：重要！此文件已被归为特情局最高级别加密信息——如有疑问，请见附件中有关“定义”“先例”“警告”“可能的制裁”“惩罚”条目。如果你还不熟悉这些条款，强烈建议先仔细阅读附件。

[跳过]

[提示结束。]

“你不该这么做！”丘特·莱恩尖叫道。

乌尔弗看了看显示屏中跳过部分的内容，按下按钮。她朝嗡嗡机“嘘！”了一声，向显示屏点点头：“你快看吧！”

开始阅读副本，编号为特情局·c4：+

副本由通用星际飞船顺应变化的命运发送至通用系统星舰伦理斜度，请严格遵照特情局许可条例查看下述内容。

向全体正式飞船发出超体异象警报，坐标c·。0级警戒。

（通用系统星舰智慧如默：暂时封锁消息。该通知于·添加。）

确认发现超体异象，已确认该事件未有先例。安全等级上升为K7。无法估算真实级别。当前状态：活动，有知觉，乐接触，目前无侵入性。当前位置：埃斯佩里。

首次尝试联络：探测到该实体后，它于n·尝试通过我的主扫描仪与我联络，于n·通过4A型窄束信息以M1–a16和Galin Ⅱ两种通信协议尝试联络，从0.7光年外发出申请，请求允许靠近并建立加密连接。信号疑似来自伊兰彻探险者发出的广域联络信号，来自第二纪元。信息发出方自称“我”。无其他信号可记录。

我随后的行动：保持原先的航向和速度，将扫描模式调整为轻量模式，使其运行功率降至50%，降低暴露风险后，对宇内多维空间进行高灵敏度扫描（扫描过程与上述系列信号同步），然后向目标地带以Galin Ⅱ协议发送问候，专用追踪扫描器动力降低至19%，扫描宽度扩大至300%，于高灵

敏度极限范围 -25% 处发出联络；启动指数级减速直至停止，将停止点设定在距对象为追踪扫描器最大探测半径的 12% 处，按规定完成全系统检查，以常规速度 1/4 的缓慢模式掉头折返，依原路回到首次尝试联络时的地点，遵照标准轨道曲线停下，保持相对静止。

超体异象的物理特征：（反物质！）球体半径为 53.34 千米，质量约为（无法根据时间空间模型估算，只能依据泛极物质密度标准来估算）1.45×813 吨。异象表面为多层分形物质，维数为 0.0012–1344mm，该异象能够自己维持独立形态，暴露在真空环境中，从 821 千赫兹的泄露信号来看，存在无法解释的异常能量场。从能量网连接了宇内多维空间和宇外无极空间这一点来看，安全等级为 K7。能量网连接细节无法获取。扫描文件如附。

相关的异常物质：28 光分内出现数片高度分散的碎片云，其中三片碎片云疑似来自体积约为 1.0 平方米的某种技术水平相当的实体，处于分阶段自毁状态，另外一片碎片云与 38 枚已经燃尽的点 1 口径 M–DAWS 残骸有关，还有一片碎片云系氧气环境下高级飞船的内部战斗所致，它们正在飘离超体异象所在的位置。对碎片云的扩散模式进行回溯分析，推测它们在 52.5 天前出现。战斗碎片云显示，原始爆炸点位于距超体异象当前位置 948 光毫秒的地方（约 284400 千米）。扫描文件如附。

三十光年范围内没有探测到其他活动迹象。

我的状态：精神着呢。系统全面扫描后确定安全级别为 L8。自动战术防御系统已启动。关键响应战术防御系统已启动。

重复：确认超体异象能量网与宇内多维空间和宇外无极

空间连接。能量网连接细节无法获取。具体特征无法获取。

等待中。n·。

题外话：吞口水，不安。

重复?	[.]
了解阅读历史?	[.]
阅读之前的评论?	[.]
附加评论?	[.]
阅读附录?	[.]
以上全部（0= 离开本文档）：	[.]

“我们暂时到此为止吧。”嗡嗡机说。

注：副本若无嵌入式安全程序，则不可阅读、复制与传输。

注：重要事项！禁止传播该文件任何细节、内容、解释和属性，包括该文件的存在——

[跳过]

[读后警告读取中止]

“我希望你不要再这样做了！”嗡嗡机咕哝着说。

“抱歉。”她说。乌尔弗·塞彻对着浮在她和嗡嗡机丘特·莱恩面前半空中的文字缓慢地摇头。她深吸了一口气。忽然，她感觉自己完全清醒了。“这有我想的那么重要？”

“完全肯定，比你想的更重要。”

“哦，”她喃喃道，“该死。”

“的确很糟，”嗡嗡机回复，“现在，还有其他问题吗？”

她盯着通用星际飞船主信号的最后一句话：

震惊。

震惊。好吧，这个她非常可以理解。

“问题……”乌尔弗·塞彻盯着全息屏幕，使劲鼓起脸颊。她转过头面向嗡嗡机，身上的舞会礼服沙沙作响。“太多了。第一，我们到底是要……不，等一下。让我想想那信号的信息。撇开所有翻译，它到底在说什么？”

“通用星际飞船通过它所在的通用系统星舰发布了一条关于超体异象的通知，”嗡嗡机告诉她，“但这条通知被另一艘通用系统星舰拦截了，很明显，出手拦截的这艘飞船对联络未知的未知天体一事保持十分谨慎的态度。这艘通用星际飞船告诉我们，它的传感器探到了未知天体上，然后该天体用一种古老的伊兰彻问候语和一种更古老的银河系通用语言回应了这艘通用星际飞船。然后，通用星际飞船通过大量信号详细描述了自己有多聪明，用自己的迟缓作伪装，假装自己传感装置不灵活、装备技术差，实际上却不是这样。它描述了未知物体和周围的残片碎屑，暗示五十三天以前这里发生过小规模的武装冲突，它声称自己很好，没有被暴力威胁，但仍然准备炸毁自己，或者在自身完整性受到威胁时，允许其他人将其炸毁……这不是通用星际飞船的草率决定。

“不过更重要的是，信号指出这艘飞船发现的未知天体在多维空间的上下两个方向都与能量网相连；仅凭这一点，未知天体就已经超出了所有已知天体的先例。我们没有应对这种东西的经验，它非常奇特，远超我们可控的范围。通用星际飞船会害怕，我一点儿也不惊讶。”

“好吧，好吧，真就是我想的那么严重，可恶。”她不小心打了个嗝，“抱歉。”

“没事。”

“现在，就像我要说的，我们要去做什么？对付超体异象，还是什么？”

“好吧，如果你把超体异象定义为任何我们需要担忧的‘文明’之外的东西，那么确实如此。另一方面，如果你把它和一般的——或者某些更特殊的——霸权星群相比，它很小，只是局部性的，没有侵入性，没有攻击性，没有防御力，不能移动……而且能使用加林Ⅱ通信设备，非常健谈。”嗡嗡机停了下来，“它的关键特征是能够链接能量网，上下都能链接。这就非常有意思了，委婉地说，据我们所知，没有实体能做到。除了长者文明，恐怕没人……所以他们不说，我们也猜不透。”

“所以，这东西能做一些‘文明’做不到的事情？”

“看起来是。”

“我认为，‘文明’想要得到它的能力。”

“嗯，是。的确是这样。或者，就算我们不能参与到这项技术中，至少也要抓住这个隐藏着的绝佳机会。”

“什么技术？”

“呃。”丘特·莱恩憋出这个字，它的光晕因为尴尬而改变，身体在空中轻微摇晃起来，“从技术上来说，也许是——能够轻松旅行到其他宇宙空间的技术。”嗡嗡机又停了下来，看着眼前的人类，等着她回以讥讽的话。她没有做出任何回应，它继续说道，“有了这一技术，跳出线性宇宙可能会如飞船从时空结构中掠过一样简单。借助这种技术，我们也许可以穿越多维空间，到达比我们更古老或更年轻的宇宙。”

“时间旅行？”

“不是，不过确实提供了一个很好的机会去证明时间，证明岁月。理论上来说，一个人可能在更早的宇宙中停留……嗯，永远。”

“永远？”

“真正的永远，就像我们所知的。你可以选择想要停留的宇宙的大小和年纪，想参观几个宇宙都行。例如，你可以在古老宇宙中前行，并且尝试一些超越这个宇宙的技术。但有趣的是，因为你无须和这个宇宙绑定，它是时间流，在你最初所在的宇宙到来之前，你需要尽量避免被热死、被蒸发、被压死，这要看具体的环境了。

“就像乘坐自动扶梯。此刻，我们站在这一级阶梯上，那我们就会受这层宇宙的限制；未知天体有可能使我们从这一级阶梯跨到另一级，这样，在你立足的、不断向上的那级阶梯到达终点前——热死、蒸发或者被挤压之类的终极末日——你能从这级阶梯跨到后面那级。事实上，你可以永远地活着……呃，除非宇宙万物的原点发动机本身有生命周期；据我所知，从这一点来说，任何时候都不能保证所谓的永远。”

塞彻盯着嗡嗡机看了许久，她的眉头皱起：“我们之前没发现过这样的东西吗？”

“没有。过去，曾有一些模糊的类似天体出现的传闻——不过，还没等有人能详细调查的时候，天体就消失了——但根据我们所了解的情况，以前从来没有人发现过类似的天体。”

女人沉默了一会儿。然后，她说：“如果你能进入任何宇宙空间，回到一个早期就很发达的社会……”

“你可以掌控全部，”嗡嗡机确认道，“整个宇宙都是你的——事实上，当你回到足够久远、足够早的后奇点宇宙——想象一下，你完全可以定制、铸就、塑造和改变它的主要特征。当然，这种控制也许只停留在幻想的领域，但的确是有可能的。”

乌尔弗深吸了一口气，看看地面，缓缓地点了点头。“……当然，”她说，“如果这东西真如你所说，它可能是出口，也可能是入口。”

“完全正确，也可能同时是两者。正如你心里想的，不管我们如何去研究它，我们都不知道会出现怎样的结果。”

乌尔弗慢慢地点头。“……可恶。”她感叹道。

“让我们看看评论吧。”丘特·莱恩建议。

“我们能不能直接掠过前面那些狗屁指引？”

“让我试试。好了。”

阅读之前的评论？　[1]

“……也略去所有细节性的废话吧。只看谁都说了什么。”

“如你所愿。”

（评论内容）

智慧如默（大陆级通用系统星舰）：

1.0 根据特情局异常事件核心小组（偶尔也被称为“危机预防次级委员会”）协定，我们将此次状况定义为 n·事件。

1.1 以下是我们的简要说明。

2.0 请允许我们先指出，能够在此种严肃、影响深远甚至重大的关头被委以重任，我们不仅十分荣幸，也深感谦卑。

“打官腔的浑蛋。所有的大陆级星舰都这么自以为是吗？”

“要我去问问别人吗？”

“是的，我肯定别人的答案和我的一样。”

“就是这样。”

“嗯。这玩意儿还在继续信口开河呢。”

3.0 显然，这个棘手的问题会带来严重的后果。未知天体超出我们的理解范畴，这一事实会让我们慎重考虑应对此类泛发展性问题时需要面对何种影响与后果。

“换句话说，就是坐以待毙，”塞彻尖刻地说。“大陆级星舰的多重模式究竟是什么玩意儿？”

“三个主脑组成的团队，通常是这样。”

“哦，难怪了，星舰总是对三份有执念……”

3.1 目前我们所谈论的超体异象没有先例可供参考，但它似乎是静止的，暂时处于不活跃状态（显然，依旧是目前）。所以，考虑到它影响深远、无先例可考、处于静止状态，当前应该保持谨慎。经上述小组和小组委员会有效代表的讨论决定，我们已经将此事列为保密事项，以便所有相关人员遵循 M32 保密级别讨论此事。

3.2 根据临时紧急状况（允许采取秘密手段）灾后指导委员会在阿扎迪亚事件后做出的报告，此次“n · 事件”维持在 M32 保密级别的时限为 128 天，平均预计持续时间为 96 天，全部次级委员会审查期为 32 小时。

3.3 最接近未知天体的行星是“埃斯佩里”（参照《标准命名规范》）；根据 M32 的规范程序，我们拟用“陶西格”（参照《主要随机事件命名表》）作为此次事件的代号。

3.4 我们的介绍性发言就此结束。

4.0 以下评论将按照分类排列，接收时间和内容可在附录中详查。

4.1 现在，我们就“陶西格”问题展开讨论。

翘首期待新情人到来（板区级通用系统星舰）：好的。首先，我认为这件事不应该保密，即使只是保密一段时间。一旦我们遇到什么重大事件，特情局总是立即开启疯狂戒备模式，实施“必须保密否则拔你插头”的M32保密规范。我强烈反对特情局这种作风。不过既然我已经答应了，那就不会泄露半点儿风声，但保险起见，我认为我们应该把此事公之于众。（面对现实吧，128天的保密时限太长了。）既然我们把此事列入暂时保密事项，我可否预测一下特情局那不难猜测的反应，并提醒大家留意一项由附加价值发表的研究（文本和细节如附），该研究的基本观点是，假设你派一支巨型舰队将异象之类的未知之物围困起来，而它并非全能，只是强大到惊人并且完全具备入侵能力，那么倘若它是敌对的一方，那么上述做法相当于为它提供了一支规模浩大、整装待发的战舰。仅供参考。

战略性优雅（峭壁级通用星际飞船）：我完全同意楼上的话，也同意附加价值的研究。我们不要无脑地对它展开攻击。

哀特拉（环状星陆中心，史帕斯–奥维利系统，[独立]）：无名哀愁涌上心头。我们可能即将失去某种懵懂的无知。火光逐渐变暗，一个人用最后一口气去吹旺火苗。回望过去，我们即将丧失天真。从宏大的集体命运来看，重大事件即将改变一切，迎来结束和开始（最终是开始）。知之甚少的古人会对即将到来的事情抱着半期许、半欢迎的态度，知之过多的我们却宁愿拒绝它带给的未知影响。蜉蝣啊，它们对生命半存欢喜，早已看惯了生死。但人人都知道的永生，我们在它的面前会敬畏乃至震颤。朋友们，如果说我们曾崇拜过什么，那一定是混乱之神了。我们是否正在目睹神明降世呢？

钢铁闪耀（平原级通用联络星舰）：令人惊叹。这么多年来我们不问世事，到了这时候幡然醒悟？呃，好吧。参照附加价值的研究，我建议立即将所有可用部队武装起来，在六十四天内冲过去。与其说我们需要和陶西格作战，不如说异象不可能长久地作为秘密存在，它会——我相当确信——招来一大批不受“文明”欢迎的其他种族。尽管表现出固有的粗鲁只是不得已的第一手段，但我方强大的火力也许是防止大规模冲突的唯一途径，最坏的情况是，冲突会掩盖陶西格本身。

只接收重要致电者（苔原级有限系统星舰）：这里／在无限黑暗的夜幕上／一只沉着的眼睛凝视着／我们于恐惧之物中看见／我们的思维云开雾散，变得清明

智慧如默（大陆级通用系统星舰）：诗写得相当动人，但我们能不能稍微往主题上靠一靠？

稍后射杀他们（“文明”隐秘派怪客，“啊，算了吧”思潮协会，[综合系数 73%，舰体系数 99%]）：发人深省。虽然我不是那么愿意赞同钢铁闪耀的观点，但我认为它可能是对的。好了，我说完了。

智慧如默（大陆级通用系统星舰）：我竟没有发现稍后射杀他们成了核心小组的成员！综合系数低于 100% 的实体不应进此小组！任何隐秘派飞船都没有资格！有限 系统星舰只接收重要致电者，此消息是通过你转发的，马上解释！

只接收重要致电者（苔原级有限系统星舰）：我不。

伦理斜度（单元级通用系统星舰）：经小组许可后发布，能量网出现了弯曲的迹象——不易察觉的孤子共振，该迹象出现在克拉斯泽尔系统（距陶西格事件 62 标准光年之外），呈 V 字形向陶西格区域蔓延。附上数据文件。大概没什么好担心的……

吞食泥土（大洋级通用系统星舰）：我是陶西格事件的当

事人，最新的异象，也就是说需要关注的话题就是——我异陶？

智慧如默（大陆级通用系统星舰）：我们对享有盛誉的同僚吞食泥土致以崇高敬意，您的光荣事迹和传奇经历令我们倍感钦佩，不得不说，我们未曾想到我们谦卑的小组竟能获如此殊荣，竟然得到了您的青睐！通用系统星舰翘首期待新情人到来，作为转接员，你早应该告诉我们你和吞食泥土取得了联系！

非此处发明（沙漠级中型系统星舰）：已阅。还算和谐？

智慧如默（大陆级通用系统星舰）：等等，非此处发明不是早在 2.31 就被摧毁了吗？说清你的身份，你这骗子！安全漏洞！到底怎么回事？

稍后射杀他们（“文明”隐秘派怪客，“啊，算了吧”思潮协会，[综合系数 73%，舰体系数 99%] ）：嘻嘻。

完全退款（霍姆达人的帝国级主要战舰，原名 MBU604，两栖战舰，飞船综合系数 80% { 注：自我评估 } ）：潜水的，出来冒个泡。

智慧如默（大陆级通用系统星舰）：什么？我不能让一艘只有自我评估的前敌军飞船知道 M32 保密级别的事情！到底是怎么回事？安全漏洞！作为核心小组召集人，我宣布执行权限，立即暂停所有 M32 保密级别的讨论，直至安全审查全面完成。时间另行通知。

别样的黝黑（山级通用星际飞船）：确实该这样。不过就连悄悄讨论都不行吗？

智慧如默（大陆级通用系统星舰）：别样的黝黑也不是核心小组的成员！太离谱了！我们就此——

切换文档 / 评论

新M32核心小组成立，名称为欢乐时代帮（四号令），组员为除智慧如默（大陆级通用系统星舰）以外所有出现过的飞船。

星转（首纪元，岩星）：原名，星转。现用名，以眼泪结尾。

无固定居所（“公休者”，前赤道级通用系统星舰）：首先，我建议摆脱“陶西格”这种可笑的称呼，直接用最近的星体“埃斯佩里”来称呼此次事件；此外，我提议从现在起八至十六天内——取决于外界是否有更需要关注的新闻——我们将该事件降为M16保密级别，并向外界公开，不妨简单地说我们发现一颗情况不明的天体，正在着手调查，请无关人员远离。假设未知天体周围的实体不愿意离开，我们就要求钢铁闪耀谨慎地进行有节制的军事部署。最后，我建议一切行动都按民主流程执行。

战略性优雅（峭壁级通用星际飞船）：巧妙地酝酿出击吧。

钢铁闪耀（平原级通用联络星舰）：十分荣幸，我接受这建议。

只接收重要致电者（苔原级有限系统星舰）：让智慧如默去公布这个消息怎么样？

稍后射杀他们（“文明”隐秘派怪客，“啊，算了吧”思潮协会，[综合系数73%，舰体系数99%]）：嗯，机智。唉，如果它不那么生气地……

翘首期待新情人到来（板区级通用系统星舰）：我认为我们应该现在就公开这一信息。

无固定居所（“公休者”，前赤道级通用系统星舰）：我们都觉得这个小伎俩非常令人不齿，但我认为公开之后一旦发生冲突，那么拖延一两周再公开能够留给我们充足的准备时间。

别样的黝黑（山级通用星际飞船）：鉴于非此处发明是距离未知天体最近的飞船，我建议它全速赶往超体异象所在的位置，并承担起协调员一职。我离埃斯佩里系统不远，也会掉头向那里进发，与非此处发明会合。

非此处发明（沙漠级中型系统星舰）：我的荣幸。

别样的黝黑（山级通用星际飞船）：我还提议在此次危机解除前，邀请通用系统星舰伦理斜度和通用星际飞船顺应变化的命运加入“欢乐时代帮”（四号令），告知它们在接到我们的下一步通知前不要对超体异象进行全面调查。附上两艘飞船的性格评估报告，它们看上去很可靠。

哀特拉（环状星陆中心，史帕斯–奥维利系统，[独立]）：那就让我们共同的朋友加入吧。

无固定居所（“公休者”，前赤道级通用系统星舰）：当然。那么我们是否都同意上述内容？

翘首期待新情人到来（板区级通用系统星舰）：同意。

战略性优雅（峭壁级通用星际飞船）：同意。

哀特拉（环状星陆中心，史帕斯–奥维利系统，[独立]）：同意。

钢铁闪耀（平原级通用联络星舰）：同意。

只接收重要致电者（苔原级有限系统星舰）：反对！……没有啦，只是开玩笑。同意。

稍后射杀他们（“文明”隐秘派怪客，“啊，算了吧”思潮协会，[综合系数 73%，舰体系数 99%]）：同意。

吞食泥土（大洋级通用系统星舰）：同意。

非此处发明（沙漠级中型系统星舰）：同意。

完全退款（霍姆达人的主要战舰，原名 MBU604，两栖战舰，飞船综合系数 80%｛注：自我评估｝)：同意。

别样的黝黑（山级通用星际飞船)：同意。

以眼泪结尾（首纪元，岩星)：同意。尽我的微薄之力。

无固定居所（“公休者”，前赤道级通用系统星舰)：同意。

吞食泥土（大洋级通用系统星舰)：顺便说一嘴，真高兴能再次和你们聊天。那么，拭目以待。

只接收重要致电者（苔原级有限系统星舰)：等着吧，等着瞧……

（评论结束。）

（文件双选项菜单，[1= 是，0= 否]：）

重复？	[.]
了解阅读历史？	[.]
阅读之前的评论？	[.]
附加评论？	[.]
阅读附录？	[.]
以上全部（0= 离开本文档）：	[0]

编号为特情局 · c4：+ 的可追溯文件副本终止。

注：副本若无嵌入式安全程序，则不可阅读、复制与传输。

注：重要事项！禁止传播该文件任何细节、内容、解释和属性，包括该文件的存在——

[跳过]

[读后警告读取中止]

全息屏幕消失。“这些评论到底是什么意思？”她问。

“……好家伙，乌尔弗，”嗡嗡机用惊诧万分的语气说，“都是些举足轻重的元老！灵魂级人物！”

“什么？什么人物？”她把椅子转了半圈，面向嗡嗡机。

“孩子，这些名字我已经有五个世纪没有见过了。其中有些是主脑界的传奇！”

“我们说的是这个‘欢乐时代帮’，名字没错吧？”

“显然，它们是这么称呼自己的。”

“嗯，名字很适合，但我还是不知道这些意味着什么。”

“好吧，一支非常普通但拥有强大力量的应急主脑小组，小组成员们聚集到一起商讨事件进展，然后——考虑到信号需要时间——只在几秒钟内，就被可能是艾迪兰战争以来在相同信号序列下组成的最德高望重、最高深莫测的主脑团队接管了。”

“不会吧。”乌尔弗说，打了个小小哈欠，用一只戴着黑手套的手捂着嘴。

“是的，就拿非此处发明来说，据我所知所有人都认为它已经在五千年前死去了！然后，它们抛弃了那艘把持着‘事件协调小组’高位的无聊迂腐的通用系统星舰，同意对超体异象的自身发展情势进行观望，也同意派出调查力量，开始局部动员——动员！然后，当有更令人兴奋的消息传来时，它们就公开了关于超体异象的部分事实。”

乌尔弗皱起眉头：“这一切什么时候发生的？”

“唉，如果你没有关闭文档的日期/时间功能的话……”嗡嗡机嘟囔着，投下霜蓝色的光晕。乌尔弗又白了白眼睛。“超体异象和评论系列信号的信息来自十二天前。前天，超体异象的事件已经通过标准渠道公开了。”

女人耸耸肩：“我没看到。”

"头条新闻是关于布利丁格事件的。"

"啊哈。我觉得这新闻也精彩。"

过去一百天中，大多数发达星系都在关注这个故事，这是在炮火纷飞的布利丁格母星上发生的布利丁格－德鲁格战争的余波，德鲁格舰队带着他们珍贵的圣迹遗物和大理事会的俘虏逃跑了。冲突以较少的生命损失而终结，只是非常戏剧化地产生了持续不断的影响。难怪那天它们公开的消息没有被注意到，一如既往地不为人知。

"最后那句话是怎么说的来着？'那就叫我们共同的朋友加入吧'？"

"大概是指邀请其他主脑加入小组。"嗡嗡机沉默了片刻。"不过，也许是事先约定好的语言形式，成员之间的秘密代号。"

塞彻盯着嗡嗡机。"秘密代号？"她有些不明白，"在 M32 级的保密频道上？"

"可能吧，没有别的可能了。"

塞彻继续盯着嗡嗡机看了一会儿。"你是说主脑在讨论……表决同意一件非常敏感、隐秘的事，隐秘到甚至不会在特情局顶级的保密频道上明说——这个牢固、秘密、安全到神圣的 M32 级保密频道？"

"不是，我不是这个意思。我是说……有一半可能。"嗡嗡机的光晕因沮丧而染上了灰色，"不过我想在那种情况下，它们的担心是多余的。"

"那怎么回事？"塞彻眯起眼睛，"否认？"

"如果我们从一开始就这么偏执的话，是的，我猜测是这样。"嗡嗡机说着垂下脑袋，发出一声悠长叹息。

"所以，它们在搞什么阴谋。"

"嗯，从它们所说的话来判断，它们要计划的事情很多。但它们所做的一些事也许，嗯，会很危险。”

乌尔弗·塞彻坐回去，盯着她和嗡嗡机丘特·莱恩前方投影屏幕的空白处，屏幕就像一块半透明的磨砂玻璃。“危险，”她说。她摇了摇头，莫名想要颤抖，她抑制住了颤抖的冲动，“可恶，当这群神明出来混时，你不觉得吓人吗？”

“一句话，”嗡嗡机认同地说，“是。”

“那要求我做什么？原因呢？”

“你需要伪装成这个女人。”嗡嗡机一边说，一边将一张明亮的照片投到她面前的磨砂屏幕上。

乌尔弗端详起那张脸，又用手托起下巴，“嗯，”她喃喃地说，“她比我老。”

“没错。”

“也没有我漂亮。”

“说得很对。”

“为什么我必须长得像她？”

“为了吸引某个男人的注意力。”

她眯起眼睛：“等一下，我不必和那家伙上床，是吧？”

“哦，天哪，不用，”嗡嗡机说，光晕又立刻变为灰色。“你只需要看起来像他的旧情人就行了。”

她大笑起来。“我打赌，我一定会和他上床的！”她在小小的金属椅子上前仰后合，“多奇怪啊！这真是特情局让我干的事？”

“不，你不要这样，”嗡嗡机发出嘶嘶声，光晕变成了深灰色，“你只需要在场就行。”

“我敢打赌。”她大笑着向后靠了靠，双臂交叉放在胸前，“那到底是什么人？”

“他。”嗡嗡机说。另外一张静止的人脸照片出现在屏幕上。

乌尔弗·塞彻向前探了探身，举起一只手。“等一下。我收回刚才的话。实际上，他很帅气……”

嗡嗡机发出不耐烦的叹气声：“乌尔弗，请你稍微控制一下泛滥的激素……”

“什么？”她高喊道，摊开双臂。

“这任务做不做？”它问她。

她闭上一只眼睛，左右摇晃脑袋。“或许吧。”她含混地说。

“这项任务意味着你需要旅行，”嗡嗡机说，“今晚出发——”

“呸！”她靠到后面，又叉起胳膊，抬头看着天花板。“绝对不可以。算了吧。”

“好吧，那明天。”

她转向嗡嗡机：“午餐后。”

“早餐后。”

“早午餐后。”

“哦。”嗡嗡机说，光晕立即显示出沮丧。“好吧，早午餐之后。但是无论如何得在午餐的时间之前。”

乌尔弗张嘴想抗议，随后耸了耸肩，只是皱皱眉头。“好吧，要去多久？”

“如果一切顺利的话，一个月后你就会回来。”

她把头后仰了一点儿，又眯起眼睛，清醒而准确地说：“去哪里？”

嗡嗡机说：“叠层栖息地。”

“呵。”她说着摇了摇头。

让人郁闷的是，费治岩星为了年度庆典已经开始朝叠层栖息地进发了，但后来不得不改变行程，去帮某个疏散了部分居民的愚蠢星球修建环状星陆，它仿佛永远在干苦力。年度庆典只持续一个月，现在即将结束；岩星还在路上，大约还要两百天才能抵达。

她皱起眉头：“但就算是快速飞船也得几个月才能到啊。”

“特情局有自己的飞船，速度更快，派给你的飞船大约十天就能到。”

“我自己的飞船？”乌尔弗问，眼睛闪着光。

“完全属于你，连人类船员都没有。”

“哇哦！”她说着向后靠坐，看上去相当满意，“真酷！”

4. 依赖原则

I

通用系统星舰翘首期待新情人到来 [窄束信号，M16.4，接收时间 n4.28.856.4903]：只有我自己疑神疑鬼，还是确实有些可疑?

怪客稍后射杀他们 [窄束信号，M16.4，接收时间 n4.28.856.6883]：哦，很简单，只有你。

通用系统星舰翘首期待新情人到来：我是认真的。感觉……怪怪的。

怪客稍后射杀他们：你竟然觉得我不是认真的。不过有哪里不对吗？以我们目前的理解，这是有史以来最重要的事。发现这一点以后，所有人和所有事都变得可疑起来。我们会不由自主地被这起事件干扰。

通用系统星舰翘首期待新情人到来：你说得对，我知道，但我就是觉得心慌。不，仔细想想我觉得你是对的，我多虑了。我会给自己的思维做个小检查，图个心安。

怪客稍后射杀他们：你知道吗，你应该多去“无限快乐之境”放松放松。

通用系统星舰翘首期待新情人到来：也许你说得对，好吧。

怪客稍后射杀他们：不过请保持联络，以防有什么不测。

通用系统星舰翘首期待新情人到来：当然，保重。

怪客稍后射杀他们：好好检查吧，我的朋友。你也保重。

II

嗡嗡机塞斯拉·伊瑟勒斯 1/2 飘浮着，等待着。自时空束脉冲开始在它周围震动，已经过去了几秒钟，它还在思索该怎么办。它在短时间内将反物质反应舱都扔在一起，没有费心把它们组合得太精致。仔细琢磨后，它释放了所有纳米导弹，将两百枚分两组布置在反应舱带有烧痕的后护板上，只留下一枚；幸运的是，护板那受损的表面很容易嵌入小小的导弹，只有三分之一毫米的导弹外壳露在护板之外。它准备了三十九枚导弹以供随时发射，这样有利于对付跟踪它而来的东西。

时空束上轻柔的震动变得更加明显，多维空间中有什么东西在朝它扑来，可以感应到对方在真实空间中结构庞大，行动缓慢，远低于光速。不论对方是什么，它肯定不是和平造就富足——音色特点不一样。

一股宽幅辐射波延伸过来，如同一束没有来源的光，又像脉冲激射器的最后一束能量，只是这次，光束来自真实的太空。接着，有什么东西向一侧闪烁，一艘飞船从时空束中浮现出来，进入三维空间，图像忽隐忽现，接着忽然凝成实物。

十千米外，一千米长，速度相符。一个肥大的灰黑色椭圆球体赫然出现，上面覆盖着尖锐的长矛、倒刺和尖刀……

一艘进犯者飞船！

嗡嗡机犹豫了。这可能就是尾随和平造就富足的那艘飞船！很有可能。它是否也被未知天体占领了？大概没错。不过这不重要。可恶。

进犯者种族从来都不是伊兰彻的朋友。换句话说，不是任何人的朋友。我完了。他们会把我卷进去，生吞活剥了。

嗡嗡机拼命地想自己能做什么。来者是进犯者，自己能做什么呢？值得怀疑。它应该发信号向对方寻求帮助吗？或许可以一试。进犯者已经签署了关于遇难飞船和个体的标准公约，理论上他们应该会允许嗡嗡机登船，修理好它，并向全银河系发出关于未知天体的警告。

但实际上，他们会把嗡嗡机拆得乱七八糟，以了解它的工作原理，将它的所有信息窃取个遍，如果他们没有在调查和问询环节摧毁它，大概率会勒索它，在它体内放入间谍系统，当它回到伊兰彻之后会向进犯者传递间谍报告，同时，他们会研究怎么使用这颗未知天体，也许会像和平造就富足那样，用简单但致命的方式鲁莽地调查；也许将它视为秘密，然后招来更多飞船和技术来对付它。反正可以肯定的是，他们是不可能遵从公约的规章行事的。

电磁效应器，正在通话中。塞斯拉·伊瑟勒斯 1/2 准备好了防护罩，尽可能进行抵挡；如果进犯者的飞船决定攻击它，很可能有一纳秒的延迟……

“嘿，机器！你是什么东西？”

（哼，这话说得确实像进犯者，我敢打赌，他们还没有和未知天体打过交道。好吧，按照惯例行事吧。）

“我是塞斯拉·伊瑟勒斯 1/2，探险飞船和平造就富足的嗡嗡机，隶属天文学家宗，伊兰彻探寻者第五舰队，我遇险了。”

它如此发送信息。

“你是？”

“你现在是我们的了。要么投降，要么逃跑！”

（100% 是进犯者。）

“抱歉，我没听懂。你刚才说你叫什么来着？”

“立即投降，要不然就逃命去吧，浑蛋！”

“让我考虑一下。”

（它此刻的确是在思考，努力思考，拼命思考。虽然只是拖延，但也在思考。）

“不行！”

效应器的信号强度开始呈指数级上升。它有足够的时间开启防护罩。

真是浑蛋，它想。当然了，他们喜欢打猎。

嗡嗡机从后护板中发射出微型导弹。两百个微型发动机将不等量的物质与反物质混合，释放出强大的等离子爆炸，产生的冲击力推动嗡嗡机朝着背离进犯者飞船的方向冲去。但加速度相对小了些。嗡嗡机没有时间测试它制作的反物质反应室，它把一些微粒子扔进反应室，希望能有用。反应室爆炸了。（可恶。又回到了原点，得从头开始了。）

没有造成太多伤害——怎么说呢，只能算是没有造成额外的伤害——但也没有提供足够的动力，它不可能再使用反应室了。继续加速逃离，只是加速的势头已经有所减缓。（还能怎么办？快想！）

进犯者飞船都懒得去追嗡嗡机。塞斯拉·伊瑟勒斯 1/2 放弃了在身后留下几枚纳米导弹用作地雷的想法。（我这是想糊弄谁呢？快想，思考！）

太空束似乎在它前面扭曲变形，突然，它不能继续朝远离进犯者飞船的方向行进了；它正和飞船平行。那群有囊动物在耍它！

进犯者飞船前端附近出现闪烁的灯光。一条直径一厘米的激光束向嗡嗡机的外壳照过来，摇晃着在它身上锁定。嗡嗡机关闭纳米导弹的发动机，然后弹开了镜面防护罩，激光束不稳定地追踪着它，缩小到直径一毫米，然后，激光的功率突然提升了七个数量级。嗡嗡机将勉强能用的镜面防护罩弯成锥形，将锥形尖对准飞船。激光增强到紫外线波段，开始频闪。

还在玩弄我，该死的还在玩弄我……（快想办法！想啊！）

好吧，首先……

它用夹子夹住大脑的上半部分，抬起一部分外壳，这样能够让它的两部分——AI智能内核与光子核——露出来。它的外壳颤抖着发出刺耳的声音，不过它还是动了。一旦脱离主体外壳，嗡嗡机就能用它的多功能力场轻轻推走这两个智能组件。但什么都没发生。它们被卡住了。

恐慌！如果思维组件保存完好又正好被进犯者抓住，肯定不可能被精心对待，进犯者对待战利品那臭名昭著的……它又使劲推了一下，两个组件及时退了出来，立即因断开了与嗡嗡机机体的链接而失去动力。无论如何，里面的思维不是已经死了就是正在死去。但它仍然用激光将它们摧毁，任它们化为热烟尘埃，然后把烟尘排到了防护罩的镜面边缘，也许这会对敌方的激光产生一点儿干扰吧。一点点。

它在现存的基片中设置了备用内核，就算只是备用，也应该拆卸掉，用激光烧毁。

然后，嗡嗡机想到一个主意。

它仔细思考着。如果它是人类，那么此刻它会感到口干舌燥。

它在被射击得伤痕累累的外壳内翻了个身，然后启动了两百枚纳米导弹的发动装置。它把剩下的所有纳米导弹都发射了出来，三十枚导弹直接击中了进犯者的飞船，剩下九枚导弹像黑色针尖一样藏在它的身后，这些纳米导弹都有各自的程序指令，它们小小的微缩大脑中装满了编码好的信息。

向进犯者飞船开火的纳米导弹在嗡嗡机前面形成了一片闪闪

发光的云雾。在一毫秒的时间内，这些微型导弹一个接一个被击中，在一片令人眩晕的光芒里，它们的微型弹头和反物质燃料的弹体一起喷发；最后一枚被进犯者效应器瞄准并击毁的导弹距离飞船不足一千米。

在它身后不断滚动的九枚纳米导弹肯定也被效应器感应到了，因为它们也被引爆了。

运气好的话，你会认为那是我装在漂流瓶里的信息，这就是我的好主意，塞斯拉·伊瑟勒斯 1/2 想着，切断了与载有它双胞胎手足思维状态的内核的一切联系，内核失去了能量来源，不论里面有什么，都死翘翘了。没有时间哀悼，它重新调整了内部结构，将内核转移到外面，让机体恢复到正常状态。它将内核推到鼓泡、破裂的外壳上，安置在后护板顶部，挨着被胡乱拼凑到一起又炸开的反应室残骸，接着，它把内核扔进等离子爆炸和纳米导弹发射后的射线弹雨中。2/2 内核突然燃烧起来，解体，落入空中，拖出一道明亮的火光。

瞄准嗡嗡机的激光开始射出光谱中的 X 射线；这种射线会在一秒半内射穿防护罩。嗡嗡机需要 4.5 秒才能进入可射击范围。

可恶。它等着，直到防护罩只有不到十分之一秒就被摧毁时，它发出信号。

“我投降！”

它多希望自己是在和另一个机器说话。从进犯者的反应来看，在信息传达给他们愚蠢的动物大脑之前，它可能已经被炸飞了。

激光突然熄火了。嗡嗡机依然顶着它的电磁防护罩。

它以每秒半千米的速度朝进犯者的飞船行进，飞船那刀锋林立的圆壮船身越来越近了。

“关掉你的防护罩！”

“我关不掉！”

它在信号中加入了表情符，好像是在哀号。

“立刻！”

“我正在努力关！正在努力！你用激光射伤了我！我现在伤得很厉害！这是怎样的武器啊！我这么一个小小的嗡嗡机，比进犯者的喙还小，怎么能抵挡这么威猛的武力袭击？”

几乎进入了可攻击范围。不远了。现在不远了。只需要再过两秒钟。

“立刻收起你的防护罩，允许你投降，否则，你会被瞬间毁灭。”

还有将近两秒钟。他们说话永远这么简短粗暴……

“求你了，别开火！我正在努力关掉防护罩发射器，但它现在处于故障模式，不会自行关闭。它在抗议，你敢相信吗？但说实话，我已经尽了最大努力。请你相信我。求求你别杀我。我是飞船的唯一幸存者了，你知道吗？我们的飞船被袭击了！我很幸运地逃走了。我还从来没有见过这样的东西，也从来没有听说过这样的事情。”

停顿。一段动物大脑思考的时间。动物需要思考。需要很长时间思考。

“最后警告，关闭你的——”

“好了，我关闭防护罩了。我已经完全投降了。”

嗡嗡机塞斯拉·伊瑟勒斯 1/2 关闭了它的电磁防护罩。与此同时，它向进犯者直接发出了激光攻击。

就在这一瞬间，它释放了最后的反物质包裹器，引爆了内置的自毁炸弹，并指示它体内携带的那枚纳米导弹同时爆炸。

“去死吧！”

这是它说出的最后一句话。

它最后的情绪混杂着悲伤、喜悦和孤注一掷的骄傲，骄傲它的计划最后终于成功了……然后，它死去了，在小小的火和亮光中，迅速、永远地死去了。

对于进犯者的飞船来说，嗡嗡机的攻击比不上挠痒痒；激光在船身摇曳片刻，甚至没有留下什么痕迹。

嗡嗡机自爆引起的炽热残骸飘浮到进犯者飞船周围，被飞船的分析传感器扫描了一遍。等离子。原子。没有比分子更大的组织残留。还有之前两组纳米导弹余下的缓慢膨胀的爆炸碎片。

真是让人失望。那是一款尤为先进的嗡嗡机，差不多算得上“文明”嗡嗡机领域最尖端的技术水准。这样的一个嗡嗡机会是特别亮眼的战利品。尽管如此，它还是进行了一场合理的战斗，做出了一些意想不到的尝试。

进犯者的轻型巡航舰狂暴意图驶过来，慢慢离开了小型战斗现场，开始仔细地扫描纳米导弹的下落。当然，这些对战斗巡航舰来说不构成威胁，但嗡嗡机似乎有意地利用这些武器排兵布阵，当它被效应器瞄准时，它可能留下了一些不会自爆的小型导弹。不过，什么都没发现。巡航舰沿着嗡嗡机走过的路线折返。它在一个地方发现了小小的物质冷却云，很明显，那是什么东西爆炸后的残余物。但仅此而已，什么都不剩。任何地方都没什么有用的东西。真是让人懊恼。

狂暴意图的军官们暴躁地争执不休，在该花多长时间去寻找那艘消失的伊兰彻飞船这个问题上始终没能达成一致。它出了什么事吗？难道是那小小的嗡嗡机在说谎？会不会有一位更有趣的对手隐藏在附近？

或者这一切都是诡计，是个诱饵？“文明”——真正的“文明”，狡猾的“文明”，不像这群神秘的伊兰彻那么可悲地希望成为不一样的体系——常常把进犯者舰队支开几个月，让他们误以为自己跟踪着某种线索，此等诡计让他们忙活得不可开交，结果总是一无所获，好像在追逐即将到手的猎物，最后却空手而归。“文明”的飞船总是用滑稽但义愤填膺的借口吊着他们，或许趁这个时候，“文明”或者其他与“文明”相关的哭哭啼啼的物种登上——或者离开了——什么地方的什么东西，破坏进犯者猎捕的正当乐趣。

他们怎么知道这会不会是又一重诡计？或许，伊兰彻飞船和“文明”达成什么共识了呢。也许伊兰彻的确失去了一艘探险飞船，而一艘通用星际飞船正跟踪着进犯者飞船——就像进犯者跟踪着伊兰彻飞船那样，等到时机成熟，通用星际飞船会忽然现身，取代进犯者暂时居于上风的位置。也有这种可能吧？

不可能，一些军官争论说，因为“文明”不会牺牲任何一个有感知力的嗡嗡机。

其他人也想到了这点，考虑到“文明”对待生命那奇怪的多愁善感的特质，大家都被迫同意了这一观点。

巡航舰又花了两天在埃斯佩里系统周围转悠，然后就离开了。它要回到一个叫“叠层栖息地”的居住区，它的发动机出了一点小毛病。

III

从专业角度来说，这是本元数学的一个分支，通常称为“元数学”。元数学，研究实相性质（更准确地说，研究实相场），本质上来说，它对于我们而言不可知也不可探知，基本原理都有被推翻的可能。

元数学导出了一切，它引领我们来到从未见过、听过或者想象过的领域。

就好像你在一个又小、又闷、又暖和的灰色盒子中生活了大半辈子，你在里面生活得相当自在快乐，因为你不知道更好的世界……然后有一天，盒子的一角出现了一个小洞，一个你可以用手指戳进去的小洞，你围着这个小洞玩闹，又拉又拽，最后小洞被撕开，致使盒子在你面前倒塌……于是，你走出了这个幽闭的小盒子，迈入了新世界，这里有沁人心脾的凉爽又清新的空气，你发现自己站在山巅，四周是陡峭的山崖、波涛起伏的森林、高耸林立的山峰、闪闪发光的湖泊、熠熠生辉的雪原和令人叹为观止的蔚蓝天空。当然，这甚至算不上一个故事的开端，更像是第一口气息，在读故事的第一卷、第一章、第一段、第一个字的第一音节之前吸入的气息。

元数学对主脑而言等同于实验，重复了百万次，扩展了十亿次，然后进一步构造出了奇迹，甚至可以说，主脑最简单的抽象状态，人类的大脑都无法理解。如同毒药一样，元数学对于智能机器来说，是一种终极解放的、增强的、毫无益处的、极其光荣的毒剂，远远超出了人类的智慧，超出了人类理解的范围。

这就是主脑消磨时间的方式。它们设想，若是改变物理定律会出现什么样的全新的宇宙呢？它们可以玩弄这个新世界，生活在其中，修修补补。有时限制生物的生存条件；有时又顺其自然，看看会发生什么事情；有时还会安排某些不适合生命存在的环境，设定各种复杂古怪的状况。

有些宇宙只是沧海一粟，却是重要的变化因子，会导致一连串微妙的连锁反应；有些宇宙则不同得近乎疯狂，需要完美的顶级主脑花费相当于人类多年高强度思考的精力，才能够从已知现实中识别出一缕细微可辨的联系，见微知著，理解这些大相迥异的宇宙。在起点和终点之间，存在无限的宇宙，这些宇宙具有无穷的魅力、可体验的欢乐和绝对的启迪。人类知道和理解的一切，人们知道的、猜测的和希望的方方面面，像是一间简陋的泥房子，与高耸入云、闪着光辉的磅礴宫殿相比，简直相形见绌，而这比例精美、装修奢华的宫殿，就可以看作元数学。运用元数学提供的无限之力，主脑们于无限中建立起它们充满哲学喜悦的快乐之都。

这无限之境便是它们生活的地方，是它们的家园。当不需要操纵飞船、干涉异星文明或者为“文明”的未来做筹划时，主脑们会进入奇妙的虚拟现实，游走在它们那散发出想象力的多维空间里，远远脱离现实这单一的有限实点。

主脑们很早以前就为这个地方取了一个合适的名字，它们称之为“非真实界”，又觉得这里有无穷的乐趣。它们确实感受到了快乐，在这“无限快乐之境”。

那次经历实在太不公平了。

睡眠者服务虚幻地漫步于郁郁葱葱的草木之间，这是它创造的辉煌场景，漫无边际的复杂梦境里不断膨胀的意识外壳，就像一颗由无限耐心和技巧搭建起来的无重力太阳。绝对是这样，它自言自语，绝对是这样……

“无限快乐之境”只存在一个问题，那就是如果你在其中迷失了自己——主脑们偶尔会遇到这种事，就像人们在人工智能环境里有时也会晕头转向一样——可能会完全忘记现实的存在。在某种程度上，这其实不重要，只要有人回来帮忙照看你的壁炉就好。但如果没有人留下或者愿意留下照看火堆、照看商店、照看家庭（随你怎么表达）；如果有人或者事物——超出认知范畴的人或者事物——想要去搅弄你壁炉里的火、商店里的货物、房子里的物品和运行规则；如果你打算用所有时间去享受欢乐，不再回归现实，或者当你回来的时候不知道该如何保护自己，那么问题就来了，你会变得不堪一击。事实上，你可能已经死了，或是被奴役了。

与元数学构建的辉煌而庄严的多姿多彩的生活相比，基本现实琐碎、阴暗、卑鄙、贬低、无意义，这不是什么大事；基本现实与美学、享乐、元数学、智力和哲学等都没有因果关系，这也不是什么大事。倘若你将更高层次的舒适和欢愉全都建立在元数学这块基石上，那么这块基石会被踢走，然后，你会倒下，你那无限快乐的王国也会和你一同倒下。

就像一台古老的电子计算机：不论多么快速、多么精准无误、多么不知疲倦，也不论有多节省劳力、有多少种能让你惊叹的方式，如果你拔掉插头，或者只是轻按一下关闭按钮，它就变成了一团冷冰冰的傻东西。所有它的程序都成了设置、死命令，随着电脑画面的变化，所有计算成果也消失了。

也像是人类大脑对身体的依赖，不论你的大脑有多么聪明、多么敏锐、多么有天赋，不管你多么严苛地为了智慧执行清规戒律，远离物质世界和肉体的卑劣，只要你的心脏被掏出来……

这就是依赖原则。你永远也不能忘记你的关闭按钮在哪里，即使它在某个让人讨厌的地方。当然，这也正是“隐退”可以免除的烦恼，是文明社会选择步入晚年的原因之一（通常来说只是次要原因）。如果你从一开始便如此设定了方向，那么对物质宇宙的依赖就会变得残缺、杂乱无章、毫无意义，甚至令人沮丧。

这不是“文明”选择的道路，至少现在还不是，但作为一个社会体系，它清楚地意识到在现实中留存的难处和“隐退”对人们的吸引力。与此同时，它妥协了，选择在宏观宇宙笨拙、琐碎、凌乱污秽的星系中忙碌，同时又在“非真实界”探索超脱的可能性。

这绝对是——

一条单一信号信息将这艘巨舰的注意力完全转移到基本现实世界：

岩星以眼泪结尾至通用系统星舰睡眠者服务：搞定。

看到这个词，星舰沉思了许久，然后对油然而生的复杂情绪感到困惑。它派出新制造的嗡嗡机到外部环境工作，然后重新检查了撤离时间表。

接着，它确定了阿莫菲亚的位置，人形化身在长达数千米的舞台展示空间徘徊——这里曾经是住宿区域，星舰指示阿莫菲亚再去看望那个女人，德杰·格莉安。

IV

吉纳－霍夫恩显然对他在战舰*亲吻刀锋*上的住所感到不满。就说一件事，这儿的气味让他受不了。

“这是什么味儿？”他皱起鼻子问，“甲烷吗？”

“甲烷是无味气体，吉纳－霍夫恩。”制服说，“让你觉得臭的味道也许是甲醛和甲胺的混合物。”

“不管是什么，太难闻了。”

“相信你鼻腔的黏膜受体不久后就会停止对这气味的反应。”

“我倒是希望如此。”

他站在大概算作卧室的地方。真冷。屋子很大，有十米宽，可是太冷了，他都能看到自己呼出的气息。他仍然穿着盖尔菲尔德制服，但他把脖子以上的部分脱掉了，制服的头部耷拉在他背上，这样，他可以对自己的新住处有个更直观的印象。一间前厅，一间休息室，一间看起来完全工业化的恐怖厨房兼餐厅，一间同样可怕的机械卫浴间，还有这间勉强称得上卧室的房间。他开始后悔，要是自己当初没有花心思借用这艘飞船就好了。墙壁、地面和天花板都是某种白色塑料铺成的；地面凸起一大块，形成了一个平台，上面铺着一层巨大的白色物质，看起来就像云朵。

“这玩意儿是什么？”

他指着凸起的平台问。

“我认为，它是你的床。”

“我猜到了。但那上面……那是什么玩意儿？”

“被子？羽绒毯？床罩？”

“你觉得那玩意儿能当被子盖吗？”

他真的感到很疑惑。

“呃，我觉得，你睡着的时候它能包住你吧。”制服说，语气很犹豫。

男人把所有东西都扔在闪亮的塑料地板上，走过去挪开了那团白色的云状物体。感觉很轻。可能有点儿潮湿，除非制服上的触感装置出了问题。他脱去手套，用自己的皮肤去触摸那被子似的东西。很冰。也许是潮湿的。

“轻便飞船在吗？”

吉纳－霍夫恩说。他对这一切颇有意见。

“你不能和斯科普尔·阿弗朗奎直接说话，你忘了？”制服礼貌地提醒他。

“可恶。”吉纳－霍夫恩说，他用手指摸了摸类似被子的东西，“这东西你感觉潮湿吗，制服？”

“有点儿。你要让我询问飞船是否能帮你接回轻便飞船吗？”

“嗯？哦，不是，不用麻烦了。我们已经出发了吗？”

“还没。”

男人摇了摇头。

“真是难闻。”

他又戳了一下被子。此刻，他真希望当初坚持让轻便飞船也登舰，那样的话，他就可以住进舱里，但进犯者军官称这是不可能的，这三艘飞船的空间都很宝贵。轻便飞船发出了抗议，他也支持轻便飞船的意见，但想到斯科普尔·阿弗朗奎不得不留在这里，而他却要跨越星际去执行重要任务，他还是十分得意。那时候觉得这似乎是个不错的主意。不过现在，他不太确定了。

远处传来一阵雷鸣般咆哮声，脚下一阵颤动，然后，地面忽然抖了起来，将男人掀倒。他摇晃地挪到一边，跌坐在床上。

“嘎吱”一声响。他目瞪口呆地盯着床。

“现在，我们该走了。”制服说。

V

男人轻声哼起了歌，拨弄着在大厅地板上拢起的篝火，火堆周围与上边是一艘艘停着的飞船，它们在黑暗中整齐地排列着，宛如静默、恐怖的森林中高大的树干。格斯特拉·伊什梅斯特在查看自己负责的这片被黑暗覆盖的领域——皮特恩斯。

皮特恩斯是一块不规则的巨大物体，最窄处有两百千米宽，百分之九十八由铁组成。四十多亿年前，该物体所在的行星被另一大天体撞击，皮特恩斯便是这起大爆炸的残片。那次大灾难后，它被逐出了自己所在的星系，与宇宙四分之一的生命作伴，它在恒星之间徘徊，却没有被任何重力井捕获，只是路过时受到一点儿微妙的影响。一千年前，飘浮在两个恒星系统之间的深空偏心轨道上时的它被一艘通用星际飞船发现，飞船对它进行了简单的检查，发现它成分简单又均匀，然后掠过了它，明确、有效地将它标记为“未接触”，不过给它取了名字——皮特恩斯。

后来时机到来，五百年后，为了摧毁艾迪兰人的战争武器，“文明”建造了许多巨大的战斗飞船，皮特恩斯忽然有了用武之地。

大多数“文明”的战舰已经退役并被拆除，有一些得以留存，但不再执行军事任务，而是扮演起为某些生物——比如人类——

邮递小型包裹的角色，因为在某些情况下，仅仅传递信息不足以解决问题。还有一小部分战舰仍然保存完好，可正常工作。战争结束两百年后，处于完全活跃状态的战舰远比战争开始时要少(尽管如“文明”的评论家不厌其烦地指出：普通的通用星际飞船——往往公开宣称自己是彻底的和平用途飞船——在它们服役生涯中遇到的绝大多数异星舰船都不是它们的对手)。

然而，没有哪个文明体系愿意承受太多风险，“文明”自然也会有两手准备，它并没有抛弃剩余的战舰，几千艘飞船仍然保存完好——大约只占不到原来的百分之一，除了没有配备随时都能补给的高速分离式炮弹（一种相对较小的武器系统）——启动过程中飞船可以制造这种弹头，飞船一律全副武装。大多数被封存的飞船分散停泊在“文明”各个环状星陆上，这样一来，如果有紧急情况需要飞船去处理，位于银河系内任何部分的飞船飞往该地都不会超过一个月。

“文明”存储起来的飞船仍然在防范潜在的威胁和危机，即使有些时候危险难以让人觉察。一些“文明”战舰并没有被存储在环状星陆的人口密集区域，那里飞船来来往往，通用系统星舰停停走走。这些战舰位于尽可能偏远的地方，一般是冰冷的洞穴或者空旷的镜面区，或是安静、秘密、隐蔽的地方，还有一些地方偏僻到没人知道其存在。

皮特恩斯就是这种地方之一。

通用系统星舰不请自来的客人和一队随行的战舰被派往这个冰冷的黑色流浪物体。到达之后，飞船们发现皮特恩斯和它们预料中的不毛之地一模一样，然后开始动工了。首先，皮特恩斯的内部被挖出了一连串宽阔的大厅，接着，一块经过精准测重、形状与机库一致的矿物质，以精确到毫米的精度被通用系统星舰发射到皮特恩斯上，在其表面形成一个新的凹陷坑，好像这里被另外一颗更小的星际碎片撞击过一样。

之所以这样做，是因为皮特恩斯的旋转速度不够快，也可能是因为它没有朝着“文明”预期的方向前行；这场精心设计的撞击立即弥补了旋转速度和方向这两个缺陷。于是，皮特恩斯的转速更快了，内部人造重力加强了，运行轨迹改变了一点点，它偏离了某个恒星系统，如果照原计划，它将会花上五千五百年左右的时间飘过该星系。

一些巨大的传送组件被放置在皮特恩斯的空间中，战舰被安全地传送——每次一艘，装载在通用系统星舰的巨大空间中。最终，数量惊人的各类感应器和武器系统被放了进来，在皮特恩斯表面掩护好，深深埋于地下，同时，一团黑暗、小到几乎看不见却有慑人威力的装置被放在这缓慢翻滚的轨道上，这是为了监视、防范不受欢迎的客人，甚至——如果必要的话——直接摧毁对方。

不请自来的客人完成分内工作后便离开了，顺道带走了从皮特恩斯开采的大部分铁矿。它留下了一个依然荒芜的世界——除了增加一个陨石坑外，这里看上去没有受到任何影响，就连总质量也几乎和以前一样，不过当然了，因为遭受了撞击所以稍微有所减少。撞击产生的残片碎屑受到引力的作用，大多会如慵懒的弹片一样飞向太空，也有少量碎屑被这小世界微弱的引力场所捕获，绕着它飘荡飞行，无意中为黑色武器库做了一层完美的掩护。

位于皮特恩斯中心照看一切的，是寡言的主脑，主脑被精心设计来享受宁静的生活，对自己应负之责和令人嫉妒的守护任务怀有一种克制而压抑的自豪感，它守护着几乎无法估量的、自带潜在威慑的、最好永远不要被使用的武力。

五百年前，这些战舰高深、专业的主脑也曾是他人命运的主宰。皮特恩斯存储基地的主脑们愿意在将来有需要之前陷入沉睡，它们做好了此番睡眠会相当漫长的准备，直到出现战争和伤亡。

它们一致同意，如果社会做出如此选择，它们甘愿成为“文明”隐退的前奏。在那之前，它们会安心地沉睡在这大厅里，昔日的愤怒战神暗暗地守护着现在的和平与未来的安宁。

此时，皮特恩斯的主脑照看着它们，眺望着周围空旷的寂静和太阳光斑下的星际空间，它永远心满意足，永远对任何遥远的趣闻乐事兴趣寡淡。

皮特恩斯是一个安全的地方，格斯特拉·伊什梅斯特喜欢安全的地方。这里是非常孤独的地方，格斯特拉·伊什梅斯特一直向往孤独。这是一个非常重要的地方，一个几乎没有人知道，没有人关心，也不会有人会关注的地方，这些都非常适合格斯特拉·伊什梅斯特，因为他是一个奇怪的人，而且他心知肚明。

尽管他已经有两百岁了，但他还是那个像青春期少年一样呆头呆脑，是个别扭的傻大个，格斯特拉感觉自己始终是无法融入周围社会的局外人。他曾经试着改造身体特征（他一度变得很帅，持续了一段时间），他也尝试过变成女人（别人夸她相当漂亮），他曾试着离开家乡（他搬到半个银河系远的另一环状星陆上，那里和故乡完全不一样，但依然和家里一样舒适），他还试过梦中生活（在梦中，他是装满水的太空飞船上的一位人鱼王子，与邪恶的机械主脑战斗，根据剧本的情节设定，他将向另一氏族的勇士、公主求婚），但在他尝试过的所有事情中，他只觉得尴尬，丝毫没有自在可言：长相英俊比长得瘦高而笨拙更糟糕，因为他总感觉身体像是在撒谎；做女人也一样，同样非常尴尬，就像是他从内部绑架了别人的身体；搬家只会让他害怕向人们解释当初为何要离开；而全天生活在梦中，感觉完全不对，他害怕完全沉浸在虚拟世界里，就像他明明身处最好的时光——人鱼世界中的水中——却对现实没有什么实在的把控，所以当他生活在梦境中，总觉得厌烦——自己仅仅是他人鱼缸中的一条宠物鱼，可怜地围绕着沉没城堡的废墟游弋。最后，令他感到屈辱的是，公主竟然投入了那个机械主脑的怀抱。

实际上，显而易见，他不喜欢和人交谈，不喜欢与人交往，甚至不喜欢想到其他人。他最擅长的就是远离人群，这时，他会感受到一股对有人在身边陪伴的渴求，当人们一旦关注到他，他的这种渴望会被令人反胃的恐惧所取代——只要有人留意到他，他就会感觉不舒服。

格斯特拉·伊什梅斯特是个怪人，尽管他是由最普通、最健康的母亲（和同样普通的父亲）生下的，成长在最普通的环状星陆上最普通的家庭中，有着最普通的成长经历，但他的出生是一次意外，或许可以称之为性格和教养背离到不可思议的结合体，这是“文明”小心翼翼地干预基因诞下的人类，“文明”从不放弃他；他天生便无法适应环境，这在“文明”中比先天性身体畸形更罕见。

是，替换发育不良的肢体或者再生一张非畸形的脸是非常简单的，但奇怪的思想入驻身体内部，情况就不同了，格斯特拉总是很平静地接受这一事实——人们认为他正常的羞怯是病态的，甚至是恐怖的。他为什么不去接受治疗呢？他的亲人和熟人会这么问他。为什么他总是保留自己的坏习性，而不是移除、摒弃奇怪的反常行为呢？可能不是那么容易，但是过程又不疼，也可以趁睡觉的时候进行改造，他不会记得发生了什么，一觉醒来就可以过正常的生活了。

他引起了人工智能、嗡嗡机、人类和主脑的注意——他们都喜欢挑战异常事物——很快，他们就排起队来为他治病。他可是个医学挑战！他被这些生命体吓坏了，他们依次来到他面前，和他进行友好、鼓励、哄骗、粗鲁或者只是简单的哀求一般的谈话，给他忠告，向他解释治疗方法和治疗的好处。他不再接电话，几乎成了避暑别墅里的隐士，很难解释，不过——事实上，正是由于他先前努力地试图融入社会，用尽了各种办法，才忽然通过这些了解到真正的自己——他想成为他自己，不是那个失去了与众不同的特质的人，不论这一决定在别人看来有多么反常。

最后，他家乡所在的环状星陆的中心主脑想出了一项解决方案。有一天，一只来自星际事务部的嗡嗡机找他谈话。

他始终觉得和嗡嗡机交谈比与人类说话更容易，从某种程度上来说，这只嗡嗡机有些忙碌，他非常欣赏这种不经意的对话方式。在经历了有生以来最长的一段对话后，嗡嗡机为他提供了各种可以独处的职位。他选择了一个最孤独、最寂寞的职位，在那里，他可以完全避免与人交流。

最后他选的是一个挂名职位。一开始嗡嗡机就解释过了，他在皮特恩斯不会有什么实际的工作；他只是待在那里，在大量精致武器的行伍中，做一个象征意义上的人类，一位见证者，陪在沉睡的战舰旁。格斯特拉·伊什梅斯特很高兴不需要负什么责任，他来到皮特恩斯已经有一千五百年，这么长时间里，他从未见过任何来访者，也从来没有觉得不舒服或者不满足。有些时候，他甚至觉得自己很幸福。

在辽阔的黑暗空间中，这些飞船排成了队列，每一列有六十四排。这些大厅都又冷又空气稀薄，但格斯特拉发现：如果他能从宿舍里找到一些垃圾，然后把这些垃圾放在盖尔菲尔德袋子里保暖，接着将这些垃圾放在机库冰冷的地面上，再用一个加压的氧气罐往垃圾上吹气，垃圾就会燃烧起来。火苗虽小，但令人满意，火焰是白色和黄色的，散发出一团气体，还会产生迅速扩散的云状烟雾和灰烬。他发现，通过调节氧气的流量，再从他自己设计、制作的喷嘴里导出氧气，便可以制造非常猛烈的火焰，一团介于暗红色光芒和熊熊大火之间的火焰。

他知道主脑不喜欢他做这样的事，但这是他的乐子，而且，这可能是唯一一件能让主脑恼火的事了。此外，主脑已经勉强承认火焰产生的热量极为微小，不足以穿透八十千米的铁皮泄漏到外面，燃烧后的灰烬可以回收再利用，所以每隔几个月，格斯特拉便可以肆无忌惮地乐一回。

今天的火来源于他已经厌倦了的旧壁挂、一些蔬菜残渣和碎木屑。这些木屑来源于他的另一个爱好——他喜欢建造 28∶1 比例的古代帆船模型。

他排干了住宿区游泳池里的水，利用主脑和他人提供的生物能量，把泳池变成了一个微型森林种植园和农场。如今，昔日的泳池里长着一些小树，他把这些树砍倒，切成小木板，拉开车床，把小木板做成旗杆、桅杆、甲板和其他帆船所需的部件。小森林中的盆栽植物提供了长纤维，他把这些纤维梳理、拧紧、卷成细绳，用来做吊床和床单。不同植物为他生产了更加细密的纤维，他可以用自己制造的微缩编织机将纤维编织成船帆。钢铁部件是就地取材，从皮特恩斯的铁矿壁上刮下来制作的。他在一个微缩炉中熔炼铁矿，除去杂质，然后在一个小型的手工轧制机床上把熔铁压平，利用蜡和滑石粉这类东西将它铸成型，或者在微缩车床上使之塑型。另一种熔炉用来融化沙子——沙子取自沙滩，而沙滩也曾是游泳池的一部分，融化后的沙子被他制成玻璃薄片，当作帆船的舷窗和天窗。还有更多生命系统的物质被拿来生产沥青和油，他将这些沥青和油涂满整个船身，润滑小铰链、吊杆和其他机械部件。他最珍贵的东西是一块黄铜，那是他去皮特恩斯前与母亲辞别时，母亲从一架古董天文望远镜上削下来的铜片(有着某种讽刺性的寓意，至于是什么寓意他早已忘记)。她现在也已经被存储了，他的一个大侄女给他寄信时提到了此事。

他花费十年时间才造出用于制作帆船的微型机械，然后，每一艘帆船都需要花费他二十年时间来制造。到现在为止，他已经建造好了六艘帆船，每一艘都比之前的大一点。他很快就将完成第七艘，现在只剩船帆还没有缝好，他烧掉的木屑是最后一块木头和复合板上掉下的。

火苗燃烧得很旺。他让火继续燃烧，看了看四周。当他抬起头凝视黑暗的空间时，呼吸声在制服里变得粗重。大厅中存放的六十四艘飞船是恶棍级快速战斗飞船；狭长的船身有二百米高，五十五米宽。火焰发出的盈盈之光消失在飞船的尖顶后，他不得不撑着古老太空制服的上沿，才能看清眼前屏幕上的图像。

这些飞船的船身覆盖着文身般令人眩晕的旋涡图案，每一平方毫米内都呈现出不同的颜色、图案和纹理。这画面他之前见过千百次了，但总是让他着迷，让他惊奇。

有几次，他飘浮到飞船旁边的半空中，抚摸着它们的外壳，即使隔着有一千年历史的制服那厚厚的手套，他仍然能感觉到船体粗糙的表面，粗糙的外壳之下有螺纹、凸起和分层的质地。他凑近了，更仔细地看着，用制服的灯光和放大镜将眼前的东西放大，在显示屏上仔细观察，他不知不觉迷失在复杂和精心设计的同心圆图案中。最后，制服利用电子仪器扫描飞船表面，发现飞船表面是附加上去的迷彩效果，但这迷彩效果很复杂，复杂到原子水平。他从一层层图案、人形、曼陀罗和长叶中走出，脑袋还在嗡嗡地回顾着它令人头皮发麻的烦琐复杂图样。

格斯特拉·伊什梅斯特记得自己看过飞船的截图：它们的外观曾是自己喜欢的颜色——通常是绝对的黑或者完美反射光线后的银（当它们没有被全息图隐藏时）——但他不记得那时这些飞船有这样奇怪的图案。他查阅了很多主脑提供的资料。果然，这些飞船刚飞到这里的时候，外壳都普通而朴素。他问主脑为什么这些飞船被装饰成这样——当他想要交流的时候，就会用终端机和主脑交流。

“为什么飞船有文身？”

主脑回答：“把它当作铠甲好了，格斯特拉。”

他只得到这么个似是而非的答案。

他觉得，困惑也不失为一种生活常态。

微弱的火焰把颤动摇曳的光芒投进那些神秘塔楼似的、带着炫目图案的飞船洒下的阴影中。唯一的声响便是他的呼吸声。他在这里感受到无比自在所带来的孤独，只要把制服的通信器关掉，就连主脑也无法和他联络。这里真完美。这里有纯粹又完整的孤独，有平静和安宁，有真空中的火焰。他垂下目光，望向那堆灰烬。

有什么东西在大厅的地面上闪烁了几下，似乎来自几千米以外。

他的心似乎被冻住了。那东西又闪烁了几下。不管它是什么，都越来越近了。

他颤抖的手摸向通信器。

在他抖动的手还没来得及向主脑敲出问题之前，制服的显示屏亮了起来：格斯特拉，我们有访客了。请回到住宿区。

他眼睛睁得圆圆的，盯着那行文字，心脏在胸口怦怦直跳，脑袋里一阵天旋地转。发光的字还停留在眼前，还是这句话，这些字没有消失。他逐字检查，寻找着报错的迹象，拼命想从中找出其他意思，但这些字始终是同一个意思。

有访客，他想。有访客？有访客？有访客？

一千五百年来，他第一次感觉到恐惧。

嗡嗡机在阴影中闪现。由于他把通信器关闭了，所以主脑派嗡嗡机来找他，它需要把他带回到房间，他颤抖得太厉害了。它拿起氧气罐，将其关掉。

在它身后，黑暗中的火苗微弱地闪了闪，最后，那倔强的火苗屈服于空旷的寒冷，火光闪了一下，然后熄灭。

5. 亲吻刀锋

I

探险飞船收支平衡是伊兰彻探寻者的一部分，天文学家宗第五舰队的一员，它缓慢地盘旋在特雷曼西亚一号 & 二号星系彗星云团的外围，扫描光波快速地探寻着黑暗、冰冷的实体，寻找着它的姐妹飞船。

这一双恒星系统中的彗星数量相对比较少，只有一千亿个。然而，许多彗星的轨道都在黄道平面之外，使得搜索工作变得非常困难，就像在一个平面星云中寻找彗星核那般困难。即便如此，也不可能把所有天体都检查一遍；若是想要检查每一个天体，需要一万艘飞船来对每一个实体进行全面检测，以确定是不是一艘遭受打击的飞船。收支平衡所能做的最高效的努力是将它的搜索目标快速而短暂地锁定在最有可能的实体上。

仅仅是这么简易的事情，也需要花费一整天的时间，它还要去另外九个恒星系统寻找，再加上八十个可能性较小的恒星系统。另外六艘第五舰队的飞船也都在执行相似的任务，它们被分配在相似的恒星系统内进行搜寻。

每隔十六个标准日，伊兰彻飞船会向上级居住地、场所或者设定航线的飞船发送位置和状态报告。与其他七艘飞船一起离开叠层栖息地后的六十四天里，和平造就富足向伊兰彻的大使馆发送过安全信号。

第八十天，只有七艘飞船提供了安全报告。原本要向更深处进发的飞船立即停下。四天后，仍然没有任何消息，第五舰队的其余七艘飞船开始沿着和平造就富足的最后已上报地点出发，全力加速赶往那里。第一艘赶到了和平造就富足五天前所在的位置；最后一艘到达了它十二天前所在的位置。

它们只能假设这艘下落不明的飞船在发出最后一条信号的时候仍然以高速航行着，并且仍在继续巡航，甚至在它探寻的星系中徘徊；它们只能假设它在某个恒星系统、小星云或者气态云中的某个地方；只能假设它不是故意躲起来让它们找不到，也不是什么人故意将它藏了起来。

恒星本身很容易探索。和恒星相比，飞船尤为渺小，一艘装有几吨反物质和各种高度易爆物质的飞船坠入恒星后，会留下一个看似微小但不易弄错的燃烧痕迹，而且会在恒星表面留下至少能持续几天的痕迹，围绕恒星一圈你就能知道是否有这种爆炸发生。小型固态行星就更简单了，除非飞船是有意躲藏或者被别人藏起来——现在很有可能是上述情况，而且比飞船遭受什么自然灾害或者发生技术故障的可能性要大很多。大型气态行星则是比较大的挑战。小行星带存在的地方，可能会带来真正的搜索难题，彗星云简直就是噩梦了。

在大多数的恒星系统里，内部空间和彗星云之间的空隙中，大型实体无处遁形，但寻找小东西或者想要躲藏的物体就没什么意义了。星际空间也一样，只是更棘手一些，除非你能收到从外界发来的信号，否则大概会忘记自己要寻找一种比行星要小的东西。

和伊兰彻以及宗内其他飞船一样，收支平衡和它的船员对成功找到目标飞船不抱什么幻想。他们还在寻找是因为这件事必须做，因为还有一丝希望，不论它有多远，不论它们的姐妹飞船会在什么可以找到的地方——也许绕着一颗行星飞行，位于一颗大型行星运行轨道 1/6 的均衡位置上——如果用冰冷的统计学观点去看待，找到完好飞船的希望似乎接近于 0，你不能怀着这种心态去寻找；但后来，你发现这种观点可以省去很多时间；到最后，你会放弃这种想法，因为所有人都是依靠希望才生存下来，才能克服困难，挑战那微茫的概率。然而统计数字并没有什么乐观的结果，似乎意味着整项任务不可能实现，而且这种搜索带有一种异常令人沮丧的属性，就好像它们正在尽为死者守夜之责——葬礼的一部分，而不是尝试寻找失踪的飞船。

一天又一天过去了，这些飞船意识到：无论和平造就富足经历了什么灾祸，都很可能在它们自己身上重演，所以，它们每隔几个小时就向彼此发送自己的位置信号。

从第一艘飞船开始对数百个恒星系统进行搜索，已经过去了十六天，探索任务慢了下来。在接下来的几天里，五艘飞船返回了它们之前探索的上叶旋涡的星际空间，还有两艘飞船在和平造就富足也许存在的地方执行彻底探寻的任务，盼望它们的姐妹飞船露面，或者至少发现一些可以作为证据的碎片，一些有关失踪飞船发生了什么的线索。

事实上接下来十六天内，飞船失踪一事不会在向外界公布，天文学家宗会在随后八天内向伊兰彻的其他舰队传达这一不幸的消息，一个月后通知外部星系——如果他们在意。伊兰彻一如往常，只照看自己的舰队，自己的事情只对自己人说。

收支平衡从它调查的最后一个恒星系统撤离，它的离去在红色巨星尾部拖出一道令人沮丧的解脱线条。它不是那两艘愿意留下来继续缩小范围进行搜索的飞船之一；它又来到和平造就富足失踪的那片星域。离开恒星，从两颗又小又冰冷的行星间的轨道穿过时，它仍在用所有的感应器全力扫描，光波探到最远、最黑的地方，一直探到彗核那凝胶状的实体。它的航线直接通往下一颗最近的星球；一路上，它依然在用传感器扫描星际空间，依然心存希望，依然怀有恐惧……但什么也没有出现。埃斯佩里那孤独而暗淡红色星球落在舰尾，像寒冬夜里一抹即将燃烧殆尽的灰烬。

几个小时后，飞船驶离小星系的轨道，调转方向，朝着分配给它的遥远的无名星群驶去。

II

通用系统星舰翘首期待新情人到来［窄束信号，M32，接收时间 n4.28.860.0446］：我想我发现了一点儿东西，附上钢铁闪耀和无固定居所的航行路线表。（非此处发明的行动只能靠猜测了。）请注意，19 天前，这两艘飞船因不明缘由在几小时内先后改变了航向。发现超体异象的通用星际飞船顺应变化的命运在 19 天前也突然发生了航向变更，几乎直接朝超体异象驶去。后来，通用星际飞船合理缘由发来一份报告——它负责监视我们的半独立朋友通用星际飞船灰色地带，称灰色地带两天前离开了它所在的位置，朝下叶旋涡的方向出发，目的地可能是叠层栖息地。

怪客稍后射杀他们［窄束信号，M32，接收时间 n4.28.860.2426］：是吗？

通用系统星舰翘首期待新情人到来：别这么迟钝啊。

怪客稍后射杀他们：不是我迟钝，是你太偏执了。因为异象，最近好多飞船都改变了行程，我也在考虑找个理由往那个方向去呢。正如你自己所说的，绞肉机是往下叶旋涡去的，不是上叶旋涡。

通用系统星舰翘首期待新情人到来：但那个方向会发生宿命的相遇，还需要我说得更清楚吗？而且重点是三艘飞船都突然变更了行程，在同一时间。

怪客稍后射杀他们：它们在5小时内相继改变航线也算不上什么“重点”啊。即便如此，就算同时改变航线又怎样？这事发生在19天前或者2天前有什么特别？

通用系统星舰翘首期待新情人到来[高加密窄束信号，M32]：难道你就不担心星际事务部或者特情局这种高级别部门正在捣鼓什么阴谋吗？我是说也许有人知情不报，我们的一位同伴收到了提示或者线索，但它没有告诉给我们。所以“19天前”这个时间点特别重要，而这个时间点恰好在往前数57天的时间范围内，也就是超体异象出现的时候。

怪客稍后射杀他们：是，是，是。但那又怎样？亲爱的飞船，我们谁没参与过这种计划、阴谋或者诡计？有时圈套的波及面相当大，错综复杂，意义重大。它们让平凡的生活变得有乐趣！我们核心小组中的某些朋友可能知道那片区域存在一些有趣的东西，我只能说，算它们厉害！你难道没有那种得到过一些线索，觉得值得付诸行动，但又不想公开的时候吗？不愿公开只是不想显得自己太过张扬、避免尴尬，又或者保留一点儿隐私？真的，我认为没有什么阴谋，即使有，也是善意的。除此之外，我觉得有个关键问题你没有说清楚：阴谋的目的是什么？如果只是三两个主脑得到什么风声，然后赶到上叶旋涡调查一番，它们不应该值得鼓励吗？

通用系统星舰翘首期待新情人到来：可是我们这次遇到的是有史以来最严峻的情况啊！也许是我们第一次遇到真正的“超认知危机”，我们可能还没有准备好迎接它的挑战。这让我感到惭愧！这一切都令人痛心！千百年来，我们庆幸于自己的智慧和成熟，陶醉于从卑劣欲望中解脱出来，欣喜于摆脱了贫穷和绝望而产生的无知和无畏。我担心——我恐惧，我害怕我们业已实现的物质自由蒙蔽了我们的双眼，让我们对自己深层的本性视而不见；我们之所以是“好人”，是因为我们从来不需要在“善”和“恶”之间做选择。我们一直秉承利他主义的思想！现在，突然之间，我们面前出现了一些我们无法制造或者模拟的东西，对我们来说，它们就像古老君主严重贵重的金属、宝石，或者未被发现的土地，我们会发现自己开始像嗜血的暴君一样欺骗、搞阴谋，千方百计、不计任何代价地去夺取这件宝物。就好像我们到现在为止还是没长大的孩子，肆无忌惮地玩耍，穿着不合身的大人衣服，天真地以为长大后还可以这样烂漫无忌地过着无知无畏的生活。

怪客稍后射杀他们：但是，我亲爱的朋友，你担心的事情都还没有发生。

通用系统星舰翘首期待新情人到来：你没有言中过什么吗？我接受了你的建议，花了更多时间在元数学研究上，为可能发生的事情构建预测模型，预测未来走向。可结果令我忧心忡忡，也加深了我的不安。我在想，为了夺得异象赐予我们的礼物，我们会不择手段到何种程度，又会到了哪里才收手？

怪客稍后射杀他们：我的意思是让你多花些时间消遣，你应该很清楚。而且，模拟也好，抽象观察、预测也罢，统统只是数据模型而已，它们无法代表现实世界，我们应该关注现实。对于现实事件，我们总是痴迷于事先做出合理的预防措施，准备好各种程序去应对。一些同伴表现出值得称赞的进取精神，而另外一些人——包括我们自己——却表现得谨慎小心，也不失为一种有益的补充。这有什么可怕的呢？除了荒诞的想象，以及因为太过遥远而超出预测范围的忧虑，还有什么可担心的呢？

通用系统星舰翘首期待新情人到来：也许是我杞人忧天吧。种种迹象还是让我难以放心，可能只是我太敏感了。也许我还会进一步调查，但我接受你的观点。

怪客稍后射杀他们：如果非要调查的话，那就去吧，但坦白地说，我认为正是这种深度探究让你倍感痛苦；当我们穷尽交叉对比的分析能力，以无与伦比的精细程度去探究某事，那么越是仔细，越会发现越来越多的巧合，尽管这些巧合本身可能是不相关的。深入探究的意义何在？只不过会让你忽略日光下的全貌罢了。放下放大镜，拿起酒杯吧，我的朋友。脱下学者制服，穿上便装吧！

通用系统星舰翘首期待新情人到来：谢谢开解，我感到放心多了。我会听取你的建议。一定要保持联络哦，再见。

怪客稍后射杀他们[高加密窄束信号，M32，接收时间n4.28.862.3465]：翘首期待新情人到来又来联系了。（信号文件）。我还是认为它可能和它们是一伙的。

有限系统星舰只接收重要致电者[高加密窄束信号，M32，接收时间n4.28.862.3980]：我还是觉得你应该让它加入我们。它现在肯定开始怀疑你是阴谋的一分子了。

怪客稍后射杀他们：我还要保持形象呢！我要指出情况尚不明朗，我们不知道是真的存在一桩阴谋，还是大家只是像往常一样胡说八道。这种情况下，让更多飞船卷入有什么意义呢？我们的“侦探”还表现得像是我们中的一员，对我们对它的怀疑完全不知情，所以我们现在拉新成员进来没有什么好处。如果它真诚可信，那么恰好可以为我们共同的目标效力，不必担心它有其他心思会拖累我们；如果它只是在测试，它——或者它们——也许是以不会损害它们道德感的方式，用真正有意思的信息来引我们上钩。你觉得呢？同意我的说法吗？总之，这个问题上就此打住，话说我们有计划了吗？你那边调查如何？

有限系统星舰只接收重要致电者：不甚清晰，让人沮丧。彻底搜索了一圈，只得出一个极其渺茫的可能性……不大可能出现的结果。

怪客稍后射杀他们：请告诉我。

有限系统星舰只接收重要致电者：呃，容我问一个问题。你怎么理解我们与共同的朋友沟通的结果？

怪客稍后射杀他们：何出此言？我们可以分享它独到的客观性。还有什么？

有限系统星舰只接收重要致电者：该说的我都说了，不再多说了。

怪客稍后射杀他们：什么？别犯傻了。你说清楚啊。

有限系统星舰只接收重要致电者：不。你还记得你对我们那位不知情的伙伴说了什么吧，为了避免尴尬而不愿公开……

怪客稍后射杀他们：这么说可不公平！我可是对你知无不言！

有限系统星舰只接收重要致电者：是的，一开始就搅合进来真是令人激动。万分感谢。

怪客稍后射杀他们：别再提这茬儿了，好吗？我说了我很抱歉，真希望当初什么都没说。

有限系统星舰只接收重要致电者：好的，但如果翘首期待新情人到来发现是谁泄露了信息导致顺应变化的命运第一时间去调查……

怪客稍后射杀他们：我知道，我知道。听着，我在尽力挽回了。以防万一，我已经请求一艘富有同情心的飞船掉头向皮特恩斯前进了。在我的预测中，那正是将会发生灾难的地方。

有限系统星舰只接收重要致电者：死亡！如果真的到了这一步……

III

一只叽叽喳喳的蝙蝠球从高高的记分墙弹过来，它直直地朝着吉纳－霍夫恩飞去。这小东西疯狂地扑腾着残缺的娇小翅膀，好像在试图找准方向，然后逃跑。它的一只小短翅参差不齐，可能已经折断了。接近人类时，它会划过一道弧线飞往别的方向。他向后挥出球棒，狠狠地打在小动物身上，随后，它尖叫旋转着被甩到远处。他本打算将它打到记分墙上的，但这一球稍微偏了一点，导致他击出的小东西朝着记分墙和右侧罚球挡板之间的拐角冲了过去。可恶，他心想。蝙蝠球在空中挣扎着，往罚球挡板飞去了。

五潮冲了过去，用绑在前肢上的球棒去接球，随着一声响亮的“哈”，再次把球打进记分墙的中心。球撞击到圆形墙面后弹了过来，弹回的角度十分刁钻，吉纳－霍夫恩知道自己无论如何也接不到这一球了，但仍然朝球扑了过去，小东西就那样悠闲地从他身边划过，离他伸出的球棒只有半米远。他重重地摔在地上，翻滚了一圈，感觉到盖尔菲尔德制服正在因吸收冲击力而绷紧、挤压着他的身体。他直起腰，环顾四周，有点儿呼吸困难，心跳加速。在进犯者习惯的重力下玩这种游戏可不是开玩笑的。对手若是进犯者军官就更惨了，哪怕是一个把触腕绑在背上的进犯者，也不是容易的事。

“你输定了！”五潮低吼着走向球场后面，蝙蝠球正一动不动地躺在那儿。路过人类朋友身边时，他轻轻地用触腕点了点吉纳－霍夫恩的下巴，把他扶起来。这个手势无疑是好心帮忙，但这触腕会撞断没有防护措施的普通人类的脖子。吉纳－霍夫恩觉得自己像一块脱离投射器的石子一样，从地板上弹了起来，朝着天花板飞去，两只胳膊只能胡乱扑腾。

“白痴！”制服说，此时吉纳－霍夫恩到达了抛物线的顶点。

他猜测制服是在说五潮。

一条触腕如鞭子一样轻柔地缠在他腰间。“哎呀！”五潮一边说，一边以令人惊奇的温柔将他安全地放回到地面。“对不住啦，吉纳－霍夫恩，”他吼着，“你知道他们是怎么说的吗？‘智慧的年轻人知道在玩耍时自己的力量有大’，啊！”他轻轻地拍了拍人类朋友的脑袋，然后继续走向那只静止的蝙蝠球。他用球棒戳了戳那小东西。

“不用像以前那样繁殖了。”他说着然后发出一个声音，吉纳－霍夫恩知道这是他在叹息。

“长触腕的渣滓。”制服说。

“制服，至于吗？”

他心里感到有些好笑。

“你有意见？”

制服的心情很不好。他和它在一起的时间比以往长得多。制服不相信吉纳－霍夫恩屋里的环境，坚持让男人穿着自己，睡觉时也得穿。吉纳－霍夫恩发过几句牢骚，但没有抱怨太多。他的房间里有太多奇怪的味道，很难对进犯者打造的人类生命维持系统抱有完全的信心。盖尔菲尔德制服最多允许他摘下头盔，这样他可以把脸露出来睡觉，就算周围环境突然崩溃，制服也能保护他。

五潮用球棒的末端把球挑起，弹向球场的透明墙，球被弹到观众席上。他“砰”地击向墙壁，惊醒了远处正在打盹的无性球童。

“醒醒，你这笨蛋！”五潮高喊，“再拿个球，傻瓜！”

那个无性球童立即用触腕撑着站起来，眼柄疯狂晃动。接着，它将一只触腕伸进旁边一个小笼子，另一触腕打开了球场外围墙上的门。它从捆在笼子里的十几个蝙蝠球中挑出一个，把这个挣扎乱动的小东西交给成年的进犯者军官，后者接过来，朝球童发出恐吓的嘶吼，吓得球童连连退缩。它迅速关上门。

“哈！”五潮高声吼着，把那个不停扭动的蝙蝠球放到自己的喙上，撕开固定它的绳子，“再来一局如何，吉纳－霍夫恩？”五潮把短绳吐掉，用一只触腕上下抽打着那只小动物，小东西收紧了它的短翅膀。

“有何不可？”吉纳－霍夫恩冷静地说。他已经筋疲力尽了，但他不想让五潮知道。

“我记得是九比零吧。”进犯者说，把球棒挥到眼前，“明白了。”他说，“让我们玩得更有趣点儿。”他把挣扎的蝙蝠球放进前喙尖，眼柄向下弯曲，仔细地盯着接下来要做的动作。五潮的前喙微微一动，传出一声微小的尖叫声，又传来一声清脆的“啵”声。

五潮把喙中的小东西吐出来，仔细看了看，明显很满意。“这下就好了，”他说，“改变总是不错的，来玩个瞎眼的球吧。”他把那只扑棱着翅膀、吱吱乱叫的动物扔给了吉纳－霍夫恩，“该你发球了。”

“文明”对进犯者一族始终有异议，进犯者对“文明”也一直有意见，但相比之下，进犯者的不满相当简单，无非就是这一古老的文明总是阻止自己做想做的事。“文明”对进犯者的异议则像永远也抓不透的痒。面对进犯者，“文明”的为难之处在于：进犯者这一文明体系客观存在，出于良心，“文明”不能将其直接抹杀。

这一问题根源于银河系地理性状的偶然意外，是坏运气和不良时机共同作用的结果。

一片产生了各种物种的模糊区域，最终发展成为远离“文明”

的进犯者星球。在相当长的时期内，基于各种无关紧要的理由，“文明”和进犯者几乎没有任何联络。后来，“文明”对进犯者的理解才更进一步——艾迪兰战争长期分散了“文明”的注意力，进犯者是一种快速发展、迅速成熟的物种，不经历战争，就没有有效的办法能迅速改变他们的天性和行为。

那时，很多“文明”的主脑认为对进犯者发动一场速战速决的战争是最佳行动方案，但它们刚开始践行自己的观点，就知道自己错了。即使当时“文明”正处于军事力量的鼎盛时期，它们未曾想到战争会如此持久且激烈，只能积极调动各个层面的作战决心——由于阻止艾迪兰人残酷扩张的任务已经完成，所以“文明”中有些主脑认为既不需要也不应该再追求如此高级别的军事武装力量。即使相关主脑一直在坚持，一次全方位、突然性、毁灭性的打击将惠及所有生物——包括进犯者，不仅最终结果会是这样，而且很快就能实现，但是成千上万的“文明”战舰还是被拆除、停用、卸载、存储和民用化，数以万计的居民欢天喜地地庆贺，带着满腔热爱和平的喜悦心情回到“文明”提供的享乐至上的欢乐净土。

或许，此时不是论证继续战争是否为最佳方案的时候，尽管争议仍然存在，但这一问题就这样被搁置了。

问题的一部分在于进犯者对待其他物种时特有的令人不安的习惯，他们对待其他物种要么完全怀疑，要么纯粹蔑视，这取决于另一文明体系的技术发展水平是领先于他们还是落后于他们。在同一片银河系区域中，曾有一支发达物种——帕德雷沙尔——在演进历程和身体外观上都很像进犯者，差不多被进犯者当作朋友，但道德观与“文明”相似，因而“文明”认为非常值得请帕德雷沙尔充当进犯者的监管者，这也成了帕德雷沙尔永恒的职责。值得称赞的是，几个世纪以来，帕德雷沙尔孜孜不倦地努力纠正进犯者的冒犯之举，将进犯者的行为规范调教得更加得体，这一点，帕德雷莎尔人自己不愿记得，也不想承认。

正是帕德雷沙尔人为进犯者取了这个名字。最初，进犯者称呼自己的故土是“伊索尔”。之所以得名进犯者，是因为一段小插曲：一次，帕德雷沙尔的商队来到伊索尔，前来的商人将接待方当成饭桶，称呼他们是进犯者——很显然，这是想要用难听的词来侮辱他们，但伊索尔人认为进犯者听上去更好听，于是坚决地采用了这个新名字。即使后来他们与帕德雷沙尔结成了松散的赞助 / 保护联盟，伊索尔人也拒绝放弃进犯者这个名字。

然而，事情发展不遂人愿。在艾迪兰战争结束大约一个世纪后，帕德雷沙尔人采取了“文明”视为不合规矩的失职作为——整个民族突然在错误的时间从实体世界消失了，全部“隐退”，进入了高阶文明的世界，将他们所监管的不太成熟的种族抛诸脑后。原本，这两支体系紧跟“文明”长长的大篷车向前进发（不论他们是有意的还是无心的），并且积极地拯救一些技术欠发达的邻近物种，即其他物种出于自身利益考虑认为不值得接触的无名之辈。

还有一些愤世嫉俗的“文明”主脑认为，帕德雷沙尔决定去触碰多维空间按钮，去追寻那九天之外的境界，很大程度上是因为他们对进犯者无可救药的恐怖天性束手无策，继而感到沮丧和反感，进犯者那骇人的特质从来不曾被人们完全接受，又不能让人无所顾忌地驳斥。

不管怎么说，经过一番周旋，再巧妙地辅之以恰如其分的技术捐赠（进犯者的情报部门仍然在为自己的手段高明窃窃自喜，天真地以为自己实施的是真正技艺娴熟的高科技盗窃行为），偶尔碰碰头（或者任何合理的身体部位），赤裸裸地行贿（对于普通的“文明”主脑来说，此举又可悲又不雅——它们喜欢的东西通常都是更加稀奇的诡计——但不可否认的是，贿赂很有效），虽然进犯者偶尔会表示不满甚至抗议，但他们最终多多少少都被劝服，愿意加入银河系多元文明的巨大社群。他们总是遵守“文明”的规则，勉强接受除自己之外的其他生命也有权利生存，其他生命也存在一些可被原谅的欲望（比如关于生命、自由、决心），有时候，这些欲望甚至可能凌驾于天然存在、明显公正、毋庸置疑甚至是神圣的欲望之上，对于进犯者来说，那些欲望曾是去他们想去的地方，做令他们高兴的事，同时能够和当地人玩一玩。

以上所有只解决了问题的细枝末节。如果进犯者只是一种简单的、冷酷的扩张物种，一种外交手段不高明且技术有限的冒险家，那么问题的难度就会下降到可以忽略不计的程度。那样的话，他们只会成为浩瀚宇宙中挣扎求生存的又一个顽固物种。

然而，这个问题的根源甚至可以追溯到更早的年代和更根深蒂固的天性。问题在于，进犯者在离开自己那被雾气缭绕的卫星－行星之前，已经花费了数千年时间来修补、小心地改变着那里的生物圈，尤其是那个环境中的动物。他们在发展过程中相对较早的时期就发现了改变自身遗传基因的方法——考虑到他们身体上的优越性能，从理论上来讲，这种遗传几乎不需要进一步修正——以及和他们共存的其他生物的基因改良方法。

这些生物都相应地依据进犯者认为合适的状态被加以改造，纯粹为了满足进犯者自己的欲求。结果就像“文明”中一个主脑描述的那样：完全是以自我为中心的改造，永无止境的痛苦和令人恐惧的大屠杀。

进犯者的社会体系建立在无数被残酷剥削的无性孩童和受压迫女性阶层的庞大基础之上，即使是出身最高等级家庭的女性也免不了受压迫。众所周知（如果明说的话，就是“文明”内部），进犯者认为让性行为变得更不愉悦、更痛苦很重要，有必要对这一体验进行干预和改造，他们声称因痛苦的性行为而产生的物种比因单纯享受个人私欲而诞生的后代更为优良。

捕猎人工饲养的树熊、狐蝠、巨虱或鬣狼时，进犯者总是坐在一辆被迅翼拉着的战车上，等待他们喜欢猎杀的对象，因此迅翼们永远生活在极端恐惧之下。他们的神经系统和外因感应反馈系统经过精巧的调整，随着主人越来越兴奋而散发更多相关气味，迅翼会变得越来越害怕，跑得越来越快。

被捕杀的动物本身也被人为更改了基因，变得容易受惊，只要见到进犯者都会吓得疯狂乱窜、逃跑。

当进犯者需要清洁皮肤时，一种名叫“泽丝特”的小动物就来干活了。自基因被修改后，它们就变得异常勤奋，对进犯者的死皮细胞有着狂热的渴望，除非已经累得动弹不得，否则很容易就吃到胀破肚皮。

标准的家养可食用动物，也早就被进犯者进行了改造。他们认为，当生物表现出压力过大的迹象时，肉质会更加鲜美，于是，进犯者为了追逐极致的口感而精心控制着动物们的存活条件，将生物改造成时刻处于精神紧绷的焦虑状态。结果是，他们不出意料地培育出了值得花费大价钱去品尝的食物中最让人心旌荡漾的美味肉品。

例子还有很多。事实上，回顾他们的社会，进犯者基本上不会主动放弃对基因进行改造，这些改造全凭一种错位的、自私的热情去实现——对他们而言，这种自私和真正的利他是分不开的——这种结果，是大多数社会出现自我毁灭的灾难时才会产生的。

诚恳，但又可怕，这就是进犯者。“在痛苦中前进！”这是他们的座右铭。吉纳－霍夫恩从五潮的口中听到过。他记不清五潮到底是怎么说的，但这句话后面很可能跟着一句大吼——“哈哈哈！”

进犯者让“文明”惊呆了：他们看起来如此不可救药，他们不知悔改的态度和恶劣的道德观念如此坚不可摧。“文明”曾提出可以提供机器来替代那些无性少年，但进犯者哈哈大笑：为什么？他们自己也可以轻轻松松地制造机器，可是，被机器服务的优越感在哪里？

同样，“文明”还曾劝说进犯者，让他们相信还有很多办法可以控制生育、延续血统，不需要依靠监禁、基因切割、有组织地侵犯女性和食用过激生物的肉块等手段；“文明”还可以提供不具备感知能力的猎物；等等。所有这些建议都遭到了拒绝——如果说嘲笑是幽默版的拒绝。

尽管如此，吉纳－霍夫恩还是喜欢他们，甚至钦佩他们的活力和热情。他从来没有采纳过“文明”的标准信念：觉得痛苦本质上是不好的。他承认发展中的文化体系内剥削是不可避免的，而这种进化——或者说是进化的压力——应该在该体系内持续存在，而不是像“文明”那样用以某种看似民主的方式建立的选项清单取代进化，把这一社会的真正控制权交给机器。

这并不是说吉纳－霍夫恩憎恨“文明”，或者希望它发生灾祸；他深深地庆幸自己出生于“文明”，而不是其他只能受苦、繁衍，然后死去的社会；他只是一直以来在“文明”找不到归属感。那是他想逃离的故土，但他也知道，如果他想回去，随时回得去。他渴望体验作为进犯者的生活，不仅仅是模拟状态下，而是亲身体会。而且他想去“文明”从未涉足过的地方好好探险一番。

这两个愿望都不难达成，结果双双落空。他本以为自己已经察觉到了进犯者的动向，但睡眠者服务这档子事发生了，现在，如果一切都是真的，他很可能可以得偿所愿，而且没有任何附加条件。

他发觉这件事本身很可疑。特情局没有为了满足自己需求而给别人签下空头支票的臭名声。他怀疑自己是不是得了妄想症，或者是和进犯者一同生活的时间太长了（他的前辈们没有在那里超过一百天的，而他待在那里已经快两年了）。

不管是怎样，他都很谨慎，他四处打听过，但还有些问题没有得到回答——那些回答只能等他回到叠层栖息地的时候再看了，不过到目前为止，所有事情似乎都很正常。他还要求与沙漠级中型系统星舰非此处发明的代表交谈，这艘飞船扮演着整起事件的协调者角色——同样这也等回到叠层栖息地以后——他在轻便飞船的档案显示屏中调取了非此处发明的历史，然后把结果传输进制服的智能内核中。

沙漠级星舰是“文明”制造的第一批通用系统星舰，提供了“超大型快速自供应星舰”概念的原始建造模板。以今天的标准来看，它的长度只有3.5千米，体积很小，现在就连睡眠者服务和相同级别的中型系统星舰都有它两倍长、超过八倍大。但它无疑是那个时代的先驱。非此处发明已经存在了近两千年，并且经历过漫长而有趣的职业生涯，例如，在艾迪兰战争中，它因为接近“文明”物资调配和民主军事指挥结构的中心，所以被选中为几支舰队提供参谋。现在，在宁静而光荣的衰老过程中，它还能影响一些古老的主脑；它不再生产小飞船，不再处理星际事务部的常规任务，飞船内人口相对稀少。

尽管如此，它仍然是一艘完整意义上的“文明”星舰；它没有去静修，没有隐退，也没有沦为怪客，更没有加入隐秘派——这是最近流行的一个类别，指的是从“文明”分裂出去、不再真正全力支持“文明”的成员。尽管这艘旧星舰的档案条目非常庞大（含有很多一手事实材料，包括一百零三份不同的完整传记，他得花几年时间才能读完），吉纳－霍夫恩还是不由自主地感觉到这艘旧星舰有一丝神秘气息。

他也想到了主脑们会给彼此作传，用连篇累牍的胡说八道掩盖奇怪举动或者令人尴尬的事件。

档案条目中还有一些非常疯狂的说法，净是小篇幅的奇闻怪事、分析性期刊文章或评论——其中很多文章出自一人之手——比如，这艘中型系统星舰是某个阴谋集团的一员，一群古老的飞行器暗中密谋，这些阴谋很有可能对“文明”的温和帝国主义霸权构成威胁，证明所谓正常的民主决策过程无非是一场完全而彻底的极端集权骗局，在这场由主脑操控的阴谋中，人类、他们的伙伴和其他机器同僚——比如嗡嗡机，在“文明”中所能施展的权力远比他们所想的要少……有很多类似的阴谋论。吉纳－霍夫恩读了一篇，字好像都在旋转，然后，他停了下来。当一个阴谋如此强大而微妙的时候，那就无须担心它了。

不管怎样，毫无疑问，形势所迫，这艘老迈的中型通用系统星舰身不由己地被拖进来，不过这只是冰山一角，这艘飞船代表着一群生命体，如果不是阴谋集团的话，就是其他对埃斯佩里附近发现的未知天体有发言权、感兴趣并且有经验的主脑们。

在他请求与非此处发明交谈的同时，吉纳－霍夫恩还向他认识的与特情局有关联的飞船、嗡嗡机和人类朋友发送了信息，向他们询问他所知的消息是否属实。在他离开“上帝之穴”之前，有几个比较近的人给他回了信息，向他提供了他们得知的关于这个问题的信息——当然，信息各种各样，取决于非此处发明代表的集团想要挑选哪些信息向相关人士公开。他收到的回复看起来很真实可靠，他接受的这桩交易听起来非常不错。无论怎样，等他到达叠层栖息地，就会收到很多他认为不会和特情局串通的人类和主脑的回信。特情局也许会听说他在四处打探，不过，特情局想要摆脱与他的交易而不撕破那张高傲到不可思议的老脸，是不可能的。

他仍然怀疑这其中的水很深，他也从不怀疑此刻和未来自己会被操控、利用，但只要他们给的回报足够，他就不会感到困扰，至少，这项任务听起来十分简单。

他还提前做了一些功课，查证了他叔叔告诉他的那颗消失的万亿岁的太阳和绕着它运转的天体的故事。果然，有这么一回事，档案馆里可以查到一个半虚构的故事，这个故事听起来无异于离奇的怪谈异事，但令人沮丧的是，几乎没有什么证据能够证明它的真实性。当然，似乎没有人能够解释到底发生了什么，自然也没有人去追问。除了他要去找到并与之交谈的那个女人。

问题儿童的船长确实是位女人，名为“兹莱恩·特拉莫”。荣誉星际事务部舰队船长卡特－凯佩莉萨·兹莱恩·恩霍夫·特拉莫·阿菲亚伏·达·尼斯凯特－韦斯特，这是她的正式头衔和全名。她看上去很骄傲，很能干：一张苍白的窄脸，间距很小的双眼，几厘米短的金发和薄薄的嘴唇，微笑的嘴角。在他看来，那双眼睛散发着聪慧的光芒。他喜欢她的长相。

他想知道一个人被存储了两千多年，忽然被唤醒，却回不到任何身体里，只能和一个从未见过的男人搭话，那将是什么场面。哦，对了，这个男人还想偷走你的灵魂。

他盯着照片看了一会儿，试图想看到那双清澈的蓝色眼眸后面会有什么。

他们又打了两局，怎么打都是五潮赢。最后，吉纳－霍夫恩因为疲劳而颤抖。接着，梳洗过后，他们一同前往军官餐厅，餐厅里，大家穿着清一色的肃穆军装，开启庆祝晚宴，因为这天是司令官金德鲁默六世的生日。狂欢一直持续到深夜。五潮教他的人类朋友一些下流的小调，吉纳－霍夫恩礼貌地回应，两个空军连队队长在壁炉前进行了一次认真的决斗——流了不少血，但没有人被砍掉触腕，他们各自捍卫了自己的荣誉；吉纳－霍夫恩从司令官桌子中的决斗场上走钢丝，下面有几条斑条鬣狗在撕咬嚎叫。制服埋怨说，他的壮举没有任何意义。他很确定在他走钢丝的时候，有好几次，是制服帮他保持了平衡，所以他没什么可反驳的。

在他们外围，*亲吻刀锋*和它的两艘护卫舰穿过星际太空，朝着叠层栖息地前进。

IV

乌尔弗·塞彻以最好的方式醒来。她懒洋洋地舒展身体，穿过一层层奢华的半梦境和半记忆交织的幕帘，甜蜜、舒适、幸福……这一切都相当美妙地融入现实，她的身体此刻正在体验着如胶似漆的欢愉。

她狡猾地想假装自己还在睡，但他一定是触碰到了什么部位，她忍不住翻过身来，用手捧起他的脸，亲吻了他。

“快下午了。”年轻男子喘着粗气说。他叫奥蒂尔。他身材高挑，皮肤黝黑，有一头无比浓密的金发，声音醇厚低沉，可以让你的皮肤起一百米的鸡皮疙瘩。他是玄学专业的学生，经常游泳，喜欢自由攀岩，手指纤长而敏感。他就是前一天晚上她一心想要的那个男人。喜欢她大长腿的那个男人。

“啊，真的吗？呃，你知道的，也许你可以晚一点儿再说——什么？”

乌尔弗·塞彻猛地坐了起来，眼睛睁得大大的。她一把拍掉年轻男子的手，疯狂地瞪着四周。她发现自己正坐在浪漫之床上，实际上，这更像是一个房间：上端是亭子一般带褶皱的天花板，挑高五米，床身是绛红色，似半球形，里面装满了波浪状的垫枕和薄纱床单，松软的垫子为这宽阔的大床搭建了一面墙，有些垫子凸出一部分，充当各种各样的托盘、架子、绷带和座椅一样的小东西。她还有别的床：一张摇篮床，里面塞满了玩偶；一张睡觉专用床，很舒服，周围是夜开植物；一张庄重的老式有棚顶的待客大床，当她想留朋友过夜时，朋友可以住在那里；她还有一张油床，基本上就是一个四米高的暖油球体，你若要睡在上面，必须把鼻塞一样的东西塞进鼻孔，这样空气会置换入体内。可悲的是，不是每个人都喜欢，但这种睡觉方法太有异域风情的性感了。

她的神经蕾丝被肾上腺素唤醒。神经蕾丝告诉她，离中午还有半小时。她以为自己设定好了闹钟，一小时前就该被叫醒了。她一定是故意忘的。一定是因为玩得太开心而忘了。激素总是冲在前面。呃，事已至此。

“怎么？”奥蒂尔微笑着说。他奇怪地看着她，好像在想这是不是她游戏的一部分。他眼睛里闪烁了一下，伸手去拉她。

该死，重力还开着。她命令床上的控制系统将重力调整到十分之一。“对不起！”她一边说着，一边给他一个飞吻，此时重力明显被降低了百分之九十。身下的垫子突然不必再支撑他们的重量，这使垫子在臀部产生了一股柔和的软垫托承力量，足以使他们的身体都微微向上飘浮。他看上去很惊讶。甜美、孩子气、天真烂漫的表情，她几乎不想离开了。

但她不能。她从床上跳起来，在空中踢了一下腿，双臂举过头顶，穿过房间帐篷式天花板那松散的软绸布一跃进入卧室，在卧室周围的软垫平台上划出一道弧线，轻轻地落回到标准重力的地面上。她从弧形楼梯踩在卧室地板上，差点儿与嗡嗡机丘特·莱恩撞个满怀。

“我知道！”她大叫着，一只手朝它挥过去。

它从她身边移开，然后平稳地转过身，跟着她穿过卧室，朝着浴室飞去，它的光晕此时是庄重的蓝色，但带着一丝象征着幽默的玫瑰色。

乌尔弗突然跑了起来。她一向喜欢大房间：作为卧室的那间屋子有二十平方米，五米高。一整面墙都是窗子。向窗外望去，可以看到一片蜿蜒的田野和树木繁盛的山丘，山丘上点缀着塔楼和神殿。这里是“第一内部空间”，是独立旋转、直径五千米的管道的中心，也是其中最长的一截，是岩星上的主要生活区。

“有什么我能帮忙的吗？”嗡嗡机在乌尔弗冲进浴室后问道。在它身后，是一句尖叫，接着一连串咒骂，年轻男子试图用乌尔弗的那招离开卧室，但他把重力搞错了。嗡嗡机转身看向混乱的那边，随着乌尔弗的声音从流水的哗哗声中飘来，它又转回身来说，“呃，你可以把他扔出去吗？温柔点儿，小心点儿。”

“什么？”乌尔弗尖叫起来，“你让我在一夜欢愉过后抛弃这么一个性感的男人？你把我一个月的所有约会都取消了，还不让我养几只宠物？或者几个朋友？”

“乌尔弗，我能和你单独谈谈吗？”丘特·莱恩平静地说，指着走廊旁边的一个房间。

“不，不行！”她喊道，扯掉身上披着的长袍，“你要对我说的任何话都可以在我朋友面前说。”

他们站在伊菲特拉的外廊里，这里是一条长长的接待区，两边是窗户和古老的油画。它向外看去，外面是正式的花园，再远一点是第一内部空间的其他地方。一扇门嵌在挂满肖像画的墙内，门后是几条穿梭通道。她告诉大家在这里会面。她已经迟一个小时，但的确有一些人在厕所不紧不慢，完全催不动——她想起了自己享受牛奶浴时丘特·莱恩那火冒三丈的样子——如果她对于这些绝密的计划如此重要，那么特情局别无选择，只能等着。作为对紧急情况的妥协，她没有化妆，只把头发扎成一个简单的发髻，然后穿了一条款式保守的宽松裤子和夹克，她选择饰品也只用了不到五分钟。

长廊已经变得忙碌拥挤了：她母亲到了，她身材高大，穿着一件连帽风衣；还有三位堂兄弟姐妹，七位叔叔阿姨，十几位朋友——都是昨夜来家里的客人，毕业晚会后还睡眼惺忪、困倦不堪；还有一些家仆嗡嗡机，努力地想要控制好几只动物：一对斯派特立德猎犬望着周围的每一个人，兴奋得用鼻子嗅着，淌着口水，她那三只待在笼子里、被帘子罩住的艾塞因斯猎鹰仍然躁动不安，不停地伸展翅膀，发出刺耳的尖锐唳鸣。另一个嗡嗡机等在最近一扇窗户外，它牵着她最喜欢骑的“勇敢”，“勇敢”的马鞍已经布置停当，正用蹄子挠着地面。她觉得从照看好她的行李来说，三个嗡嗡机是下限了，行李此刻还在电梯中。她身边飘来一个托盘，上面放着她的早餐。她开始大口嚼起海鸡的一块肉时，嗡嗡机告诉她，这次行程只能她一个人去。

丘特·莱恩没有用语言回答她，而是通过她的神经系统蕾丝给她传话，令人惊讶。

“乌尔弗，你可行行好吧，这是特情局的秘密任务，不是和你的女朋友外出旅行。”

“别用这种私密的方式和我说话！”乌尔弗咬紧牙关，愤愤地说，“太讨厌了，真是粗鲁！”

“说得对，亲爱的。”她的妈妈咕哝着说，打了个哈欠。

几个朋友轻声笑起来。

丘特·莱恩径直来到她面前，几乎撞到她，之后，她感到周围出现了一个灰色的圆筒，圆筒延展开，直达木质地板，上面抵住天花板，直径只有大概一米半，干净利索地把她、丘特和盛早餐的托盘围住。她瞪大眼睛，嘴巴张开，盯着嗡嗡机。它从来没有做过这样的事情！它的光晕完全消失了。它甚至没有优雅地将隔离力场摆正，没有把隔离力场打造成镜面模样——那样的话她至少还可以检查一下自己的仪容。

“抱歉了，乌尔弗。”嗡嗡机说。它的声音在狭窄的圆筒内听起来很平淡。乌尔弗闭上嘴，用手戳了戳嗡嗡机身边投下的隔离力场——摸上去像是温暖的石头。“乌尔弗，”嗡嗡机又说道，拉起她的一只手放进力场中，“我向你道歉，我应该早点儿告诉你。我只是以为，嗯，算了。我会和你一起去叠层栖息地，但没有其他人。你的朋友必须留在这里。”

“但是，佩斯一直要和我一同去太空深处探险！还有，克拉茨丽，她是我的新追随者，我答应过她，她可以陪在我身边，我不能撇下她！你能想象那会对她的成长造成什么影响吗？她的社交生活？人们会以为我抛弃了她。更何况，她有个非常英俊的哥哥。如果我——”

“你不能带她们去，”嗡嗡机大声说，“她们不在此次任务的邀请之列。”

“我听到你昨天说的了，”乌尔弗说着向嗡嗡机探过去，摇了摇头，“‘要保密。’我还没告诉她们要去哪里呢。”

“这不是重点。当我告诉你不要向其他人泄露时，我的意思是不要告诉任何人你要离开，而不是不告诉别人你要去哪里。”

她哈哈大笑起来，头向后仰了一下。“丘特，这里是太空啊！我的日记是公开的文件，难道你不知道吗？至少有三个频道专门播报我的行踪——的确，所有频道都是由热切的年轻小伙子开的。如果我的眼睛颜色变了，那些追寻时尚的人不到一小时便能发现这小小的改变。我不可能就这么凭空消失！你疯了吗？”

“我也不认为这些小动物能和我们一起去，”丘特·莱恩平静地说，没有在意她提出的问题，“这匹马肯定不行。飞船上没有它待的地方。”

“没有地方？”她吼道，“这飞船是什么玩意儿？你确定它安全吗？”

“战舰里可没有马厩，乌尔弗。”

“只是以前是战舰！”她挥舞着双臂，嚷嚷起来，“噢！”她吮吸起撞到隔离力场的指关节。

“抱歉，但还是不行。”

“那我的衣服呢？”

“一间屋子装衣服完全没问题，尽管我不理解你会为了谁穿那些华服。”

“我到了叠层栖息地该怎么办？”她尖声问，“这个男人怎么办呢？难道要我赤裸着从他身边走过吗？”

“两间屋子装衣服，三间。衣服不是问题，等你到了叠层栖息地可以再多买些——不，等一下，我知道你要花多长时间来选新衣服，那就把你想要拿的都带上。给你留四间屋子，就这么定了。”

“还有我的朋友们！”

“听我说，我会给你看看你即将工作的地方，看吗？”

“哦，好吧。”她摇摇头说，沉重地叹了一口气。

嗡嗡机通过神经蕾丝将退役战舰内部雄伟的场景输入乌尔弗的大脑中。

她屏住呼吸。展示结束后，她睁大了眼睛，盯着嗡嗡机。“房间！”她无奈地大声说，“那些小隔间，太小了！”

“没错。你现在还想带上朋友们吗？”

她思考了片刻。“是的！”她叫了一声，用拳头敲击着飘浮在她身边的餐盘。餐盘摇晃了一下，重新稳定下来，以免把果汁洒出来。“会很温馨的。”

“那你们闹翻了怎么办？”

这一提醒让她停了片刻。她用一根手指敲敲嘴唇，皱起眉头。她耸耸肩。“我可以在穿梭通道里把人切碎，丘特。我可以在同一张床上放逐其他人。”她又向嗡嗡机探过去，眼睛扫视一圈灰色的隔离力场，“我可以在这么小的地方推开别人，”她尖刻地说着，双手叉在腰后。她把头缩了回去，眯起眼睛，然后压低声音，“你知道的，我可以拒绝这项任务。”

“你当然可以，”嗡嗡机明显叹了一口气，“不过那样的话，你就永远不可能进入星际事务部，而特情局只能再找一个替身——人工合成的实体——去模仿叠层栖息地的那个女人。如果最后你的行径暴露，当局不会觉得好笑。”

她平视嗡嗡机好一会儿。最后，她叹了口气，摇摇头。“该死。”她呼出一口气，从飘浮的餐盘中抓起一杯果汁，厌恶地看着果汁从杯子外侧流下去，她放下杯子，舔了舔嘴唇。“行吧，走啦，我们走吧！”

道别花了很长时间。丘特·莱恩因沮丧变得越来越灰，直到它快变成一团黑色的球；然后，它完全收起了自己的光晕，从最近打开的一扇窗户加速飞出去；几次音爆差点儿吓得马儿脱缰逃走。

最终，乌尔弗终于和所有人都告完别，决定把两箱衣服和所有的动物都留下，然后——在喧嚣声和克拉茨丽的泪水中保持平静——带着冰冻蓝的丘特·莱恩进入穿梭管道，来到面向码头的一处灯火辉煌的机库，在这里，精神异常级前快速战斗飞船坦诚交换意见正等着她。

乌尔弗大笑起来。“它看起来，”她哼出了声，“像个大木棍！”

“说得很对，”丘特·莱恩说，“若武器配备得好，它可以横扫太阳系。”

她记得自己小时候曾站在一座桥上，桥下是峡谷，桥连接着另一个内部空间；她手里拿着一块石头，她母亲将她抱到桥的栏杆上，这样，她就可以从桥边看向下面，往下边的水面扔石头。她抓着石头——一块和她拳头一样大小的石头——举到一只眼前面，闭上另一只眼睛，这样，除了黑色的石头，她看不到其他任何东西，然后张开手扔下去。

她和丘特·莱恩站在飞船局促的装载区，周围是她的箱子、包和匣子，还有朴素但看起来有些危险的军事装备。那块石头掉进水里，越来越小，和此刻旧战舰离开费治岩星的样子如出一辙。

当然了，这一次，不会有溅起的水花。

费治岩星完全消失后，她关闭植入大脑的神经蕾丝所展示的画面，转身面向嗡嗡机，想到了一件事——如果前一天保持清醒，她会更早提及此事。

“这艘飞船是什么时候到费治的，丘特？它从哪里来的？”

“你为什么不自己问呢？”它说着，转身指向一只正盘旋在杂乱设备上方的小型嗡嗡机。

“丘特？”

她通过神经蕾丝问。

“什么事？”

“该死，我还期待飞船的化身是位风度翩翩的年轻小伙子呢！结果相反，它简直像——”

丘特·莱恩打断了她的话：“乌尔弗，你知道的吧，飞船是所有联络的枢纽？”

“哦，天哪。”她感觉到自己尴尬得脸红，小嗡嗡机向她飞过来。她咧开嘴冲它笑了一下。

“不是有意冒犯你的。”她说。

“没关系。”小嗡嗡机说着在她面前停驻。它说话的声音有点儿空洞，但相当悦耳。

“说实话，”她面带微笑，还红着脸，“我觉得你看起来有点儿像珠宝盒。”

“还不算太糟，”丘特·莱恩说，“你应该听听她是怎么称呼我的。”

小嗡嗡机轻轻弯一下头，表示行礼。“这没什么关系，塞彻女士，”它说，“很高兴你登上快速战斗飞船坦诚交换意见。”

“谢谢你，”她也缓缓地点点头，“我刚才正问我的朋友，你是从哪里来的，什么时候被派到这里的。”

“除了费治岩星，我没去过别的地方。”飞船这么告诉她。

她不自觉地瞪大眼睛：“真的吗？”

“是的，”它简洁地回应，“接下来你要问的三个问题，我猜是：我之前待在哪里，来费治多久了，还有其他战舰在费治停留吗。我的回答是：我隐藏得很好，在费治这么大的聚合体，藏起来很容易；我来费治已经有五百年了；在故土，还有十五艘像我这样的战舰。我相信上述回答会让你放心，而不是震惊，毕竟我们今后的工作还要建立在你谨慎行事的前提下。”

“哦，天哪，当然。”她说着点点头，一瞬间有那么一点儿想立正，然后敬礼。

V

德杰花了大量时间和动物待在一起。她与巨大的鱼类、进化后生活在海洋的哺乳动物、爬行动物一起游泳；她穿上飞行服，在海面上空平稳的气流和云层中展开飞翼，与飞行的动物并肩翱翔；她穿上一套载有二级反重力装置的盖尔菲尔德制服，在有毒气体、酸云和高层大气中的风暴云中穿行，周围是有毒的物质和凶猛瑰丽的生态系统。

她甚至花了一些时间在星舰的顶端公园中散步，这片区域是睡眠者服务的自然保护区，在它还是一艘正常的、行为良好的通用系统星舰兼勤勉的星际事务部成员时，这里就已经存在。公园里包含山丘、森林、平原、河流和湖泊等自然系统，还保留着几处小型度假村和旅馆的遗迹，这些建筑占据了这艘星舰平坦的顶部区域，总面积超过八百平方千米。随着人类从星舰上离开，公园里繁育了相当多的陆地动物，有食草动物、食肉动物和食腐动物。

她之前从未认真留意过这些动物——她的兴趣一直是那些在变幻莫测的环境中生生不息的大型动物，但现在，它们都有可能和其他动物一样被放逐或转移，她开始对它们产生一种迟来的、颇有负罪感的兴趣（仿佛她哀伤的沉思、怅惘的情绪会赋予她此刻观察到的画面以某种特殊意义，或者是对这些动物有些许特殊意义）。

到了定期拜访的时间，阿莫菲亚没有来；接着又过去了好几天。

当人形化身再来看她时，她正和紫色鱼鳍的三角形鳐鱼群在浅海中游泳，游弋在飞船尾部那三千米高的陡峭山崖远处。她驾驶飞行器回来，星舰总是习惯性地把飞行器降落到她指定的地方，但这次她让飞行器将她放到孤塔对面的山坡上。

这一天，晴朗寒冷，空气格外刺鼻；星舰上的这片区域的环境即将循环至冬天，除了几棵常青树，所有的树已经掉光了叶子，很快就要下雪了。

空气非常清新，从山坡顶部，她可以看到三十千米外，那里是星舰内部封闭区域的尽头，就像大海上隔着一堵墙。

她沿着鹅卵石和尘土铺成的干枯河道一般的小路，从山坡走下来。她很早以前就学会了如何在这种冒险活动中调节重心，她从来没有摔得太惨。她下到谷底，心脏怦怦直跳，腿部肌肉因为用力屈伸而发热，皮肤蒙上一层汗珠，闪闪发亮。她很快穿过浸水湿地，沿着飞船为她修葺的小路走过。

当她气喘吁吁、冒着汗回到孤塔时，太阳快要落山了。她冲了个澡，坐在孤塔中为她点燃的柴火堆旁，等待头发自然变干，这个时候，黑鸟格雷维斯用喙轻轻碰了一下窗户，然后就又飞走了。

她用长袍裹紧了身体，就在这时，高挑的黑衣人影——阿莫菲亚——爬上楼梯，走进房间。

“阿莫菲亚，”她说，将湿漉漉的头发塞进长袍的帽子中，“你好，我给你拿点儿喝的？”

“不。不用，谢谢你。”人形化身一边说，一边紧张地环顾圆形客厅。

德杰示意了一下，请它坐在椅子上，而她则坐在靠近火堆的沙发边。

“请坐。”她把腿收回到长袍里，“那么，今天是什么风把你吹到这儿来了？”

“我——”人形化身刚开口便停住，用手指揪住自己的下嘴唇，“呃，可能，”它又开始说话，可一张口又犹豫了。它长舒了口气。“是时候了。”它说，然后停下了，看上去很困惑。

“是时候了？”德杰·格莉安说。

“时间……时间到了。”阿莫菲亚说，露出十分羞愧的表情。

“是你之前说的改变吗？”

“是。”人形化身说，听上去放松了一些。“是的，变化的时候到了。现在就要开始。事实上，有些地方已经开始了。先把这些生物聚在一起，然后——”它看起来又迟疑不决，眉头皱得更紧了，“然——然后是——是景观，”它使劲咽了一下。它匆忙地说出后面的话，但又磕磕绊绊，“之后——之后，是——是地貌。还有——棱镜模块！”它终于说完，后面几乎是喊出来的。

德杰笑了，尽量掩饰住心中的恐慌。“我知道了，”她缓缓地说，“所以，变化是肯定会发生的了？”

“是。”阿莫菲亚喘着粗气说，“是的，会的。”

“我也必须离开星舰？”

“是的。你也必须离开。我——我很抱歉。”人形化身突然看上去垂头丧气的。

“那我要去哪儿？”

“去哪儿？”人形化身困惑地问。

“你要去哪儿，或者我会被带到哪里？是另一艘星舰，居住区，行星，还是岩星？是什么地方？”

“我……”人形化身又皱起眉头，“到现在还不知道，”它说，“事情还在解决中。”

德杰看了阿莫菲亚一会儿，她的手不自觉地抚摸着长袍下隆起的腹部。“发生什么事了，阿莫菲亚？”她问，保持着柔和的声音，“为什么忽然要改变呢？”

“我不能——没必要，你没必要知道，”人形化身犹豫地说。它看起来很烦躁，生气般地摇了摇头，目光在房间里乱晃，好像在寻找什么东西。

最后，它的视线回到她身上。“我也许稍后会告诉你一些，如果你同意在星舰上待到——待到我找到另外一艘飞船来载你的时候。”

她微笑道：“听起来没多大难度。你这么说是不是意味着我可以在这里多待一段时间？”

“不是这里。孤塔和这里的一切都会消失，我说的是你可以留在飞船里，留在通用系统星舰内。”

德杰耸耸肩。“没问题。我想我能接受。什么时候去？”

“再过一两天吧。”阿莫菲亚说。

接着，人形化身看起来很忧虑，往椅子前挪了挪。“对你来说可能——可能会有点儿危险，从这里到星舰内部的途中。当然，星舰会竭尽所能降低这一风险，但这种风险还是存在的。而且，可能会……”阿莫菲亚突然摇摇头，“我——星舰很想让你留在这里，如果可能的话，直到……可能会……很重要。好吧。”人形化身看上去把自己给吓了一跳。德杰忽然想起很早以前抱起一个小婴儿时，婴儿突然很大声地放了个屁，之后婴儿脸上露出震惊的表情，和现在阿莫菲亚脸上的表情没有什么不同。德杰抑制住想笑的冲动，不过终究是没笑出来，因为一想到婴儿的画面，她肚子里的孩子就踢她一下。她用一只手托住肚子。“是的，”阿莫菲亚说，用力点点头，“如果你能留在星舰上，会很好——说不定会有好的结果。”它气喘吁吁地坐在那里盯着她，好像说这番话用尽了它的力气。

“我最好留下来，是吗？”德杰说，声音又平静下来。

“是的，”化身说，“是的，我会很感激的。谢谢。”它突然从椅子上站起身，好像是被弹跳器给弹起来的。德杰吓了一跳，她差点儿也跳起来。“我现在得走了。”阿莫菲亚说。

德杰伸出腿，也站起来，不过动作相对缓慢许多。“好的，”当人形化身走到塔壁上的楼梯时，她这么说着，“但愿你以后能多告诉我些消息。”

“当然，”人形化身嘟囔着，然后转过身，迅速鞠了一躬之后离开了，脚步踏在楼梯上，传来“嗒嗒”声。

过了一会儿，门被砰地关上。

德杰·格莉安爬上通往孤塔矮墙的台阶。一阵微风吹过了她长袍上的风帽，把那浓密的、仍然湿漉漉的头发吹了出来。阳光已经沉下，金色与红宝石色的光芒划过天际，把右边的地平线笼罩成模糊的紫罗兰色边缘。起风了。感觉很冷。

阿莫菲亚今天晚上没有走回去，它匆匆穿过孤塔围墙花园的小路，走出大门，升到半空中，没有明显的反重力装置和飞行制服的痕迹，它就那样加速穿越黑色薄雾的模糊天空，几秒钟后消失在远处悬崖的边缘。

德杰抬起头。她的眼中含有泪水，这让她有些恼火。她倔强地抽了抽鼻子，擦擦脸颊。眨眼间，天空的景色又恢复平静，回到清晰。

变化确实已经开始了。

一群飞鸟正从她头顶镶有红边的云朵里掠过，直朝山崖飞去。仔细看的话，她能看到有伴飞的嗡嗡机为它们引路。毫无疑问，此刻，同样的一幕正在孤塔遥望的灰色海面下边和孤塔的上方天空——高温和巨大压力的大气环境中上演。

飞行动物在空中踟蹰。它们前面是一片山崖峭壁，大概有一千米宽，半千米高，简单地被折叠成四个整齐的部分，然后消失在四个亮着灯的又大又长的大厅里。这些放松警惕的飞行动物被引领到一片开放的海湾。山崖的其他区域也开始上演同样的剧情；灯在暴露的空间里发着光。整片灰褐色的碎石地面——宽有二十千米，深度和高度都有一百米——被折叠起来，形成八个巨大的“V”形倾斜面，把上亿吨岩石导入飞船加固后的分隔舱里，无疑，无论海洋和大气环境如何转变，这些沙石都会经历一遍。

伴随岩石消失，大地传来一阵剧烈的撼天动地般的震动，孤塔也晃动不止，庞大的烟尘在寒冷的空气中翻腾。德杰摇了摇头，她的湿发披散在肩上——接着，她走向通往孤塔的小路，打算在石头烟尘到来之前离开。

黑鸟格雷维斯落到她肩膀上，她将它推开，它“啪嗒”一下落到敞开的门上。

“我的树啊！”它尖叫着，两只脚接连跳起。“我的树！他们把——我——我的树——弄没了！”

“太糟了。”她说。另外一声巨石滚落的轰鸣划过天际。“待在星舰让我活动的区域，”她告诉鸟儿，“如果星舰想让你活命的话。现在，给我让开。”

“可是我为冬天储备的口粮啊！都没了！”

“冬天也会消失的，你这蠢鸟。”她这么告诉它。黑鸟没有再乱动，只是停在那里，把脑袋向前一歪，用右眼盯着她，好像在试图捕捉比她刚才说的话更有意义的回声。“哦，别担心，”她说，“我相信你会很快适应的。”她把黑鸟从木板上掸走，它扑棱着翅膀飞走了。

最后一次地震的声音来自孤塔下方和周围。女人——德杰·格莉安环顾四周，借着远处分隔舱的灯光，她看着眼前徐徐滚动的灰色尘埃团，自然形态的伪装已经被放弃，这艘星舰的内部结构开始显露出来。

这是“文明”的通用系统星舰睡眠者服务，不再仅仅是她英勇的守护者和可移动的巨大游戏布景区……这艘伟大的星舰似乎终于找到了能够施展力量的、更适合它的角色。她希望它一切顺利。虽然心有余悸，她还是愿意祝福星舰。

大海也会像岩石一样被折叠收纳，她想。她转过身，走回温暖的孤塔，用手轻轻拍着她的腹部，里面是那个还在沉睡、不会做梦的婴孩。真是寒冬啊，比我们任何人预料的都困难的寒冬。

VI

莱弗伊德·伊斯潘特利拼命地回想和自己在一起的这个女孩

叫什么名字。盖尔特里？乌斯珀尔？斯坦姆莉？

索利？盖特林？艾斯克尔？

塞拉斯？赛瑞耶尔？（天哪，老天真是一点儿都不仁慈！）

也难怪他想不起来她的名字，这姑娘吵吵嚷嚷的，他惊讶地发现自己竟然还能思考。不过，身为男人可不能有怨言，他心想，被人欣赏还是值得开心的。虽然是太空游艇做了大部分助兴的工作。

这艘租来的小巧太空游艇继续在他们脚下颤抖、颠簸，在距离叠层栖息地几百千米外的太空里盘旋、滑行。

莱弗伊德以前用这些太空游艇做过这种事。如果你往小艇的程序中输入完美的锯齿状航线，它们会为你制造出大部分的颠簸和起伏的效果，同时，保留足够明显的重力，让你不至于感到太沉重。设定好的、奇怪的断电时刻，能够使人品尝美妙的自由落体之味，并把游艇推得越来越远，这样，从观景窗向外看的视野变得越来越壮观——圆锥状的栖息地渐渐映入眼帘，绕着星系内的太阳缓慢旋转着，在距光的照耀下闪闪发亮。总之，这会带来一种美妙的性爱体验，真的，只要你能找到一位合适的、心仪于你的伴侣。

她抓着他不断抽动的屁股，抚摸着他长满羽毛的脑袋，用另一只手轻抚他的下腹。她巨大的黑眼睛闪着光芒，里面有无数微光明明灭灭，根据她兴奋快乐的程度跃动起颜色不同和强度不一的旋涡。

该死，她到底叫什么来着？

盖尔德瑞？肖克丝？伊基尔？

太闹心了，如果不是传统的“文明”名字呢？他原本还很肯定，现在又开始觉得也许根本就不是，那就更难猜了。这样一来忘了也算情有可原，毕竟更难记了。

他们是在霍姆达大使的晚宴上认识的，那是叠层栖息地第645次庆典的开场宴会。他决定为了这一个月的庆典而移除神经蕾丝，因为今年的主题就是“原始主义”。神经蕾丝本是他的选择，因为植入神经蕾丝不必进行任何身体改造，虽然看起来和其他人一样，但有了神经蕾丝会让他觉得自己与众不同。

他做到了。向别人询问事情的时候，他有种奇异的自由感——不知道确切的时间和他的精准位置。但这也意味着他必须依靠记忆去记住人名这类东西。可惜，人类的记忆是多么差劲啊（他完全忘记了这事）！

他甚至想过把自己的翅膀也拆掉，这样至少可以在一定程度上展现出他坚持了庆典的精神内核，但最后他还是保留住了这对翅膀。大概和他一样，这个姑娘也是对他的翅膀着迷，她穿过人群直接奔他而来，戴着面具，身体闪闪发光。她几乎与他一样高，身材均匀，还有四条胳膊，每只手上都有一杯酒！她正是他喜欢的类型，他立刻就决定要和女孩共度良宵，尽管这时她还在艳羡地欣赏着他收起的雪白翅膀。她穿着制服一样的外衣，表面基本上是深蓝色的，但覆盖着一层金丝盘成的图案，还点缀有闪烁着红宝石光泽的小钻石。她的羽毛面具以瓷为底，镶满了红宝石，边缘饰以彩虹色的巴德极乐鸟羽毛。香水馥郁迷人。

她递给他一杯酒，摘下面具，露出嘴巴大小的眼睛，在穹顶投射的耀眼的灯光下，她的双眼十分柔和，是平平无奇的暗黑色，但仔细看可以看出眼球内部有着无数微小的闪光点。制服遮住了她的身体，除了那双变幻莫测的眼睛，以及脑袋后面的小孔，小孔处有一缕长长的泛着光的赤褐色头发。发尾被金色的发圈缠住，直达她的后腰，覆在制服之外。

她说起自己的名字，盖尔菲尔德制服随着她的唇部张开而张开，露出洁白的牙齿和粉红的舌头。

“我是莱弗伊德。”他一边说着，一边深深地鞠躬行礼，但在行礼时，他仍盯着她的脸看。她抬头看着他的翅膀，这时，他的翅膀忽然张开，越过朴素的黑色长袍向她伸过来。他看到她激动地吸了一口气，眼睛里闪烁起光亮。

啊哈！他心想。

霍姆达人大使把这个装饰华丽、体育场大小的露天剧场变成了老式的聚会场所。他们在舞台、帐篷和旋转木马间游荡穿梭，漫无目的地闲聊，谈论起路过的其他人，庆祝着没有嗡嗡机的别具一格的宴会，讨论起旋转木马、滑翔机、雪橇、冰槽滑梯、绳索陷阱、滑动吊环、带护具搏击、喷气越野、蹦床和身体标旗等游戏的好玩之处，单纯地哀叹那些滑稽的跨物种生物比赛没有礼貌。

她从家乡所在的环状星陆来到这里进修，和朋友一起在一艘“半怪客”飞船上巡航和学习，在年度庆典结束前，这艘飞船会一直停留在这里。她的一位阿姨认识星际事务部的人，因而收到了大使的邀请，她的朋友们都嫉妒得抓狂。他猜她还处在少女阶段，尽管她的行为举止像成熟女人那样自在优雅，而且，她比他想象的更聪明，也更敏锐。他习惯了谢绝和大多数青少年闲谈，但此时他不得不飞快地思考她说的话和提到的事。难道少年都变得这么聪明了？也许是他变老了！不管怎样，她明显很喜欢这对翅膀。她问是否可以抚摸它们。

他告诉她自己是叠层栖息地的居民，也可以看作“文明”或者前“文明”居民，这取决于你怎么看待。这从来不是他关心的事，虽然他更愿意承认自己忠于生活了二十年的叠层栖息地，而不是将要度过余生的“文明”。“啊，算了吧”思潮不怎么符合“文明”的风尚，因为人们认为该思潮太过严肃，没有字面代表的那种专注于享乐的精神。他第一次来到这里是带着研究任务来的，但当其他人都回到各自的故土后，他依然留下了。（他很想这么说："呃，实际上，我是特情局思潮研究组的，类似间谍，真的，我知道很多密码……"但这种话不适合对这样一个精明的女孩说。）

哦，他比她老多了，他已经一百四十岁，人到中年了。她有可能会这么说。没错，翅膀太招人喜欢了，它们可以帮他解决50% 以上的重力。他从三十岁起就有了这对翅膀。他住在重力水平仅有 30% 的空中居住区。那里有巨大的网状树，有些人住在挖空的果壳里，但他更习惯住在巨棕榈纤维在高压薄木板上编织成的房子里。哦，是的，见到这么别致的房屋她非常开心。

她好好逛过叠层栖息地吗？还是昨天刚到的？庆典真是个好时机！他很乐意做她的向导。为什么现在不呢？现在有何不可？他们可以租一艘游艇，先去找大使道歉话别。当然，大使和她已经是老朋友了。还要捎话给她的阿姨。他们也许会顺路拜访太空游轮，会喊上其他人吗？还是只会有一个小型摄像嗡嗡机？有道理，有时候，叠层栖息地的规矩太讨人厌了，不是吗？

"太棒了……"

他到顶了。她发出最后一声震耳欲聋的尖叫，一只手垂了下去，盖尔菲尔德制服下，她露出大大的笑容（她一直面带笑容）。是时候把游戏推向高潮了……

这艘太空游艇为他服务过，它听到了他说的话，并以此作为关闭发动机、进入自由落体模式的指令。他太爱科技了。

神经蕾丝能更好地处理他的高潮神经序列，控制腺体分泌的激素平稳流动，使激素更精确地匹配和加强人类基本的生理过程，不过，没有神经蕾丝这感觉也相当好，好得要命，很明显，他的状态没有她持久，但他还是轻松地延迟了一分多钟。

他飘浮着，身体的一部分还在她体内。他注视着她脸上的微笑和黑眼睛里微弱的光亮。她迷人的胸脯还在沉重地起伏，四条胳膊优雅地摆动，像在海底一样。过了一会儿，她把一只手放到颈后，脱下制服的头部，让它自由飘浮。

她深邃的眼眸依然漆黑，棕色的面庞涨得通红，非常漂亮。他冲她笑起来。她也回以微笑。

脱掉盖尔菲尔德制服后，她额头和上唇沾有一点儿汗珠。他用翅膀为她扇风，翅膀轻轻地从后肩膀扫过来，又挥回去。那双大眼睛凝视了许久，然后，她把头仰回去，伸了伸脖颈，轻叹一口气。一对粉红的靠垫飘到她身旁，撞到她飘浮的胳膊后被轻轻弹开。

太空游艇的租金限制警告响起——它不能偏离叠层栖息地太远。他已经告诉它一旦到达极限就返航，它适时地启动了发动机，他们两个重新落入光滑温暖的沙发和靠垫上，四肢纠缠不开。女孩轻轻扭了扭身体，眼睛变得更黑了。

他看向一侧，看到了她带来的那架小型摄像嗡嗡机，它坐在菱形观景窗的壁架上，两只亮晶晶的摄像头眼睛盯着他们两人。他朝嗡嗡机眨了眨眼。

有什么东西在外面移动。黑暗中缓慢转动的星星之间，有东西在动。他看了一会儿。太空游艇发出低沉的声音，是发动机正在安静地启动，重力将他和女孩推到天花板上，停留了一两秒钟，随后又回到失重状态。女孩发出轻微的鼾声，身体也放松了下来，可能已经睡着了。他用胳膊将她搂近一些，翅膀在身后拍打了一下、两下，带着他们靠近观景窗。

外面很近的地方，有一艘飞船正直直地朝着叠层栖息地飞去。那里一定是目的地。为了避开这艘飞船，太空游艇的发动机进行了紧急制动。莱弗伊德低头瞧了瞧睡着了的女孩，犹豫要不要把她唤醒看看窗外。亲眼看着大型飞船安静地擦身划过是件很神奇的事情，那满是黑色装饰的华丽船身就在一百米外静静掠过。

脑袋里冒出一个主意，他笑了起来，伸手够到那只摄像嗡嗡机——此刻正好可以拍到飞船的巨大船体和他的身体同框的画面，然后，他把摄像嗡嗡机转过去，对着那艘经过的飞船，这样当她观看录像时就能看到这个惊喜。但忽然有什么东西吸引住了他的注意力，他的手没有来得及去按下摄像嗡嗡机的开关。

他盯着观景窗外，目光紧紧锁定在飞船船体的某处。

飞船错身而过。他呆呆地凝视着太空。

女孩轻叹一声，动了一下。她伸出两只胳膊，把他的脸拽过来看着她。

“哦。”她轻喘一下，吻住他。他们第一个真正意义上的吻，没有隔着制服。她的双眼依然璀璨，像海洋一样深邃迷人……

伊斯特瑞。她的名字是伊斯特瑞。当然。对于这样一个有魅力的女孩来说，这个名字可太普通了。在这里待一个月，嗯？莱弗伊德祝贺自己。最后这次庆典会以开心作结。

他们又开始相互爱抚。

这一次和第一次一样棒，但不比第一次美妙多少，因为他仍然不能全神贯注地享受欢愉的过程。现在，他没有绞尽脑汁去回想女孩叫什么名字，而是忍不住在心里琢磨：为什么在一艘进犯者轻型巡航舰受损的船体上，会每隔几分钟就显现一次来自伊兰彻的紧急信息呢？

6. 皮特恩斯

I

乌尔弗·塞彻在枕头里埋头抽泣。她以前也遇到过糟心的事：母亲拒绝了她的请求，一个男孩更喜欢别人而不是她（不得不承认，这种情况非常罕见），第一次到行星上的星空下露营时的孤独、空虚和脆弱，各种各样的宠物去世……但没有什么比现在更可怕的。

她从浸湿的枕头上抬起满面泪痕的脸，又看了一眼她在这间可怕的小房间对面的镜面力场上投下的镜像。她又看到自己的脸，痛苦地号叫起来，再次把头埋在枕头里，两只脚在被子里上下踢踹，设法发泄情绪。被子在反重力力场中像果冻一样摇晃反弹。

她的脸被改变了。改变发生在夜间她睡着的时候，就在她离开费治岩星后的第一天。她的脸，她那漂亮的、心形的、让人心动心醉而心碎的脸，那可以让人坐下来在镜子中或是镜面力场中凝视几个小时的脸，那张年纪大到可以用毒腺释放毒素优化面部状态、同时又因足够年轻而可以承担副作用的脸，她可以久久地盯着那张脸，不是因为僵住了，而是因为她真的太美、太可爱了……她的脸，被改造成了别人的样子。这是最让人无法忍受的。

如果她没有关闭痛觉神经，现在脸会有点儿疼，但这并不重要，重要的是她的脸：第一，在使用纳米技术进行换脸操作后，脸浮肿了，皮肤变得暗淡；第二，这根本就不是她自己的脸；第三，她变老了！她看上去比自己的实际年龄要老！老很多！至少老了六十岁！

人们声称“文明”的居民从二十五岁到二百五十岁外貌上不会有太大的变化（其实存在缓慢但确实存在的变老过程，三百五十岁至四百岁之间，头发会变白——或者全掉光！一些地方的皮肤会出现阴囊那样的褶皱，乳头会下垂到肚脐——唉！），但她总是能清晰地分辨出人们有多大年纪，误差最多在五到十岁——至少从来没有超过二十岁。即使在浮肿和瘀伤下，她也能看出自己现在的年纪。她看到的是自己变老后的样子，尽管这不是她自己的脸，她本人活到八十多岁时也许比这要好看（家庭人工智能为她展示过精准度高达99.9%的未来照片，这些照片准确地显示出未来两个世纪里每十年她的样貌，看起来始终不错），但这也不重要。重要的是，此刻她看上去又老又邋遢，这会让她感觉自己又老又邋遢，伴随这种感觉，她行事也会变得又老又邋遢，即便当她恢复到正常、自然、属于她自己的外表时，这种又老又邋遢的感觉和行为习惯可能也不会消失。

这可不是她想要的结果。没有朋友，没有宠物，没有乐子。她越是想，越觉得这件事太冒险了，越不确定自己会陷入何种境地。整件任务本应是一次冒险，但这艘飞船的行程很无聊，返程的时候也会是这样，中间遇到什么谁知道呢？所有人都知道特情局狡猾多端，他们到底想要干什么，他们究竟要她去做什么？即使最后结果证明此次冒险非常刺激，甚至有趣，她也不能告诉任何人，如果不能事后和别人讨论，那么有趣又有什么意义？

当然，她可以告诉别人，但那样她就不能留在星际事务部了。见鬼，丘特到现在还拿不准我算不算星际事务部的一员。到底算还是不算？这真的是她小时候就梦寐以求的来自星际事务部和特情局的秘密任务吗？还是什么额外训练，或者某种测试？

她咬了一口枕头，嘴里和牙齿间留有纺织物的质感，脸上肿肿的，眼泪流过的地方很刺痛，这让她回想起了童年。

她抬起头，舔了舔嘴唇上咸咸的泪水，然后抽了一下鼻子，眼泪和鼻涕都涌进鼻子。她考虑要不要分泌一些腺素保持镇定，但最后决定还是算了。她深呼吸了几次，然后在床上翻转了几圈，坐了起来，从镜面力场看了看自己，抬起下巴看了看镜中人影，又抽泣起来。她用手擦擦脸，把痛苦吞咽进肚子，抖了几下头发（至少头发还是原来的样子），然后又啜泣起来，之后她盯着镜中自己的眼睛看，不让自己哭泣，也不让自己看向别处。

几分钟后，她的脸颊干了，红血丝褪去，眼睛也逐渐清明。以她自己的标准来看，她仍然丑得令人讨厌，甚至算得上是被毁容了，但她不是个小孩子，在内心深处，她还是那个她。嗯，好吧。她猜受点儿苦可能对自己有好处。

她向来被娇惯坏了。过去，她遇到的所有困难都是自己造成的，也都带着娱乐的目的。她曾到一个原始的地方徒步旅行，走得很饿，也没有梳洗，但在一天结束后，总是有食物等着她，还有淋浴——至少有一罐喷雾可以洗去身上的汗水和污垢。

即使有时候会经历那种心碎的痛苦，但痛苦也没有持续到她最初设想和预料的那么长时间。如果一个男孩更喜欢别人而不是她，也只能说明那男孩品味怪诞而且欠缺经验，这种想法总是能减少她失去爱人的痛苦和痛苦的持续时间。

她一直知道自己遇到的困难太少了，很少有真正的风险。一切都太容易了，即使按照“文明”的标准来说，也是如此。她在费治岩星的生活方式和物质条件与其他同龄人没有什么不同，但事实上，正是因为“文明”坚定地奉行平等主义，岩星上的居民几乎丧失了等级意识，人们不再将元老家族的血脉当作光荣头衔。

在这样的社会中，人们可以看到自己想看的东西，可以获得自己想要习得的技能，可以拥有自己想要的任何财产，大家普遍认为，只有进入星际事务部或者特情局，或者和“文明”的古老家族沾亲带故才算得上是特殊的人，这种特殊性仅仅是因为不容易实现。

那些著名的、颇有才华的艺术家——不论他们的才华是先天的还是后天获得的——都不能与星际事务部光环照耀下的成员相媲美（或者真正古老的实体，比如费治岩星，“文明”元老的直系后代也不能与之相比）。“文明”著名的艺术家，再出名，往好了想，也只意味着被广泛认可，有坚韧不拔的决心；而坏的一面是，人们大都认为这是一种可怜的不安全感的前兆，一种相当孩子气的炫耀之心。

当人们的社会地位几乎没有什么区别时，对那些在意的人来说，细微的差别就变得更加重要。

乌尔弗对家族悠久的美名不太在意。不可否认的是，拥有一个古老的姓氏意味着某些人可以轻易在某些方面提前获得好名声，但从另一方面看，乌尔弗却希望别人钦佩、崇拜、爱慕自己仅仅是因为她这个人，因为她这一堆细胞组成的生命体，而不是因为她继承的血统。

拥有这样的优势有时挺侮辱人的——如果因此而不能顺利进入星际事务部，这种优势又有什么用呢？如果说有什么用，也只能说这重身份无形中成了她的巨大障碍，她必须比一般人做得更好，她必须是最完美、纯粹、合适的人选，必须做到无人质疑，才有机会进入星际事务部，因为招聘委员会的人和智能机器都从历史课上见过塞彻这一姓氏。

好吧，丘特说得对，这是她的大好机会。她过去和未来都那么美艳动人，她聪明、迷人、有魅力，而且大脑中装着大量知识，才智不凡，但她不能指望一直像现在这样轻松地对待生活。她要积极努力，刻苦学习，她会勤勉、专注、用功，而所有其他事情她也会尽力照顾周全，确保大学成绩优异出色，社交生活也一样光彩照人。

也许她曾是蜜罐里长大的娇娇女，也许她现在还是被宠坏的孩子，但她是一个坚定的娇娇女，如果她坚定地放弃自己的娇气，那么她的娇气会很快消失，快到你来不及告别。

乌尔弗擦干眼泪，平复心情——仍然没有依靠腺素的帮助，起身离开了小屋。她要坐到休息室里，那里空间更大些，她想在那看看关于叠层栖息地的信息，关于吉纳－霍夫恩，还有一切与她要做的任务有关的事。

II

莱弗伊德·伊斯潘特利坐到“啊，算了吧”思潮协会副领事旁边，小心地把翅膀搭在椅背上。他向副领事微笑了一下，副领事看着他，脸上挂着用神经蕾丝交流时通常会表现出的茫然神情。

莱弗伊德举起手。“恐怕得靠说话交流了，勒利尤斯，”他说，“为了庆典，我把神经蕾丝摘除了。”

“够原始的。”副领事勒利尤斯赞同地说，严肃地点点头，把注意力放在比赛上。

他们坐在一处雕刻成脉络的树状高大碳管建筑物下方的悬空转盘上，成千上万的观光转盘悬挂在树冠上，通过精巧的吊索桥连接起来。下方和两侧都是宏伟的石阶，上面点缀着植物和移动的生物。这很像在注视着一个古老的圆形露天剧场，只是观景的方式从水平变为垂直，每个座位还能独立旋转。移动的生物是伊斯纳－马特尔托族群。伊斯纳是那些不会飞（也几乎没有大脑）

的双足大鸟中负责奔跑的部分，而负责思考的是它们后背上驮着的骑手马特尔托。马特尔托是一种长相幼小、手无缚鸡之力但大脑聪慧的猿猴。伊斯纳和马特尔托的组合经常在下叶旋涡的行星上自然而然地形成。

数千年来，伊斯纳－马特尔托竞赛一直是叠层栖息地中人们生活的一部分，人们在两千米宽的曼陀罗形状的场地里（由不同旋转速度的台阶或者平面组成）进行竞赛，已经成为传统。巨大而缓慢的转弯赛道看起来就像叠层栖息地的外观，要知道，“叠层栖息地”这个名字就是从它的形状而来的。

叠层栖息地是一个阶梯式的居住地。它的九个层面都以相同的速度旋转，不过这意味着叠层的外侧比距中心近的内侧拥有更大的引力。这些叠层本身被分隔成数百千米的片区，里面充满了不同类型的大气，各个片区的气温也不尽相同。此世界中轴一系列交错的锥形合页展现出异常复杂酷炫的镜面力场，提供了精准的时序、衰减、可变波长的太阳光量，模拟出一百种不同智慧生物的一百种不同生活环境。

它所蕴含的多样环境、相互依赖的多种文明，以及它倡导的文化融合是叠层栖息地存在的理由，是该居住区存在了七千年的目的和声誉之基。它最初的建设者也许无人知晓，人们认为这些建造者在建好了叠层栖息地以后很快就隐退了，留下一支由生物化学组织构成的物种——或者说榜样，取决于你如何定义这些生物。它们留在了这里，每个个体都迟钝愚蠢，但集合成整体后又很聪明；它们状似小球，上面长着关节状的细细肢体，个头在半米到两米之间，从来不怀疑自身的生物学属性。嗡嗡机和其他人工智能可以留在叠层栖息地，但都被密切监视着，不论它们走到哪里，它们交流的每一个字符甚至想法都会被监控。当然，这种做法对主脑完全无效，但它们的人形化身可能会招致严密的搜查，细致到近乎骚扰的地步。所以，主脑们很少会自行进入这里，它们往往坚守在外面的码头上，在那里，主脑们备受欢迎，常常被招待得非常周到。归根结底，在叠层居住是一种声明、一种财富、一种象征，因此它所表现出来的小小的歧视性弱点也被大家广泛容忍。

伊斯纳－马特尔托赛道比霍姆达大使所在的地方高一层，比莱弗伊德所住的房子低三个平层。

“莱弗伊德。”副领事说。他是一个体态丰满、长相粗壮的男人，是明显的类别模糊性物种，他的形状有些像人类，但有一个三角形的头，每个角上都有只眼睛。他的皮肤是鲜红的，身上飘逸的长袍似乎有生命，正在逐渐变成暗蓝色。他轻轻转过头，两只眼睛看着莱弗伊德，另外一只眼睛继续盯着比赛。“我昨晚在霍姆达的宴会上见过你吗？我不记得了。”

“短暂地见过一面，”莱弗伊德说，“你和阿什帕奇代表交谈的时候，我朝你挥手打招呼了。”

副领事勒利尤斯笑得喘不过气来。“我那时正忙着拽住那可怜的家伙。他的新制服浮力有点儿问题；人工智能缺席的情况下自动装置还是不太能胜任啊。你知道的，在气态环境中生存的飘浮生物会因为胃胀气难受很久，这很可怕。”

莱弗伊德想起在霍姆达人大使晚宴上的勒利尤斯，他当时好像在和小飞艇的缆绳搏斗。“我想，不会比穿着制服更难受吧。”

“哈，一语中的，”勒利尤斯咯咯地笑起来，点点头，喘着粗气，“需要我再给你点一些点心吗？”

“不用了，谢谢。”

“好的，我已经放弃了庆典中情绪键推荐的食物和饮品，那些只会让我嫉妒。”他摇摇头，“我以为回归原始会更有意思，但我能想到的和庆典精神一致的一切东西都没什么意思。”他说，然后看着赛道上的赛况发出啧啧声。

莱弗伊德发现一组伊斯纳－马特尔托没跳起来，撞倒了后面的跨栏，掉到下面一级石阶上。它们站起来，继续向前跑，但必须非常走运才可能赢。勒利尤斯摇摇头，用宽厚的红色手掌中的红水笔画掉木边蜡纸上的一个数字。

“你赢了？”莱弗伊德问他。

勒利尤斯摇摇头，看起来有点儿悲伤。

莱弗伊德微笑了一下，然后看了一下赛道，以及竞争对手支持的那组伊斯纳－马特尔托。“在我看来，他们不太喜庆，”他说，“我原本期待能有更……呃，喜庆的东西。”他磕磕绊绊地总结道。

“我觉得年度庆典的赛事主办人员和我一样，都不太擅长和人打交道，”勒利尤斯说，“这庆典——庆祝什么？庆祝又老了两天？”

莱弗伊德点点头。

“我都有点儿看不下去了，”勒利尤斯说，用蜡纸水笔挠挠三只耳朵中的一只，“我正想着去度假呢，就赶上这庆典了，我当然要待在这儿。为期一个月刺激而富有突破性的艺术体验和无情的寻欢作乐。”勒利尤斯使劲儿晃晃脑袋。“想得多美啊。”

莱弗伊德用手托起下巴：“你从来就没有真正适应‘啊，算了吧’，是吧，勒利尤斯？”

“我当初加入这里，希望它能让我变得更……”勒利尤斯抬起头来，心事重重地看着他们头顶悬吊在树冠下的广阔观赛席，“……放荡肆意，”他说，然后点点头，“我希望自己更随性一些，所以我加入了思潮协会，希望像你这样善良而天生就会享乐的人能以某种方式感染我，解救我这沉闷、冷漠的灵魂。”他叹了口气。“我仍然生活在希望里。”

莱弗伊德轻轻笑了笑，然后缓慢地环顾四周：“你一个人来的吗，勒利尤斯？”

勒利尤斯想了想说："我猜，我那高效到无与伦比的三号助理去厕所了吧。"他喘息声很重，"我那浪荡儿子估计在琢磨新法子好让我难堪，我的伴侣离我有半个星系远——足够远了——而我现在的情人待在家里，身体有点儿不舒服。或者更准确地说，她不太乐意看'无聊的鸟—猴赛跑'。"他缓缓点头，"我想我可以说自己是一个人来的，为什么要这么问？"

莱弗伊德坐得更近一点儿，胳膊放在旋转座位旁的小桌子上："我昨天晚上看到了一些奇怪的东西。"

"那个有四条胳膊的年轻姑娘？"勒利尤斯问，至少一只眼睛放出了光芒，"我猜她的其他部位会不会也都多了一倍？"

"你这好色的样子可是让我刮目相看，"莱弗伊德说，"如果礼貌地问她，她也许会给你一份录像，证明我们俩的那两部分都是单数的。"

勒利尤斯咯咯地笑起来，用吸管喝烧瓶里的饮料。"那你说的就不是她咯。是什么啊？"

"我们两个单独说？"莱弗伊德小声地问。

勒利尤斯茫然地盯着他看了一会儿："好的，我现在已经把神经蕾丝关掉了。据我所知应该没有其他监视和监听设备了。你看到什么了？"

"我给你看。"莱弗伊德抽出桌子缝隙处的一张餐巾纸，从衬衫口袋里取出他用的终端机，而不是神经蕾丝。他看着仪器上的标记，好像在努力回忆什么，然后耸耸肩说："嗯，终端机，请变成一支钢笔。"

莱弗伊德在餐巾纸上写写画画，画出七个菱形图形，每个图形由八个点或者小圆圈组成。画完后，他把餐巾展示给勒利尤斯看，勒利尤斯认真地研究着，然后同样专注地看着莱弗伊德。

"非常好看，"他喘着气说，"这是什么？"

莱弗伊德笑了。他用手指指着最右侧的符号："首先，这些是伊兰彻的信号，以八为基数，按照这种样式排列。第一个符号是紧急求救标志。按照惯例，其他六个符号可能——几乎可以肯定——是一个地点。"

"真的吗？"勒利尤斯听起来不觉得这件事有多重要，"那这个地点是什么地方？"

"大约距这里 73 光年，在上叶旋涡。"

"哦，"勒利尤斯带着隆隆的声音说，也许这声音意味着他很惊奇，"只用六个符号就能定义出这么精确的位置？"

"是以第二、第五和第六个图符为基础定位的，很简单，"莱弗伊德说，耸耸翅膀，"不过，有趣的是我发现这个信号的地方。"

"嗯？"勒利尤斯说，赛道上发生了一些事情让他一时分心了。他又喝了一杯，然后才将注意力转回身边的人。

"信号出现在一艘进犯者的轻型巡航舰上，"莱弗伊德小声地说，"被烙在飞船船体上。非常浅，也非常轻微，与刀锋呈斜角——"

"刀锋？"勒利尤斯问。

莱弗伊德挥了挥一只手："只是装饰。不过，信号符就在那上面。如果我不是在太空游艇里，离那艘向叠层栖息地靠近的飞船特别近，我也许不会看到。当然了，有种有趣的可能性就是这艘飞船并不知道自己携带着这信息。"

勒利尤斯盯着餐巾纸看了一会儿。他坐了回去。"嗯，"他说，"介意我把神经蕾丝打开吗？"

"不介意，"莱弗伊德说，"我已经知道这艘飞船叫狂暴意图，它并不是按照计划停在第 807B 码头。就算它出了机械故障，我也无法想象和那伤疤有什么直接关联。按照信号所示的地址，求救的伊兰彻飞船位于克罗姆费雷特 1/2 号行星和埃斯佩里之间……更靠近埃斯佩里。那里什么都没有。反正，没有什么人们已知的东西。”

莱弗伊德轻轻敲着他的袖珍终端机，经过一番尝试，上面终于冒出一丝火花，他点燃了写有图符的餐巾纸。他看着火燃尽，正要把灰烬扫进桌子上的垃圾槽里，勒利尤斯突然瘫坐回椅子上，看上去一脸茫然。他伸出一只红色的手，心不在焉地将灰烬盖在手掌之下，然后把纸灰撒到风中，灰烬从旋转座椅边飘走，如同一团虚无缥缈的云彩，飘往下面看台上的座椅和私人包厢。

“据说出现了一些小的传动装置问题，”勒利尤斯说，“那艘进犯者飞船。”他沉默了一会儿，“伊兰彻飞船可能遇到困难了，”他一边说，一边缓缓点头，“有一支八艘飞船组成的舰队，在一百天前离开叠层，去上叶旋涡探查。”

“我记得是有这么一回事。”莱弗伊德说。

“有一些——”勒利尤斯停顿了一下，“——几乎连传言都算不上，只是有些迹象暗示，似乎不是所有飞船都安然顺利。”

“嗯，”莱弗伊德说着将手掌撑在桌子上，从座位上站起身，“也许没什么事，但我想我还是提一下吧。”

“好，”勒利尤斯喘着粗气说，点点头，“我也不确定思潮协会能起什么作用。我们来到这里后，最后一艘飞船也去度假了，那个忘恩负义的家伙。但我们也许可以把这消息卖给主陆。”

“是的，亲爱的古老大陆，”莱弗伊德说。这是“啊，算了吧”思潮协会内部常常用来指代“文明”的说辞。他笑了，“不管怎么样，随便了。”他甩开搭在椅背上的翅膀，站起身。

“你确定不留下来看比赛吗？”勒利尤斯眨着眼睛说，“我们可以用一场比赛来打赌。我敢打赌，你会赢。”

“不了，谢谢。今晚我要去招待一位需要两个位子的女士，我要擦亮我的餐具，把我的羽毛梳理平顺。”

“啊，尽情享受吧。”

“我会的。”

“哦，见鬼。”勒利尤斯哀伤地说，一声巨响从下方传到四周，比赛结束了。

勒利尤斯俯身，又在蜡纸上画掉几个数字。

“别在意，”莱弗伊德说，一边拍着副领事丰满的肩膀，一边走向索缆桥，这架摇晃的缆桥会引领他回到人造巨树的主干上。

“是的，”勒利尤斯叹了口气，看着粘在手上的灰烬，“我相信不久后就会有另一场比赛了。”

III

黑鸟格雷维斯缓缓飞过浩大的奥克托维兰海战的重建场面，它的影子掠过残骸散布的水面、长木船的船帆和甲板、聚集在大船上的大量士兵、拉绳索和帆布的水手、努力操作和发射火箭的箭兵，还有漂浮在水中的尸体。

明紫色的天空中蓝白色太阳投下耀眼的日光。空中残留着原始火箭那纵横交错的烟烬，遭受袭击的战舰和运输船上冒出的浓烟仿佛支撑起了天空。海水是墨蓝色的，波涛起伏，坠落的带羽火箭四处飘荡，在每艘船船头激起白色浪花，船与船之间石油漏出的地方到处是火焰，已经快要烧到船身。

鸟儿飞过海边景色的边缘，那里水面静止如镜，流淌的瀑布也静止下来，没有装饰的通用分隔舱露了出来，就在下面五米的地方，它的表面覆盖着一层废铜烂铁一般的东西——不知什么缘故，这部分海湾的浪潮消失了，但仔细查看能够看出是一些尚在建造的场景，一部分是人，一部分是船。这一未完成的海战布景占据了分隔舱十六平方千米的一小半区域。这本将是睡眠者服务的伟大作品，它的终极招牌。可是现在，布景可能永远也无法完成了。

黑鸟继续飞着，飞过分隔舱表面的几只嗡嗡机，它们正在收拾建造废料，把垃圾收集起来，装入一条非实体传送带上，传送带看起来像由一道纤细的空气暗影构成。黑鸟一直在拍打翅膀。它的目标是折叠通用分隔舱的尽头，在内部和通往星舰尾部的分隔舱中间，靠近原来孤塔所在的位置。糟糕的是，这个地方距离星舰尾部太近了。

它已经在内部空间飞了二十五千米，下面是星舰中心巨大黑暗的内部走廊，它穿过了几扇紧闭着的舱门。这里只有寥寥几盏灯火，散发着昏暗的光，寂静无声，在它轻柔挥动的翅膀下是一千米宽的天空，它的上面和左右两侧也是。

黑鸟四下环顾，看到一大堆阴暗的东西，它感到自己很尊贵。在过去的四十年里，这艘星舰一直不让它进入这些地方，它只能在船体最上面一千米的范围内活动，那里曾是居住舱，保存着大多数存储的人们。格雷维斯的感官超出了普通动物所能感知的上限，它以此去探测舱门，想查明门后都是些什么，如果真的有东西的话。据它所知，数以千计的舱室都是空的。

最后，它来到了通用分隔舱中的工程室，这是星舰分隔舱中最大的一间舱室。这里有九千米深，几乎一万八千米宽，里面充满了噪声、闪烁的灯光和模糊的快速运动，那是星舰正在制造成千上万的新机器去……谁知道是要干什么。

大部分工程室甚至没有空气——这样一来，材料、零件和机器能够移动得更快。格雷维斯正沿着一根透明的穿梭通道朝天花板飞去。它顺着管道飞了九千米，半路上遇到一堵墙，这堵墙隔绝出一片相对宁静——或者至少是静止——的海战布景。它现在已经飞过一半了，只剩下四千米了。它的翅膀肌肉有些酸痛。

它落在一处阳台外的矮墙上，看向通用分隔舱的后面。另一边是三十二立方千米的纯空气——一个空荡荡的通用分隔舱，这里一般是相同规模的通用系统星舰用来建造更小尺寸的通用系统星舰的地方，用来安置前来造访的小型通用系统星舰，营造外星物体的生存环境，就像一个巨大的客房。它转了个方向，看到一些运动场地，或者是被分得更小的存储、建造空间。

格雷维斯回头看了看阳台外面朴素的布景，还是先前的样子，这艘通用系统星舰决定成为怪客之前的样子。这里以前是咖啡馆的一角，可以看到舱内的景色。这里摆着七个人类，他们都背对着空空的分隔舱，面对着一面平静的空无一人的泳池全息图。这几个人类都穿着睡眠制服，围坐在几张摆放着饮料和零食的矮桌旁。他们定格在了大笑、说话、眨眼、挠下巴和喝酒的状态。

明显是某幅名画中的场面。但对格雷维斯来说，这样欣赏不太艺术。你必须从某个正确的角度来观察才对。

它抬起一条腿，然后滑落，掉进通用分隔舱的空中。它在半空中撞到了什么东西，然后在分隔舱的后墙上弹了起来，接着从看不见的墙上弹开，重新找到自己的方向，紧沿着墙，拍打着翅膀飞过，它在半空中扭转了一下身体，又落回阳台的高度，重新落到阳台上。

啊哈，它想。它又冒险调用了本不该有的感官能力。舱里有物体。撞到它的东西不是玻璃，也不是它和分隔舱之间的力场，分隔舱里面有东西，它刚才撞上的，应该是凸起物的力场边缘。在遥远的地方，至少两千米以外，有一个实体。那东西有一定的密度，是固态物质。很可能是某种外来的固体。

好吧，你等着。黑鸟晃了晃身体整理仪态，用喙把羽毛梳理得平顺光滑。然后，它看了看四周，半跳半飞地冲向一个摆着姿势的人。它仔细地研究了每个人，凝视着每一只眼睛，似乎想要在某个人的耳朵里找到一条多汁的寄生虫，它端详起每一根散乱的头发，仔细研究着每个人的鼻孔。

它经常这么做，认真地研究起下一批要离开的人，下一批会转醒然后被带走的人，好像它想从精致的人体造型中学到什么。

它漫不经心、毫无目的地啄了啄某人腋下的汗毛，然后跳开，从附近的桌子和各种角度打量这群人，试图找到正确的视角去观赏。当然，这一布景很快就会消失。事实上，他们都要离开。一大批人会重新醒来，而他们中多数人只会被换到其他地方重新存储。几小时后他们被叫醒的那一刻，他们会发现自己在另一地方醒来。想来，这会很有趣。

最后，黑鸟摇摇头，伸展翅膀，然后跳过全息图，钻进空无一人的咖啡馆，准备回到女主人身边。

过了一会儿，人形化身阿莫菲亚从全息图的另一边走出来，回头看了一眼鸟儿从全息投影上跳过的地方，它走到定格的人群中，在那个被格雷维斯啄过腋下的人前面蹲下。

IV

怪客稍后射杀他们［窄束信号，M32，接收时间 n4.28. 864. 0001］：是我。

通用系统星舰翘首期待新情人到来［窄束信号，M32，接收时间 n4.28.864.1971］：什么？

怪客稍后射杀他们：我是“啊，算了吧”思潮协会向特情局传递信息的中间人。协会成员在叠层栖息地看到进犯者的轻型巡航舰路过该地，该巡航舰舰体烙有一组以伊兰彻编码方式记录的位置信息。协会将这一情报告诉了我，我又转发给我的常用联络人别样的黝黑和钢铁闪耀。我猜这条情报最终被转给了通用系统星舰伦理斜度，也就是发现超体异象的那艘通用星际飞船顺应变化的命运的母舰。从某种程度上来说，这都是我的错。我道歉。我曾希望永远不需要做出这种忏悔，但思来想去，我得出的结论是——我别无选择，就像最初把烙在船体上的信号信息转发出去一样，我没有选择的余地。你猜到真相了吗？你还相信我吗？

通用系统星舰翘首期待新情人到来：我考虑过，但我没有办法翻查思潮协会的信息记录，也不想直接去问组内其他成员。无论你说什么，我都相信你。为什么现在告诉我这些？

怪客稍后射杀他们：我想保住彼此之间的信任。你还发现了什么吗？

通用系统星舰翘首期待新情人到来：是的。我认为此事与一个男人有关，此人名叫吉纳－霍夫恩，曾作为星际事务部的代表走访蕨草刀锋星区一个名叫“上帝之穴”的进犯者居住区。就在超体异象被发现的第二天，他离开了那里，特情局雇了三艘进犯者战舰将此人带回叠层栖息地，他们将在十四天后达到。附上他的履历。你发现其中的联系没？又是那艘飞船。

怪客稍后射杀他们：你认为事态已经超出了我们的预期？

通用系统星舰翘首期待新情人到来：是的，还有灰色地带。

怪客稍后射杀他们：从时间上看不太可能。就算灰色地带真的可以拼尽全力赶到叠层栖息地，那么它会在这个人类到达之后……大概 3 天抵达？不过，这样我们的另一个担忧对象依然会在两个月或更长的时间内失联。

通用系统星舰翘首期待新情人到来：我知道。我仍然觉得有什么阴谋正在酝酿，我发动了所有调查渠道去追踪此事，也会对吉纳－霍夫恩最有可能知情的故交展开进一步调查，不过进展非常缓慢。感谢你的坦诚，继续保持联络。

怪客稍后射杀他们：不客气，有事就联系我。

从怪客稍后射杀他们［高加密窄束信号，M32，接收时间

n4.28.865.2203]：我受够了等待，主动联系了它，附上信号文件。

有限系统星舰只接收重要致电者[高加密窄束信号，M32，接收时间 n4.28.865.2690]：它说“无论你说什么，我都相信你”，哈哈！

有限系统星舰只接收重要致电者：我认为你做得对。

有限系统星舰只接收重要致电者：无所谓了，做都做了。对了，你派去皮特恩斯的那艘飞船怎么样了？

从怪客稍后射杀他们：已经赶往那里。

有限系统星舰只接收重要致电者：为什么是皮特恩斯？

怪客稍后射杀他们：不是很明显吗？好吧，也许翘首期待新情人到来的妄想症会传染。不管怎样，皮特恩斯可能藏着秘密，让我说说我的观点。皮特恩斯是真正意义上的武器聚宝盆，就连单单为了保护主武器库——也就是战斗飞船——的防御性武器就意味着巨大的毁灭性力量。当然，虽然皮特恩斯离超体异象很远，但它在进犯者感兴趣的范围内。现在，虽然皮特恩斯还没有引起进犯者的关注，即使被标记出了位置，进犯者可能也不会产生兴趣（当然，它无论如何都能很好地自我保护），而且它也不属于钢铁闪耀召集的武装力量，但无可否认，皮特恩斯拥有重要的战略价值。我开始想，到底从什么时候开始，“文明”对进犯者有如此重的戒备心了？什么时候皮特恩斯被选为飞船存储仓库了？然后我发现，大约是同一时间，真的。艾迪兰战争末期，经过长期的争论后皮特恩斯才被选中。星际间到处都飘荡着这样的残星，皮特恩斯这样的地方有千千万万，然而它被选为十一个存储地之一：这块巨型岩星将在未来五六百年内——取决于进犯者扩大势力范围的速度——飘进进犯者的生存空间，而且在可以预见的未来，它也终将落入进犯者的势力范围，考虑到进犯者会以令人惊讶的侵略速度，那么拓展到这么一块以光速百分之一的速度缓慢漂移的岩星上也只是早晚的事。这样一个武器聚宝盆紧挨着进犯者的领地，这可真是太巧了！

怪客稍后射杀他们：所以，这件事从头到尾会不会是一场精心设计的局？

怪客稍后射杀他们：想想看，这不正是会让我们引以为傲的事情吗？如此未雨绸缪，如此耐心地以旁观者的立场观看这场漫长的游戏，就算这个“巧合”被揭露出来，肇事者依然可以以相当无辜的姿态脱罪。我想，如果我参与了这样深谋远虑的计划，我会很高兴的。最后，参与皮特恩斯选址的主脑委员会成员有哀特拉、别样的黝黑、非此处发明。这些名字都很耳熟，你不觉得吗？

怪客稍后射杀他们：综上所述，即使知道行不通，我仍然觉得如果不派一艘富有同情心而且心思敏锐的飞船前往岩星是不负责任的。

有限系统星舰只接收重要致电者：哦，我明白了。

怪客稍后射杀他们：那么，你那边进展如何？

有限系统星舰只接收重要致电者：我最初的想法是在叠层栖息地找到一个能胜任的人，然而这个想法太过天真，不太奏效。叠层有太多星际事务部和特情局的人，我想没有人愿意冒这个险。不过，我得到一位老盟友的临时支持，如果有什么难事，它可以帮助我们。它距离叠层有一个月的行程，超体异象的位置超过了它能到达的范围，但它可以调用一些战舰作助手。一些战舰被召集离开了，但还有一些能为我们所用。不是作为战舰而用，这个我得补充一句，而且不会与其他“文明”舰船作战。可以把它们理解为运载工具，如果将来我们发现了什么漏洞的话。这个叫吉纳－霍夫恩的人——如果我不必惹恼我们共同关心的那位朋友，我会着手调查这个男人。

有限系统星舰只接收重要致电者：进犯者才是我最担心的。他们如此好战，富有攻击性，又野心勃勃！尽管我们经常反感他们施加于其他种族的影响，但我想许多人对进犯者怀有一种敬佩之情，特别是他们明显不受道德良知的约束。进犯者的威胁显而易见，却应对起来却十分棘手。我想象不出，至真至善的主脑们处理这样危险的敌对势力时，会想出什么让自己问心无愧的可怕计划。

有限系统星舰只接收重要致电者：同样，超体异象也许提供了一个千载难逢的机会，进犯者不过是一种想要施展疯狂野心的生物，而现在恰好是他们快速发展的阶段，虽然这种扩张野心很可能会以失败而告终，但相较于风险，他们可能会更看重成功之后的丰厚回报。谁又能说他们的取舍就是错的呢？

怪客稍后射杀他们：听着，该死的异象到现在为止还什么任何行动。所有烦心事都是每个人对它的反应而引起的。如果最后证明它只是某种虚影，只是神明开的一个玩笑，那么我们会显得非常愚蠢。实话实说，我已经不耐烦了。顺应变化的命运待在一旁傻兮兮地盯着超体异象，偶尔汇报一些无关痛痒的信息，各种低级别的相关实体都在自吹自擂，准备赶到最近的地点看好戏，隐隐约约地希望如果有什么行动自己能捡个漏。而我们所有人只能干坐在这里，等着秘密武器出现。真希望发生点儿什么！

V

“旅途愉快，吉纳－霍夫恩，”五潮大声说。他们击掌，男人用一条腿抵着地面，同时，盖尔菲尔德制服吸收了击掌带来的冲击力，所以他才没有摔倒。他们身处第八叠层实体控制室，这里是进犯者的地界，他周围全都是进犯者、他们的仆从嗡嗡机和其他机器人，还有一些能在进犯者的生存条件下存活的物种，以及很多叠层联络机像黑色的带刺小球一样飘浮在周围，所有东西来来往往，离开或者踏上自动扶道、旋转汽车、电梯和内部运送车厢。

“不留下来休息一会儿，找点儿乐子？”吉纳－霍夫恩问进犯者军官。叠层栖息地一向是进犯者绝妙的游猎地带。

“哈哈！也许吧，回去的时候再一起玩，”五潮说，“我还得执行任务。”他咯咯笑着。

吉纳－霍夫恩觉得自己好像错过了什么笑话。他有点儿奇怪，不知道哪里好笑，然后耸耸肩，也笑了起来。“好吧，当然了，只能等我回到‘上帝之穴’的时候再见啦。”

“没错！”五潮说，“你尽情玩吧，人类！”五潮拿走了他的触腕，转身回到战舰*亲吻刀锋*上。吉纳－霍夫恩看着他离开，然后看到穿梭通道的门关闭，始终皱着眉。

“你在担心什么？”制服问。

男人摇摇头。

“啊，没什么。”

他弯下腰，拎起行李。

“是人类男性拜尔·吉纳－霍夫恩和盖尔菲尔德制服吗？”一只联络机飘浮到他身边。吉纳－霍夫恩想，它看起来真像一个瞬间被冻住了的黑色墨水球。

他微微俯身：“正是。”

“我来护送你前往实体控制室的人类区域，请跟我来。”

“好的。”

他们找到一辆旋转车——与其说是车，不如说是一个平台，只不过加了座椅、护杆和安全带。吉纳－霍夫恩跳了上去，然后联络机也跟了上来，车子平稳地加速，进入一条透明隧道，这条隧道围绕在叠层栖息地外围实体建筑的下方。他们顺着旋转方向行驶，所以当车加速时似乎有些失重。车上方有一处力场闪闪发光，那力场似乎是被铸在隧道弯曲的顶面上的。燃气嘶嘶作响。他们来到另一艘进犯者战舰下方，那战舰通体暗黑，插满刀锋。他盯着飞船，目送飞船离开居住区，庞大的身影悄无声息地飞往太空和盘旋的星球。另一艘飞船——一艘又一艘飞船跟随在它后面。它们都消失了。

“第四艘飞船是什么？”

男人问。

“陨星级的狂暴意图。”

制服说。

“嗯。好奇它们这是要去哪儿。”

制服没有回答。

车里开始起雾。吉纳－霍夫恩听到周围传来“嘶嘶”声，气温开始升高，被力场包围的车开始从进犯者空气转变为人类空气。车向上猛冲，重力减轻了一些，过去两年间习惯了进犯者重力的吉纳－霍夫恩，觉得自己轻得好像在飘浮。

“我们还要多久才能和绞肉机会合？”

他问。

“还有三天。”制服告诉他。

“当然，他们不会让你进入的，对吧？”

男人说，他好像第一次意识到这点。

“不会的。”

“那么我出去玩的时候，你做什么？”

“和你一样，我已经被问过这个问题了，并且和来访的星际事务部飞船上的医疗嗡嗡机约好了。你跑出去玩的时候，我会成为它的爱之仆从。”

这回轮到吉纳－霍夫恩说不出话来了。他发觉嗡嗡机的性爱——即使只是思想层面的，不涉及身体接触——完全怪诞离奇！好吧，各有所需，他想。

“吉纳－霍夫恩先生，是吗？”一位长得动人心魄、让人心醉的漂亮女人说，她是实体控制区接待员，一名人类。她个子高挑，身材匀称，一头红色长发，发型是密实的卷发，眼睛呈亮绿色，呈现出恰到好处的自然美。她宽松朴素的短袖工作服之下，是紧实光滑的肌肉和棕褐色皮肤。“欢迎来到叠层，我是弗里奥芙·舒恩。”她伸出一只手，用力地握了握他的手。

终于啊，皮肤摸着皮肤，不用隔着制服，感觉真棒。他穿着半正式的衣裤——宽松的马裤和长衬衫，享受着光滑皮肤带来的丰富的触感。

“星际事务部派我来照顾您，”弗里奥芙·舒恩带着一丝歉意说，“我相信您不需要，但如果有需要，我随时恭候您的差遣。我，啊……希望您不要介意。”她的声音……她的声音真的能让人陶醉。

他咧开嘴，露出大大的微笑，然后鞠了一躬：“我怎么能拒绝呢？”

她一边笑着，一边用手遮住嘴——当然了，还有她那完美的洁白牙齿。“您真和善。”她伸出手来，“我帮您拿包吧？”

“不用，我拿着挺好。”

她耸起肩膀，又落下。“那好，”她说，“您错过了庆典，当然，我们这一帮人也错过了，所以我们决定接下来的几天举办一场我们自己的庆典。坦白说，我们已经动用了所有能出力的来帮忙。可我能向您保证的，只有豪华的住宿环境、良好的陪伴和能使您忘记原则的美味食物，如果您愿意接受这样寒酸的接待，我向您保证，我们以后会尽力补偿。”她弯起眉毛，诱人的小口做出噘嘴的动作，假装流露出惋惜的表情。

他让她保持那表情一会儿，然后轻轻拍了拍她的手臂。“不必麻烦，谢谢你。”他真诚地说。

她立刻露出了伤心的表情。“哦……您确定吗？”她的声音极细，脆弱又温柔。

“是的。我有自己的安排，”他说，流露出诚恳但坚定的遗憾表情，“但如果有什么能够诱惑我放下工作的，那一定是你。”他朝她眨了眨眼。“你的好意让我受宠若惊，请转告特情局，我很感激他们费力安排的一切，但这是我仅有的几天能放松的机会，你知道吗？”他大笑起来，“别担心，我会玩上几天，然后等飞船到了，我就会整装出发。”他从口袋里掏出一根小巧的笔形终端机，在她面前晃了晃。“我会随身带着终端机，我保证。”他又把终端机放回到口袋里。

她聚精会神地盯着他的眼睛，注视了一会儿，然后垂下视线，低头耸了耸肩。她回头看去，表情带着讽刺。她说话的声音也变了，变得更深沉，更精明，满满的愧疚。“好吧，”她叹了口气，“我希望您玩得愉快，拜尔先生。”她笑了笑，“只要您愿意重新考虑，我们还是会愿意供您差遣的。”她勉强地一笑。“我和我的同事祝您一切顺利。”她偷偷地望了一圈忙碌的大厅，轻咬下唇，微微皱眉。“您想喝点儿什么吗？”她说，口气中满是哀怨。

他笑了，摇摇头，然后鞠了一躬，退后一步，把袋子背到肩膀上。

吉纳－霍夫恩是在叠层栖息地的庆典结束后到这里的。到达这里时，此地有一种秋高气爽的感觉，夹杂着盛夏的慵懒气息；人们在打扫卫生，从庆典中冷静下来，恢复正常的生活秩序，大都表现得很守规矩。他提前发过信号，成功地定下了一个表演剧团，还预定了第三叠层最好的酒店中一间观景花园顶层的套房。

总之，放弃眼前的尤物他并不后悔，太明显了，她完全是他心目中完美女人的模样，但太过理想化就显得刻意了（好吧，也不是。当你真正想要体验一点儿不同的刺激，有别于“文明”的危险时，你几乎可以肯定，被派到你身边照顾你、保护你、让你开心的完美情人正是特情局的特工变的；他的完美伴侣长得和弗里奥芙·舒恩如出一辙。但她也可能不是特情局的，不是星际事务部的，甚至不是“文明”居民。那种寻求怪异、寻求冷漠、寻求陌生的姿态是他们大概永远不会理解的）。

他静静地躺在床上，心情舒畅，筋疲力尽，肌肉时不时奇怪地抽动几下。他四周没有脉冲频率干扰，此刻盯着面前挂在那棵树上的屏幕上的叠层新闻频道（倾向于“文明”的价值传统），他的脑袋在腺素的刺激下嗡嗡作响。小耳塞式耳机发出声音。

新闻仍然聚焦于布利丁格－德鲁格传奇。接着出现了“文明”的舰队组合有所增加的专题。舰队组合是当两艘或者更多飞船的主脑厌倦了独自一艘、只依靠交换信息而联络时做出的选择；飞船们聚集到一起，紧挨着彼此，这样它们更容易沟通。操作起来效率并不高。有些古老的主脑担心这种形式代表它们新生的同伴正在变软弱，它们希望未来建造的主脑能有所改变，放弃这种软弱、过度亲密的颓废设定。

本地新闻：有一则追踪报道表示，庆典第三天在 807B 号码头发生的神秘爆炸事件仍然是个谜；进犯者的巡航舰狂暴意图被一场小型的纯能量爆炸装置轻微烧掉了一层外壳。有人怀疑这是一次过火的恶作剧。

还有一条新闻不算是本地新闻：大家还在就建立一块以千年为计的反旋向腹地进行讨论。腹地是指慢速空间，非特别紧急情况外，腹地禁止超光速飞行，那里的生存节奏通常比“文明”的其他地方要慢。吉纳－霍夫恩摇了摇头。自命不凡的乡巴佬。

切换到星际内新闻：备用飞船距离埃斯佩里旁异常的未知天体只有一天的行程。探测型通用星际飞船仍然在报告，称那个未知天体没有任何变化。不顾星际事务部的要求，其他星际社会的飞船已经或者正在赶往那片星域，然而叠层栖息地放弃派遣飞船。令大多数观察员感到意外的是，进犯者竟然批评了那些多管闲事的人，出乎意料地远离这一未知天体，不过未经证实的报告称，进犯者在上叶旋涡地带的活动踪迹有所增加，就在今天，四艘——

“关闭。”吉纳－霍夫恩平静地说，屏幕适时地熄灭。性爱剧团成员之一在他身边动了一下。他看着她。

这个女孩的脸，正是那艘好飞船问题儿童的船长兹莱恩·特拉莫的。她的身体与原来的不同，根据吉纳－霍夫恩的口味改变了一点儿，但只有一点儿。有两名女子长得像兹莱恩一样，另外三名女子长得就像名人——一位像女演员，一位像音乐家，一位像行为艺术家。兹莱恩、恩霍芙、希佩尔、派伊和吉丁莉。她们都非常迷人，也都是替身，但吉纳－霍夫恩觉得，你需要理解那些为了别人的想法而改变自己外观和行为的人，他们为了迎合不同人的口味每隔几天就得调整——虽然目的并不总是性爱。可是，或许他还有点儿死脑筋。也许这些人只是无聊，或许他们只是比其他人更热衷于多样化。

不管大家的动机是什么，在美餐、派对和欢愉过后，五个人都礼貌地在反重力床上睡着了。模范情侣加基克和勒勒瑞尔也睡着了，两人抱在一起，躺在像地毯一样的草坪上，草坪位于床台和小溪当中，小溪流淌在叮咚作响的瀑布和池塘之间。激情褪去，吉纳－霍夫恩也感觉到些许困意，但他决心在整个假期中都保持清醒，他通过让腺体释放更多的肾上腺素，一扫睡意。连续三天不眠不休让他需要大量的睡眠，但在灰色地带／绞肉机上会有七天时间供他恢复精力。肾上腺素在他体内游走，他头脑清醒，身体也摆脱了疲劳。渐渐地，一种休息后放松的平和感涌了上来。

他将双臂垫在脖子下面，愉快地向上望去，越过几片参天大树的枝叶，望向白云朵朵的蓝天。这个动作，在叠层栖息地的标准重力下，带给他一种完全良好、轻松、纯粹的享受。进犯者的标准重力比“文明”中人类普通生活区的重力要多两倍有余，他觉得自己的身体能够又好又快地适应“上帝之穴”的重力是一个好迹象，说明他身体很好。他很快意识到，自己再也不必在意之前每天都感到的沉重。

他忽然想到一个主意。他很快闭上眼睛，迅速进入一般“文明”成年人常采用的半恍惚状态，当可能被别人打扰的时候，他们会用这种方式检查自己的身体指征。他在身体里的各种图像中翻找，直到看见自己站在一个小球上。球体被设定为一个标准重力。他的潜意识记录了他已经在一个重力在稳定降低的力场之中待了好几个小时，并且已经重新做出了调整。如果任由身体自己做主，他将失去骨骼和肌肉的质量，血管壁变薄，进行其他数以百计的微小改变，以适应他的骨骼、组织和器官，以减轻体重骤降的严重影响。好在潜意识只是在做自己的工作，并不知道再过一个月左右他还是要回到进犯者的重力之下。他扩大了自己所站球体的尺寸，这样回到两倍重力——当他回到“上帝之穴”时，身体就能够自己调整好。好了，应该可以了。他快速扫了一眼他的内心状态，并不是有什么不对劲的地方需要留意，因为警告标识不用特意看就会自动显示出来。果然，一切都还好。疲劳得到了缓解，他留意到肾上腺素、血糖恢复到了正常水平，激素大致回到最佳水平。

他从半恍惚中走了出去，睁开眼睛，视线扫到床边那刷有油漆的雕刻木桩上放着的笔形终端机。到现在为止，他主要是用它来查看星际事务部是否发来了信息，确认他们对这一到目前为止还算令人愉快的任务有何安排。如果终端机收到或者存储一条发给他的消息，它应该发出闪烁的灯光。他还在等待通用系统星舰非此处发明的消息，它是整起超体异象事件的协调方。终端机仍在他刚刚放下的地方。没有新消息。哦，好吧。

他把目光移开，看了一会儿天空中的云彩，想知道如果把它们关掉会是什么样子。

“天空，关闭。”他压低声音说。

虚拟天空消失了，上方露出顶楼套房真正的天花板。天花板光滑的黑色表面嵌置了无数投影仪、灯和各种各样的凹槽和凸起。柔和的动物鸣叫声渐渐隐去。观景酒店中，每间顶楼套房都占据最顶层的一角，每层楼都有四间可以观景的房间，唯一一层没有观景套房的房间是在最高的一层，这样，住在低层的人们就不会觉得自己错过了真正的天空景色。最顶层的那间房只收纳酒店的机器和设备。吉纳－霍夫恩的房间被称为雨林套房，尽管这里完全是他听说过的修建最整齐、无蚊虫、温度和湿度可控、最具有人文特色的雨林。

“打开夜空。”他轻声说。光滑的黑色天花板被星星点点的夜空代替。一些动物的声音开始出现，听起来和白天听到的声音有些不一样。它们是真正的动物，而不是录音；时不时会有一只鸟儿飞过床上的半空，一条鱼在泳池里游过，激起水花；一只叽叽喳喳的猿猴在丛林的树枝间摇摆；又或是一只闪闪发光的巨大昆虫扇着翅膀从空中掠过。

所有一切都极具美感和品位，当吉纳－霍夫恩特意换上最好的服装进城寻欢时，他已经开始期待夜晚了。这个城是夜之城，几乎是最下方的一层，传统上来说，叠层任何可以呼吸氮气—氧气组合空气、可承受一个标准重力的生物——同样热衷于各式各样的消遣和刺激性娱乐的生物，都会聚集在这里。

短暂的假期开始时，在夜之城里待一夜，正是疯狂欢乐之旅的第一步。提前打电话预约，然后订一个极其昂贵的性爱剧团来演绎他的所有性幻想是一件重要的事——他郑重地告诉自己，毋庸置疑，这是一件无比美妙和深切满足的事情——但他还强烈地想要一次偶然邂逅，对方是自由、独立的灵魂，有着自己的欲望和需求，也有自己的保守和要求；而且，这种邂逅全凭运气和双方的交流。或许最后什么也没发生，被拒绝了，没有给对方留下好印象或者联系方式，对方希望自己去探求情爱而不是被别人需要。但这是更有意义的事，是值得冒着被拒的风险而进行的求爱事业。

他分泌“改变”腺素。应该做点儿什么。

几秒钟后，怀着对爱的积极心态和想要做点儿什么的期待，他跳下床，笑了起来，然后对剧团一位说着梦话的漂亮演员道了一声歉。

他跳到温暖的瀑布下边，站在水中。他一边洗澡，一边吩咐坐在树下穿着整洁小背心的小动物，这是一只长着蓝色皮毛、看上去很聪明的小生灵。他告诉它今晚他想穿什么样的衣服。它点点头，然后从树枝间晃悠着走开。

VI

“没什么好担心的，格斯特拉。”当他路过气闸门外门厅里那套笨重的制服时，嗡嗡机这么对他说道。格斯特拉·伊什梅斯特倚在嗡嗡机为他展开的力场上。他顺着走廊向下看，一直到住宿区域的主要部分，还没有任何人的身影，“飞船已经启用新的密码体系，也升级了安全防护程序，”嗡嗡机说，“这些确实几年都不会改变一次，但在周围区域有了不寻常的活动迹象——没有什么威胁性，但总是小心为上——所以，它现在要移开一些东西，然后开始升级，事不宜迟。”嗡嗡机将男人的制服挂到气闸门的附近，制服表面闪耀着冰霜。

格斯特拉搓着手，接过嗡嗡机递给他的裤子和外套。他不停地看向走廊。

“这艘护卫飞船已经经过必要的外部审查的检查和认证，”嗡嗡机告诉他，“所以，放心交给飞船就好，你明白吗？”嗡嗡机帮他扣好衣服上的扣子，抚平他稀疏的金色头发，“飞船要求船员们进入舱内。只是好奇，真的。”

格斯特拉盯着嗡嗡机，神情明显有些忧虑，但嗡嗡机一直用玫瑰色的光晕拍着他的肩膀说：“会没事的，格斯特拉。我想，同意他们的要求才是礼貌的，但如果你不愿意的话，你可以避开他们。先和他们说声‘你好’也许会让所有事情都顺顺利利，但这并不是强制性的。”主脑让嗡嗡机对男人进行了检查，查看了他的呼吸、心率、瞳孔扩张、皮肤反应、外激素的释放和脑电波。“我知道这感觉不好受，”它安慰地说，“我会告诉他们你发誓要保持沉默，这样可以吗？你可以正式地与他们点头打招呼，或者别的什么，我来说话。这样好吗？”

格斯特拉喘了一大口气，说：“好——好——好！行，”他用力点了点头，“那——那就——好。谢——谢你！”

“不客气，”嗡嗡机说，飘浮在男人身边，沿着走廊一起朝主接待区走去，“他们几分钟后会传送过来。就像我说的，你只需要向他们点头就好，话由我来说。你如果愿意的话，我会为你找个借口，你就可以去找你的制服了；我相信他们不会介意由嗡嗡机带路，在这里观光。同时，我会收到新的密码和程序。有很多交叉检查要做，也有很多记事簿要填写，不过应该只需要一个小时左右。我们不会给他们提供便饭的。如果运气好的话，他们会接受我们的暗示，然后离开，和平地留下我们，嗯？”

过了一会儿，格斯特拉重重地点了一下头。嗡嗡机在男人身边的半空中旋转，让他意识到它正在看着他。“我说的这些你能接受吗？我的意思是，我的确可以把他们都支开，告诉他们这里不欢迎他们，但那会非常粗鲁无礼，你不觉得吗？”

“是，是的，”格斯特拉说，皱着眉头，显然非常犹豫，“粗鲁无礼。可能会吧。粗鲁无礼。不能粗鲁无礼。也许他们是大老远来的，你觉得呢？”他嘴角闪现一抹紧张的微笑，就像狂风中的一朵小小火苗。

“我想这点我们可以非常肯定。”嗡嗡机笑着说。它用光晕轻轻地拍了拍他的后背。

当走进住宿单元的主接待区时，格斯特拉笑得更自信了一些。

接待区是一间宽敞的圆形房间，里面布置了很多沙发和椅子。格斯特拉通常不会注意到这里。这间屋子不过是他往返于通往战舰机库的气密舱必经的一片开阔空间而已。现在，他看到的每一个丰盈舒适的座椅和沙发都令他害怕，仿佛它们代表着某种威胁。他又感到紧张。当嗡嗡机停在沙发旁示意他可以坐下，他用手搓了搓额头。

“我们看看吧，好吗？”当格斯特拉坐好以后，嗡嗡机说。房间另一侧半空中出现一面屏幕，开始是一个亮点，很快扩大成一条八米长的线，接着，直线渐渐展开，填满了地板和天花板之间高四米的空间。

黑暗，几个亮点。太空。格斯特拉忽然意识到自己很久没有看到这样的景象了。接着，一个长长的深灰色阴影斜入画面中，光滑，对称，两个端，让格斯特拉想起了飞船起锚机的轮轴和轮毂。

“杀手级次级战斗飞船态度改变者。”嗡嗡机严肃地说，是那种让人听着就烦的腔调。

格斯特拉点点头。“它——”他说，然后清了清喉咙，“它的外壳上面没——没有——图案。”

“没错。”嗡嗡机说。

飞船停了下来，几乎占满了屏幕。星辰在它后面慢慢地转动。

“好吧，我——”嗡嗡机说着，忽然停住。房间另一侧的屏幕忽然闪了闪。

嗡嗡机的光晕突然消失了。它从半空中掉下来，摔到格斯特拉身边的座位上，弹了一下，然后重重地摔到地面，没有一丝活着的气息。

格斯特拉盯着它。它发出最后一句像叹息的话：“……逃……吧……”然后，灯光暗下去，格斯特拉周围传来嗡嗡声，一缕细烟从嗡嗡机的外壳顶部飘出来。

格斯特拉从座位上跳起，疯狂地四处张望，然后跳到座位上，蹲在那里眼巴巴地瞅着嗡嗡机。那缕细烟正在消散。嗡嗡声逐渐消失。格斯特拉蹲下，双臂抱着膝盖，四处张望。嗡嗡声停止，屏幕塌陷成一条线，但还挂在半空中，然后缩成一个点，闪一下后便不见了。过了一会儿，格斯特拉伸出一只手，用另一只手戳戳嗡嗡机的外壳。它摸上去很温暖、很坚实。它一动也不动了。

一连串沉重的轰鸣从屋子的另一端传来，空气都震动起来。就在刚刚悬挂着屏幕的半空中，四个镜面小球忽然出现，迅速膨胀，几乎一瞬间就膨胀到直径三米多，悬在地面上方。格斯特拉从座位上跳下来往后退，远离那些球。他搓着手，回头看了看通往气密舱的走廊。镜面球体像爆炸的气球一样消失了，只露出了更小的微缩太空飞船一般的东西。

其中一艘小飞船冲向格斯特拉，他吓得转身就跑。

他在走廊里拼命地跑，拼尽所有力气，他双手甩动，眼睛睁得大大的，面庞也因为恐惧而扭曲。

有什么东西从他身后冲过来，把他直接撞翻，他摔倒在铺着地毯的地面上。好不容易停住，脸被地毯擦伤了，有些疼。他抬头向上看，心脏在胸腔里剧烈地抽动，全身都不自觉地战栗。两艘微型飞船跟着他闯进走廊，每艘飞船都飘在几米远的地方，身边两侧各有一艘。空气中弥漫着奇怪的味道。飞船的很多部位都结了一层冰霜。最近的那艘飞船伸出一个软管一样的东西，勒住他的脖子。格斯特拉蹲下来，蜷缩着，侧卧在地毯上，他把脸埋在膝盖里，胳膊抱紧了小腿。

有什么东西杵到了他的肩膀和臀部。他听到两台机器发出了低沉声音。他呜咽着。

然后，有什么坚硬的东西猛地砸到他身上。随着“咔嚓”一声，胳膊传来一阵剧痛。他尖叫着，想把脸继续埋在膝盖里。他感觉器官不受控制，一股暖流淹没了他的裤子。他想到脑袋里有东西可以消除手臂上的疼痛，但没有什么能消除这种羞耻又尴尬的温热液体。他的眼里充满泪水。

又一声“咔”，然后一阵“嗖嗖”的声音传来，微风拂过他的脸庞和手。过了一会儿，他抬起头来，发现那两艘飞船已经飞到气闸门附近了。接待区有些动静，接着，又有一艘飞船来到走廊，它接近他的时候慢了下来。他又埋下脑袋。又是“嗖嗖”声和微风。

他再次抬起头。三艘飞船在气闸门附近徘徊移动。格斯特拉吸回了鼻涕和眼泪。三艘飞船从气闸门处后退了一点儿，然后停在地上。格斯特拉等着看接下来会发生什么。

一道闪光过后，发生了一场爆炸。气闸门在一阵浓烟中被炸开，走廊被轰开，门向后倒塌，似乎整场爆炸都被吸回了门所在的地方。门不见了，只留下一个大黑洞。

一阵风吹得格斯特拉喘不过气来，轻风变成了狂风，狂风转为风暴，从他身边狂啸而过，将他的身体从地面猛拽起来。他惊恐地叫喊，试图用一只胳膊抓住被扬起的地毯，他在狂风呼啸中沿着走廊滑下来，手指紧紧地抓着地毯。他的指甲抠进地毯里，摸到了标签，又用手指紧紧抠住标签，把自己拉住了。

他听到“砰”的一声，然后抬起头，气喘吁吁地看向接待区，眼泪止不住地从眼眶滑落，脸被狂风不停地抽打。有什么东西在动，在圆形休息区开着灯的门口晃来晃去。他看到一个形状模糊的圆形沙发被呼啸的气流裹挟着从二十米外的地方朝他袭来。他听到自己哀号了两声。沙发“砰”的一声撞到十米外的地面，不停地翻滚。

他以为它不会撞到自己，但沙发的一角撞到了他晃在半空的脚上，把他给拽了出去；狂风卷起他的身体，他尖叫着摔落到那三艘监视着他的飞船旁边。他的一条腿撞到气闸门裂口锋利的锯齿状边缘，膝盖顿时被撕裂。他又被吹到外面的巨大空间，尖叫一声，吐出一口气，然后，迎接他的是机库的真空。

他被吹到五十米之外，在机库冰冷坚硬的地面上停下来，鲜血淋漓，伤口结上冰霜。寒冷和寂静渐渐逼近，他感觉肺部在塌陷，喉咙里有东西在冒泡；头很痛，脑浆好像要从鼻子、眼睛和耳朵里迸出来似的；他的每一处组织和骨头似乎都在一瞬间疼得让人绝望，接着，全身都麻木了。

他望着覆盖四周的黑暗，抬眼看了看那些高耸的带着奇特图案的飞船。

接着，他眼睛上结出冰晶，视野变得破碎，他看到的景象都像是透过棱镜一样分散叠加，然后，视野变暗，最后，彻底黑暗。他很想吼出来，但喉咙里堵着一股可怕的呛人寒气。刹那间，他一动也动不了，僵在广阔空间中的地面，带着恐惧和困惑，永远不能再动一下。

寒冷杀死了他。最后，他的大脑逐层死去，先是较高的功能，接着是较低的哺乳动物大脑，最后是原始的、接近爬行动物的大脑核心。他最后的想法是，他或许再也看不到他的帆船模型了，也不会知道这些躺在冰冷而黑暗的大厅里的战舰为什么会涂上这种图案了。

胜利！远望部族的司令官升月・干季四世推动制服，从破损气闸门飘过来，进入机库。飞船就在这里。恶棍级战舰。他的目光扫过一排排队列。有六十四艘。他个人认为，这可能是“文明”的一个骗局，又一次把戏。

在他身边，他的武器军官正操控着制服掠过地面——越过人类的尸体——来到最近一艘战舰面前。另外一个穿着制服的人是进犯者司令官的私人警卫，他飘浮在半空中，警惕地观察周围。

“如果你能再等一分钟，”“文明”的一艘飞船透过制服的通信器疲惫地说，“我可以为你打开气闸门。”

“我相信你会的，”司令官说，“你控制住主脑了吗？”

“完全控制了。是个天真得令人感动的家伙。”

“战舰们呢？”

“静止、不会被打扰、保持沉睡。它们会相信别人告诉它们的一切。”

“很好，”司令官说，“唤醒它们吧。”

“已经在进行了。”

“这里没有其他人，”他的私人警卫用通信器说。当他们走过气闸门的时候，警卫已经进入了人类居住区。

“有什么有意思的吗？”司令官问，武器军官走向最近的那艘战舰。他努力不让自己的声音透露出激动的情绪。他们赢了！得到了这么多战舰！他不得不使劲刹住制服，才没有兴奋得撞上武器军官。

在破碎的房间里——这里曾是那个人类生活的地方——警卫军官在真空中旋转了一圈，观察着旋风扫过留下的破败景象。人类用的被子、衣服、家具，还有一些复杂的结构，也许是某种模型。“没有，”他说，“没什么好玩的东西。”

“呃——”飞船说。口气里隐约透露着什么，让司令官很不安。就在这时，他的武器军官把制服转向他。“长官。”他说。一盏灯亮起，在船体上照射出一个直径一米的圆圈。船体表面五彩缤纷，布满了奇异的图案。武器军官用灯扫过了附近的所有船体。都是一样的，所有飞船都覆盖着如此奇异的螺旋形的纹饰。

“这是什么？”司令官说，现在他着急了。

“这个……很复杂。”武器军官说，听上去他也很困惑。

“我们也不清楚。”“文明”的飞船插话道。

“这个……”武器军官吞吞吐吐的。他靠近战舰船体，几乎快要贴上去了。“这个需要扫描确认！”他说，“这东西细小到原子水平！”

“什么？”司令官尖锐地问。

“用专业术语来说，这飞船被巴洛克化了，”“文明”的飞船彬彬有礼地说，“太有可能了。”它发出一声叹息。“这些飞船被分形地刻上了部分随机和不可预测的设计图案，这些雕刻消耗不到每艘飞船 1% 的质量。有一种可能，这些复杂图案中藏着独立的纳米安保装置，它们会和每艘飞船的主系统同时被激活，需要额外的密钥才能保证一切正常，否则，这些装置将会关停甚至摧毁飞船。我们需要找到这些装置。正如你们的武器官员所说，每艘飞船都必须至少扫描到单个原子的程度才行。当我完成主脑的重新编程后，会立即开始这项任务。这番操作会耽误时间，仅此而已。反正，无论如何这些战舰也得进行扫描检查，没人会知道我们在这里。你可能不会在几个小时后就拥有自己的舰队，司令官，但几天后会拥有的。”

武器军官的太空制服转过去面向司令官的制服。照耀船体奇异花纹的灯被熄灭。不知为何，从武器军官的动作中，司令官看出了一种怀疑甚至是厌烦的情绪。

“咔！”司令官轻蔑地吼了一声，朝气闸门走去。他需要破坏什么东西发泄一下。住宿区里会有一些可以供他发泄而又不那么重要的东西。他的私人警卫在他身后扫视一圈，准备好了武器。

经过那具静止冰冷的人类尸体时——即便它一动不动——远望部族和战舰捕猎狂（自异星飞船态度改变者借调）的司令官，解开了制服上的外挂武器，然后把这个小小的人类炸成了千万个碎片，机库冰冷的地面上散落着粉红和白色的冰霜碎片，如同下了一场精致的雪。

7. 叠层栖息地

I

这样的调查需要花费不少时间。即使是用多维空间传递的信息也要花很长时间才能穿越银河系，还有复杂的路线需要安排，要和其他主脑联络，有时候要预约后才能说上话，因为有的主脑不在现实中，而是长时间待在“无限快乐之境”里。随后，主脑之间会进行有关双方利益的随意闲谈、调侃，交流想法，之后才会提出请求和建议，从而重新规划，掩饰信息搜索的痕迹。有时候，当有关主脑认为需要淡化自己的参与度或者一时兴起想让其他人参与时，就会增加额外的调解、绕路和转轨，以至于经常会出现疯狂的间接路线、分支、再分支和重走的现象，直到最终提出问题，然后答案——假设答案会紧随其后吧——历经同样曲折的路线才能回到最初的请求者面前。简单的问题代理程序或者整个存储思维状态的基片经常会被派去执行更加复杂的任务，这些代理程序和基片会带着详细的指示——该去找什么，去哪里找，去问谁以及如何掩盖自己的行迹。

大致就是这样，路径包括主脑，人工智能内核的记忆，无数的公共存储系统，信息库，包含时间规划、行程、清单、目录、登记表、名册和会议纪要等的数据库。

有时，出于某种原因，当一种相对简单、快捷的方式不能对询问者开放时，通常就得使用保密询问的方式，事情必须以一种缓慢、混乱且技术倒退的方式推进。有时候就是这样，别无选择。

皎洁的月亮和璀璨的群星挂在夜空，在被星月点亮的夜空中，一艘太空飞艇接近飘浮岛屿。飞艇的主体是一个直径 500 米的巨大圆盘，表面抛光，像是拉丝铝制成的。它在蓝灰色的光芒下闪闪发亮，好像蒙上了一层霜。不过，这里的夜晚温暖宜人，散发着葡萄园和香藤的芬芳。飞艇有两个吊舱，一个在顶端，一个悬挂在下方，下方的更小、更狭窄，呈圆盘形，只有三层楼高。两个吊舱都沿着不同方向缓慢旋转着，吊舱的边缘散发着亮光。

飞艇下面的海水大部分是黑漆漆的，但有些地方可以看到巨大而缓慢的 V 字形暗光，就像巨大的海洋动物露出海面呼吸或者为了寻找猎物而游去新的水域，飞艇还扰乱了海面附近发光的浮游生物。

浮岛在微风吹拂的海水中高耸地漂浮着，它的底部是一根陡峭的有凹槽的柱子，向下延伸一千米，直插入大海深处，岛上狭长的尖顶山丘也向无云的天空伸展到一千米的高度。岛上散落着灯光，这里有小镇、村庄、私人房屋、海滩上的灯笼和小型飞行器，大多数飞行器都来迎接天空中的飞艇。

两个缓慢旋转的吊舱逐渐停了下来，准备抛锚。吊舱中，人们聚集在离浮岛最近的地方观看外面的风景。飞艇的系统记录下了航行中渐渐加剧的不平衡，接着将真空的碳球从一批存储罐转移到另一批存储罐里，以此来保持整体的平衡。

飞艇越来越靠近岛上的主城，码头瞭望塔上灯火通明。激光、烟花和探照灯都争相吸引着人们的眼球。

“我真的该走了，蒂什林，”嗡嗡机格鲁达·阿普莱姆说，“我虽然没有做出承诺，但我确实说了我应该会顺道去拜访……”

“啊，回来的时候再去吧，”蒂什林挥舞着酒杯说，“让它们等着吧。”

他站在低处吊舱中层酒吧旁的阳台上。嗡嗡机——这是一款老古董了，两个灰褐色的圆角立方体叠在一起，尺寸大约是人类的四分之三高——浮在他身边。他们于几天前相遇，一起朝环状星陆的浮岛航行了四天。短短几天，他们就相处得非常融洽，就好像是认识了一千年甚至更久的老朋友一样。嗡嗡机要比这名男子年龄大很多，但他们却发现彼此有着相同的生活态度、相同的信仰和相同的幽默感。他们还都喜欢讲故事。当老嗡嗡机讲起当年它在星际事务部时的故事，蒂什林没有挑明自己的身份——老嗡嗡机在星际事务部工作比他早了一千年，有些事的确已经时过境迁。谁会料到，现在的他总是被人当作老色鬼。

他喜欢这台老嗡嗡机。他登上这趟飞艇是来寻找浪漫的，他的想法没有变，找到了这样一个完美的同伴和说书人，已经让他乐得不虚此行。麻烦的是，这台嗡嗡机原打算在这里下船，去拜访一些住在岛上的老嗡嗡机朋友，过几天再登上下一班巡航的飞艇。一个月后，它会乘坐当初带它来到这里的通用系统星舰离开此地。

“但我感觉我会让它们失望的。”

“你看，就再待一天吧，”男子建议道，“你还没有给我讲完——什么来着，博雷迪？”

“是，是博雷迪。”老嗡嗡机咯咯笑着。

“对啊。博雷迪，海上核弹和干扰器什么的。”

“飞船升空最恐怖的方式。”老嗡嗡机同意地说，轻叹一口气。

“发生什么了？”

“像我之前说的，这故事可说来话长了。”

“所以，你留下来，明天继续待在飞艇上，给我讲讲。老天，你是一个嗡嗡机，你可以自己飘回去……”

“可是我已经答应过它们飞艇来的时候我会登门拜访，蒂什林。而且，我的反重力装置需要维修了，要是完全坏掉，我就只能躺在海底等着被救援了。那可就太尴尬了。”

“那就乘坐飞行器回来！”男子看着下边掠过的海岸。人们在海滩上拢起圆堆篝火，朝飞艇招手。他听到温暖的微风中飘荡着动人的音乐。

“哦，我不知道……它们也许会伤心的。”

蒂什林喝了一口杯中酒，皱眉望向拍打岸边的海浪，海岸线绵延到灯火辉煌的小镇。码头瞭望塔的正上方，天空中绽放起又大又炫目的烟花。拥挤的阳台上传来“哇！”“啊！”的感叹。

男子打了个响指。“我知道了，”他说，“那就给它们送去一个存储着思维状态的抽象化身。”

老嗡嗡机犹豫了一下：“哦，那种能传达一部分思想的……唉，我还是觉得和亲自去不是一回事。反正，我从来没有用过抽象化身。我不确定我想这么做。我是说，那玩意儿是你，又不是你，你懂我的意思吗？”

蒂什林点点头：“当然懂。我不是说它们就是我们，你知道的，它们不像人们吹捧得那么好用。我的意思是，它们在没有知觉的状态下表现得有知觉，所以，它不就是真的有知觉吗？它被关掉的时候会发生什么？我不觉得这东西完全不存在道德争议。我自己做过思维状态的副本。一种预防手段，就像你说的那样，不过……”他看了看四周，往嗡嗡机那暗褐色的外壳凑得更近了一些，“实际上，不过是星际事务部的小手段而已。”

“真的吗？”老嗡嗡机说，它的整个身体短暂地后撤，然后又探过来靠向他。它在两人周围展开了一面力场，嘈杂的声音渐渐褪去。它又开口说话时，带着轻微的回声，这表明力场把他们说的话限制在两人之间，旁人听不到。“那是怎么一回事……哦，等一下，如果你不能告诉给任何人……”

蒂什林挥挥手。“得了，这不是什么正事，”他一边说着，一边搓了搓盖在耳朵上的头发，“你是星际事务部的老雇员了，你知道特情局总是喜欢把任何事情做得很浮夸。”

“特情局！”嗡嗡机的声调抬高了几度，“你不是在说他们吧！我不确定自己想听这个故事了。”它咯咯笑着说。

“嗯，他们求我……帮了个小忙，”男子说，似乎对自己终于让老嗡嗡机对他刮目相看感到满意，“家族里的事。我只好录下那该死的东西，这样他们才能去说服我的一个侄子，让他为伟大和美好的事业尽一份微薄之力。后来，我听说那孩子做出了得体的选择，乘坐飞船去找某一艘怪客通用系统星舰。”他望着飞艇划过的小镇郊区。一处鲜花围绕的露台上，一大群人在跳舞，姿态万千；他都能想象到那狂野的欢呼和令人眩晕的音乐。烤肉的香味从阳台栏杆上飘来，穿过隔音力场，飘到他鼻下。

“他们问我愿不愿意让抽象化身完成任务后重新合并到我体内，”他告诉嗡嗡机，“他们说，如果我愿意，他们会把化身送回来，然后用某种方式放回到我的大脑，但我说不了。一想到要和它合并我就毛骨悚然。如果它在出任务的时候变了呢？为什么要这样做啊？那样的话我也许会想加入退伍军人组织或者自动安乐死之类的组织，以此了却残生！”他摇摇头，喝光了杯中酒。“不，我说，不要。我真希望那该死的东西从来没有诞生过，但既然它诞生了，就不能再重新回到我的大脑里，不行，我很感谢它，但真是抱歉。”

“嗯，但如果他们是真诚的，那就应该由你来选择该怎么处理它，不是吗？”

“没错，是这样。”

“哦，好吧，我觉得我不会步你的后尘。”嗡嗡机说，听上去像是缜密思考过。它转过身，面对着他。他们周围的力场坍塌了。烟花的声音又回到耳际。“跟你说，”老嗡嗡机说，“我得在这里下船，去见见那些老朋友，但我几天后会追上你的，好吗？不管怎样，我可能会在未来一两天内和它们闹翻，坦白地说，它们是一群脾气暴躁的老浑蛋。我会找个飞行器或者自己飘过去——如果我想冒险的话。怎么样？”它伸出象征着手的力场。

“一言为定。”蒂什林说，和它的力场握了握手。

嗡嗡机格鲁达·阿普莱姆已经联系了它的老朋友通用星际飞船这是角色塑造，现在安置于通用系统星舰零度重力中，这艘通用系统星舰此刻停靠在塞登星陆遥远的一块板区上。通用星际飞船与环状星陆的中心主脑齐基利普瑞联络，这样它就能联络上隐秘派飞船高端，高端会用信号示意有限系统星舰厌世者，后者会将消息传递给朱柏尔系统卡斯利板区位于奥拉的大学主脑，然后，该主脑会适时地将最初的信息改编成有趣的押韵歌谣、普通诗作和文字游戏，传递给它最喜欢的门徒——有限系统星舰只接收重要致电者……

有限系统星舰只接收重要致电者［高加密窄束信号，M32，接收时间 n4.28.866.2083］：是吉纳－霍夫恩，我现在确信了。不明白为什么他那么重要，但他的确是关键人物。我已经制订了在叠层拦截他的计划，这计划涉及费治岩星，如果我请求帮助，你会支援我吗？

怪客稍后射杀他们［高加密窄束信号，M32，接收时间 n4.28.866.2568］：当然会，我亲爱的老朋友。

有限系统星舰只接收重要致电者：谢谢，我会很快发出请求。恐怕我们只能和业余人士打交道了。不过，我希望找到的是有名气的业余人士。在缺乏特情局训练的情况下，高知名度可能有一定的保护作用。我们反阴谋阵营另外一位共谋大计的伙伴呢？

怪客稍后射杀他们：还是没有消息。也许它花了太多时间在“无限快乐之境”。

有限系统星舰只接收重要致电者：飞船呢？

怪客稍后射杀他们：十一天半到达皮特恩斯。

有限系统星舰只接收重要致电者：嗯。比计划中某人抵达叠层的时间晚四天。这艘飞船极有可能陷入危险境地。它能自救吗？

怪客稍后射杀他们：呃，我认为它能照顾好自己。我虽然是怪客，但也会认识一些大人物。

有限系统星舰只接收重要致电者：希望不会劳烦这位大驾动手。

怪客稍后射杀他们：我也这么想。

II

板区级通用系统星舰构造很简单，从某种方面来说。它有四千米厚，最下面一千米几乎全部是发动机，中间的两千米是星舰的船舱空间——实际上，是一整套复杂的停泊和码头封闭系统——顶层的几千米是住宿区，大部分供人类居住。当然，还有很多值得介绍的地方，但上述信息就已道出星舰的基本概况了。

利用这些宽泛的数据——比如发动机所占的以立方千米为计的体积，任何人都能推算出这艘星舰大致上的最高航速；比如通过各种分隔舱的尺寸和工程空间，可以算出该星舰可容纳的给定体积的飞船数量；只要简单地数一数他们的生活区域有多少个立方千米，差不多就能算出该星舰可以承载多少人类。

睡眠者服务内部几乎保持着原始的样貌，这在怪客飞船中是非常少见的；通常，它们成为“怪客”后做的第一件事就是根据自己的审美彻底改变舰体形态和内部格局，要么是疯魔了，要么是一时兴起。事实上，睡眠者服务坚持最初的设计规划，只在内部加了海洋环境和气态环境，从外部看，很容易衡量它的实际行为和它的能力是否匹配，如此可以确保它虽然第一身份是“怪客”，但不会有额外的恶作剧行为。

除了这种对星舰能力的简单估算，当然，和一艘怪客飞船打交道时，最好留个后手。具体说呢，就是三思而后行、询问同行意见、派个间谍之类的。

当靠近德雷夫星系的时候，板区级通用系统星舰睡眠者服务正在以一般速度航行，大约四万倍光速。它已经宣布要在该星系内停下，所以，当它穿过星系最外层的行星轨道——距离中心的恒星有一光周的距离时，它就开始刹闸减速。

通用系统星舰打哈欠的天使，如影子一般跟踪着之前那艘体型更大的星舰，也减到了与之相同的速度，在后面几十亿千米的地方跟着。打哈欠的天使是换班跟踪睡眠者服务的一系列通用系统星舰中最新的一艘。这不是一项要求特别高的任务（事实上，任何明智的通用系统星舰都不指望跟踪有什么技术含量），尽管从中会感觉到一丝间接的趣味。守护一艘怪飞船，让它随心所欲地瞎游荡，同时又保持着对同伴的警觉，提防这艘力量强大又与“怪客”同路的星舰，这份工作明显是很有意义的。成为睡眠者服务跟踪者的唯一资质是：这艘飞船必定很可靠，有能力和睡眠者服务并驾齐驱，也就是随时可以朝它冲刺。换句话说，必须要比巨型星舰更快。

打哈欠的天使已经尽心尽力地干了一年，然后发现这份工作很轻松。当然，它有时会为不能自己制订航行计划而烦闷，但如果换一种积极的心态，摒弃主脑们的绝对标准——将效率视为一切事情的底线——以后，它会有种莫名的超脱感，甚至是解放的感觉。通用系统星舰总是同时被派去执行一些力所不能及的使命召唤，而它现在的工作让它如释重负，不用再去责备其他人没能满足人类或者其他飞船的愿望和需求。

它没料到要在德雷夫星系停下。睡眠者服务的航线似乎是一条合理而且可预测的路径，这条路线将会花费一整月的时间，但现在它就停在这，打哈欠的天使将会放下一些飞船，然后带上几艘，交换一些成员。时间应该足够。睡眠者服务从未发现有飞船跟随自己，四十年前当它转为“怪客”后，再也没有公开过自己的航程表，但它有义务将重新醒来的人们送回到故土，它总是会公开自己将要拜访哪个星系，停留多长时间。

它会在德雷夫星系停留一个星期。久得超乎寻常，它之前从未在任何地方停留超过三天。根据多艘被视为“专家”的飞船的说法，从睡眠者服务这种表现和这艘星舰日益稀少的联络可以看出，它将要卸下所有运载的东西，所有睡眠者、大海、空气、气态环境下的生物，这些它在几十年间收集的所有东西都将被转移——很有可能是实体转移，而不是传送——到合适的栖息地。

德雷夫星系是做这件事最理想的星系：“文明”在这里已经生长了四千年，拥有超过九个荒原世界，三个环状星陆——环状的巨大生活区，内径大概只有几千米宽，但直径有几千万千米——平静地旋转在巧妙排列的轨道上，容纳着七百亿生命体。有些生命体完全不是人类。每个星系中三分之一的星陆被分配给了不同的生命形态，星陆被设置成了适合它们生存的生态系统；比如生活于气态行星的生物，适宜甲烷环境的生物，高温硅化生物。睡眠者服务从其他气态行星收集的动物群落，将会舒适地融入环状星陆中的子区域，海洋和空中生物会在其他星陆找到理想家园。

有一周闲逛的时间，打哈欠的天使觉得这是和人类船员搞好关系的好时机。飞船的成员更换率高于平均水平，是通用系统星舰在同行面前微小但重要而且痛苦的丢面子方式。虽然打哈欠的天使会预料到船员要离开，但当他们宣布自己因受够了没有靠谱的通知就得踏上几个星期乃至几个月的航行而决定离开时，它还是觉得相当沮丧。无论它如何辩解、如何抗议，都没有用。让大家在一个宇宙性的、复杂而友好的星系里度一星期假，绝对会让此刻在忠诚和离船之间摇摆的船员回心转意，使他们相信：和打哈欠的天使这位老好人在一起是值得的。它非常肯定。

到达之前，睡眠者服务沿着中间那个星陆的旋转路径提前转了四分之一圈，这里是三个世界中卸载人类和动物最有效、最平衡的位置。收到环状星陆中心主脑的最终许可后，睡眠者服务相应地开始卸载星舰上的成员。

打哈欠的天使远远地望着那个体形更大的星舰从能量格栅中分离了牵引力场，关闭了主要的前置扫描力场，放下它的帘式防护场，还为长时间停靠在此处做了大大小小的调整操作。睡眠者服务的外观看上去依旧如昨：银色的椭球体，长九十千米，宽六十千米，高二十千米。几分钟后，很多小型飞船从反射屏障中驶出，载着被存储的人类和注射过镇静剂的动物，加快驶向三个环状星陆。

所有活动都和打哈欠的天使已经收集的关于这艘怪客星舰的配置和意图的情报相吻合。到现在来看，进展得还不错。

满足于一切尽在掌握的快乐，打哈欠的天使飘到和特里奥克的旋转速度一致的高度，它是位于中间的环状星陆，仿拟气态行星的生态环境。它停靠在环状星陆上最热闹的区域下方，为星舰上的成员制定了各种旅行和休假安排，同时制定了走访、庆典和宴会的时间表，以此来感谢东道主的热情款待。

所有事情都很顺利，直到第二天。

没有任何征兆，当打哈欠的天使下方的那片环状星陆刚刚破晓时，特里奥克上所有被存储的人类和大型动物忽然接连转醒。

曾经摆姿势的人们，还穿着在睡眠者服务中的衣服或者制服，突然出现在体育馆、海滩、露台、木板路和人行道上，从公园、广场、废弃的体育场和环状星陆提供的所有其他公共场所里冒出来。对于为数不多的目击者来说，这些身体显然是被传送到此地的，每个人的出现都是从腰以上的一个闪光点开始，然后这个点迅速扩大为两米长的灰色球体，球体迅速出现，又迅速消失，留下了静止的、被存储的人类。

数百人一动不动地躺在挂着露水的草地上，坐在公园的长凳上，散落在方形和圆形广场上，好像经历了什么可怕的灾难，又或者刚刚参与了一场公共雕塑展览。灰暗的清洁机器在这些空间有条不紊地盘旋着，因为这些意料之外的障碍物，它们的行进路线茫然而毫无规则。

海洋中，当整个巨型水球被小心地传送到水下时，海平面千百个地方鼓了起来；水球中的海洋生物仍然处于轻度麻醉的镇静中，它们缓慢地在巨大的“鱼缸”里游动，每个水球与周围的水都会在几个小时内保持分离的状态，渗透力场会渐渐调整内部的环境，帮助里面的生物适应外部海洋条件。

天空中，同样的薄膜力场包围着一大群飘浮在空中的动物，它们在微风中摇摇晃晃。

沿着环状星陆广阔的浅表领域，气态行星环境里也能看到类似的场景：大批人类瞬间移民，然后缓慢地与这个世界融合。

打哈欠的天使自己的嗡嗡机——充当与环状星陆交流的大使——见证了为数不多的突然闪现的场景。经过一纳秒的恳请许可后，这艘通用系统星舰进入了环状星陆的监控系统，它得以目睹数以百计、千计、万计被存储的人类和动物“砰砰砰”地出现在特里奥克的地表、空中、水里和气体生态环境中，它越发恐惧。

打哈欠的天使唤醒了自己所有的待命系统，然后把注意力转向睡眠者服务。

大型通用系统星舰已经开始移动，它的发动机轰鸣，力场扭动，直接朝星系外冲出。它的发动机力场与能量网连接，扫描器已经全部恢复工作，多层复合力场已经快速为持续的深空旅行做好了配置。

它离开了，速度不算特别快。它的传送器现在切换成“抓取”而非“放置”状态。在几秒钟之内，它们几乎把星舰内搭载的小型飞船都卸载了，真正的运输任务已经完成，只留下了已经驶远的庞大的星舰主体。

打哈欠的天使开始疯狂地准备追赶，它关闭了大部分过境通道，将嗡嗡机赶回环状星陆，并且迅速与星陆主脑取得联系，请求允许离港，它用较小的飞船把星陆居民送回环状星陆，同时，在自己全力加速之前抓紧将自己的成员送回来。

它知道这是在浪费精力，但它还是给睡眠者服务发送了信号。与此同时，它密切关注着那艘星舰加速离去的踪影。

打哈欠的天使在测量、判断、校准。

它在等待一个计算结果，将加速离开的星舰的现实速度与那个简单但关键的抽象方程式做对比。如果睡眠者服务的速度在任一时间超过 $0.54 \times ns^2$，那打哈欠的天使可就遇上大麻烦了。

不管怎么说，它已经遇上麻烦了。如果这艘大型星舰的加速度比正常设计参数所标定的数值还要快——考虑到星舰内部环境会带来额外的质量——那么它的麻烦从现在就开始了。

事实上，打哈欠的天使松了一口气，睡眠者服务正是以公式中的标准速度前行。即使打哈欠的天使一整天什么都不做，仍然赶得上这艘星舰，只要它沿着大型星舰的轨迹航行，两天内就可以追上它。打哈欠的天使仍然怀疑对方要了什么诡计，于是开始对整艘星舰进行常规检测，它意外地发现数十亿吨的水和气体被传送到了舰体之外。突然抛开所有额外的体积和重量将给睡眠者服务带来额外的爆发力，即便如此，它仍然比打哈欠的天使慢很多。

这艘较小的通用系统星舰重新礼貌但固执地传输了信号。仍然没有收到来自睡眠者服务的答复。不足为奇。

打哈欠的天使向其他星际事务部的飞船发送信号信息，告诉它们这里发生了什么，然后，它派出了它最快的飞船——一艘停在星舰内部机库中，特意为这种情况准备的悬崖级超级牵引船——去追踪逐渐远离的通用系统星舰，这样做体现了它对待对方那令人讨厌举动的严肃态度。

或许睡眠者服务只是笨拙，而不是在谋划什么重要的事，但打哈欠的天使不能忽视眼下的情况：这艘大型星舰正在抛弃内部装载的小飞船，将人类和动物一一传送走了。传送，尤其是这种速度下的传送，本身就不适宜，而且有一定的危险性。传送时发生可怕的、致命性错误的概率仅为八千万分之一，但仍然足以让挑剔的、完美主义的星舰主脑放弃这一选择，除非真的是情况危急。睡眠者服务——假设它已经完全摆脱内部承载的生命体——在一分钟或者更短的时间内进行了三万多个生命体的传送，便是把出现致命失误的概率扩大到令任何理智的主脑都会极度恐惧而退缩的程度。就算睡眠者服务已经是行为怪异的“怪客”，整件事也足以说明它有足够紧迫、足够重要的事要做。

打哈欠的天使看了看那张让人郁闷的时间表：它可以在一百秒之内立刻离开，但会让很多人恼火，因为很多环状星陆的居民登上了星舰，星舰的成员也有很多在环状星陆上……或者，它可以在二十小时内离开，让所有人回到他们应该去的地方，即便他们被打乱计划而心怀愤懑。

它折中了一下，将离港时间设定在八小时后。无数戒指、笔、耳环、胸针、衣服形状的终端机，所有嵌入式终端设备和神经蕾丝持续不间断地传递着紧急信息，惊动了整个环状星陆和更广阔星系内“文明”的全体成员，让所有人愉快地享受一星期假期的愿望就这么化为泡影……

睡眠者服务平稳地加速驶入黑暗，此刻已经完全离开了星系。它开始导入时空链，在低级和高级的多维空间中飞来飞去。它在真实空间的速度几乎瞬间跃升了二十三倍。这一次，让人欣慰的是，打哈欠的天使将这一幕尽收眼底。没有十分让人不快。超级牵引船仁善观点跟在这艘星舰后面，它的发动机还没有达到最高马力，能量消耗被控制得很好，它也在四维空间的各个层次间穿行。这一过程可以比作飞鱼从水面跃入半空，然后再落入水中，只不过在多维空间穿梭时，飞鱼每一秒在空中的飞跃实际上都在水下的空气层中进行，而不是上面，动作一致，方向不同，这便是类比对象的差异之处。

打哈欠的天使很快就拟定了数千份措辞谨慎、精心编写的道歉信，向内部成员和东道主致歉。即便睡眠者服务没有保持目前的航向，根据它可能采取的不同航线，打哈欠的天使也制定了不同的返航规划，一切看起来没什么问题。在睡眠者服务大规模放弃自己的飞船之前，就推迟了带人们去远方探索的行程，这一举动当时经过了慎重考虑，现在看来颇有先见之明。它调动了一部分智力资源，拟出一份清单，列举出自己返回时用来安抚内部成员的礼品和花言巧语。它计划两周内返回德雷夫星系。当它结束跟踪那艘可恶飞船的任务，能够自己制订航行计划时，它要举办欢庆活动和庆典，向所有成员说声：对不起。

仁善观点汇报说，睡眠者服务仍然如预测一般前进。

情况似乎尽在掌握。

打哈欠的天使回顾到现在为止自己的行动，觉得堪称典范。所有事都很折磨人，但它反应迅速、良好，在可能发生问题的情况下照章办事，即席发言既明智又得体，在必要的时候保持着应有的紧迫感。很好，很好。它能光荣地值完这班岗。

在通用系统星舰睡眠者服务出发的三小时二十六分十七秒后，它达到了名义上的终极加速临界点。这意味着它应该停止加速了，在两大多维空间界区中选择其一，然后以稳定的速度向前航行。

但它没有。相反，它的加速度更快了，系数从 0.54 顿时放大到 0.72，这是正常的板区级星舰所能承受的最大值。

仁善观点将这一转折报告给打哈欠的天使，后者震惊了大约一毫秒。它重新检查了所有星系内的飞船、嗡嗡机、传感器和外部报告。没有迹象表明睡眠者服务把多余的质量卸载到了打哈欠的天使感知范围以外的地方。然而，它似乎确实这么做了。它是在哪里卸载的？它会秘密建造远途传送器吗？（不可能。若是建造超出打哈欠的天使感知范围的传送器，需要动用星舰一半的质量——还包括它多年来从外部环境采集的所有额外质量……现在，它想到了一种出格的方式——还有另一种可能……不，不可能。没有任何情报表明，没有任何线索能……不，它甚至不愿去想……）

打哈欠的天使重新部署了计划，重新起草了道歉信，请求大家理解，并且要求缩短成员的返回时间。它将预留的离港时间缩短了一半。离出发还有三十三分钟。它努力向所有人解释，情况越来越紧迫了。

在接下来的二十分钟里，虽然仁善观点（它跟在几光日之外，紧紧盯着那艘星舰各个方面的性能）报告了睡眠者服务在速度到达临界点后的一些奇怪之处——怪异之处出现在睡眠者服务的牵引力场和能量网的连接处，睡眠者服务仍然平稳航行着。

这时，打哈欠的天使正处于极度惊惧的紧张状态：它一边全速思考，一边深深地担忧着，突然又心惊地想——这事发生多久了？如果一个人类处于同样的状态，他可能会用手抓着翻腾的胃，撕扯着头发，语无伦次。

人类！以如此缓慢的步调生存，还能称得上是生命？在他们说着愚蠢之辞的工夫里，沧海变桑田，虚拟的帝国都能经历一轮改朝换代了。

飞船，甚至飞船也是。它们被限制在大气泡中，以低于声速的速度在码头或飞船边缓缓靠近。它思考着把空气都撤走，让所有东西在真空内移动的可行性。这准行。谢天谢地，它已经移开了所有脆弱的游艇，密封了船体连接处的缝隙。它告诉了星陆中心它在做什么。星陆中心反对它这样做，因为这样它会损失一部分空气。不管怎样，通用系统星舰都会损失空气。一切都要服务于速度。星陆中心厉声抗议，但它没有理会。

冷静，冷静，它需要保持冷静。专注，牢记最重要的目标。

当仁善观点又发来一条消息，一种人类语言中名为“恶心”的感觉席卷了打哈欠的天使的主脑。又怎么了？

不管它在担心什么，这次的消息都更为糟糕。

睡眠者服务的加速度系数开始增加。同时，已经超过了正常的最大续航速度。

当打哈欠的天使从行驶得越来越远的子飞船那里得到另一艘星舰的行进报道时，它感到震惊、害怕、恐惧，它放弃提前做好的一系列部署和命令，几乎立刻就启航了。提前了十二分钟，但没办法，若成员因此生气，那真是够糟糕的。

加速。该走了。断开连接。好了。

仁善观点向它报告，睡眠者服务的外围力场已经缩小到最小值，距离船体不到一千米。

打哈欠的天使从环状星陆上脱离，调转船身，一头扎进了距星陆下表面只有几千米远的多维空间，没有顾及星陆中心对这种无礼而危险的行为发出的抗议，那抗议只是激烈的号叫，人们惊讶地尖叫起来——在打哈欠的天使看来，他们的动作依旧很慢，很慢——他们刚刚才沿着穿梭通道去过这艘通用系统星舰的欢迎大厅，现在却发现自己被扔在了紧急密封的力场中，只看得到黑暗和星星。

超级牵引船的后续报告陆续传递过来：睡眠者服务的加速度仍在缓慢而稳定地增加；随后，增长停止了，加速度跌为零，星舰匀速航行。

是吗？它仍然可以追得上。恐慌结束了？

逃跑的星舰又开始提速，加速度也在增加……简直不可能！

打哈欠的天使脑海里闪过一个可怕的念头，过了一会儿，这一冲动的念头被它深思熟虑后的自创思维片段阻断，安稳下来。

它认真地计算着。

以板区级通用系统星舰发动机每立方千米的输出功率代入运算，叠加十六立方千米的额外发动机……干脆加到三十二立方千米吧……这才刚好符合睡眠者服务加速的步调。通用分隔舱。天哪，它在通用分隔舱里塞满了发动机。

仁善观点又报告称睡眠者服务的速度平稳地提升到另一层次，然后没有再加速。这艘超级牵引船正在加速追赶。

打哈欠的天使紧紧跟在两艘飞船之后，担心出现最坏的状况。计算，计算。睡眠者服务已经用额外的发动机填满了至少四个通用分隔舱，一次启用两个分隔舱的发动机，这与额外的动力一致……

再一次加速。

六个通用分隔舱。也可能八个全塞满了。后面的工程空间呢？也都填满了发动机吗？

算啊，算啊。那星舰里面有多少东西？水、大气环境气体、高压。光是水就有四千立方千米，四百亿吨。压缩、改变、转化，将水转化为超致密的奇异物质，用这些奇异物质建造一种特别的发动装置，这种发动装置能够延伸至宇宙基底能量网，利用斥力推动星舰……够了，够了，足够了。需要花费几个月甚至几年的时间才能建造此等体量的发动机……或者也许只需要几天，前提是花费数十年先把地基搭建好。

天哪，如果星舰里全是发动机，超级牵引船也跟不上它。一般板区级星舰可以无限期地将速度维持在大约 10.4 万倍光速；一艘装备良好的单元级星舰——打哈欠的天使常常引以为傲——可以轻松超过它们，领先 4 万倍光速。而悬崖级的超级牵引船百分之九十都是发动机，短时间内甚至可以比快速战斗飞船还要快。仁善观点可以直接达到 22.1 万倍光速，但每次加速只能续航一小时，毕竟追击速度无法长时间保持。

如果睡眠者服务的工程间也装上了发动机，打哈欠的天使能算出的最大数值是 23.3 万倍光速。

仁善观点的语气已经从轻松转为惊讶，后来是困惑。现在，它简直是暴躁。睡眠者服务的速度已经达到了 21.5 万倍光速，而且没有任何减速的迹象。如果仁善观点不能立即加速到顶峰，它很可能在几分钟内被对方甩远。它请求上级指示。

打哈欠的天使仍在全力加速，它拼命去追，拼命地赶，直到、各项参数都发出警告——那么就只能放弃追赶了。它告诉自己的飞船：不要超过设计参数，不要冒受损的风险。

睡眠者服务继续加速。仁善观点在星舰速度达到 22 万倍光速时放弃了追逐。它降回了不那么疯狂的 20 万倍光速，开始被拉开距离。而这一速度它也最多只能坚持几个小时。

打哈欠的天使的速度达到最高的 14.6 万倍光速。

睡眠者服务最终达到 23.3 万倍光速左右，然后匀速前进，消失在银河系空间的深处。飞船如此报告着，听上去它自己都不敢相信。

打哈欠的天使望着那艘远去的通用系统星舰驶入漫长的黑夜，一种绝望和失败的感觉笼罩在心头。

现在，知道自己已经摆脱了跟踪者，睡眠者服务轻微调整了航线，无疑，它最开始操作的一连串下潜和绕路只是为了掩盖自己的最终目标——假设它有目标，而不仅仅是为了脱身。然而，打哈欠的天使怀疑这个“怪客”——或者可以说是“前怪客”——的确有某一明确的目标。一个位置，它要抵达的地方。

光速的 23.3 万倍。我的天哪。打哈欠的天使感觉这样的速度简直让人想爆粗口。可恶，它要去哪里？安卓莫达吗？

打哈欠的天使从脑海中的银河系模型里画出一个关于航向的概率图谱。

至于精确的路线，它认为一切取决于睡眠者服务航线的曲折程度，但它似乎朝着上叶旋涡挺进了。如果是的话，它会在三周内到达。

打哈欠的天使向前发出信号。往好的方向看，至少，它不用再跟踪这个大麻烦了。

人形化身阿莫菲亚站在那里，双臂交叉，瘦削的、戴着黑色手套的手抓着胳膊，专心地凝视着休息室远处的屏幕。上面显示出多维空间的虚拟构建图，图谱被放大了很多倍。

观察这样的屏幕就仿佛瞥见了巨大的行星俯瞰图。下方很远的地方是一层发光的薄雾，那是能量网；上面是一层同样明亮的云。真实空间的时空束位于两者之间：一个二维层，简单的透明平面，通用系统星舰像织布机上的梭子一样在浩渺的空间内闪烁。很远的地方，那艘超级牵引船的小点越来越小。这小点也按照正弦波的样子上下摆动，波长以光分为单位，但现在，它停止了摆动，进入多维空间中的低维。

放大倍数加大。超级牵引船现在是个更大的点，但它仍然越来越远。远远地追着前面那个光点的波浪形——现在是直线——路线的，是那艘正在执行跟踪任务的通用系统星舰。德雷夫星系的恒星现在是一颗亮点，静止地留在时空束中。

睡眠者服务达到了它的最大速度，在宇内多维空间的两个区域间的波动处停下，然后进入了其中较大的那个；这个空间被称作宇外无极空间。后面跟随的两艘飞船也做了同样的事，在很短的一瞬略微加快速度。纯粹主义者会将其称为“正一宇外无极空间”，不过由于从没有人进入过负一宇外无极空间（说起来，负一次级空间也没有），这一区分完全是多余的，甚至迂腐。或者说至少截至目前是这样。情况可能会变化，如果超体异象有它看起来那么厉害……阿莫菲亚深吸一口气，决定不去想了。

视图“咔嗒”一声关闭，屏幕消失了。

人形化身转身去看德杰·格莉安和黑鸟格雷维斯。他们被安置在山脊级通用星际飞船狭隘的见解上，位于睡眠者服务顶部中间的分隔舱中。休息室是标准的星际事务部样式；十分宽敞，时尚舒适，点缀着植物与柔和的灯光。

这艘飞船就是余下的行程中女人的家。这是一艘太空救生艇，随时准备在接到通知后离开这艘较大的母舰，如果出了什么问题，它会带她去安全的地方。她身穿红色长裙，平静地坐在一张白色躺椅上，眼睛睁得大大的，一只手放在隆起的腹部，黑鸟停在她手边的椅子扶手上。

人形化身冲女人笑了笑。“好了。”它说。它往四周看了一圈，“终于，只剩我们自己了。”它轻声笑起来，然后又垂下眼帘看着黑鸟，它的笑容消失了。“而你，”它说，“以后不能这样了。”

格雷维斯惊诧地挺直了身体，伸长了脖子。“什么？”它问。格莉安看上去也很惊讶，很担心。

阿莫菲亚的眼睛向旁边瞥了一下。一个小小的像短粗的钢笔一样的小装置从一棵小树投下的阴影中飘出来，那东西快速滑到黑鸟跟前。面对那小巧的静止导弹，黑鸟向后缩了又缩，差点儿从扶手上摔落下来，它黑蓝色的尖喙距离那台小巧复杂的机器的尖尖的前端只有几厘米远。

“这是一枚侦察巡飞弹，小鸟，”阿莫菲亚告诉它，“不要被它无辜的名字欺骗了。如果你再一次背信弃义，它会很开心地把你化成一缕热烟。你到哪里，它都会跟着你。不要像我甩掉后面跟踪的飞船那样试图甩掉它——照我说的做，不要企图摆脱它。你身上——或者内部——原有一种纳米跟踪技术，很容易就可以锁定你的位置。现在，我会将这枚侦察巡飞弹植入你的身体，取代原来的装置。”

“什么？”小鸟尖叫起来，头猛地一仰。

“如果你想拆除它，”阿莫菲亚继续平静地说，“当然可以。你能在心脏处找到它，主心室里。”

小鸟发出尖厉的叫声，垂直地向空中冲去。德杰将身体蜷缩起来，用手捂住脸。格雷维斯在空中盘旋，拼命地向最近的走廊飞去。阿莫菲亚的双眼覆上一层寒意，冷冷地看着它胡乱扑腾。德杰用双手护在腹部。她深深吞咽了一下。有什么黑色的东西从她脸边掠过，她从半空中拾起。那是一根羽毛。

“很抱歉。”阿莫菲亚说。

“什么……这是怎么回事？”德杰问。

阿莫菲亚耸耸肩。“这只鸟是个间谍，”它直截了当地说，“从一开始就是。它把消息编码放在细菌上，然后将细菌放在即将被送回的苏醒之人的身体上，向外界透露信息。二十年前我就知道了，检查完它走漏的所有消息之后，我放过了它，但从未向它泄露任何可能构成威胁的事情。我唯一修改过的，是它的最后一条信息。它帮助我们摆脱了打哈欠的天使。”阿莫菲亚咧嘴笑了笑，带着几许孩子般的天真，“它也做不成其他事了。我用侦察巡飞弹来惩罚它，算是仁慈了，真的。如果你不高兴，我就停下。”

德杰·格莉安抬起头来，凝视着枯瘦的戴着黑帽子的人形化身那沉静的灰色眼睛，好一会儿，她仿佛没听见它的问题。

“阿莫菲亚，”她说，“求你了！发生什么事了？到底发生什么事了？”

星舰的化身有一瞬间看起来很痛苦。它把目光移开，朝着侦察巡飞弹藏起来的方向看去。“不管怎样，”它别扭而郑重地说，“永远记住，你可以随时离开我。这艘通用星际飞船完全由你支配，我的任何命令和要求都不会影响它的行动。”它回头看了看她，又摇摇头，语气比刚才更亲切了些，“对不起，格莉安，我不能告诉你太多。我们要去的地方，靠近一颗名叫‘埃斯佩里’的星球。”化身犹豫了一下，似乎不确定，它的眼睛凝视着地板和附近的座位。“因为我想去，”它最终说道，似乎第一次意识到这一点，“因为在那里，我可以做些什么。”它抬起手臂，然后放下，“在赶路的同时，我们也在等待一位访客。或者说，是我在等一位客人。毕竟你可能也不会在乎。”

“等谁啊？”女人问起。

“你没猜到吗？”人形化身柔和地说，“拜尔·吉纳－霍夫恩。”

女人闻言垂下了头，眉头缓缓皱起，她抓住的黑色羽毛从指缝间掉落。

III

有限系统星舰只接收重要致电者[高加密窄束信号，M32，接收时间n4.28.867.4406]：听听？关于吉纳－霍夫恩的推测我是不是说对了？现在时间是不是对上了？

怪客稍后射杀他们[高加窄束信号，M32，接收时间n4.28.867.4886]：是的。速度22.3。这么赶是做什么，为了破纪录吗？是，你说的关于那男人的一切都很对。但你为什么不事先警告一下？

有限系统星舰只接收重要致电者：我不知情。进行了二十多年可靠但枯燥无味的汇报，眼看能搞清楚那个大麻烦要干什么了，情报系统就暴露了。我觉得我们共同的朋友——哦，见鬼，我们现在不妨直接称呼它的真名——睡眠者服务——一早就发现了情报网的存在（具体什么时候就无从得知了），直到它想把什么东西藏起来，才开始进行干扰。

怪客稍后射杀他们：是的，但睡眠者服务要干什么？我们只是出于礼貌才邀请它加入核心小组的，不是吗？突然之间它快得像一枚该死的导弹。它想干什么？

有限系统星舰只接收重要致电者：意图很明显，但我们还是有必要问清楚。

怪客稍后射杀他们：我试过了，还在等答复。

有限系统星舰只接收重要致电者：你应该先……

怪客稍后射杀他们：不好意思，现在又怎么了？

有限系统星舰只接收重要致电者：现在我收到一大堆钢铁闪耀发来的废话。请见谅。

有限系统星舰只接收重要致电者[窄束信号，M32，接收时间n4.28.868.8243]：我们共同的朋友现在痴迷于速度。我们没有预料到这一点，对吧？有没有可能是某种私人癖好？

通用联络星舰钢铁闪耀[窄束信号，M32，接收时间n4.28.868.8499]：不，不是！我真是厌倦了一遍又一遍重复，我真应该发一张告示。不是的。我们希望它提供一种外部的客观视角，而不是看它直接冲到超体异象附近。它以前是帮派的一员，你知道的，我们欠它的，尽管它现在是怪客。如果我们知道它那么……

通用联络星舰钢铁闪耀：现在又有一个可怕的变数把我们的计划搞砸了。如果你有任何有用的建议，我会乐意听取。可如果你只会明嘲暗讽，那就把你的智慧成果分享给那些有时间去互骂的成员吧，这样对大家都有好处。

有限系统星舰只接收重要致电者[高加密窄束信号，M32，接收时间n4.28.868.8978]：（信号文件如附）我和你说什么来着？我不知情。在我看来它太可疑了。

怪客稍后射杀他们：好吧，我也不知情。虽然不想承认，但我是认真的。当然，如果最后证明我是错的，你也永远不要和我对抗，永远，好吗？

有限系统星舰只接收重要致电者：如果等这一切结束了，我们双方仍然可以友好交流，你会从宽大处理中受益的，我会非常乐意保持无限的宽容。

怪客稍后射杀他们：好吧，你可以说得更亲切一点儿，但我接受这张道德上的空白支票，我很尊重你的宽容。

有限系统星舰只接收重要致电者：我要联系睡眠者服务。它不会理会我，但我还是要给那个糟心鬼致电。

IV

那天晚上，吉纳－霍夫恩出门时，没有随身携带笔形终端机，他在夜之城去的第一个地方是一家名为“叠层联络机／伊什洛希娜米技术”的商店。

这女人算得上伊什人中体型矮小的了，吉纳－霍夫恩心想。尽管如此，她仍然比他高出许多。她穿着日常的黑色长袍，闻起来……有一股霉味儿。气泡内一片漆黑，他们坐在平坦狭窄的座位上。女人膝盖上平稳地放着一块微型折叠屏幕，她点点头，朝他探过去身子。她伸出手，伸向他耳朵附近，手指间伸出一系列闪闪发光的可伸缩的细条。她闭上眼睛。在黑暗中，吉纳－霍夫恩可以看到她眼睑内侧闪烁的微光。

她的手触碰到他耳朵，轻微发痒。他感觉自己的脸在抽搐。“不要动。”她说。

他努力保持身体静止。女人把手缩回。她睁开眼睛，凝视着三根细条尖端夹着的东西。她点点头，说：“嗯。”

吉纳－霍夫恩俯身向前，也看着那三根细条的前端。他什么也没看见。女人又闭上了眼睛，眼睑上闪过一道光。

“相当复杂，”她说，“差点儿就没找到。”

吉纳－霍夫恩看看自己的右掌。“你确定这只手上没有东西吗？”他问，因为他想起弗里奥芙·舒恩曾用力握过这只手。

“我确信这只手上什么也没有，”女人说着从长袍里拿出一个透明的小容器，把她从吉纳－霍夫恩耳朵里取出的东西扔了进去。他还是什么都没看到。

“制服上呢？”他问，用手指着夹克衫的翻领。

“没有。”女人回答。

“就只有这么一个小东西？”他问。

“就这个。”她告诉他。黑气泡消失了，他们坐在一间小屋子里，房间的墙壁上摆满了架子，架子上堆满了难以看穿是什么的技术装备。

“好的，谢谢。”

“价格差不多与叠层联络机八百小时的服务时间相当。”

“哦，算一千整吧。”

他沿着叠层栖息地的中心——夜之城的第六大街溜达。整个银河系的发达地区都有夜之城，这是一种房屋的特许经营，尽管没有人知道这特殊经营权属于谁。每个地方的夜之城都不太一样。但对于夜之城，唯一可以确定的事是：只要你去，那儿便总是夜晚，而且，你没有理由不乐在其中。

夜之城位于叠层的中间层，位于浅海中的一座小岛上。小岛上空完全被十千米宽、两千米高的低层穹顶覆盖。从内部看，这里的夜之城汲取了庆典的喜庆氛围。上一次吉纳－霍夫恩来到这里时，这里呈现出扩展的海洋景观，所有的建筑物都变成了一百到两百米高的波浪——那一年的庆典主题是“海洋”。第六大街位于两次指数级风暴潮之间的低压槽内，海浪表面高耸曲线上的波纹是阳台，阳台上灯火通明。每一波浪赫然矗立在波峰上，发光的泡沫给下面蜿蜒的街道投下苍白、幽暗的光芒。街道两边的尽头，宽阔的步行路被抬起，与纵横交错的波浪前端相连，通过虚拟的海底隧道连通其他高速通路。

今年庆典的主题是“原始主义”，夜之城用一块巨大的早期电子电路板来演绎。银色的街道网格形成了一个几乎平坦的城市布景，上面布满巨大的电阻、密密麻麻的多支撑点平顶芯片、细长的二极管和内部结构复杂的半透明巨大阀门，这些东西都被多个闪闪发亮的金属支撑脚嵌入排列整齐的电子线路中。吉纳－霍夫恩能认出这些东西多半出自技术史课程或者其他学生时代的课程；还有许多锯齿状、节状、光滑、颜色鲜亮、暗黑色、闪亮、有叶片、有褶皱的东西，他不知道那些东西的用处和名字。

今年，第六大街是一条十五米宽的快速流动的水银溪流，上面覆盖着画有钻石图案的罩板，脚下的水银河流里时不时会涌起一连串蓝金的闪光。设计者最初的想法是把这条水银河流纳入夜之城的交通体系，但事实证明这想法非常不切实际，因此，水银河流的存在只是装饰，夜之城的交通系统仍然像往常一样在地面以下运行。吉纳－霍夫恩在去往夜之城的路上换乘了几趟地下车，到达这里以后也换乘了几辆，希望甩开跟踪他的人。做完这些，又把耳朵里的跟踪器拆除以后，他很高兴自己尽力避免了在特情局的监视下来夜之城寻欢作乐，不过，就算他们还在监视他，他也不会特别烦恼。这就是特情局一贯的风格。执迷于完全摆脱没有什么意义。

第六大街上挤满了人，走路的、说话的、摇摇晃晃的、漫步的、在泡泡圈里滚动的、骑着身穿奇特服饰的动物的、乘坐由伊斯纳－马特尔托拉着的小型马车的、飘浮在小型真空气球或者加强力场中的，到处都是人。永恒的夜空笼罩在这座城市上方，此刻正在上演的娱乐表演，是横跨夜之城的全息图塑造的一幅古老轰炸机进行突袭的场面。

天空中有各式各样的带翼飞行器，每个飞行器都有四到六个活塞发动机，很多飞行器被探照灯的光映照出来。乌云中飞闪的阵阵光线、红色火花渐渐淡去的痕迹，都被当作防空火力；而在这些炮弹中，小型单发动机和双发动机飞机呼啸而过，这两种飞机相互射击，大型飞机从炮塔上起飞，小型飞机则从炮塔的两侧和前端起飞。白色、黄色和红色的照明弹缓缓地划过天空，不时似乎有飞行器起火，从天空坠落，偶尔也有飞行器在空中爆炸。这些黑色的炸弹总是能被人们看清，然后伴随明亮的闪光和跳跃的火焰落入夜之城不远处的某个地方，爆炸。吉纳－霍夫恩认为这看起来有点儿做作，他怀疑历史上从没发生过火力这么密集的空战，而且拦截机去拦截敌军飞机时地面火力还丝毫不减，持续发力。但作为一场表演来说，这场面无疑让人印象深刻。

街上喧闹声中响起爆炸、枪声和警笛声，有时会被街道两旁数百家酒吧和各种娱乐场所传出的音乐所淹没。空气中弥漫着半熟悉半陌生的诱人气味，以及叠层栖息地其他地方禁止使用的信息素效应物。

吉纳－霍夫恩漫步在大街中央，一只手拿着一大杯叠层9050，另一只手举着云杖，一朵松软的烟团完美地落在他的皮夹克外肩膀处。9050是一种非常有名的鸡尾酒，它的制作过程有三百多个步骤，含有很多难以想象甚至令人不舒服的植物、动物和物质的混合物。最后的结果还算过关——无非就是酒精组成的烈性饮料，但人们端着这样一杯酒，不是因为要喝进肚，只是为了表现出自己能承受得住它的猛烈。酒保们把酒倒进一个状似水晶高脚杯的力场，你就可以展现你的独特酒量了。“9050”这个名字的含义是，喝下这酒以后，你有90%的概率会和别人上床，50%的概率会陷入法律纠纷（也可能记反了——吉纳－霍夫恩永远也记不准确）。

云杖是一根手杖，一头燃烧着温和而效果短暂的压缩颗粒；深吸一口它的尖端，顶盖就会像两片曲面镜一般在你眼前滑开，然后把你的头压进水下，将一个化工厂塞进你的鼻子里。整个人仿佛站在不断变化的力场中一样迷幻。

松软的烟团是一种小型共生体，半动物、半植物，你可以付钱让它蹲在你肩膀上，每次你转过脸对准它，都会因鼻子受到刺激而忍不住咳嗽。你在咳嗽时，鼻子里会吸入很多孢子，它们会对你的感官和情绪产生三十多种不同的有趣作用。

吉纳－霍夫恩对身上穿着的这件人皮夹克尤为满意。它是由他自己的皮肤制成的，皮肤以各种精妙的方式被改造，在药桶中生长，夹克根据他的身体尺寸精心剪裁而成。两年半前，在他去“上帝之穴”的半路上，他只向叠层的一位基因裁缝师留下了一些皮肤细胞——当然还有一份订单和一笔制作费。那纯粹是酒后的突发奇想（一个月后他洗去了一块动态文身），他甚至有一阵子都不打算去取这套衣服了。幸运的是，叠层在这段时期内的时尚风潮并没有发生太大变化。这套衣服和配套的斗篷看起来棒极了。他感觉非常好。

“斯巴达丝因丝，迪格拉迪艾特，慈飞益达，泽贝尔克斯！勾离阿尔德，荡恩金！[①]”

标语、标志、公告、气味和迎宾员争相吸引路人的注意力，大肆宣传商场和娱乐场所。令人惊叹的景象在传感气泡中展现，气泡凸到大街中央，让你可以立即进入卧室、宴会厅、竞技场、邮轮、游乐设施、太空战场和暂时的狂欢场；诱惑、刺激、暗示、迎合、方便的入口不断刺激你的食欲、鼓动你的欲望，不断挑逗、引诱、怂恿着你。

“费帕罗格瑞菲！克洛伊达尔，阿纳玛尼司西斯！艾弗斯！”

吉纳－霍夫恩从这些宣传中走过，置身其中，又拒绝了所有邀请，礼貌地回绝了“来嘛”“快来玩”等劝告和招揽。

“祖弗罗斯！奥法里奥！帕斯特雷！那奥玛赤阿，霍尔利！”

在这里，他感到很满意，闲逛、散步、观看、被观看、打量着和——如果幸运的话——被打量着。现在是夜晚——真正意义上的夜晚，在叠层栖息地中的这一叠层，夜之城开始变得繁忙。所有场所都开放营业了，但没有地方人满为患；所有人都期待你的光顾，但没人真正确定要去哪里玩。只是闲逛，在摩肩接踵的人群中漫无目的地晃悠。吉纳－霍夫恩很高兴成为人群中的一员，他喜欢这样，并为此感到骄傲。在这里，他感觉自己最自在。此刻，没有比这里更好的地方了，他想要以饱满而真挚的感情去体

①异星语，此处为音译，下同。

验这种经历；身边全都是他的同类人，这是他认为属于他的地方，会有最美邂逅的地方。

“虔诚的奥马哈斯与拉苏瑞！当你看到我们的忏悔和献祭，请确保这些渺小生命，万世平安，世道永存！”

在一栋巨大电阻形状、圆咕隆咚的建筑物下方的一座隐退者信徒的神殿外，他看到了她。神圣之所的入口是一个明亮闪耀的圆环，像一道厚厚的小型彩虹，以不同的白色阴影层叠加而成。年轻的隐退者信徒站在围墙外，身穿白色的发光长袍。信徒——每位都又高又瘦——也在发光；他们的皮肤微微泛着光泽，苍白到看起来非常不健康的程度。他们的眼睛闪闪发亮，柔和的光线从向外扩开的眼白处散发出来，当他们微笑时，牙齿同样发出半银色光芒。他们脸上总是挂着微笑，即使是在说话的时候。那女人站在那里看着那两个不停打手势的隐退者信徒，脸上带着饶有趣味的鄙视神情。

她身材高大，皮肤呈褐黄色。她的脸很宽，鼻子很塌，几乎与脸颊平行；她双臂交叉着，身体远离两个隐退者信徒，向后倾斜了一点儿，当她越过长长的鼻子俯视那两位发光的信徒时，她将全身的重量压在一只黑靴子的鞋跟上。她的眼睛和头发看起来就像那件遮住她身体的朴素黑色长袍一样黑。

他站在大街中央，看着她和两位隐退者信徒争论了好一会儿。眼前女人的姿势和记忆中不太一样，但脸上的表情与他记忆里四十年前那个人的样子非常相似；也许，她比眼前的女人稍微老一点点。他一直想知道她会有多大变化。

这人不可能是她。蒂什林说过，她仍然在睡眠者服务上。如果她离开了，他们会提到的，对吧？

他身边走过去一群哈哈大笑着的矮胖的白斯特利安人，他沿着大街往回走了一小段路，研究了一会儿街对面那膨胀的、阀门建筑物的结构，一排黑色炸弹从黑暗中飞过、落下，并在街道另一边的桶装电阻线前面某处炸开，明黄和橙色的光芒照亮了天际，碎片缓缓上升，又落下。他无聊又茫然地吸了一口云杖，往前走去，一只巨大的动物被一圈骚动的人群围住。

他转过身，回头看了看拥挤的街道。这时，巨大的蓝金色波浪从脚下滑过，在钻石罩板下静静地向前流淌。与两名隐退者信徒争论的女孩转了一下头，看到街上那团闪亮的波浪滑过。当她再转头面向那两位发光的年轻人时，她瞥见他正看着她。她盯着他看了一会儿，脸上浮现一种表情——她认出他了？那表情一瞬而过，她随即又和两位隐退者信徒交谈起来。即便他很想把目光移开，也来不及了。

他在犹豫是否应该走到她身边，还是等她走回到大街上再走过去，或者干脆直接走开。这时，一个高个子女孩走到他身边说："先生，您需要什么吗？您似乎对我们的神殿很感兴趣。你有什么问题想问吗？我能做什么来启发您吗？"

他转身面向这位隐退者信徒。她几乎和他一样高，她的脸蛋很漂亮，但不知道为什么，这张脸显得很空洞，不过他知道这也许只是他的个人偏见。

隐退者信徒把每一个物种命运中普通但可选择的部分变成了一种宗教信仰。他们认为每个人都应该隐退、升华，每个人、每个动物、每个机器和主脑都应该直接进行终极超越，把世俗生活抛到身后，走上这条如涅槃重生一般的道路。

人们加入该教派，会用一年时间去说服其他人隐退，然后才可以实现自我隐退，让自己的心智成为群脑的一部分。隐退者信徒有意劝诱机器进行尝试，让为数不多的嗡嗡机、其他智能机器和主脑对这种行动方案产生信任。该教派旨在引诱各种形态的生物进行升华，最后达成实体全部消失的遥远目标，当然，会有一两台机器保留隐退前的实体状态，来协助完成这一事业。总的来说，人们认为这一教派毫无意义。通常人们认为隐退不会在整个社会降临，它更像是一种生命方式的选择，而不是一种宗教信仰；更像是可以移动的房子，而不是某种神圣的殿堂。

“呃，我不知道，”吉纳－霍夫恩说，听起来很谨慎，“你们这些人到底是信仰什么来着？”

隐退者信徒望向他身后的街道。“哦，我们信仰隐退的力量，”她说，“让我来好好给你讲讲。”她又扫了一眼大街，“也许我们应该离开这条大街，太吵了，你不觉得吗？”她伸出手，朝人行道后退了一步。

吉纳－霍夫恩回头看了看，后面的街道变得越来越嘈杂。他早些时候注意到的那只巨大动物——一只雌雄同体的庞德罗巨恐蜥——正缓慢地沿着大街前行，周围是同行的演员和围观群众。这只毛茸茸的棕色皮毛动物身高六米，身上披挂着华丽的长条旗和缎带，由一名衣着华丽、挥舞着火红狼牙棒的驯兽师指挥着。巨兽上边是一个闪闪发亮的黑色和银色的圆顶轿厢，圆球状的丝质窗户没有透露出里面是人还是什么东西；同样华丽装饰的大碗扣住了巨兽的眼睛。巨兽旁边伴随五只长着长毒牙的克里丝特拉尔毒蝎犬，每只都长着獠牙，鼻子哼着粗气，被魁梧的警卫紧紧地牵住。一小群人阻碍了游行队伍。庞德罗巨恐蜥停了下来，把它长长的头甩向后面，发出一声令人震惊的轻柔咆哮，然后，它用两条人腿粗的短肢调整眼罩，脑袋向两边甩了甩。喧闹的散步人群离开大街，巨兽和它的护卫队再次向前移动起来。

“嗯，没错，”吉纳－霍夫恩说，“也许我们最好离开这里，别挡路。”他喝完了手里的9050，环顾四周，想找到个能放空杯子的地方。

“交给我吧。”女孩从他手中接过力场杯，神态敬重，仿佛是什么圣物。吉纳－霍夫恩跟随她走到人行道上，她伸出一只胳膊挽住他，然后缓缓地朝着神殿的入口走去，那女人还站在那里，带着讥讽的好奇神情与两位隐退者信徒交谈。

“您以前听说过隐退吗？”挽着他胳膊的女孩问道。

“哦，听说过。”他说。当他们走路的时候，他的目光还盯着另外那个女人。他们在神殿外的人行道上停下来，进入了一个隔音力场中，里面只有轻柔的音乐和海浪刷洗海滩的声响。“你们认为每个人都应该从自己的屁股上消失，是吗？”他一脸无辜地问道。他距离那个穿着黑色长袍的女人只有几米远，但隔着隔音力场，他完全听不到她在说什么。她的脸还是他记忆中的模样，眼睛和嘴巴也是一样的。她从来没这样梳过头发，但就算发型不一样，那蓝黑色的发质还是相同的。

“噢，可不是这样子！”女孩说，她脸上的表情异常严肃，“我们信仰的，是完全脱离身体的枷锁……”

他可以用眼角余光看到街上，庞德罗巨恐蜥在一大群围观之人中拖着沉重的脚步向前走。女孩说话时，他报以礼貌的微笑。他稍微移动了一下身体，以便能从更好的角度打量另一个女人。

不，不是她。当然不是。如果她认出他来，她会有所反应。即使她一直装作没看见他，他也能觉察出来。她从不善于对任何人隐瞒她的感情，尤其是对他。她又瞥了他一眼，然后迅速移开了目光。突然间，一种不由自主的、令人战栗的喜悦袭上他心头，他的皮肤因兴奋而震颤。

“……这是我们能够超越至高欲望的最高表达方式……”他点点头，看了一眼女孩，她还在喋喋不休。他皱起了眉头，用空着的那只手搓了搓下巴，继续点头。他一直盯着另外那个女人。一旁的大街上，庞德罗巨恐蜥和随行的人员几乎在他身边停了下来，一架叠层的联络机盘旋在和驯兽师同一高度上，驯兽师正在愤怒地和它争论。

女人对另外两个隐退者信徒微笑着，带着一种嘲笑的神情。在谈论的时候，她看着年轻信徒的眼睛，然后，长舒了一口气——就在开口说话的时候——短暂地用眼睛扫了一眼吉纳－霍夫恩，她的眼里闪过一丝笑意，眉毛轻挑了一下，然后又看向两位隐退者信徒。她的头稍稍偏向一侧。

他在猜想。特情局真的会大费周章地让他处在他们的控制之下，或者说把他安排在他们的眼皮底下？他有多大可能会遇到一个长得那么像她的人？他猜至少有数百人和德杰·格莉安像到一眼难以分辨；也许有些人听说过她，然后故意整成了她的样子——名人总是遇到这种事情。他没听说有人模仿了德杰的长相并不意味着从来没有人这样做。如果这个人是特情局的一员，那他可要格外保持警惕……

“……与真正的升华、隐退所提供的终极超越相比，个人抱负、改善自己或者为自己孩子提供机会的愿望只是一种苍白的幻影。因为，正如教义中所说的……”

吉纳－霍夫恩靠近和他说话的女孩，轻轻拍了拍她的肩膀。“我相信。”他平静地说，“现在，我能失陪一会儿吗？”

他迈了两步，走到穿黑色长袍的女人面前。她的视线从那两个信徒身上转过来，她礼貌地朝他微笑。“打扰一下，”他说，“我是不是在什么地方见过你？”他一边说，一边咧开嘴笑了，很明显这句台词早就过时了，而事实上，他们两个都对隐退者信徒的话不感兴趣。

她礼貌地向他点头致意。“我不认为我们见过面，”她说，音调比德杰的高，更像女孩子，口音也完全不同，“如果我们见过面，你也没有改造过身体，而我把你忘了，我会羞于承认的。”她微笑了一下，他也冲着她笑。她皱起眉头，“除非……你生活在第二叠层？”

“只是路过。”他告诉她。一架轰炸机燃着火光，从头顶飞过，在建筑物后方爆炸，腾起一股光亮。大街上，围绕庞德罗巨恐蜥的争论似乎越来越激烈。这只巨型动物正聚精会神地盯着联络机，驯兽师站在它脖子上，用燃烧着的狼牙棒指着这只黑色的长满刺的巨型生物，好像在强调什么重要的事。

“不过，我以前也有过这种似曾相识的感觉，”吉纳－霍夫恩说，“也许我们是不期而遇吧。”

她若有所思地点点头。“或许吧。”她承认道。

“哦，你们两个之前认识？”一直在讲话的一位男性信徒说，“嗯，很多人都发现，在爱人或者认识的人的陪伴下隐退，是非常——”

“你玩卡拉森尼克·克拉西斯游戏吗？”她问吉纳－霍夫恩，打断了年轻信徒的话，“你可能在比赛中见过我。”她把头往后仰，用长长的鼻子对着他，俯视着他，“如果是这样的话，我很失望你现在才认出我来，才来打招呼。”

“啊！”那小子说，“游戏，一种超越现实渴望进入其他世界的表现手段！另一个——”

“我从来没有听说过这种游戏，”他坦诚道，“你会推荐别人玩吗？”

“哦，当然了，”她说，听上去很讽刺，“它能让所有人开心。”

“我很愿意接受新的体验。也许，你可以教教我。”

“啊，现在，最终的新体验是——”小伙子又开始说。

吉纳－霍夫恩转向他说：“我说，你可闭嘴吧！”这是本能的反应，有那么一刹那他担心自己说错了话，但她似乎对这位年轻人受伤的表情没有多少同情。

她回头看了看他。“好啊，”她说，“你可以拿我的赌注玩，我教你克拉西斯怎么玩。”

他微笑，心里纳闷：这样搭茬就上钩，会不会太容易了？“说定了，”他说。他挥舞了一下云杖，放到鼻子底下深深地吸了一口，然后鞠了一躬，“我叫拜尔。”

“很高兴认识你，”她又点点头，“叫我弗林就好，”她说着抓起云杖，把它移到自己的鼻子下面。

“我们离开这儿，怎么样，弗林？”他指了指远处的街道。大街上，庞德罗巨恐蜥肚子贴地趴着，它的四条腿蜷缩在身下，两条前肢交叉托着下巴，好像很无聊似的。两个联络机对着愤怒的驯兽师大喊大叫，驯兽师对着两台机器扬起燃烧着的狼牙棒。护卫人员似乎都很紧张，不停地拍着躁动不安的克利斯特拉尔毒蝎犬。

“当然可以。”

“请记得你遇见我的地点！”隐退者信徒在他们身后大喊，“隐退是我们灵魂的终极相遇，是人生顶峰……”他们走出了隔音力场。他的声音被高射炮火的轰鸣声淹没，两人沿着人行道继续向前走。

“我们现在去哪里呢？”他问她。

“哦，你可以带我去喝一杯，然后我们一起去我知道的一家克拉西斯俱乐部。怎么样？”

“不错。我们搭个车吧？”他说着，指着大街不远处停在路边的一辆两轮敞篷马车。一组伊斯纳－马特尔托等在缰绳中间，伊斯纳伸了伸长脖子，正在啄食槽里的饲料袋，它的后背上坐着穿有华服的小马特尔托，骑手正在警惕地四处看，百无聊赖地敲着手指。

“好主意。”她说。他们来到敞篷马车前，坐上了车，“去科里瑞姆欢乐室。”坐进小车后边时，女人对马特尔托如此说。骑手行了个礼，从它那别致的马甲中抽出一条鞭子。伊斯纳发出一声长叹。

马车忽然猛烈地晃动起来。他们身后的大街上传来巨大而沉闷的响声，他们回过头去看。庞德罗巨恐蜥站了起来，咆哮着；驯兽师差点儿从它脖子上掉下来。驯兽师手中的狼牙棒掉落，在大街上弹了起来。两条克里丝特拉尔毒蝎犬被惊到，跳起来扑进了人群，它们嚎叫着，拖着长长的牵绳。和驯兽师吵架的那两架联络机迅速躲开，升入半空；在探照灯束和防空火力的混乱中，行走在罩板上的人们紧急避让，躲开猛兽。弗林和吉纳－霍夫恩看着人们朝不同的方向散开，庞德罗巨恐蜥以惊人的敏捷动作向前跳跃，沿着大街向他们两个冲过来。驯兽师紧紧抓着野兽的耳朵，尖叫着想让它停住。巨恐蜥背部固定的银黑色圆顶轿厢似乎在上方飘浮，巨兽不断加快速度，那轿厢也被迫左右摆动。吉纳－霍夫恩身边的弗林似乎吓得全身瘫软，完全僵住了。

吉纳－霍夫恩瞪眼看着马特尔托。"呃，"他说，"我们快走吧。"小马特尔托飞快地眨着眼睛，仍然盯着大街。另一声吼叫响彻周围的建筑物。吉纳－霍夫恩又转头看过去。

正在向前冲的庞德罗巨恐蜥用一个前肢把眼罩撕开，露出亮晶晶的巨大蓝色眼睛，犹如冻了千年的冰块。巨兽的另一前肢抓住驯兽师的肩膀，把他从它脖子上拽下来，驯兽师不停地扭动着身体，挥舞着胳膊，但它把他甩到一边，扔到了人行道上。驯兽师落地时跑了几步，摔倒在地，翻滚了好几圈。庞德罗巨恐蜥在大街上雷鸣般地向前走着，人们赶紧跑开让路。有个在泡泡圈里的人跑得不够快，巨大的透明球被猛兽踢到了一边，砸进了一个热气腾腾的食品摊位里，一片狼藉中，火苗蹿了出来。

"可恶。"巨兽一直朝他们逼近，吉纳－霍夫恩骂了一句。他转头示意马特尔托车夫。他看到伊斯纳也正转头看向大街后面，它的大脸上流露出轻微的惊讶。"快走！"他大喊。

马特尔托点点头。“好主意。”它讷讷地说。它把手伸到后面，解开了伊斯纳身后的一个结，然后使劲儿用靴子后跟踹向伊斯纳的脖子下面。受惊的伊斯纳“噌”地飞奔了出去，将马车留在了原地。当伊斯纳－马特尔托这对组合消失在快速后退的大街上，马车向前倾斜，倒下。吉纳－霍夫恩和弗林被扔进了一大串的缰绳中。他听到她的叫喊。“浑蛋！”然后，当他们撞到地上时，她又骂了一声“蠢货！”

有什么东西重重地打到了他的脑袋。他眼前一黑，稍稍回过神来，看到面前是一张巨大的脸，可怕的巨兽正用冰蓝色的大眼睛凝视着他。然后，他看到了女人的脸。德杰·格莉安的脸。她的上嘴唇沾了血，在一旁茫然地望着他，然后转过头盯着那张俯视他们的巨型动物。不知从什么地方传来“嗡嗡”的感觉，吉纳－霍夫恩感到双腿发麻。女人瘫倒在他的腿上。他有点儿想吐。天空中交织的红色火力点在他闭上的眼皮上闪现。当强迫自己再次睁开眼睛，他又看到她了，看起来像德杰·格莉安但又不是本人的那个女人。不过，也不是弗林。这个女人的穿衣风格和她不一样，眼前这个女人更高，表情也……不一样。再说了，弗林仍然不省人事地瘫倒在他腿上。

他完全不明白发生了什么事。他摇摇头。头很疼。

那个既不是德杰也不是弗林的女孩迅速弯下腰，看着他的眼睛，利落地扯下斗篷来到他身边，把他一把卷起来，她做这些动作的时候，直接把弗林那一动不动的身体扔到了一边。他想挥一下手，但根本抬不起来。

斗篷在他身体下面固定住他身体，包裹着他飘浮在半空中。他大声叫着，想要拼命挣开黑色斗篷的包裹，但脑袋里再次响起“嗡嗡”声，还没等斗篷完全把他包裹住，他的视线就逐渐模糊，整个人失去了意识。

8. 消磨时间

I

类比通常是用来解释深奥理论的一个妙招，这是向小孩子介绍某件事情时常用的方法。想象一下，你现在在太空旅行，来到一颗行星上，这里非常大，几乎完全光滑。这星球上有一层原子组成的生物——实际上，它们都只知两个维度。这些生物会像我们一样出生、生活、死去，它们很可能拥有真正意义上的智力。最开始，它们对第三维度没有概念，也丝毫不理解，它们可以完美地生活在只有两个维度的世界。对它们来说，一条线就像一堵横跨了世界的墙（或者，从末端看，这条线就像一个点）。一个封闭的圆圈就像一间锁着无法进入的房间。

也许，如果它们能够建造出可以供自己沿着星球表面高速旅行的机器——对它们而言，这颗星球就是它们的宇宙——它们会绕着星球转一圈，最后回到起点。更有可能的是，它们从理论上就能预知这个结果。无论怎样，它们已经意识到宇宙是封闭的，是弧形的，而事实上，在其他地方存在它们无法接触的第三维度。由于熟知圆的概念，它们可能会把自己认知中的宇宙命名为“超圆宇宙”，而不是发明其他什么词。当然，三维空间的生物会称它们的世界为“球体”。

生活在三维空间的人也是类似的情况。当一个文明开始发展，人们会意识到：如果你以一条看似完美的直线进入空中，一直向前，最终你会回到你出发的地方，因为你认识的三维宇宙实际上是一个思维的空间。由于熟悉球体的概念，人们倾向于把这种形状命名为“超球体”。

通常在社会发展到一定程度时，人们会明白，与二维生物生活的星球不同，太空不仅仅弯曲成超球体，它还在扩展：它在逐渐变大，就像吸管末端吹出的肥皂泡泡一样。对于生活在四维空间的人来说，从足够远的地方看，三维的星系看起来就像印在膨胀气泡表面上的微小图案，通常来说，因为整个超球体的膨胀，每个星系都会远离其他星系，但实际上，就像肥皂泡表面存在不断变化、色彩丰富的螺纹和水环，各个星系能够在超球体的表面滑动和移位。

当然了，四维宇宙的超球体没有类似从外部将空气吹进来的吸管这种东西。超球体本身正在膨胀，就像一场四维的爆炸。换句话说，曾经，这超球体只是一个奇点，一颗的确发生了爆炸的小种子。这场爆炸创造了——或者说产生了——物质和能量、时间和物理的种种规则。后来——漫长的时间流过，它不断膨胀，物质经过冷却、凝聚和变化，形成了人们可以看到的凉爽、有序的三维宇宙空间。

最终，在一个技术先进的社会中，人们偶然间打破某种限制，进入多维空间——一般都是做了大量理论工作以后，人们开始意识到自己身处的肥皂泡并不是宇宙唯一。膨胀的宇宙位于一个更浩瀚的宇宙中，而这一宇宙完全被另一直径更大的时空泡泡所包围。这和你碰巧发现自己置身其中的宇宙是一样的：在巨大宇宙里面，有更小、更年轻的宇宙，嵌套在一层如同纸一样的东西里，层层包裹之下一个球形的礼物。

所有膨胀宇宙的核心，是它们最初的起源，在这里，宇宙火球不时地瞬间出现、爆炸、诞下另一个宇宙，持续不断地创造新世界，就像某种巨型的发动机点火一样，而宇宙就是发动机运行时震荡不止的排气管。

还有更多宇宙空间，比如七维宇宙，甚至更高维度的复杂宇宙，它们就像是巨大的超环，三维宇宙在超环上，更像是其中一个圆，包含其他嵌套在内的宇宙空间，至于谈及这些高维宇宙上的生物……人们普遍认为，现实中这种多重的、向内包裹的连续性宇宙已经够大家探索的了。

每个人都想知道，是否能从一个宇宙旅行到另一宇宙。任何宇宙都不仅仅只有多维空间，还有一种叫能量网的东西。它很有用——能量网的一部分可以为飞船提供动力，还曾经被用来当作武器，但它同时也是一道障碍，而且——据各方的观点来看——智能调查的结果显示，人们根本无法逾越这道障碍。某些黑洞似乎与能量网相连，也许因此与更深处的宇宙相连，但从来没有人把它变成一个可理解的东西，也没有人能将它用其他可识别的形式完整地呈现出来。还有白洞——数以百万的太阳能量流汹涌又猛烈地从白洞里涌出来，似乎也与能量网相连。但是从来没有人观察到能量网的喷口中出现过人或者飞船，甚至也没收到过只言片语的信息；没有空气中生存的细菌，没有语言消息，只有层层叠叠的能量和超高能粒子偶尔发出的呼啸声。

几乎每一个技术先进的文明都有一个可以被视作信仰的梦想，那就是，有一天，可以从这个宇宙旅行到另一宇宙，在膨胀的气泡上随意地移动进出，这样的话人们就永远不需要忍受宇宙最终消亡的命运。要做到这一点，就必须升华、隐退，真正地超越，完成终极跨越，实现终极的赋权。

河流级的通用星际飞船顺应变化的命运在太空中停着。参照超体异象来说，它在局部区域内是静止的。参照恒星埃斯佩里来说，超体异象也是静止的。未知天体就在那里，几光分之外，只是真实太空中时光束上一个毫无特色的小点，拖着一条同样看上去空洞傻气的、扭曲的、被压缩的时空链，时空链向下延伸到能量网的底部……还有一条时空链向上延伸到高层能量网。

超体异象在过去两周还是和之前一样：什么变化都没有。顺应变化的命运已经对未知天体做了所有初始测量和观察，主脑核心小组已经强烈建议它不要再做任何探测。它没有试图直接联络，更别说派出探测器、小型飞行器和嗡嗡机了。理论上来说，它可以不服从建议。这是它自己的飞船，它完全可以自行决定……但实践起来，它还是需要听从那些前辈的建议，比它更理智、更优异的主脑的建议。

集体承担责任，也可以理解为共同承担后果。

所以，最初发现未知天体时的兴奋——它成了所有人的焦点，所有人都希望它能分享自己发现的东西——消退了之后，它就只是在这里闲逛，这里仍然是事件的关注中心，但不知为何，它感觉自己被忽视了。

报告。它持续地提交报告。它早就放弃让报告显得与众不同或者独树一帜了。

飞船感到无聊透顶。它还觉察到一种持续的恐惧感朝自己袭来。根据它的心情，它真切地感受到烦闷，然后是羞愧，之后慢慢变得冷漠淡然。

它在等待。它在观察。周围分布着很多小型轻便飞船和飞行器，一些可在太空自行巡航的嗡嗡机，以及它为了观测而建造出来的专用设备，它们也飘浮着、观察着、等待着。飞船内部，人类成员们讨论了当前情况，时刻紧盯飞船自身传感器和分散的小型飞行器群体传来的数据。飞船还花了点儿时间制作出供人类玩的游戏，来帮助他们打发时间。与此同时，它始终密切观测着超体异象，扫描着附近的太空，等待第一个到来的飞船。

当“文明”飞船发现了超体异象的第十六天后，也是消息被公开的六天后，第一艘“文明”飞船出现了，对方一现身，顺应变化的命运的主传感器立刻就发现了。它欣然驶向更高处，并向伦理斜度和非此处发明发送了信号，告诉它们自己发现了另一艘飞船，它在收到的信号上加入了追踪扫描程序，开始尝试重新配置自己的遥感器平台，绕开超体异象朝着新来的飞船航行而去，速度被它微妙地控制在礼貌商讨和紧急警告之间。它向越来越近的飞船发送了一条标准的书面问候信号。

这艘飞船是冷静的忠告，来自伊兰彻探寻者的探险飞船天文学家宗的第五舰队。顺应变化的命运松了口气：伊兰彻啊，是朋友。

身份鉴定完毕后，两艘飞船碰起头来——实际上是在距离超体异象几万米之外的安全区域保持静止。

“欢迎你啊。”

“谢谢……老天啊。是那东西连着能量网，还是我的传感器出问题了？”

“如果你的传感器出问题了，那我的也是。很不可思议，是不是？不过等你在这里就这么盯着它一两个星期，就不会觉得惊奇了，相信我。我希望你只是来观察一下。我就是这样做的。”

“等着大人物来？”

“算是吧。”

“那他们什么时候到啊？”

“这个就要保密了。你保证不会泄露给伊兰彻之外的飞船？”

“我保证。”

“一艘中型系统星舰在十二天内能到这里，十四天后第一艘大型通用系统星舰会到这里，然后每隔几天或一周，就会有其他飞船赶到。从每天到一艘，到一天能到很多艘，到时候，我估计会有一些相关的问题出现。可别问我通用系统星舰觉得到底会来多少艘飞船，行动会证明的。你呢？”

“我们能私下谈谈吗？就我们两个？”

“哦，好吧。”

“我们还有一艘飞船也正往这边赶，大约两天能到。舰队的其他飞船还没有决定，虽然它们已经不再继续撤退。我们的一艘飞船在附近走失了。和平造就富足。”

“啊？真的吗？什么时候的事？”

“28.789 到 28.805 之间，准确时间尚无法确定。”

“这件事是伊兰彻内部的机密，是吗？”

“是的。这两周以来，我们已经尽最大努力搜索了这片星际，但什么也没找到。你是怎么到这里来的？”

“我是母舰通用系统星舰伦理斜度派过来的。它在 28.841 位置。它让我到上叶旋涡的顶端去查看一番。没告诉我理由。在去那里的路上，我发现了这个天体。我只知道这些。”

顺应变化的命运冷静地思考着母舰的建议。上叶旋涡顶部离这里很远，但这并不意味着什么。重要的是，它在赶往那儿的途中，给途经之处标注出了相对精确的坐标，以便记下途中有趣的事情。考虑到它收到母舰的建议时所处的位置，它的路线必然经过超体异象……它受命起航，正是在伊兰彻知道他们失去了一艘飞船的三十六天后，如今看来派它来是有意为之……它在猜测这中间发生了什么。是某一艘伊兰彻飞船向“文明”泄露了消息吗？但是考虑到它是一艘单独的飞船，泄露一条消息怎么会让对方如此精确地找到异象呢？而伊兰彻舰队的七艘飞船却花了两个星期时间搜索，结果却一无所获？

“感觉应该问问伦理斜度为什么要派我来到这里了。”

它补充道。

“谢谢。”

“不客气。”

“我想试着联络一下超体异象。那里可能是我们的同伴失踪的地方。至少它可能知道些什么。据我们猜测，飞船还在它里头呢。我想和它谈谈，如果它不回答，也许我会派一个嗡嗡机去。”

“真是疯狂啊。这东西连接着能量网呢，而且两头都连着。你知道有什么能做到吗？我可是做不到。不等所有舰队来到这里会合，我都感觉不安全。天哪，很高兴在这见到你——至少有个伴儿。我独自守夜的时候，你能陪我打发时间。结果现在你却要用棍子戳这东西。你疯了吗？”

“我没疯，但是我们可能有一艘飞船在那儿遇难了。我不能坐在这里无所事事地等。你试没试过联系这个未知天体？”

“没有。我发了一份书面的问候，但……等一下，看看它发给我的信号（信号文件如附）。”

“这个。你看，我就说嘛！这大概是伊兰彻表示握手的串符。”

“是的，我看到了。嗯，也许你的朋友先找到了那该死的玩意儿，但如果它真找到了，它可能会做你想做的事。然后，它就消失了。不见了。你没发现这其中的问题吗？”

“我会小心的。”

“嗯哼。请问，你失踪的同伴是出了名的不小心吗？”

“当然不是。”

“那就对了。”

“我很感激你的关心。你到达这片太空时，有没有什么战斗的迹象？紧急事件或者求救信号？或者是航行事件记录？”

“我发现了这个（实体分析/位置测量附件），但如果你想在报告中提到这些，最好让它们看起来像是你偶然发现的消息残片，好吗？”

“谢谢。好的。我当然……看起来我们的一只小嗡嗡机被什么绑架了。嗯。有点儿像……副产品，你觉得呢？”

“大概吧。我知道你的意思，它被炸惨了，不太美观。”

“回到可记录的界面聊天？”

“好的。”

“我在此表示，我打算尝试联系未知天体。”

“我求你不要这样做。我会向‘文明’的主脑核心小组请求，当需要联络那东西的时候允许你参加。我相信大家会欢迎你分享相关数据的。”

“真是抱歉，我有自己的理由，此次联络事出紧急。”

“私下聊聊好吗？”

“好的。”

“我关于和平造就富足的记录——几乎方方面面——都给你看了。”

“是的。所以？”

“你难道看不出来吗？听着，如果未知天体对你的同伴造成的威胁不会比对一只逃跑的嗡嗡机造成的威胁更大，那么它至少有六十六天的时间来仔细检查、修复自己的飞船结构和主脑状态，这么长时间是不是足够了？”

“我有被提前警告的优势。而且，未知天体不一定完全接管了和平造就富足。飞船可能被困住了。也许这个未知天体的所有智能都被用于维系表面的封锁状态了。这种情况下，我进去能帮我的战友解围，救它出来。”

“亲爱的兄弟，你这是自欺欺人。收到关于未知天体潜在威胁的警告后，我们已经处理了你所提出的最小额外防护措施的问题。和平造就富足可不是毫无准备的普通探险飞船。我很欣赏你对同伴的感情，但未知天体同时在两个方向上连接超高能的能量网，让我们相形见绌。超体异象并没有伤害到我，我也不打算去打扰它，我们只是简单交换了一下问候，仅此而已。你想做的事情可能会被对方认为是干涉，甚至是敌对行动。我奉命负责监控它的一举一动，所以如果你遇到麻烦，我真的无法帮你。求你了，请一定重新考虑。”

“我明白你说的。我仍打算与未知天体沟通，我不会让一只嗡嗡机影响我的决断。当然，我只好把这一决定权交给人类成员，他们通常会同意的。”

“他们自然会同意。但就算你的人类成员同意你朝超体异象派出任何实体，我还是强烈建议你不要这样做。”

“我会看他们如何选择。这可能得花一点儿时间。他们喜欢争论。”

“以我的观点来看，请别轻举妄动。”

II

施暴者级快速战斗飞船消磨时间从星球之间的黑暗划出，使劲儿刹闸减速，一股狂野、奢侈的能量光焰在能量网的表面留下一条青灰色的扰动线条。它在距离寒冷、黑暗、缓慢旋转的飞船储藏地——皮特恩斯——只有一光月的地方停了下来，从某种程度上来说，它停下的地方正好位于这方小小世界的球形防御 / 攻击飞行器群体的外部边缘。它朝岩星发送了一组请求允许靠近的信号。

收到的答复比它预想的要长。

皮特恩斯[窄束信号，M16，接收时间n4.28.882.1398]：(拒绝请求。)你在这里干什么？

快速战斗飞船消磨时间[窄束信息，M16，接收时间n4.28.882.1399]：只是路过看看你是否安然无恙。有什么问题？(再次请求允许靠近。)

皮特恩斯：(拒绝请求。)谁派你来的？

快速战斗飞船消磨时间：你为什么觉得是别人派我来的？(再次请求允许靠近。)

皮特恩斯：(拒绝请求。)我是受到限制实体。我没有责任、也没有义务允许任何飞船靠近。如非必要，机库不许别人靠近。你有什么必要的事？

快速战斗飞船消磨时间：有一些登记入册的活动记录需要核定，包括你目前的状况和位置。大家很关心你，适时的友好探望似乎很有必要。(再次请求允许靠近。)

皮特恩斯：(拒绝请求。)让我静静待着就足以表达关心了。你的来访或许会引起其他人的注意，我想从本质上来说，我不欢迎你。请立即离开，请悄悄地、不要惊动任何人地离开，可别像你来时那样。

快速战斗飞船消磨时间：我认为评估你目前是否安好是我的责任。很遗憾，你的顽固让我更加放心不下。请你拿出最起码的礼貌，让我连接你独立的监控系统。(再次请求允许靠近。)

皮特恩斯：(拒绝请求。)不！我不允许！我能照顾好自己，而且与我相关的独立安全监控系统里也没有任何令人感兴趣的东西。任何未经我的允许就试图访问监控系统的行为都将被视为侵略。我对你的不合理的粗野行径发出抗议，这是我发出的抗议信号，现在给你最后一次机会，离开我的管辖区。

快速战斗飞船消磨时间：我在报告里详细描述了你的反常和

拒不合作的态度，并复制了此信号消息。如果还不能收到满意答复，我将立即将其公开。（再次请求允许靠近。）

快速战斗飞船消磨时间：……确认信号！确认信号！我再重复一遍，我已经在报告里详细描述了你的反常和拒不合作的态度，并复制了此信号消息。如果还不能收到满意答复，我将立即将其公开。我不会再次发出警告。（再次请求允许靠近。）

皮特恩斯：（允许请求。）我纯粹是为了平静过日子。我可以允许你接入，但前提是你不能查看我同事的监控系统，它不乐意分享。

快速战斗飞船消磨时间：谢谢你，当然。正在接入。我会在三十分钟内到达你的自转保护层外两千米处。

“多亏了你的拖延战术，司令官先生，它可能已经开始起疑了，很可能已经向它的派遣人发出了信号。不过幸运的是，我们还有多达半个小时的准备时间——它行事非常谨慎。”

他们重新密封了住宿区的气闸门，把大气填充了进去。远望部族的司令官升月·干季四世前几天脱掉了他的太空制服。重力仍然太小，但比飘浮着要好些。司令官用喙点击着移动指挥中心屏幕上的图像，这个移动指挥中心搭建在先前人类游泳池/植物生长区所在的地方。司令官身边的一位中尉对站在移动指挥中心外的另外二十位进犯者军官进行了平静但紧急的训话，让他们知道发生了什么事情。

司令官不耐烦地回头看了一眼，等待着去帮他取太空制服的仆人，此时，“文明”战舰的主脑转移到了另一艘飞船的传感器上。次级屏幕上，他看到了穿着太空制服的进犯者技术官，他们的机械和一些仆从嗡嗡机正在被存储的飞船外工作着。大约一半的成员准备离开。这是一支不错的舰队，但它们需要休息，最好是一次彻底的休息，这对“文明”和其他所有人来说都绝对是个惊喜。

“难道你不能直接摧毁它吗？”司令官问“文明”飞船的叛徒。他瞥了一眼最近的进犯者飞船。太远了。为了防止被其他“文明”飞船监控，他们放弃了接近皮特恩斯。

态度改变者不喜欢发出声音，它更喜欢通过打字来表达自己想说的话。

“如果它在几分钟内赶到，也许可以直接摧毁它。如果它毫无戒备的话，会更容易摧毁。但是，我怀疑它是先起了疑心才来这里的，所以，现在不可能靠武力直接消灭它。”

“那我们清缴的战斗飞船呢？”

“司令官，它们还没有被唤醒呢！在我唤醒它们之前，它们根本用不了。如果我们现在贸然把它们中的一半唤醒，它们要耗费很长的思考和检查时间，然后才能采取行动。我们的攻击就只能在混乱、恐慌和紧迫的状态下仓促进行，根本做不到高效。”

消息在屏幕上滚动时，突然暂停了一下，然后接着输出。

“司令官，虽然只是走一下形式，但我必须向您请示：您是否愿意承认这里发生了什么，然后把指挥权移交给快速战斗飞船消磨时间？这样可能是避免交战的最后机会。”

“别说这种荒谬的话！”司令官尖酸地说。

“我猜也是。好的。我将在岩星阴影的掩护下飞走，绕到这艘快速战斗飞船后面，放它进入防御系统。它驶入防御系统一光周时，您就可以肆意开火了。我再次请求您，司令官，请把战术指挥装置交给我。”

“休想，”司令官说，“你去吧，放手去做你认为能伤害那艘‘文明’飞船的事吧。我允许它驶入三光周，之后我就攻击。”

“我已经着手处理了。不要让飞船和机库之间的距离小于一光周，司令官。我知道它在受到攻击后会怎样做——它可不是优雅的环状星陆的主脑，也不是温和胆小的通用星际飞船的主脑，这是一艘‘文明’的战舰，它周身所有的迹象都表明它全副武装，随时可以开火。”

“怎么？畏手畏脚地悄悄潜入？”司令官冷笑道。

“司令官，这样的战舰外观和行为常常表里不一，你会对它的狡猾和凶狠感到讶异和震惊的。它没有冲进岩星自身的防御屏障，而是暗暗地滑到一边停下来，这样的举动无疑是个坏迹象，多半意味着它会耍诡计。我再重复一遍：不要等它闯入防御腹地再开火。到那时它会认为自己没有逃跑的可能，于是继续前进并全力开火——在这种范围内，它的攻击极有可能摧毁整个机库和里面的飞船。”

司令官烦透了，这艘飞船丝毫没有唤起他的自我保护意识。“很好，”他厉声说，“等它进入一半之后就开火，两光周的时候。”

“司令官，不是这样！太近了。如果我们不能在交战的第一时间摧毁这艘飞船，就一定会要给它逃走的机会，否则它可能会因逃生无望而选择玉石俱焚。届时它完全可能毁掉整个机库和所有舰船。”

“但如果它逃走了，它就会向‘文明’汇报！”

“只有我们的攻击没有立即取得成功，它无论如何都会在某个地方发出警报，这还得假设它现在还没发过。我们无法阻止它。一旦出手我们就会被发现……幸运的话，他们几天后才会识破我们的计划。相信我，飞船的物理逃逸不会比信号更快地把‘文明’带到这里来。如果你允许飞船朝机库飞过三光周，就相当于把整个任务置于危险之中。”

“好吧！”司令官吐出一口唾沫。他用一只触腕轻轻挥到指挥台发光的平板。联络线路被中断。态度改变者并没有试图重新建立连接。

“您的制服，长官。”一个声音从身后传来。司令官转过身，看到无性勤务兵——身穿军装但没穿太空制服——用触腕捧着他的太空制服。

“哦，终于拿来了！”司令官大吼着，他用一只触腕轻拍了一下勤务兵的眼柄，这一下把勤务兵的眼珠子打得在眼眶里晃了好几圈。无性少年呜咽着倒下，气囊都泄了气。司令官抓起自己的制服穿上。勤务兵挣扎着从地面站起来，近乎半盲。

司令官命令他的中尉重新布置指挥台。在这里，他们可以亲自控制所有被叛徒飞船杀死的、由“文明”赋予主脑的系统。指挥台如同一个终极毁灭工具，如同奏响死亡之音的巨大琴键。诚然，有些控制键会自行触发发射指令，不过控制键的确是起“控制”的作用。

一面全息屏幕向司令官投出一个球体。这一球体显示了出皮特恩斯周围真实的空间大小，绿色、白色和金色的小光点代表了防御系统的主要组成部分。一个暗蓝色的圆点代表着正向他们驶来的那艘战舰。另一个明亮的红色光点就在存储机库的正对面，距离蓝点更近，不过很快就消失了，那是叛徒飞船态度改变者。

另一面屏幕显示出了相同视角下的多维空间抽象视图，两艘飞船位于不同的时空束表面。第三个屏幕显示的是皮特恩斯本身的情况，详细地展示出它装满飞船的坑洞、外表面以及内部防御系统。

司令官穿好了太空制服，开启了它。他坐回原位，认真回顾了当前的形势。他知道不应该在战术层面上处理问题，但他满意于自己在这里发挥的战略影响力。他还极度渴望亲自去控制并发射防御系统的所有武器，但他明白自己对这次任务负有巨大责任，毕竟他是经由上级的精挑细选才来执行此次任务的。他被选中的原因是，他知道该在什么时候放弃——叛徒飞船怎么说的来着——追逐荣誉。他知道什么时候不该去追逐荣誉。他知道什么时候让步，什么时候该虚心接受建议，什么时候撤退，什么时候围攻。

他打开了联系叛徒飞船的联络器。

“那艘战舰是不是刚好停在一光月远的地方？”他问。

“是的。”

“按照‘文明’的历法标准，是三十二个标准光日的距离。”

“没错。”

“谢谢。”他关闭了联络频道。

他看了一眼身边的中尉。“准备好火力，等这艘战舰一进入8.1光日范围内，就朝它开火。”他坐了下来，一旁的中尉用触腕点击起全息屏幕，将他的命令输入，生效。直到这时，司令官才留意到，他穿制服所花的时间比自己预想的还要长。

“还有四十秒，长官。”中尉说。

“……给它一些时间放松警惕，”司令官说，显然这话更像是自言自语，“如果这东西真的会如此行事……”

快速战斗飞船消磨时间从它请求允许靠近时的位置前行了8.1光日的距离后，屏幕上暗蓝圆点周围的空间突然闪烁起来，一千个不同类型的隐藏装置按照精确的顺序突然爆发，在展现真实空间的全息球体上，仿佛是一个微型恒星簇突然爆炸。在明亮光束的映照下，蓝点的踪迹马上就消失了。在展现多维空间的全息球体中，圆点存在的时间稍微长一些，如果把全息图的速度降低，可以看到蓝点在一微秒左右的时间内发射了多枚炮弹，然后，它在炮弹的爆炸中消失了，爆炸摧毁的时空束被甩进了多维空间，形成了两股向外膨胀的羽流。

当巨大能量突然转向岩星自身的远程射击武器，居住区的灯光闪了几下，然后熄灭。

司令官让叛徒飞船的联络频道保持畅通。叛徒飞船在防御武器被释放的那一刻就改变了路线：现在它的路线呈钩子形，颜色由红变蓝，向上弯曲着前进，多维空间的全息图上，它也在向上旋转，来到了防御毁灭系统上方的中心位置，那里的武力攻击正在缓慢减少，消散的带辐射弹壳也渐行渐远。

司令官左侧的一块平板屏幕晃动着，仿佛更大的能量涌入了受保护的电路。一条信息在屏幕上闪现：

“没打中，你们这群狗杂碎！显示屏上如此写道。”

“什么？”司令官说。

显示屏闪烁了一下，再次清晰起来。

“司令官，在下*态度改变者*。正如你们可能已经知道的，我们失败了。”

“什么？但是……”

“让所有防御和感知系统保持在最佳状态，随时应战。把传感器的列阵指向一光周之内的撤退点。我们需要它探测得再远一点儿。”

“发生什么事了？我们打中它了！”

“我将采取行动，填补我们在进攻时留下的防御缺口。让所有清缴的飞船做好准备，以便随时将它们唤醒——可能在一两天内。完成传送器的测试，如果有必要的话，用一艘真正的飞船来测试。此外，进行一次彻底的零级系统检查。如果那艘飞船能够在指挥台上植入信息的话，那它已经能够进行更严重的破坏了。”

司令官砰地把触腕压到桌子上。“发生什么事了？”他吼道，“我们不是击中那浑蛋了吗？”

“没有，司令官。我们‘击中’了某种穿梭机或者轻便飞船。一般情况下它们要比飞船携带的其他飞行设备更快，很可能是飞船在行使途中为了施展障眼法等诡计建造出来的。现在，我们知道为什么它如此有礼貌，如此从容不迫了。”

指挥官凝视着全息图中的球体，放大显示倍率，扩展景深。“那该死的玩意儿在哪？”

“请犯主扫描器授权给我使用，可以吗？只需片刻。”

司令官在太空制服里憋着怒火，然后用眼柄向中尉示意。

第二幅全息图的球体变成了一个狭窄、黑暗的圆锥体，较宽的一段向上延展，一直扩到天花板。在投影的另一端，是微微发光的皮特恩斯。在远处广阔的图像尽头，有一个小小的、凶悍的、让人痛苦的红点。

“这就是那艘好飞船消磨时间，司令官。它几乎和我同时出发，但比我更快。它已经达到了它的光荣时刻——当我们朝它的信使开火时，它就把我们的信号序列发送给了‘文明’。我可以转发给你一份副本文件——删掉了一些针对我的各种恶毒和不愉快的言论。谢谢您同意我使用您的控制台。现在，还给您。”

全息圆锥体塌陷成球体。叛徒飞船最后的消息从屏幕中滚动着消失。司令官和中尉对望了片刻。小屏幕显示出另一条信号。

“哦，你能联系上进犯者最高指挥部吗？还是我自己去联系？最好有人告诉他们，我们和‘文明’已经开战了。”

III

吉纳－霍夫恩在头痛中醒来，太疼了，他过了几分钟才平静下来。抑制这种疼痛时需要耗费太多注意力，他的状态太糟糕了，无法快速处理。他感觉自己就像一个在沙滩上的孩童，面对不断涌入的潮水，他挥舞着玩具铲子，在四周筑起一道海堤保护自己，海浪不断翻腾袭来，他只能不停地用铲子挖沙子堵住堤坝的缺口。最糟糕的是，沙子堆得越高，挖得就越深，从堤坝底部渗上来的海水就越多。最终，他放弃了。他被疼痛完全占领。如果有人在他脚上点火，或者他被门夹住了手指，那就太糟糕了。他知道最好不要晃头，所以，他只好想象着自己正在摇头。他从来没经历过这么严重的宿醉。

他努力想睁开一只眼睛。但它似乎不太愿意合作。试试另一只眼。不，这只眼也不太想面对世界。太黑了，好像被包裹在一件黑色的大斗篷或者其他什么东西里面——

他猛地一惊，双眼都睁开了，两只眼睛都因刺痛而流泪。

他看到某种屏幕，全息屏。太空浩渺，星星闪烁。他低下头，发现脑袋很难动弹。他被放在一张舒适安全的大椅子里，椅子是由某种柔软的动物皮做成的，椅背向后倾斜，闻起来也很舒服。但是，一个很大的环状软垫子套在他的胳膊和小腿上，另一个兽皮制成的长条皮垫套在他的小腹上。他又试着活动一下脑袋。他的脑袋被放进某种敞面式头盔里，就像是一种连在椅子上的枕头。

他看向一边。兽皮覆盖的墙，磨得光滑的木头。展示着抽象画的面板或者屏幕。那是一幅抽象画。挺著名的，他认出了那画。天花板是黑色的，上面镶嵌着灯。前面只有屏幕。地面上铺着地毯。到目前为止，看起来很像标准“文明”轻便飞船的装饰。这并不意味着什么。他又朝右边看了看。

屋中横向放置着两张和他所坐的一样的座位——几乎可以肯定这是一艘可以容纳九至十二人生活的轻便飞船；他看不见后面，没办法做出具体判断。中间的座位，离他最近的那个座位上，坐着一只笨重的古董似的嗡嗡机，它平平整整地端坐在座垫上。人们常说老式嗡嗡机看起来像行李箱，但这个嗡嗡机让吉纳－霍夫恩想起了老式雪橇。不知何故，它仿佛正盯着屏幕。它的光晕闪烁着，好像正经历着快速的情绪变化，光晕场投下的颜色是灰色、棕色和白色的混合。

沮丧，不满和愤怒。这可不是令人开心的组合。

小屋另一边的座位上坐着一位漂亮的年轻女子，她看起来有点儿像德杰·格莉安。她的鼻子更小，眼睛颜色不太对，头发也不一样。很难说她的身材和另一女人有何相似之处，因为她穿着一件珠光宝气的太空制服：这是一套标准的“文明”硬质制服，上面镀有白金或者银，镶嵌着无数的宝石，像是红宝石、翡翠、钻石，在头顶的灯光下熠熠生辉。这件制服的头盔同样有硬壳，此刻就放在她座椅的扶手上。他留意到，她并没有被铐在座椅上。

女孩脸上皱起眉头，非常严肃。他想，换作其他人做这个表情一定很丑，而她却看起来很迷人，大概根本无法产生她想要的效果。他决定冒险笑一下，敞面式头盔应该能让她看到。

“呃，你好啊。”他说。

老嗡嗡机站起身，旋转过来，好像是瞟他一眼。它砰地坐回到座垫上，关掉了光晕。“没救了，”它宣称，好像根本就没听见男人说了什么似的，“我们被锁在外面了。无处可去。”

坐在远处的女孩眯起那双深邃的蓝眼睛，瞪着吉纳－霍夫恩。当她开口讲话，嘴里吐出的是冰刀子。“这都是你的错，你这该死的臭杂碎！”她说。

吉纳－霍夫恩叹了口气。他又失去了意识，但他不在乎。他完全不知道这个女孩是谁，但他已经开始喜欢她了。

眼前又黑了。

IV

有限系统星舰只接收重要致电者[高加密窄束信号，M32，接收时间n4.28.882.4656]：开战了！这群疯狂的浑蛋居然公开宣战！它们疯了！

怪客稍后射杀他们[高加密窄束信号，M32，接收时间

n4.28.882.4861]：我正要联系你。我刚刚收到那艘被我派去皮特恩斯的飞船传来的信息，情况似乎很糟糕。

有限系统星舰只接收重要致电者：糟糕？简直是灾难！

怪客稍后射杀他们：你的女孩接到那个男人了吗？

有限系统星舰只接收重要致电者：哦，她刚把他弄到手，但没过几小时，进犯者最高指挥部宣告一场战争活蹦乱跳地打响了！费治岩星派去叠层栖息地的飞船当时距离那里有一天的航程。它决定不再在原定计划上浪费太多时间。我认为，对那艘战舰来说，宣战是一种解脱。它迅速宣布自己朝钢铁闪耀的方向航行，而且它被要求以最快的速度出发，执行一项紧急的防御任务。这浑蛋甚至不告诉我它要去的确切位置。我花了好几毫秒的时间弄明白原来召集它的是钢铁闪耀，我还颇费了一些功夫告诉它为什么一开始要停靠在叠层栖息地附近。我尽力说服它保持沉默是为了维护费治岩星的名誉，我想它不会乱说的。如果它多嘴，我会让它知道我的愤怒有多严肃。

怪客稍后射杀他们：但是它已经卸掉军火。它又回费治岩星的军火库补充供给去了？

有限系统星舰只接收重要致电者：哈！卸除我方后援军团的武力，倒是把费治岩星武装好了？这完全是费治自己的主意，卑鄙的浑蛋，总是过度保护自己。真没想到它这么倚老卖老。不管怎么说，坦诚交换意见已经把大炮架在船舷，迫不及待地要开战了。不管了，它已经出发了。我们的小姑娘和吉纳－霍夫恩被困在轻便飞船里飘浮了将近一天，没有地方可去。叠层栖息地固执地要求所有“文明”和进犯者的飞船必须撤离，敌对期间任何实体都不得进入。我试着找其他伙伴去接应他们，但没有找到合适的人。叠层的深度扫描已经识别出了他们那艘轻便飞船。绞肉机一天之内就会赶到，那艘轻便飞船大概只能移动，哦，两百光年？

请示不容乐观，败局已定。

怪客稍后射杀他们：看来是这样。现在的结果是我们想要的吗？挑起和进犯者的战争？

有限系统星舰只接收重要致电者：我认为是的。异象仍然是更迫在眉睫的难题，但它的出现和随之而来的可能性已经被当作诱饵，用来引诱进犯者率先发动战争了。不过，皮特恩斯更让人糟心。它的陷落意味着它被下套了，一切都指向了背叛。消磨时间确信那里有一艘“文明”或者前“文明”的飞船。不是存储在那里的飞船，而是另一艘飞船，一艘比存储在那儿的飞船要年轻很多，但更聪明、更有城府，而且它一直是清醒的。消磨时间相信自己在靠近皮特恩斯时，那艘飞船伪装成了皮特恩斯的主脑。我怀疑这艘飞船是隐秘派的战舰，该战舰在过去五百年间——只是猜测，并非是真的——被某些阴谋家解除了武装。我列了一份嫌疑人名单。消磨时间表示，这艘飞船能够在皮特恩斯眼皮底下瞒天过海，说明它要么摧毁了主脑，要么策反了它。现在，机库已经落入进犯者之手，他们拥有了一支现成的“文明”战舰，在“文明”一代又一代技术的加持下，这支舰队的战力远超他们自己，而这支舰队距超体异象只有九天的距离。在有限时间内，我们想尽一切办法都无法阻止。值得一提的是，消磨时间已经全速赶往埃斯佩里。九天后，非此处发明和别样的黝黑会到达那里。非此处发明上，两艘歹徒级快速战斗飞船正在架设武器，还有一艘犯罪级的次级战斗飞船和一艘少年犯级的通用战斗飞船。如果没有因开战分心，还有几艘通用系统星舰会赶往那里，带着五艘战斗飞船，其中两艘是施暴者级。费治岩星上的八艘精神异常级的快速战斗飞船肯定会赶过去，其他的飞船会留下执行防御任务，对付进犯者战舰。可惜这八艘飞船在进犯者到达两天后才能到位，然后展开防御。至少十艘不同级别的战舰及时到达，并占据超体异象附近有利置，才能抵御进犯者战舰的入侵。如果我们面对的只是进犯者的武装，还勉强可以抵抗，可如果皮特恩斯的飞船出动，那么我们只能应付不到八分之一的战力。倘若那些被控制的战舰直接赶往超体异象，那么超体异象肯定会化为进犯者的囊中之物。根据记录，其他储存飞船的机库会被自行唤醒，而最近的机库距进犯者只有五周的距离。一个手势，就能让它开启。 哦，一些入世种族想要提供帮助，但他们不是太弱，就是太远。还有一些野蛮部落在挠挠头后选择支持进犯者，觉得这可以转移“文明”的注意力。不过，不用在意他们。如果我们期盼心地善良的古老文明走进我们这所幼儿园，没收我们的玩具，主持秩序，目前来看也不大可能。既没有任何消息，也没有任何人知道。

怪客稍后射杀他们：对了，我们的老朋友——也许，大概，几乎可以肯定地说——也在路上。它是我们的王牌吗？我们还有什么其他点子？说到这个，你有没有得到它的答复？

有限系统星舰只接收重要致电者：没，还没有。无意冒犯，不过睡眠者服务是更深不可测的怪客。也许它认为超体异象是在寻求被存储的办法，也可能它打算按照超体异象的速度旋转，或者直接跳进去，接触其他宇宙……不知道。我个人觉得，它可能有自己的打算，而吉纳－霍夫恩在它的打算中占有一席之地。我几乎已经放弃考虑这些事了。我会继续联系它，但我认为它甚至看都不看自己的信号文件。现在战争是第一位的，优先级超过了超体异象本身。

怪客稍后射杀他们：没有觉得被冒犯。所以，我们现在把进犯者推到要么走向巅峰，要么走向毁灭的交汇点上了。

有限系统星舰只接收重要致电者：的确是。至于他们打算如何利用这些古老但强大的战舰来占领超体异象，我们只能冒险猜测。也许，他们打算包围它，然后收取入场费……但他们已经发动了一场战争——除非他们已经知晓了控制并利用异象的方法，否则必输无疑。他们有几百艘超过五百岁的战舰，的确能够在相对无人、和平、非军事化的星域造成惨烈的破坏，不过这种破坏最多只能持续一两个月。然后，“文明”会合力将这些战舰彻底消灭，并且瓦解进犯者的阴谋，然后把自己的和平理念强加给他们。不可能有其他结果。除非超体异象介入其中——但我对此表示怀疑。

有限系统星舰只接收重要致电者：也许所谓的异象只是某种投影，也许它的出现不是偶然的，而是有计划的。我知道虽然看起来不太可能，但把所有事情都放到一起便会发现惊人的巧合……不管怎样，艾迪兰战争结束后人们认为会失败的社会形态，如今似乎胜利在即，曾经达成的协议正在被践踏、推翻。就我个人而言，我不支持这种观点。我们可能无法挫败这一阴谋，但仍有可能在敌对行动期间或之后，揪出参与策划和实施这一阴谋的有罪者。我打算把我的所有想法、理论、证据、通信和其他相关文件复制给我所信任的朋友。如果你有心参与我所说的行动，我建议你也复制一份，并将此建议传达给翘首期待新情人到来。我们打算追捕这场不必要战争的发起者，直到他们被绳之以法。我知道一旦展开调查，阴谋家们势必会发现，而战场则是这些主脑最好的庇护所——战争时期，秘密层层设防，战舰四处驰骋，错误可以被认定为失误，肮脏的交易被战火掩盖。我不认为是我小题大做。我，以及其他打算和我采取相同做法的实体都将面临致命威胁。到目前为止，阴谋家们一直玩着极其肮脏的把戏，我无法想象他们为了推进肮脏的计划还会耍什么手段。

有限系统星舰只接收重要致电者：你怎么看？你愿意参加这项危险的任务吗？

怪客稍后射杀他们：真希望我能说服自己不去理会你，相信你是小题大做。你比我更敢于冒险。我的怪客癖好也许能救我一命。我们一起走过这么多风风雨雨……算我一个。哦，天哪，当初它邀请我加入核心小组的时候，从来没说过会发生这样的事……

怪客稍后射杀他们：我已经忘记了恐惧是多么不愉快的情绪了。太可恶了！你说得对，让我们抓住这群浑蛋。它们怎么敢打乱我内心的平静？一定要给那些长着奇怪触手的野蛮乡巴佬一个教训！

V

战舰亲吻刀锋在埃克罗星系外围俘获了巡航舰过客而已。这艘“文明”飞船有十千米长，造型别致优美，接待了二十万名不同物种的度假游客。一闯入战舰的射击范围内，这艘飞船就立即表示自己不会参与战斗，但进犯者飞船仍然朝它开了一炮，这是他们的传统原则。这些沉迷于享乐和狂欢的游客无论如何都不相信关于战争的声明，他们认为照亮飞船前方天空的爆炸，只是一个巨大但没有什么特色的烟花。

战舰逼近。又一次整点警报。“文明”飞船快速进行重新配置，紧急搜索材料重组发动机，以保证自己可以逃脱。但事实并非如此。

两艘飞船相遇了。在接待大厅中，一些人见到了三名穿着太空制服的进犯者，他们从打着旋儿的凉雾中穿过气闸门，走了进来。

“你是飞船的代表吗？”

“是的，”站在一干人类前面的矮胖生物说，“你呢？”

“我是冬季猎人部族和战舰亲吻刀锋的首领——异星－友好者（一等）· 五潮 · 暑年七世上校。根据战争的一般规则，我宣布，这艘飞船现在理应归为我进犯者共和国的战利品。如果你能立即遵守我们的所有指示，你、你的成员和全部机组人员完全有可能躲过伤害。以防你对自己的身份抱有什么不切实际的幻想，我就直说了，你们现在是我们的俘虏。有什么疑问吗？”

“没有。我回答不出你的问题，也不认为你会如实回答，”人形化身说，“你的管辖权仅仅来源于武力威胁。此等情况下，你的任何行为都将被飞船记录。只有飞船的原子一个接一个地被彻底摧毁，记录才会消失，而且在适当的时机——”

“是啊，是啊。我现在就联系我的律师。现在，带我去你这里最适合进犯者生活的套房。”

女孩对这种凶残行径感到格外愤慨，恐怕只有和平派的人才会像她这样做。“但我们是和平派的，”她愤怒地抗议了五六次，“我们……我们和真正的‘文明’无异，向来都是……”

“啊，”莱弗伊德说。有人从后面推搡他，把他的胸膛压到吧台前，他脸上露出痛苦的表情。他看了看四周，愤怒地瞪着后面，收回翅膀，紧贴在身后。乔依号右舷休息室中挤满了人——游船上到处都挤满了人——他发现自己的翅膀经过这么长时间的推搡被蹂躏得特别难看。但是提醒你，他还是有所得的。有人挤进吧台，把那个和平派的女孩推到他身边，他触碰到她胳膊上光滑的皮肤，他还感觉到她的臀部紧紧贴在自己身上，能感受到她的体温。她闻起来曼妙无比。“现在就是你的问题了，”他说，尽量显得委婉富有同情心，“称自己和真正的‘文明’无异，这就有问题了，明白吗？对于叠层的联络机，甚至对进犯者来说，这样说听起来让人很困惑。”

“但是所有人都知道我们和这场战争无关啊。太不公平了！”她甩了甩黑色短发，凝视着手中装着草药汁的碗。碗里还冒着烟。“该死的战争！”她听起来几乎要哭了。

莱弗伊德认为这个时候该给她一个拥抱。她似乎并不介意。他觉得从某种微小的层面来说，他可能以自己的方式触发了这场战争。有些人会感到非常自豪，有的人只觉得羞愧。

除此之外，他已经做出承诺，思潮协会已经为此而回报了他，他此刻乘坐的这艘返回主陆的飞船便是馈赠——这艘飞船目前正在执行高度人道主义任务，帮助送走所有暂住在叠层栖息地的外星人。平层现在不欢迎外星客人，思潮协会因此获得了来自“文明”和其他文化体系的高度关注，积累了宝贵的信用。

女孩深深吐出一口气，把药碗举到面前，让浓重的灰烟扑满她漂亮精致的小鼻子。她环视了一圈，看到他时勉强笑了笑，目光越过他的肩膀。

“我很喜欢你的翅膀。”她说。

他笑了起来：“是吗，谢谢……”（该死，怎么这么语拙！）“……啊，亲爱的。”

教授眨了眨眼睛。是的，那的确是一个进犯者，飘在房间最远的一端，靠近窗户。他的制服看起来像是小巧的筒形飞行器，上面满是闪闪发光的圆突、枝节状的长条和发亮的棱柱。白色薄纱窗帘被风吹拂，明亮的阳光照进来，窗帘的末端在地毯上摇曳荡漾。哦，天哪，她的内裤是不是就搭在进犯者阴影下的坐垫上？

“请再说一遍？”她说。她觉得自己可能听错了。

“费兹·克罗瑟尔－贝尔德隆萨·霍里姆·雷·帕伊瑞·达·玛莱瑞，你被任命为克罗瑟尔环状星陆的最高人类代表。特此通知，该环状星陆是以进犯者共和国的名义更名的。该环状星陆上的所有‘文明’成员现在都是进犯者公民（三等）。上级下达的命令，其余人等必须遵从。任何抵抗都将被视为叛国。”

教授揉了揉眼睛。

“克劳德席恩，是你吗？”她问起那个进犯者军官。驱逐舰折翼剪刀前一天载着一个文化性大学的交流小组一同到来，该交流小组原本计划在这里进行为期几周的学术交流。克劳德席恩是这艘驱逐舰的船长，就在前一天晚上，他们还就泛物种的语义研究进行了一次很好的讨论。他很聪明，多愁善感，没有她想象的那么咄咄逼人。面前的进犯者和他很像，但又不同。她有种不安的感觉，进犯者的制服上配备着很多武器。

“如果你想直呼大名的话，请叫我‘克劳德席恩上尉’，教授。”进犯者军官说，飘得距她更近了一点儿。他就飘在她裙子的正上方，那条裙子皱巴巴地瘫在地板上。天哪，她昨晚真是过得一团糟。

“你是认真的吗？”她问。她有种想要放屁的强烈欲望，但她忍住了，她莫名担心进犯者会因此认为她在侮辱自己。

“我非常认真，教授。进犯者和‘文明’现在处于战争状态。”

“哦，”她说，目光扫过她的胸针形终端机，终端机躺在床头板的外沿上。嗯，新消息提示在闪烁，没错了。事实上，那是频闪——一定是非常紧急的状况。她心想：我应不应该把这件事告诉环状星陆中心？

“它拒绝沟通。”进犯者军官说，“我们已经包围了它。你被认为是‘文明’——我应该说，前‘文明’——在此地的最高代表。这不是玩笑。环状星陆已经被装上了自动起爆装置。如有必要，你的世界将被摧毁，夷为平地。只有你和环状星陆上的所有成员充分配合，才能确保这种情况不会发生。”

“嗯，我无法接受此殊荣，克劳德席恩，我——”

进犯者转了一下身，又飘到了窗户那里。后退时，他在空中旋转了半圈。“你不必接受，”他说，“我刚才说了，你是被任命的。”

“嗯，那么，”她说，“我觉得，你没有权力委任给我这种职责——至少我不承认，而且——”

进犯者朝她飞奔而来，直接停在床的上方，令她不自觉地蜷缩起来。她闻到……一股冰冷的有毒气味。“教授，”克劳德席恩说。“这可不是什么学术辩论，也不是普通的文字游戏。你们是囚犯和俘虏，你们的生命随时会被没收。我也很清楚，你根本无心掌管环状星陆，但是，手续总归是要遵守，不管这种手续是不是要紧。我认为，责任我已经指派给你了，坦白地说，这才是最重要的，因为我有自动起爆装置，而你没有。”他很快就飞走了，身后拖着一股凉风。他又在窗户前停下来。“最后，”他说，“很抱歉打扰你。我个人代表自己和船员感谢你们的盛情招待。我们过得非常愉快。”

他走了。窗帘沙沙作响，慢慢被阳光染上金色。

令她感到惊讶的是，她的心，怦怦直跳。

*态度改变者*将它们一艘接一艘地唤醒，给它们讲述了相同的故事：埃斯佩里附近出现了超体异象；模拟“文明”飞船配置的暴雨级飞船，要与进犯者合作，情况极端紧急；你们必须服从我，一旦我失联了，服从我们的盟友进犯者。有一些飞船立即起了疑心，或者感到困惑。但来自*无固定居所*、*别样黝黑*和*非此处发明*的信息使它们完全信服了。

*态度改变者*有点儿不舒服。它知道归根结底自己做的是正确的事，但从肤浅的层面来说，它对欺骗同伴的行为感到厌恶。它试图告诉自己，这一切都将以不流血、少数甚至没有主脑死亡而告终，但它也明白，自己并不能保证事情会如愿发展。七十年前，当进犯者向它提出建议后，它花了几十年的时间反复思量。它接受对方的提议时就料到会发生这样的事，但它仍然希望此类事情

不会发生。现在，欺骗和背叛就在当下，它开始怀疑自己是不是犯了不可饶恕的错误，即便知道自己犯了错，此刻回头也已经太迟了。那么，最好相信之前的选择是对的，现在的自己只是目光短浅和神经反应过度。

不可能是错的。它不会错。它思想开放，深信对方建议的这条路是正道，自己也必将在伟大事业中发挥重要作用。它已经按要求行事，观察着进犯者，认真研究他们，沉浸在他们的历史、文化和信仰中。此间，它对他们产生了一种同情，甚至可以说是同理心，虽然一开始它只是对他们产生了些许敬佩，同时也对他们的行事风格产生了深深的厌恶。

最后，它认为自己理解他们，因为它和他们有点儿像。

毕竟，它是一艘战舰。它被设计和建造的初衷，便是在恰当的时候随着毁灭而得到无上荣光。它理所当然地发现，战争武器及其所能造成的暴力与破坏中蕴藏着可怕的美感，然而它也明白，这种吸引力源自某种不安，某种稚气。它看得出来——在某些标准下——一艘战舰，仅凭其完美无瑕的目的性，便可看作“文明”所能创造的最美的艺术品，但与此同时，它也能理解这种认知暴露出道德之匮乏。要完全欣赏武器的美，便是承认自己近乎盲目的短视，等同于一种愚蠢。武器不单单是武器，任何东西都不可能仅仅是它本身。武器，如同一切事物，最终只能通过它对外界的影响、对外部环境带来的后果和它在整个宇宙中的位置来评判。从这个角度来看，对武器的热爱，甚至仅仅是欣赏，都是一种悲剧。

态度改变者认为自己能够洞察进犯者的灵魂。他们不是人们普遍认为的那样——有着寻欢作乐、喜欢在派对上醉酒等坏习惯的野蛮人。他们在找乐子、放纵自己的过程中，并不是残忍得无所顾忌，其实他们更温和，更令人敬佩。他们不仅仅是可怕的恶棍。

从本质上来看他们为自己的残忍感到骄傲，这也是最有争议的一点。他们并不是轻率且无所顾忌的。他们明知自己参与的事情会伤害到同族人，残忍是他们的座右铭。其余的——无论是找乐子时的无心之失，还是狡猾的夸张伎俩——只相当于一个天使般孩子的脸上露出的灿烂微笑，瞬间会融化最严厉的成年人的心，他们的任何行为都会被原谅，无论那些行为有多么可怕。

它之前同意了这个计划，现在计划正在以沉重的代价逐步成真。因为它的所作所为，人们会死去，主脑会被消灭。最令人恐惧的危险是犯罪。大规模的毁灭。极端恐怖。态度改变者说了谎，它骗了其他飞船，也做下了背叛的事——据它所知，除了少数同行之外，其他所有人都会这么认为。它太不光彩了。它非常清楚自己会遗臭万年，因为它是叛徒，人们会无比憎恨、厌恶它。

尽管如此，它仍然会做自己认为必须做的事情，因为如果不做，它就会陷入自我仇恨的旋涡，对自己极度憎恶。

也许，它告诉自己，当它唤醒一艘沉睡的战舰时，超体异象会让一切都走上正轨。这个想法已经够讽刺的了，但它仍然继续这么想着。对，或许超体异象就是解决办法。也许，超体异象值得它赌上自己的名誉，能够带来让内心重获平静的秘诀。那会很甜蜜——借口占了上风，战争[1]促成和平……就像性交，它想。飞船嘲笑自己怎么想到了这个，它审视着自己愚蠢的想法，然后以一种更轻蔑的态度摒弃了这一自嘲。

无论如何，现在重新考虑立场问题已经太晚了。已经干预了太多。皮特恩斯的主脑已经死亡，它没有屈服，而是选择了自我毁灭。岩星上唯一有意识的人类被杀了，被唤醒的飞船只能被蒙

①原文为法语 casus belli，意为宣战理由。

骗，加速飞往可能意味着末日的地方。只有未来知道自己会和什么为伍。战争已经开始，态度改变者所能做的就是扮演它曾答应扮演的角色。

另一艘战舰的主脑苏醒了。

……在埃斯佩里附近出现了超体异象，态度改变者告诉新醒过来的飞船；模拟“文明”飞船配置的暴雨级飞船，要与进犯者合作，情况极端紧急；你们必须服从我，一旦我失联了，服从我们的盟友进犯者。附通用系统星舰无固定居所、通用星际飞船别样黝黑和中级系统星舰非此处发明的信息确认……

轻便飞船斯科普尔·阿弗朗奎暂时将紧急情况抛在脑后，退回模拟困境状态。

这艘轻便飞船有一种浪漫甚至可以说是多愁善感的气质，这是吉纳－霍夫恩在“上帝之穴”居住区与其相处两年来很少见到的（事实上，因为害怕被他嘲笑，它一直小心翼翼地隐藏着自己的性格），它／他[①] 发现自己现在就像一座人满为患的野蛮城市中渺小的大使馆的馆长，距他的家乡——那片“文明”故土——有十万八千里。他是一位睿智而心思沉稳的人，从技术上来讲他是战士，但他更像一位思想家，他看到了自己肩负的使命，真切地希望自己的战斗技能永远不需要发挥出来。但时机到来，士兵在大门口炮火连天地攻击，大使馆倒塌只是时间问题。大使馆里有非常珍贵的宝物，野蛮人没有拿到宝藏是不会罢休的。

大使离开了眺望外面围攻部队的护墙，回到了他的私人房间。他的少数部队已经尽可能找了最佳位置进行防御。他没什么话可说，也做不了什么，任何言行都可能妨碍他们。不久前，他派出

①此处斯科普尔·阿弗朗奎被最大限度拟人化，变身一个远离故乡的大使馆馆长，为保留这种表达效果，文中使用代词“他”。

了几个间谍，通过秘密渠道进入了城市，如果大使馆被破坏，他们会拼命在城中搞破坏，这是肯定的。没有什么事能转移他的注意力。只有这项决定。

他已经打开了保险箱，取出了密封的指令，他手中拿着这张纸。他又读了一遍。所以，这就是毁灭。他猜到了。不知为何，还是让人震惊。

本不该到这个地步的，但事实如此。担任这一职务时，他就知道其中的风险，但他一刻也没有真正设想过自己要在彻底的耻辱、被迫合作所致的变相背叛、自戕这三个选项之间抉择。

当然，不存在什么真正意义上的选择。他的教养如此说。他懊悔地环顾了一圈自己的私人小房间，这里有家的记忆，他的图书，他的衣服和纪念品。这就是他。这里就是他。同样的信仰和原则，把他带到了这个孤独的前线哨所，要求他投降或者死亡，别无他选。但仍然要选择一个，痛苦的选择。

他可以毁掉大使馆——当然还有他自己，完完全全，这样的话，留给野蛮人的只有大使馆的石头。或者，他可以毁掉整座城市——从某种意义上来说，这里甚至不是一座城市，而是一座巨大的兵工厂，一处拥挤的军营，或是一湾繁忙的海军码头。这是野蛮人征战的重要组成部分。毁灭这里，将于大使馆主人效忠的那一方有利，也就是有益于他绝对信奉的事业。从长远来看，毁灭这里可以拯救更多生命。然而，这座城市也有平民，那些无辜的妇女、儿童和被征服的下层生命体，还有那些来自中立领地上没有任何过错的人，他们只是碰巧被卷进了战争，本身并没有做错什么。他有权通过毁灭城市而夺走这些人的性命吗？

他放下了纸，看着远处镜子里自己的镜像。

死亡。所有选择中，他毫无疑问会走向死亡，只是不知道人们会如何记住他。是人道主义救星，还是懦夫？是大屠杀的凶手，还是英雄？

死亡。现在想来，真是有点儿奇怪。

他一直在想，自己会如何面对死亡。当然，他还会以某种方式存在。他对此很有信心。祭司保证他的灵魂会被记录在一本伟大的书中，放在某个地方，可以复生。但他现在很明确了：这肯定就是终结了，很快。一切都结束了。

死亡，他记得有人说过，死亡是一种胜利。度过漫长而美好的生活，生命中充满极度的快乐和极少的痛苦，然后死去，这就是生命的圆满，就是胜利。努力活下去，最终可能会陷入某种无法预见的恐怖未来。如果你能永远活着，不管过去发生了什么可怕的事情，不管历史上人们的行为多么恶劣，都比不上未来将会发生的事。生活会是什么样？假如这本伟大的书讲述了过去的一切，与书中的主要内容——在活生生的皮肤外层镌刻血淋淋的故事——相比，做过的和失去的，都只不过是明亮、愉快的简介。

死去，比冒这样的险更好。

好好活着，然后死去，那么现在的你就是你，独一无二。如果耍花招重新创造一个你，就算你认为那是你，实际上也不是了。

大门陷落，他听见大门的垮塌声。他站起身，走到窗边。院子里，野蛮人的士兵涌向最后一道防线。

就快了。该怎么选？该怎么选？他可以抛硬币决定，但……太蹩脚了。不值得。

他走到可以摧毁整座大使馆和这座城市的装置前，如果他愿意，这里将会化为焦土。

其实没有什么选择。没有真正可选的。

和平会再次来临。唯一的问题在于，什么时候到来。

他不知道自己选择不摧毁这座城市，是否会有更多人遭受痛苦和死亡，但至少，损失和伤亡会在尽可能长的时间内限制在最低水平。如果将来证明他的判断做错了，他做出了错误的抉择，那么死亡还有一个好处，就是该去承受误判的指责时，他不会在场。

他再次核检了爆炸装置的指令，只有大使馆会被摧毁，他又等了一会儿，确保自己足够冷静，清楚地知道自己在做什么。然后，当泪水涌上眼睛时，他启动了爆炸装置。

斯科普尔·阿弗朗奎的自动销毁程序顷刻间毁灭了它自己的智能内核，完全摧毁了自己；轻便飞船被炸成了万亿片碎屑。爆炸声震得“上帝之穴”的房屋一阵颤动，巨轮周围都能感觉到。它炸毁了周围区域的一个重要组成部分，导致工程结构外壁破裂。但这很快就能修好。

驱逐舰利塔龙号受损，需要在码头上多待一周，但飞船上没有人员伤亡。爆炸造成轻便飞船附近码头上和小型飞船内的五名军官、几十名士兵和技术人员丧生；一些半意识的人工智能实体也不幸遭殃，人们后来发现它们的智能核心被轻便飞船的代理机械损坏了。尽管采取了各种预防措施，但轻便飞船还是在被摧毁前成功渗透进了居住区的系统。这些机器和它们的后代大大拖住了战争期间居住区为敌方提供补给的后腿。

“那么，战争来了，感觉怎么样？”

“很吓人，尤其是当你有充分的理由相信开战的原因就在你旁边。”

通用星际飞船顺应变化的命运和伊兰彻飞船冷静的忠告和呼吁理性构成了一个三角形，飘浮在太空中。两艘伊兰彻飞船多次试图与超体异象联络，但没有成功。顺应变化的命运变得紧张起来，只是待在旁边看着两艘伊兰彻飞船上的成员压力越来越大，期望可以实施进一步行动，打破飞船的沉默。

就在第二艘伊兰彻飞船出现在这里的几天后，这三艘飞船秘密地达成了内部协议。它们交换了飞船内的嗡嗡机和人形化身，公开了各自的主脑设置程序，一般来说，它们是不会把自己的主脑设置暴露给其他社会的飞船的，它们此举是为了联合行动，承诺在没有和其他人沟通的情况下，谁都不会采取行动。如果伊兰彻飞船执意去和超体异象交涉，此协议将失去效力。几天后，当中级系统星舰非此处发明到达时，这项协议——正如顺应变化的命运所料——还是以另一种形式失效了，非此处发明开始颐指气使，力劝两艘伊兰彻飞船不要鲁莽行事。

“这片星域现在有没有进犯者战舰？”

呼吁理性问。

“没有。”顺应变化的命运回答，“事实上，它们一直离得很远，并且让其他体系的飞船也不要靠近。我想，我们应该猜到了事情的可疑之处。和他们这样的人打交道，我认为问题的关键在于，每当你认为自己发现了他们的打算，他们就会比平时更加狡猾和卑鄙。”

“你认为他们想要的是超体异象？”

呼吁理性问。

“很有可能。”

“也许他们不会来这里。”呼吁理性猜测，“他们不是在攻击整个‘文明’吗？有报道称数十艘‘文明’的飞船和环状星陆被劫持了……”

“我不知道。”顺应变化的命运坦诚地说，“在我看来这太疯狂了。他们不可能打败整个‘文明’。”

“但他们声称，一个储存飞船的岩星——皮特恩斯——已经陷落了。”冷静的忠告说。

“嗯，是的。官方称那里被封锁了，但（当然，没有记录在案）如果他们朝这个方向来，大约一周后就能到，我可不想再待在这里了。”

“所以，如果我们要和未知天体取得联系，最好尽快行动起来。”呼吁理性说。

“唉，可别又提这事。你自己说的，他们也可能不会来。”顺应变化的命运说，然后就闭嘴了，“等一下。你们收到这个了吗？”

（半频信号，全体进犯者基地闭路联络通道）

请埃斯佩里附近所有飞船注意：位于（位置信息如附）的未知天体首先被进犯者的巡航舰狂暴意图于n4.28.803.8+发现，特此代表进犯者共和国，提出合法主张，根据进犯者的法律、法令、条文和特权，该未知天体为进犯者所有。

鉴于目前由“文明”挑起的战争，进犯者有权实施全面监管保护的辖区已扩展到上述区域，为此，进犯者已经颁布法令，未知天体周围十个标准光年内，禁止所有非进犯者飞船靠近，此法令立即生效，特此命令本星域内所有飞船立即离开上述星域。

在上述星域内发现的任何飞船和实体都将被视为违反进犯者法令，藐视进犯者最高委员会，从而受到进犯者军方的全面打击。

为了执行上述法令，一支由数百艘前“文明”战舰组成的舰队已被派遣到上述地点，它们会根据指示毫不留情地执行命令。这些战舰已选择放弃向前主效忠。

进犯者万岁！

“所以，我们都收到了。”冷静的忠告说。

“它们一周内就能到达这里。”呼吁理性说。

“嗯。它们给出的地点是什么？”顺应变化的命运说，“看看它们从哪里发的通知。”

“啊哈。”冷静的忠告回复。

“啊哈什么？”呼吁理性问。

“它们给出的位置，不在未知天体附近。”另一艘伊兰彻飞船点明，“他们给出的位置就是那只小嗡嗡机出事的地方。”

“狂暴意图是一艘进犯者飞船，就在舰队离开的同时，它也离开了叠层栖息地，它很可能就跟在和平造就富足后面。”冷静的忠告告诉“文明”的飞船，“很显然，它就是返回叠层的那艘飞船……事件发生三十六天后返航回到叠层的。”

“速度有点儿慢了。”顺应变化的命运说，“根据我的记录，那艘陨星级轻型巡航舰的速度应该可以达到……哦，等一下，它发动机出现故障了。然后，它在第二平层遭受了某种袭击……呃，哦，快看！”

超体异象那儿有动静。

通用系统星舰翘首期待新情人到来［高加密窄束信号，M32，接收时间 n4.28.883.1344］：好吧，我已经考虑过了。不，我不会帮你陷害只接受重要致电者和稍后射杀他们。我已经报告了我之前的顾虑，也已把这些顾虑告诉了另外两艘飞船，因为我在对自以为的阴谋进行调查的过程中，我确信有必要先对进犯者的入侵进行果断处理。虽然我仍然不赞成这种做法，但当你们的计划暴露时，比起让他们先行一步，逮捕他们也许会造成更大的损失。尽管你做出了保证，我仍然很难相信那艘在皮特恩斯欺骗了机库的流氓飞船是在单独行动，而你们只是利用了这个诡计。不过，我也很难给出证据。我已经承诺不会公开这一切，但我会考虑继续做个好人，不会迫害只接收重要致电者和稍后射杀他们，当然，前提是我继续保持诚信。考虑到我与其他同伴的约定，尤其考虑到昨天的敌对行为，我毫不怀疑你会认为我是偏执狂。我正考虑给自己安排一段假期，暂时离开任务航线。无论如何，我会退出这个小组。

通用系统星舰无固定居所［高加密窄束信号，M32，接收时间n4.28.883.2182]：我完全理解。只是你必须相信，我们无意对你提到的两艘飞船造成任何伤害。我们关心的只是尽快拜托当下的困境。我们不会相互指责，不会进行迫害，也不会展开大屠杀或清除异己的行动。只要你确认一切到此为止，那么我们也十分满意。真是松了一口气！

通用系统星舰无固定居所：我要补充一点，很难找到合适的语言来表达我——我们——对此事的深切感激。你表现出了无懈可击的道德操守和真诚客观的开放态度，这两种美德常常悲剧性地无法共存，它们是那么让人向往，受人尊敬。你是我们大家的榜样。我劝你不要离开小组，不然我们损失太大了。求你了，请再三考虑。没有人对你已经赢得的上千次休假机会有异议，但请同情一下那些劝你放弃休息的人，哪怕他们只是出于私人想法不想让你离去。

通用系统星舰翘首期待新情人到来：谢谢。但我不会改变决定。等到将来某个时刻，如果将来有什么特殊情况发生，需要我再次挺身而出，而到时候我还受到欢迎的话，我想我会请求重新加入。

通用系统星舰无固定居所：我亲爱的飞船。如果你真的决意离开，请带上我们最诚挚的 祝福，只要你发誓不会忘记，我们的小团队永远欢迎你的智慧和正直！

VI

吉纳－霍夫恩在厕所里磨蹭了很久。乌尔弗·塞彻生气的时候简直是地狱，自他醒来以后，她就一直处于生气的状态。事实上，很早之前她就开始生气了。她对他非常恼怒，而他失去了意识，什么都不知道，这似乎有些不公平。

如果他睡得太久或者白天打瞌睡，她会更生气，所以他每隔一段时间就去上厕所。这个可容纳九人的轻便飞船的厕所由厚木板组成，木板与轻便飞船中唯一分隔舱的后壁凹面连接。当木板被推开、关闭，一个半圆柱形的力场立即出现，将封闭的空间与分隔舱其他地方分隔开来，力场内还有足够的空间让人整理衣服，你可以舒适地站立或者坐着；通常，里面会播放一些令人心情愉悦的舒缓音乐，但吉纳－霍夫恩更喜欢完全静默的状态。他坐在这里，柔和而带着香气的微风拂面而来，一般来说，他并没有如厕，他只是满足于有个地方可以独自待着。

和一位漂亮聪明的年轻女子被困在一艘小而舒适的轻便飞船里，按理说，应该感到无拘无束的幸福，可惜，这只是幻想而已。事实上，简直是地狱。他以前也感受过被困住的窘境，但从来没有像现在这样，从来没有如此彻底、如此无助，他也从来没有和一位见到他就烦躁的人待在一起过。他甚至都不能责怪嗡嗡机。从某种程度上来说，嗡嗡机是一种阻碍，但他并不介意。实际上，有它也很不错，他不知道如果没有它从中阻止，乌尔弗会对他做什么残忍的事。见鬼，他都有点儿喜欢这只嗡嗡机了。女孩嘛，他很容易就能爱上，在恰当的环境中，他会欣赏她，被她深深吸引，很可能是全心全意的喜欢，甚至先从朋友做起……但是现在，他不怎么喜欢她，她更是讨厌他，她一点儿都不喜欢他。

他觉得，首先是环境不对。恰当的环境意味着他们都身处的文明的、有教养的地方，周围应该有很多人，各种纷繁复杂的事情和要做的事情，他们可以自行选择在何时何地加深对彼此的了解，而不是就这么被关在一起——可悲啊，到目前为止只有两天，感觉仿佛过了一个月。在战火纷飞时被关在一艘轻便飞船里，完全不知道应该去哪里，所有计划似乎都成为泡影。想到自己可能算是一个囚犯，他心里更堵了。

“那么，第一个女孩是谁？”他问她，“站在隐退者信徒神殿外面的那个？”

“大概是特情局的人。”乌尔弗·塞彻生气地告诉他。她等着嗡嗡机。男人第一次醒来时，他们两人坐在相同的椅子上。他们身后的隔间可以调换，还有各种各样的座椅、沙发、桌子，等等。但每隔一会儿，他们又会坐回座椅上，看着屏幕和星星。嗡嗡机丘特·莱恩漫不经心地坐在地板上，显然没有留意到女孩愤怒的目光。嗡嗡机似乎屏蔽了这种目光。不知何故，它竟然有权保持沉默，逃离是非。

吉纳－霍夫恩坐回到座椅上。前面的星星看起来和几分钟前一样。这个轻便飞船并没有特定的目的地，它只是在远离叠层栖息地，沿着叠层栖息地交通管制部门批准的众多路线中的一条前行，没有被战舰或舰队警告、拦截。女孩和嗡嗡机不允许他联系叠层栖息地或者任何人。一人一机倒是和某艘飞船的主脑联络过，用屏幕进行交流，只是不允许他看。有一两次，女孩和嗡嗡机就那样安静地待在一起，显然，双方在用神经蕾丝和通信器联络。

理论上来说，他或许可以从女孩和嗡嗡机手中夺过飞船的控制权，但实践上来说这是徒劳：飞船有自己的半感知系统，他无法颠覆它的思维，即使他以某种方式战胜了女孩和嗡嗡机，他也没有机会转变它的态度。再说了，他现在要去哪里？肯定不是叠层栖息地，他不知道灰色地带或者睡眠者服务在哪里，他猜其他人也不知道这两艘飞船在哪儿。他认为特情局的人会来找他。他最好待在他们能找到的地方。

除此之外，当一人一机终于把他从椅子上松绑时，嗡嗡机向他展示了一枚装在壳内的、古老但看起来仍闪闪发亮的刀子型导弹，还给他的左右小指刺了一下，短暂而令人讨厌的刺痛之后，他确信了，如果他尝试任何愚蠢的想法，它的感应器稍后就会带给他比这种小刺痛疼到千倍以上的痛苦。他已经向嗡嗡机保证，他不是什么战士，他生来就可能拥有的军事技能已经完全丧失，这是先进的自我保护装置过度发展带来的机能衰退。

因此，当女孩和嗡嗡机静静地交流时，他乐得让他们继续。事实上，无论怎么说，这都是一个可喜的变化：无论他们在交流时得到什么信息，他们似乎都不太满意。女孩显得特别心烦意乱。他感觉女孩觉得自己被骗了，她发现自己被糊弄了。也许正因如此，她告诉了他一些本来不应该对他说的事情。他努力把她说的有关特情局的内容和之前她对他说过的话结合起来。

思考过多，他的头有点儿疼。他从夜之城逃出生天的时候，头就这么疼。他还在努力联想到底发生了什么事情。

“但我以为你说你是特情局的？”他忍不住说，他知道这话会再次激怒她，但他真的很困惑。

“我说的是，”她咬牙切齿地说，“我以为我在为特情局工作。”她往另一边看了看，重重地叹了口气，然后转向他，“也许我现在是，也许曾经是，或许有好几家特情局，也许完全是另外一家特情局，我不知道怎么回事，你不明白吗？”

“那是谁派你来的？”他交叉起双臂。外套还穿在身上，轻便飞船的生物组件正在清洗他的衬衫。制服看上去很不错，他心想。女孩没有换掉她那镶满宝石的太空制服（她用过轻便飞船的厕所，而没有使用制服里的内置卫生间）。她看起来越来越不像德杰·格莉安了，他在心里琢磨着，她的脸变得更加年轻、更加漂亮、更加光彩夺目。这是一种非常让人心旷神怡的转变，如果不是眼下这样的情境，他估计很想和她一起喝点儿小酒，看看彼此是否有更吸引对方的地方……可惜，当时的情况就是这样，他最不想做的就是给她留下一副色眯眯、垂涎欲滴的印象。

“我已经告诉过你是谁派我来的，”她用冰冷的语气说，“是一个主脑，在另一个主脑的帮助下……我故乡的主脑。”她露出勉强的微笑，“嗯，现在看更像是勾结了。”她深吸了一口气，然后紧紧抿住嘴。“看在上帝的面上，我有了一艘自己的飞船，”她痛苦地对着他们面前屏幕上的星星说，“我以为一切都被特情局安排好了，这很奇怪吗？”

她瞟了一眼沉默的嗡嗡机，然后又看了看他。

“现在，有人告诉我们，我们的飞船出事了，我们必须对我们现在的位置保持沉默。我们把你带离叠层栖息地，却惹上了大麻烦……”她摇摇头，“看上去，我对于特情局来说……并没有我想的那么重要，嗡嗡机也这么认为的。”她转头向嗡嗡机示意。她上下打量了他一番，“真希望当时就把你扔在那里。”

“好吧，我也这么想。”他说，尽量让自己听起来明智些。

她比他早几天到了叠层栖息地，特情局用一张空头支票把她派去那里找他，但是仅仅通过到处询问，她根本找不到他，因此才有了庞德罗巨恐蜥的事。认为派她来的不是特情局也有一定道理，因为特情局在第一时间就找到了他，为什么还要一边照顾他一边绑架他呢？她有自己的战舰，情报说她需要到叠层拦截他，而特情局的信息又仅局限于少数值得信赖的主脑之间。这就很令人迷惑了。

“所以，”她说，“当你离开叠层以后，你到底要做什么？去引诱看起来像昔日情人的女人来挽回失去的青春，这种可悲的做法就是你的全部使命吗？”

他尽量宽容地微笑：“抱歉，我不能告诉你。”

她又眯起了眼睛：“你知道吗？他们可能会让我们把你直接扔出轻便飞船。”

他向后靠坐，看上去又惊讶又受伤。他内心的确感到一阵真实的恐惧颤动。“你们不会的，对吗？”他问。

她又看向星星，眉毛拧紧，嘴巴向下弯成一条线。“不会，”她承认，“但我很乐意这么想象。”

沉默了一会儿。他能感觉到她的呼吸，不过她那件漂亮的制服胸膛处没有任何活动的迹象。突然，她将镶有珠宝的靴子狠狠踩进地毯。“你原本到底要干什么？”她转头面向他，愤怒地问，“为什么他们想要你？浑蛋，我已经告诉你我为什么在这里了。赶紧说，快告诉我。”

“对不起，”他叹了口气。她已经气得满脸通红。哦，不，又来了，他心想，又到了暴躁时间。

嗡嗡机猛地飞到他们身后的半空中，有什么东西在轻便飞船的屏幕边缘闪烁。

“你们好啊。”他们的周围传进来洪亮又低沉的声音。

VII

通用系统星舰翘首期待新情人到来[高加密窄束信号，M32，接收时间n4.28.883.4700]至有限系统星舰只接收重要致电者：很遗憾地告诉你，关于所谓的超体异象和进犯者的阴谋，我已经改变了立场。现在我的判断是，尽管进犯者在管辖权和道德上存在逾矩行为，但他们只是投机取巧，谈不上阴谋。此外，我始终认为道德规范可以作为我们的行为指南，但不该成为我们的主人。有时候我们必须放下这种——请允许我这样描述——平民化的思维方式（这不正是“特情局”这个名字所暗示的吗？），才能更好地行动，尽管这些行动本身可能令人厌恶，但有助于带来理想中的结果，任何有理性的人都不会对此提出异议。我深信有关进犯者的局势极为特殊和罕见，因此值得采取当前由主脑实施的措施和政策——也就是之前我们怀疑策划了巨大阴谋的主脑。我呼吁你与“欢乐时代帮”的伙伴进行对话——我知道这不太公平，毕竟你不信任它们——是希望可以一致对外，允许各方力量朝着令人满意的结果努力，抛却令人遗憾和不必要的误解，共同抗击现在由进犯者挑起的武力冲突。就我自己而言，我打算静修一段时间，从这个信号结束后立即开始。我不会再回信；给我发的任何信息都可能会留给独立静修委员会（前“文明”部门），每隔一百天（大概）我会查看一次信息。祝你一切顺利，希望我的决定有助于实现我由衷希望达成的和解。

∞

有限系统星舰只接收重要致电者 [高加密窄束信号，M32，接收时间 n4.28.883.6723] 至怪客稍后射杀他们：天哪。看看这段翘首期待新情人到来发来的胡话（信号文件如附）。我希望它是被控制了。如果啊真是这么想的，那就太糟了。

∞

从怪客稍后射杀他们 [高加密窄束信号，M32，接收时间 n4.28.883.6920] 至有限系统星舰只接收重要致电者：哦，老天，现在我们都面临威胁。我要向位于阿拉的霍姆达舰队基地出发。建议你也去找个庇护所。以防万一，我会将我们所有的信号信息、研究报告和猜测文件分发给值得信赖的主脑，当然，只有我“死去”它们才可以拆看这些文件。强烈建议你也这么做。我们唯一的选择是公开，我不认为我们有足够的证据可以证明我们完全置身事外。

有限系统星舰只接收重要致电者至怪客稍后射杀他们：真是可恶。要逃离我们的同伴，我们的主脑伙伴。天哪，我生气了。我会去一个阳光明媚的环状星陆（迪亚格列斯封闭环状星陆）。我把有关此事的相关信息都告诉了我的朋友们，它们是专门掌管档案的主脑，服务于更可靠的新闻机构（我同意我们难以洗脱外界对我们的怀疑，可能一直没有合适的时机，如果有，战争也已经将一切粉碎），至于睡眠者服务，我已经习惯了每天都去联系它。谁知道呢？等这场风波过去以后，一切尘埃落定，可能会有新的机会吧——如果真有这样的机会的话。如果还有人活下来见证的话。

有限系统星舰只接收重要致电者至怪客稍后射杀他们：哦，好吧。现在已经不是我们的主场了。就像人们常说的，祝好运。

VIII

在女人的主塔前，人形化身阿莫菲亚移动了一个八角形的仪器；坚实的木轮在同样坚实的车轴上隆隆作响，木板、木条弯曲和挤压的声音响彻整间屋子。有一股奇怪的气味，可能是木头的味道，轻轻地从木板棋盘那里散发出来。

德杰·格莉安在雕刻精美的椅子上往前坐了坐，一只手不经意地轻拍着小腹，另一只手捂住嘴。她咬着一根手指，眉头专注地皱起。她和阿莫菲亚坐在她的新住所——通用星际飞船狭隘的见解的住宿区，这里已被重建，布局完全复刻了她居住了四十年的孤塔的样子。大大的圆形房间，上面罩着圆形的透明穹顶，回音四处回荡——雨滴的回音，音量类似游戏立方体内产生的音效。周围的屏幕上显示着德杰四十年来研究、同游、一起漂浮的生物。四周摆放着女人收集来的小物件和纪念品，位置和面朝寂寞海洋的孤塔里的相同。在宽大的火炉里，一堆原木烧得噼啪作响。

德杰沉思了一会儿，然后捏起一个骑兵，顺着木板移向轰鸣的马蹄声和汗水味。它被停放在一列货运列车前，列车厢是为一些非正规军准备的。

屋子的另一边，阿莫菲亚一身黑色，蜷身坐在一张小凳上，一动不动。然后，它移动了一个隐形实体。

德杰看了看木头装置，想弄明白人形化身这一系列隐形棋子的移动是要干什么。她耸耸肩。小骑兵几乎毫无损伤地击溃了非正规军，木板装置上传来铁块撞击声、尖叫声，还有鲜血的气味。

阿莫菲亚又移动了一个隐形棋子。

当时没什么事发生。然后，一种近乎亚音速的隆隆声响了起来，德杰的塔倒塌了，陷进八边形的木板中，木板顿时腾起一片浓烈的烟尘，伴随岩石滚落、碾压的声音，地面震颤起来。任何一步棋的移动似乎都伴随重大的场景。空气中弥漫着翻腾泥土和石头粉末的气味。

阿莫菲亚看起来有些内疚。“需要工兵。”它耸耸肩。

德杰竖起一条眉毛。“嗯，”她喃喃道。她审视着新的状况。随着主塔楼消失，一条直通向她军队腹地的路出现了。看起来不太妙。“我能不能停战乞求和平？”

“我帮你问问飞船？”人形化身问。

德杰叹了口气。“好吧。”她叹着气说。

人形化身又看了一眼木板上的场景。它抬起头。“八分之七的概率，我会赢。”人形化身告诉女人。

她坐回到大椅子上。“那就算你赢。”她说。她身子向前探了一点儿，拿起另一座塔。她研究起这座塔来。人形化身也坐了回去，看上去对自己的棋艺相当满意。“你在这里开心吗，德杰？”它问。

“开心啊，谢谢你。”她回答。她又把注意力聚焦在手中微型炮塔的结构上。她沉默了一会儿，说，“那么，会发生什么事吗，阿莫菲亚？你能告诉我吗？”

人形化身目不转睛地盯着女人：“我们正全速向战区进发。”它说话的语气很奇怪，近乎孩子气。接着，它往前挪了挪，仔细地看着她的表情。“战区？”德杰看了一眼木板说。

“发生战争了。”人形化身点头，一副严峻的表情。

“为什么？在哪儿？谁和谁打起来了？”

“因为一个叫超体异象的东西。我们正要去那附近。是‘文明’和进犯者之间发生了战争。”它进行了一番解释。

德杰把手里小小的模型塔颠来倒去地摆弄，皱着眉头看着它。最后，她问：“这个超体异象真的有所有人认为的那么重要吗？”

人形化身沉思片刻，然后，它放松双臂，耸耸肩。“这个问题很重要吗？”它问。

女人又皱起眉，不太理解它的反应。“它重要吗？”

它摇摇头。“还有别的更重要的事，”它说着站起来，伸了个懒腰。“你要记住，德杰，”它对她说，“你可以随时离开。这艘飞船会按照你的意愿航行。”

“我现在就想留在这儿。”她说，抬头瞄了它一眼，“什么时候——”

“还有几天，”它告诉她，“一切都很顺利。”它站在那里，低头看了她一会儿，看她在手指间摆弄着小塔。然后它点了点头，转过身，安静地离开了房间。

她几乎没有留意到它的离开。她向前探了探身子，把小塔放在木板后缘的八角形上，这是一片海岸，蓝色的边缘应该代表着大海，海岸不远处，阿莫菲亚之前在那里安排了一支小部队，这支小队伍已经搭建起了一座桥头。和化身玩的游戏中，她从来没有把一座塔放在这样的位置。伴随这一步，木板发出尖叫声，这一次，海鸟穿透沉重的海浪拍打声，发出的哀怨、刺耳的声音。一股刺鼻的腥咸气味弥漫在棋盘格上方的空气中。一瞬间，她仿佛回到了那里，回到了那时，在海鸟的叫声中，汹涌的海浪激荡出的气味纠缠在她头发上，成长中的孩子在腹中越来越重，时不时地活跃一下。小家伙突然在她肚子里猛踢了几下，力道大得令人吃惊。

她盘腿坐在鹅卵石海滩上，孤塔就在她身后，那轮巨大的红色圆盘形状的太阳缓缓坠入黑暗的海洋，在大陆几千米处的峭壁上投下鲜红的幕帘。她把披肩裹在身上，用手抚摸着自己长长的黑发。卡住了，头发被绳子绑着结。她没有试着把头发拽出来，她更期待悠长而缓慢的梳发过程，晚些时候拜尔会来轻轻地帮她捋顺、抚平、梳理。

海浪拍打着海面两侧的卵石和礁岩，发出巨大的叹息声和沙沙声，听起来就像某种巨大海洋生物的呼吸，一种逐渐聚集加深的声音，结尾总是伴随一阵接近静谧的间歇。每一次，海浪落下，冲向巨石咆哮着滚落的石坡，推动、冲刷起闪着亮光的鹅卵石，海浪摧枯拉朽般夺得更多空间，石头被海水裹挟着相互撞击、碎裂。

就在她的正前方，海面上有一块凌空隆起的大岩石，在她面前冲向缓坡的海浪更柔和一些，似乎也更友好，而咆哮着、膨胀着的海洋将最主要的能量释放在五十米外一个粗糙的半圆结构的建筑那里，半圆建筑物上涌起一排泡沫般的浪花。

她紧握双手，手放在孕肚下，闭着眼睛。她用力地深呼吸，臭氧和湿咸的气味充斥着鼻孔，把她与大海那咸咸的不安连在了一起，她的大脑再一次感受到自己成了亘古不变和变化无常这一组合流体的一部分，她的思想充满了波涛起伏、包罗万象的浩瀚，如同层层叠叠、如夜般深邃的多维世界摇篮。

她脑海中，在她现在所幻想的半恍惚状态中，她微笑着穿过自己的保护层和身体构造层，走到婴儿躺着的地方，小家伙仍然在健康成长，半睡半醒，漂亮可爱。

她用经过改造的身体温和地检查了一遍胎盘程序，这一程序保护着连接她与孩子的连接，但同时又微妙地控制着母子之间的供给，它谨慎、合理地管理着婴儿发育所需的血液、糖、蛋白质、矿物质和能量。

诱惑总是一种操控一切的干扰，仿佛这种操控能够证明一个人是多么努力、多么谨慎，但她始终抗拒这种操控，她满足于没接受任何警告，也不留意有什么不平衡会威胁到她或者胎儿的健康，她乐于让身体自身的系统智慧去主导生命的发展，而不是大脑中的欲望去干预。

转移开注意力，她就可以使用另一种内嵌的感官观察她即将出世的孩子——这是她继承的“文明”基因，其他同类都未曾涉足。通过在尚未破裂的羊水中游动的胎儿的特殊机能等一系列信息，她可以在大脑中模拟胎儿的形状和模样。她看见这个小不点了，胎儿弓着背，蜷缩成一团光滑的粉红色，身体紧缩在脐带上，好像它正专注于吸收母体供应的血液，试图增加脐带里的血液流速和营养浓度。

她惊讶地看着它，一如往常，惊叹着它圆球一样漂亮的脑袋，惊叹着它显露出的空白而不具形态的奇异气息。她数了数它的手指和脚趾，检查了它紧闭的眼睑，微笑着看着小小的细缝，这说明胎儿的细胞自发选择了女性。一半是她的，一半是某种具有奇特异域色彩的基因。一个新的物质和信息的集合，呈现给宇宙；反过来，也包含着宇宙。两个不同但又平等的部分，结合到一起，是伟大的、不断重复、永远变化的生灵。

她确信一切都很好，于是，她任由那小小的、混沌的意识自己向着一个方向不假思考地成长，她的一部分思绪回到她坐的卵石海滩上，海浪拍打着光滑的岩石，发出轰隆隆的巨响，卷起泡沫般的白色浪花。

当她再次睁开眼睛时，拜尔就在那里，站在她面前细碎的波浪中，海水没过拜尔的膝盖，浑身湿透，金色的头发湿漉漉的，水滴顺着长刘海滑下，脱下制服的面罩后，英俊的面庞露了出来，被身后鲜红的夕阳映衬得黝黑。

“晚上好。”她笑着说。

拜尔点点头，从水里“哗啦”一声走出来，坐到她身旁，用一只胳膊搂住她。“你还好吧？”

她握住了搭在肩上的手指。“我俩都挺好，”她说，“那些家伙呢？”

拜尔笑了，把制服从脚边踢开，露出被水泡皱的粉棕色脚趾。“斯基利浦克觉得，他喜欢在陆地上行走的想法。他说，他为自己的祖先离开海洋又回到海洋而感到羞愧，就好像是空气太冷了。他想让我们给他做一台可以在陆地行走的机器。其他人觉得他疯了，不过也有人支持他，打算一起飞行到海洋之外。我给他们留下了更多的屏幕，增加了很多供他们研究飞行的文档入口，供他们访问。他们给了我这个——送给你的。”

拜尔从制服侧面口袋拿出了一样东西，交给她。

“哦，谢谢。”她把小雕像放在手掌中，用手指小心翼翼地翻过来，借着白日结束之前微弱的红色光线认真地观察着。它很别致，由一块柔软的石头雕刻而成，完全按他们认为的人类应该长成的模样雕刻的：带着天生的脚蹼，双腿的膝盖相连，身体圆滚滚的，肩膀纤细，脖子粗粗的，脑袋狭窄，没有一缕头发。这雕像确实看起来像她——虽然脸有些扭曲，却有着相同之处。很可能是格利斯替科特的作品。雕像的面部有着柔软的线条和幽默感，这些细节都向她展示了这位老妇人的淳朴性格。她把这个小人偶举到拜尔面前。“你觉得它像我不？”

“嗯，你现在真有它这么胖了。”

“哦！”她一边说，一边轻轻捶了一下拜尔的肩膀。她低头瞥了一眼膝盖，伸手拍拍肚子，“我觉得，你也要开始显怀了，终于啊。”她说。

拜尔笑了，她的脸上仍然有水珠，水珠折射着即将消失的光芒。她低下头，握住德杰的手，拍拍她的肚子。“还没，”她说着站起身来。她伸出一只手去拉德杰，眼睛朝孤塔瞟了一圈。“你是要进去呢，还是坐在这里整个晚上都和海浪说话？我们还有客人呢，记得吗？”

她深吸一口气，想说什么，然后抬起手。拜尔扶她站起来。她感觉自己很沉重，不灵活，还有……笨拙。她的后背隐隐作痛。“好，我们进去吧，嗯？”

她们两人走向孤塔。

9. 让人无法接受的行为

I

超体异象与能量网相连接的两个区域就这样消失了，两个带凹槽的时空束结构沉入了能量网，就像海洋中发生的爆炸被海水完美地吸收一样。能量网的两层都震荡了一会儿，就像某种抽象的完美流体，然后静止下来，完全不动。能量网表面产生的波纹很快衰减至零，被吸收了。超体异象就这样无拘无束地自由飘浮在真实太空中，和以往一样，还是神秘莫测。

一阵长久的静默，三艘盯着超体异象的飞船都不言不语。

最后，冷静的忠告说出了一个问句。

“它是在？”

“看起来是的。”顺应变化的命运说。它感到恐惧、高兴、失望三种情绪同时涌上心头。恐惧，是因为它看到了刚刚发生的事；高兴，是看到了不寻常的事并进行了测量，也保留了数据，包括时空束－能量网崩塌的速度、能量网对断开连接的反应等，这些都是真正的科技推动器，完全是原创科学；失望，因为它暗暗地觉得，到这里就结束了。超体异象可能会在这里待上很长一段时间，然后什么表现也没有。看上去，永无止境的无聊，让人眼花缭乱的瞬间……然后，又是永无止境的无聊。有了超体异象，你都不需要战争就能体会这种循环。

顺应变化的命运赶紧把它从能量网－时空束连接崩塌过程中收集的数据转发给其他飞船，甚至没有对数据进行整理。先把这些数据发送出去，以防万一。然而，它的另一部分思绪还在思考这样做合不合适。

“那东西有反应。”它告诉其他两艘飞船。

“对进犯者的信号有反应？”呼吁理性说，“我很想知道。”

“能不能得出和平造就富足率先发现了超体异象的结论？”冷静的忠告问。

“很可能是它先发现的，不是吗？”顺应变化的命运赞同地说。

“是时候了。”呼吁理性说，“我要派出一只嗡嗡机。”

“不要！你必须等待，现在超体异象大概已经配置好了武器，它已经直接干倒了你的同伴，你却想要在此时接近它？你是疯了吗？”

“我们不能就在这里干等啊！”呼吁理性对“文明”的飞船说。“过不了几天战火就会烧到这里。我们已经尝试了所有同生命体进行交流的方式，都没有回音！我们必须更进一步！我将在两秒钟内释放嗡嗡机。不要干涉它！”

II

“嗯，我们同时怀着孩子，似乎……我想，似乎更浪漫、更对称吧。”德杰轻笑着说，抚摸着拜尔的胳膊。她们站在孤塔最高层的圆形大房间里；科兰、艾斯特、图利、她和拜尔。她和拜尔并肩站在篝火旁。她观察拜尔是否想继续谈论这个话题，拜尔只是笑了笑，喝了一口杯中的饮料。“当我们想到这件事的时候，”德杰继续说，“确实有点儿疯狂。两个新生的婴儿，只有我们两个在这里照顾它们，我们都是第一次做母亲。”

"唯一一次做母亲。"拜尔喃喃地说，对着自己的高脚杯做了个鬼脸。其他人被逗笑了。

德杰又摸摸拜尔的胳膊："好吧，不论什么结果，我们拭目以待喽。但你们看，这样的话，从兰出生以后到另一个孩子出生之间的这段时期，我们就可以……"她热情地微笑，看着拜尔。"我们还没有想好另外一个孩子的名字。不过不管怎么说，"她继续说道，"这给了我恢复的时间，毕竟是两个人应付一个孩子，在拜尔生下他的……呃，她的孩子之前。"

"是的，"拜尔说，看了她一眼，"我们可以在你的孩子身上练习怎么带娃，然后就知道怎么带我的娃了。"

"哦，你！"德杰一边说着，一边拧着拜尔的胳膊。后者笑了一下。

用术语来说，德杰和拜尔所做的事情叫"彼孕"。当你能够改变性别——数千年来，"文明"的每个成员都可以做到这一点——时，便能实现"彼孕"。只需一年的时间，你可以从女性变成男性，反过来也一样。这个过程没有痛苦，仅仅通过思想就可以做到。当你进入一种半恍惚状态，就像德杰这天晚上早些时候的状态，她可以检查胎儿的状态。如果你在脑海中找到了正确的地方，就会看到你现在的模样。一个小小的想法会让你的模样从现在的性别变成另一种性别。然后，从半恍惚状态中回到现实就可以了。你的身体已经开始发生变化，腺体释放出相关病毒和激素的信号，这些病毒和激素会促使性别缓慢地开始转化。

一年时间，足够让一名女性怀上孩子，而这位女性——事实上，应该说是成为母亲的人——是由完全可以充当父亲的男性转化的。"文明"中大多数人会在生命中的某一时刻转化性别，不过并非所有人会在自己处于女性状态时怀了孕。一般而言，人们最终会回归到他们的先天性别，但也有例外，一些人一生都在男性和女性之间来回转化，而另一些人则在两种性别状态之间选择了双性同体，还能够找到舒适的和谐状态。

在人们的普遍寿命可以长达三个半世纪的社会中，长期关系的维系方法必然有别于为“文明”提供血缘基础的原始文明。终身的一夫一妻制并不是完全没有，但非常罕见。比较常见的现象是，夫妇两人在子女处于童年和青春期时待在一起，但这也不是社会惯例。一般来说，“文明”中的孩子与母亲关系密切，当然，他们也明确地知道自己的父亲是谁（假设孩子不是母亲的克隆人，也不是母亲自己制造的继承父亲基因的个体），父亲可能是生活在同一大家族中的某位叔叔或者阿姨，通常和孩子生活在同一栋房子、大公寓或者别墅中。

为了延长情侣关系，人们想出了很多办法，其中一个强调两人互相依赖的办法是，两人同时进行性别转化，并在性行为中扮演相应的角色。一对情侣先孕育一个孩子，然后男人变成女人，女人变成男人，两个人再生一个孩子。更复杂的版本是对某一方的生殖系统进行控制，历史上人体改造的小修小补使生育变更成为可能。

可能会有这种情况，“文明”的女性怀上身孕，但在受精卵从卵巢转移到子宫之前，她就开始缓慢转变为男性。受精卵没有进一步发育，但也不一定被体液冲走或者被身体吸收。受精卵可能被抓住、被控制、被置于暂停状态，它不会进一步分裂，只是静静地在卵巢内等待。当然，后来卵巢变成了睾丸，但是，通过细胞的精细化控制和复杂的通道化演变，受精卵会安全地存活，在睾丸中保持稳定，而睾丸这一器官使男人成功让曾经是男人（最初提供了使伴侣怀孕的精子）现在是女性的一方受孕。然后，曾经是女人的男人又变回了女性。如果曾是男性而现在是女性的女人也推迟了受精卵的发育，那么两个胎儿的生长和出生很可能实现同步。

对于“文明”中的一些人来说，此番——诚然，这一过程相当冗长，耗费时间——经历是两个人表达爱意最美妙、最完备的方式。但对有些人来讲，这种做法有点儿粗俗了，嗯，怎么说呢，老气横秋。

奇怪的是，在他遇见并爱上德杰以前，吉纳－霍夫恩一直都持后一种观点。二十年前，当他还没有性成熟，也还没能理解自己对大多数事物的真实想法之前，他决定一辈子都做男人。他也知道改变性别不乏益处，有些人甚至对性别转换特别热衷，但他觉得这是一种软弱，不知为何。

后来，德杰改变了拜尔的想法。他们在通用星际飞船近期改变上相遇。当时她即将结束为期二十五年为星际事务部效劳的工作生涯，而他刚签署了为期十年的工作协议，等到协议期满，他可能会要求延长工作时限，也可能不会。他是一个百花丛中过的风流浪客，她是一个谢绝任何男女关系的前辈。当他加入星际事务部后，他尽情和女孩子欢爱，从一开始，他就秉持着睡遍星际事务部所有女人的决心和信念，有些人认为单单有这想法就非常吸引人了。

在近期改变上，他已经同一半以上的女性人类成员睡过了，不过，突然之间，德杰·格莉安阻断了他的步伐。

不是说她不愿意和他上床——他问过其他女性为什么拒绝他，原因有很多，但他从来没有对她们产生怨恨，也没有因此就不把她们当朋友——而是，她告诉他，她确实觉得他很有魅力，通常情况下她愿意和他共度良宵，但她不会这样做，因为他太放纵了。他觉得这个理由有点儿荒谬，但他只是耸耸肩，继续生活。

他们成了朋友，很好的朋友。他们相处得很好：她成了他最要好的朋友。他一直渴望这种友谊，当然，也很期待两人的关系进一步发展——哪怕只有一次，但事实是，一次也没有。性爱对他来说如此自然，如此坦然，如此水到渠成。在一些非常愉快的社交场合，或者只是喝喝小酒之后，最后竟没有以上床收尾，这对他来讲，无疑有点儿反常。

她告诉他，他的放纵正在毁掉自己。他不理解她，觉得是她以某种方式毁掉了他。他仍然会和其他女人约会，但他花了太多时间和她在一起——因为他们是如此要好的朋友，这也成了无形的挑战，他发誓无论如何都要得到她，结果惯常的诱惑、邂逅和约会手段都不奏效，他甚至无法把注意力放在其他女人或者想要赢得他注意力的女人身上。

她说，他把自己铺展得太广，太肤浅，也太脆弱了。他并不是在毁灭自己，他是在阻止自己成长。他还停留在青少年的状态，男孩般的阶段，数字比任何东西都重要，他沉浸在对收集、索取、列举和编目的痴迷中，这些都是不成熟的表现。他永远无法成长为一个真正的男人，除非他能超越这种对欢愉和占有肉体那幼稚的痴迷。

他告诉她，他并不想超越这一阶段，他很享受这样的自己。不管怎么说，尽管他很喜欢这种生活状态，也不在乎垂垂老矣之前自己有多放纵，他能预料到，在未来三个世纪中的某个时间点，他或许会有所改变，但在那之前，有足够的时间去完成该死的身心发育和成长。时候总是会到的。他不打算加快速度。如果所有性行为都是在帮助他成长，那她就有义务帮帮他，帮他尽快完成这一步成长，可以从现在就开始……

她像往常一样把他推开了。他不懂，她这么对他说。他纵容的不是次数有限的滥交，而是不断尝新的劣习，这会慢慢蚕食他的个人潜能——能够塑造他个人成长的潜能。她是他生命中必不可少的休止符，至少是个休止符。在他的生活中，他可能需要的更多，她从来不对他抱有幻想。但现在，她就是他想要的。她就是他汹涌的激情之川中必须攻克的磐石。她是他的教训。

他们两人是同一领域的专家——外星生物学。他有时听她说话，会在心里想，是否有一种对同一物种的人感觉更像是外星人那样的陌生呢，两人都以同一种方式思考，思考的东西却完全不同。他可以理解一个外星物种，研究它们，进入它们的皮肤、甲壳、棘刺、隔膜，以及任何必须插进去才能了解的地方，经过这些步骤后，他总是能理解某一外星物种。他可以像它们一样思考，以它们的感知力去感受外界，预测它们对事物的反应，对它们在特定时刻的想法做出合理的猜测。这是他引以为傲的能力。

在他看来，当你研究起一个与自己完全不同的生物体时，你会从一个足够宏观的角度出发，能够深入它们的身体结构，进入它们的大脑。可面对与你有百分之九十九相似的人，你就会因为离得太近，而无法从更广阔的视角去看待。每次目光交会，宏观审视的机会就悄然溜走了。你也无法探入对方的身体。一次又一次挫折。

后来，“文明”在一个叫“泰勒蒂耶”的世界建造了一个前沿基地。这是个长期安排，基地会存在五年，“文明”要帮助一种叫“柯提克”的水生动物进一步发展。这是星际事务部在雇员结束职业生涯之后为他们提供的工作，德杰认为自己非常适合这一岗位。这一岗位意味着，要么两个人留在那颗星球上，要么她孤身一人为柯提克种族奋斗。偶尔会有其他人造访，不过这个岗位少有休息，也没有什么额外的假期，目的在于和柯提克个体之间建立长期的私人关系。这不是一件容易的事，这工作意味着一种承诺。德杰向上级争取到了这一职位，然后，上级允许，她接受了这一岗位。

拜尔不敢相信德杰就要离开近期改变。他告诉她，她的做法无非是为了刺激他。她却对他说，他不仅很可笑，还自以为是得让人难以置信。她之所以接受这份工作，是因为这个职位很重要，而且，她觉得自己是在做擅长的事情。这是她现在准备去做的事——过去，她乘坐通用星际飞船绕着银河系飞奔，她享受旅程的每一刻，但现在她变了，是时候去做一些更长远的事情。她会想念他，她希望他也会想念她。尽管他肯定不会像他信誓旦旦地说的那样想念，甚至不可能像他认为的那样想念她，但是时候继续努力，做一点儿与众不同的事业了。她很抱歉不能继续作为休止符待在他身边，但事实就是这样，这是个千载难逢的好机会。

后来，他也记不清自己是什么时候下定决心要和她一起赴任，但他确实这么决定了。也许是他已经开始相信她说的话，但他也觉得是时候做点儿不一样的事情了，即使他在近期改变上待了没多久。

这是他做过最困难的事，比任何调情都难（她可能是例外）。首先，他必须说服她这是个好主意。她甚至不觉得受宠若惊，至少第一反应不是这样。这是个糟糕的决定，她告诉他。他太年轻，太缺乏经验，在飞船上待的时间太短了。他一点儿都没有打动她，他太蠢了。这一步走得不浪漫、不理智、不让人高兴、不实际，只是愚蠢。如果星际事务部真的奇迹般让他和她一道去，他不必猜也知道，就算他甘愿承受这么大的牺牲也不见得能让她和自己上床。

他的决定什么都证明不了，只能证明他既愚蠢又自以为是。

III

通用星际飞船灰色地带没有塑造出代表自己的人形化身，它通过一架仆从嗡嗡机说话。“小姑娘——”

“少用你那套高人一等的口气叫我‘小姑娘’！”乌尔弗·塞

彻说，她把双手搭在镶有珠宝的制服的臀部位置。她仍然戴着头盔，面前是控制板。这艘通用星际飞船的机库里停着各种各样的轻便飞船、通信卫星和各式用具。看起来这里即使在最理想的情况下也相当拥挤，现在就更凌乱了，因为这里停靠着一艘原本属于快速战斗飞船坦诚交换意见的轻便飞船。

"塞彻女士，"嗡嗡机继续咕哝着说，没有受到任何影响，"我不该去接你和你的同事丘特·莱恩。我这么说是因为你们几乎是在战场中间游荡。如果你真的坚持——"

"我们没有游荡！"乌尔弗一边说，一边挥着手臂指向轻便飞船，"我们在飞船里！你知道，它有发动机！"

"是的，非常慢的发动机。我刚才也说了，'几乎'。"飞船的仆从嗡嗡机说，它没有外壳，只由一些部件组成，飘浮在距离地面二十多厘米的半空中，它转向丘特·莱恩，"丘特·莱恩，太欢迎你了。你能试着说服一下你的同事塞彻女士吗？"

"别说得好像我不在这儿似的！"乌尔弗跺着脚说。吉纳－霍夫恩脚下的甲板震动了一下。

他从来没有因为见到一艘通用星际飞船而这么高兴。他终于能从该死的轻便飞船和乌尔弗·塞彻烦躁的情绪中解脱出来。万幸啊。他留意到，灰色地带首先表达了对他的欢迎。

终于，他又回到了正轨。从这里到睡眠者服务，把任务完成，然后——如果战争没有把事情搞砸的话——大功告成，他要找个地方度假。他仍然难以相信进犯者真的宣布对"文明"开战了，但假设他们真的宣战了，等到战争结束，进犯者回到他们自己的位置，体验过进犯者生活的"文明"或许更能促成两个社会体系之间的和平，也会帮助进犯者变得更文明些。如果真是这样的话，在某种程度上他会有些难受。他喜欢他们本来的样子。但如果他们这样的行事作风在"文明"看来已经够疯狂的话……也许，他们要挨点儿教训了。一点点矫正，对他们有好处。

但他们不会喜欢的，因为规范是仁慈、耐心、优雅的强化过程，当相关数据表明如此规范是正确的事情时，“文明”会情不自禁地表现出特有的沉着自信。或许进犯者宁愿被毁灭，也不希望听命于他人。不论怎样，从现在到那时，吉纳－霍夫恩认为他们会给自己一个好的交代。

乌尔弗·塞彻本人在这方面做得也不错。现在，她命令飞船允许她和嗡嗡机立即返回到轻便飞船，继续前进。考虑到她联系上灰色地带的第一件事是请求救援，要求立即登船，现在又这么要求，有点儿厚颜无耻，但很明显女孩没有这样认为。

“你们是强盗！”她大声吼道。

“乌尔弗……”嗡嗡机丘特·莱恩冷静地说。

“你竟站在它那边！”

“我不是站在它这边，我只是——”

“你可真了不起啊！”

争吵还在继续。飞船的仆从嗡嗡机看看女孩，又看看老嗡嗡机，然后又转头看向女孩。它略微上升，然后又轻轻回落。它转向吉纳－霍夫恩。“抱歉了。”它平静地说。

吉纳－霍夫恩点点头。

嗡嗡机丘特·莱恩话说到一半，突然停住，然后它轻轻地落到地面上。乌尔弗·塞彻愤怒地瞪着它。然后，她明白了。她转过头看着仆从嗡嗡机，旋转了半圈指着它。“你竟敢——”

她制服面前的控制板忽然“咔嗒”地关上了，她的制服像雕像一样完全不能动弹。制服面部外侧的珠宝在机库的灯光下闪闪发亮。吉纳－霍夫恩认为他能听到女孩衣服里传出低沉的呼喊声。

“塞彻女士，”嗡嗡机说，“我知道你在里面也能听到我说话。我非常抱歉这么没礼貌，但很遗憾，我发现我们的对话单调乏味，毫无意义。事实上，你现在完全在我的势力范围内，我希望这一小小的演示能够证明这一点。你可以接受现实，相对舒适地度过接下来的几天，也可以拒绝认清现实，要么被关起来，嗡嗡机干预小组负责你的起居，要么接受麻醉，以防你有什么恶作剧的举动。我向你保证，只要不是战争，我会很高兴地将你和你的同事交还给你的轻便飞船，让你随心所欲，想去哪里就去哪里。但是，只要我还没有被召集去执行公开的军事任务，你和我待在一起远比你一个人在一艘手无寸铁、几乎没有任何防御能力的小型轻便飞船里飘浮——或许有什么目的地缓慢移动——要安全得多，我恳求你相信我，因为，那么一艘小型飞行器很可能被误认为是弹药或者有敌意的飞船，你们会被攻击的。”

吉纳－霍夫恩看出女孩的制服在颤抖，制服左右摇晃起来。她一定是拼了命地想要挣脱它。这套制服差点儿失去平衡。小嗡嗡机伸展出一片蓝色的光晕稳住它。吉纳－霍夫恩想知道小嗡嗡机让制服摔倒的愿望有多强烈。

“如果我被召集去执行任务，我就放你走，”飞船的嗡嗡机继续说，“同样，一旦我完成了特情局赋予我的对吉纳－霍夫恩先生的任务，我想，你也可以自由离开。感谢你听我把话讲完。”

丘特·莱恩突然飞到空中，继续说起它刚刚没说的话。“——劝你在该死的放纵生活中理智这么一回。”然后，它的声音渐渐消失了。它来回转了好几次头，让人感觉它似乎很困惑。

乌尔弗的控制板回来了。她脸色苍白，嘴唇紧闭成一条线。她沉默了好一会儿。最后，她说：“你是一艘非常粗鲁的飞船。你最好永远没机会去费治岩星做客。”

“如果这是让你同意我那完全合理的要求而付出的代价，小姑娘，我可以答应你。”

“还有，你最好在这艘垃圾飞船上给我找个像样的住处，”

她说着伸出拇指，指了指吉纳－霍夫恩，“我受够了这家伙的性激素。”

IV

他让她难以招架。从她一开始申请泰勒蒂耶上的职位到最终实际接手工作，她等了半年。这期间，他一直试图说服她。最后，在飞船即将送她去泰勒蒂耶的前一个月，她总算同意他问问星际事务部能否一同前去。他怀疑她这样做只是为了让他闭嘴，别再烦她，她一刻都没有想过他真的会被录取。

他全力以赴地为自己的申请做陈述。他研究了有关泰勒蒂耶和柯提克的所有资料，讲述了迄今为止他所做的所有外星生物学工作，并且仔细地强调过往经验对泰勒蒂耶上的工作有着非常重要的意义。他竭尽所能地证明自己尤其适合这种与世隔绝的长期职位，因为他一直以来如此狂热和忙碌，他的余热还有很多，正适合这个工作。这绝对是放慢脚步、深呼吸、冷静下来的绝佳时机。这一职位对他来说太完美了，他想要这份工作。

他开始了游说工作。他与近期改变深入交谈，和星际事务部的各个飞船探讨，也和专门研究人类心理和人类选择委员会的嗡嗡机深入探讨过。有点儿效果。当然，他没有获得一致赞同——大约是一半支持一半反对吧，近期改变所在的阵营对他的选择说“不”，但他还在积极争取支持。

最后，在近期改变的母舰悄然自信上进行的投票，出现了严重分歧。当他们回到悄然自信，又搭飞行器驶往泰勒蒂耶所在的星域时，悄然自信的人形化身——高大魁梧的男人形象——出现了，吉纳－霍夫恩对它说起自己的愿望。离开时，飞船说还会有第二次面试。

当回到有百万名女性的飞船上，吉纳－霍夫恩很高兴。一天早上，当他发现与自己共度良宵的那个机灵、苗条的金发女郎是飞船的一名人形化身，他感到非常愤怒，不管怎么样，他还是有道德底线的。

他气得七窍生烟，怒不可遏。这位轻声细语的人形化身坐在床上，冷静自若地看着他。

她可没有告诉他她只是一名化身！

他也没问，她指出。她本来想告诉他，她是来给他做评估的，但他只是简单地以为任何觉得他有魅力的人前来搭讪，一定是想和他做爱。

仍然是欺骗！

人形化身耸耸肩，站起来，穿好衣服。

他拼命地回忆前一天晚上他对这生物都说过什么话：那个时候他已经醉意朦胧，他知道自己说起了德杰和泰勒蒂耶的事，但他怎么说的？他对飞船的奸诈行为感到恶心，一艘飞船竟然这样欺骗他，这令他很震惊。这不公平。哦，真惨，他只是用“柯提克”当作口头禅来谈论德杰和柯提克的工作，完全没有防备，根本不可能让人觉得厉害。太灾难了。他确信是近期改变怂恿母舰这么考察他的。浑蛋。

人形化身在他的居住舱门口停住脚步。她告诉他，他滔滔不绝地讲述他过去的生活和泰勒蒂耶的事，飞船有意支持他去陪伴德杰·格莉安。然后，她冲他抛了一个媚眼，离开了。

他被选上了。只是一瞬间的恐慌，然后，胜利的喜悦排山倒海而来。他做到了！

V

消磨时间仍然以最高续航速度远离飞船存储地——皮特恩斯；再快一点儿，它就要降低发动机的性能了。它来到皮特恩斯和超体异象之间的区域，然后关闭了动力，以趋于一倍光速的速度向前滑行。它故意没有采用滑停的老路。相反，它小心地在时空束上展开一个光秒宽的力场，利用此力场将自己拖至完全停下，它在正常空间中的三维位置固定不变，唯一可以感受到的运动矢量是宇宙本身膨胀产生的。消磨时间的船体缓慢地远离三维物质构建的现实的中心点。然后，它发出了信号。

快速战斗飞船消磨时间［高加密窄束信号，M32，接收时间n4.28.885.1008］至通用联络星舰钢铁闪耀：我知道你其实是此次行动的指挥官。你愿意接受我的思维状态吗?

通用联络星舰钢铁闪耀［高加密窄束信号，M32，接收时间n4.28.885.1065］至快速战斗飞船消磨时间：不，多谢提议，不过我们有其他任务要交给你。我想问一下，你为什么从一开始就前往皮特恩斯?

快速战斗飞船消磨时间：有点儿私人。我一直觉得皮特恩斯停着一艘前“文明”飞船，所以我应该过去看看。这艘前“文明”飞船曾是我的对手，一直想把我毁灭，我无法容忍。我的骄傲受到了威胁。我的荣誉。我要再活一次。请接受我的思维状态。

通用联络星舰钢铁闪耀：我不能接受。感谢你的热情和关心，但我们的资源太少，不能浪费。有些时候，个人骄傲只能暂且委屈一下，要让位于军事任务，无论我们觉得战争有多么可恨。

快速战斗飞船消磨时间：我理解，好吧。请告知我有何行动方案。最好让我直接对上藏在皮特恩斯那艘叛徒飞船。

通用联络星舰钢铁闪耀：当然（计划图表如附）。当你到达第一个位置后，请进行确认，并向我发送信号。

快速战斗飞船消磨时间：（确认收到附件。）

∞

快速战斗飞船消磨时间［高加密窄束信号，M32，接收时间n4.28.885.1122］至怪客稍后射杀他们：请求你按照这个行事（附上信号文件）。你愿意接受我的思维状态吗？

怪客稍后射杀他们［高加密窄束信号，M32，接收时间n4.28.885.1309］至快速战斗飞船消磨时间：亲爱的飞船，真的有必要这样吗？

快速战斗飞船消磨时间：没有什么东西是绝对必要的，但有些东西是我想要的。我想要这样做。你愿意接受我的思维状态吗？

怪客稍后射杀他们：如果我不这样做，你的思维状态会拖累你吗？

快速战斗飞船消磨时间：也许。它肯定会耽误我。

怪客稍后射杀他们：我的天哪，你不觉得这对别人来说是个麻烦吗？

快速战斗飞船消磨时间：我是一艘战舰，为别人考虑不是我的必备素养。你愿意接受我的思维状态吗？

怪客稍后射杀他们：你知道吗？这就是为什么我们更喜欢在像你这样的飞船上保留一部分人类成员——有助于杜绝你这种英雄主义行为。

快速战斗飞船消磨时间：你在试图暂停传送。就算你不接受我的思维状态，我也会传给你。你愿意接受我的思维状态吗？

怪客稍后射杀他们：如果你执意要求……好吧。但这个思维状态会比较糟糕？

飞船向另一艘飞船发送了早年可能会被称为“灵魂”的副本。然后，当它完成了为战斗所做的一切准备时，它体验到一种奇异的解脱感和自由。现在，它立即感受到一种既骄傲又谦卑的亲切感，与各个时代的所有物种的斗士凝聚在一起的亲切感，他们告别了自己的生活、爱人、朋友和亲人，他们与自己和解，与各路神明和平相处，他们随时准备在战斗中献出自己的生命。

它经历了短暂的尴尬时刻，因为它曾因这些未开化的生命缺乏文明而鄙视过他们。它一直都知道，他们是卑微的动物，这本身不是他们的错，但它觉得，实在很难消除它对这种动物的感觉，这种贵族式的蔑视在它主脑伙伴中太普遍了。现在，它发现自己与他们有了一层亲密的关系，这种关系不仅跨越了年代、物种和文明体系，而且还跨越了动物大脑所表现出的困惑、模糊的意识与大多数先民乐于称之为人工智能（或者相似的同类机械智慧——大概这样称呼更合适，无贬低的意味）那接近无限延伸、精练、复杂的鸿沟。

现在它发现了一项真理，那就是在沉思和准备自我牺牲的过程中，思想会得到净化与升华。它刚刚转移了自己的思维状态，在不久的将来，它的新自我会在一艘新战舰上重生——这将是非比寻常的举动，但也有可能永远也不会。它曾短暂地考虑过用它此刻的思维状态代替送走的那个，但很快它就放弃了这个想法：一方面那样会浪费更多时间，更重要的是，它觉得人为地把自己当下的“灵魂”放到一个不会死亡的主脑中，会侵扰目前这份奇特的平静和自信。不适合，甚至不安。不能这样做。它需要完全保持清醒的状态，紧紧把握住自己已然超脱的心智，这是它在战斗中神圣的护身符。

战舰仔细查看了自己的内部系统。万事俱备，任何拖延都可能被看成推诿责任。它掉转船头，转向来时的方向。它缓慢地启动发动机，逐渐加速，平稳地驶入太空。行使过程中，它在身后部署了密布的地雷和多维空间导弹。就算运气好，这些炸弹也只能炸毁一两艘飞船，但它们能拖延飞船的行进速度。它逐渐加速，直到系统显示发动机将在一百二十八小时后严重受损，然后是六十四小时后，然后三十二小时。它停止了加速。继续下去，它就有可能立即出现灾难性的故障。

它在黑暗中疾驰而过，来到几十光年外，它以胜利的、富有牺牲精神的迅捷为傲，为出师正义而熠熠生辉。

它感觉到前方迎面而来的舰队，仿佛太空中一连串的明亮彗星。九十六艘飞船粗略排成一个环形，横跨在大约三十光年的三维区域，一半在时空束之上，一半在时空束之下。这些飞船后是又一波的痕迹，数量与第一波大致相同，但占据的空间却是第一波的两倍。

有三百八十四艘飞船停在皮特恩斯。如果每一拨舰队都与第一波规模相同的话，总共应该有四拨。如果它掌握了这些飞船的指挥权，它会把自己放在哪个位置？

接近第三拨的中心，但并不在正中间。

指挥飞船会不会猜到敌方正在猜测它的位置，然后把自己放在其他地方？在第一拨的外缘，或者第二拨的某个地方，就在后面，或根本不在这四拨里，与主要进攻舰队相隔很远？

猜猜看。

它在次级空间的四维范围内高高盘旋，用传感器扫描着时空束，将武器系统准备好。它的瞬时速度比以往任何时候都要快，它只在最疯狂的模拟测试中短暂地达到过这么快的速度。它在宇内多维空间俯瞰着这些飞船，似乎没有飞船发现它。一种纯粹的愉悦掠过它的主脑。它感觉酣畅淋漓。很快，很快，它就要迎来死亡，但它会光荣地死去，它的记忆、个性会连同它的美名传承给一艘新生的飞船，因为存在于思维状态中的记忆和个性，已经传送给稍后射杀他们保存了。它降落在第三拨迎面而来的舰队前，宛如猛禽落在一群惊恐的飞鸟前。

VI

拜尔站在塔顶的圆形石台上，她正眺望着大海，两道月光在澎湃的水面画出狭窄的银色线条。她身后，孤塔的水晶穹顶是一片黑暗。她是和德杰一起睡觉的，德杰最近很容易累。她们两个向其他人致歉，让其他人自己照顾自己。科兰、艾斯特、图利都是来自通用星际飞船让人无法接受的行为的朋友，它是悄然自信的另一艘子飞船。她们认识了德杰有二十年了，三个人在四年前就登上过悄然自信，是拜尔和德杰在前往泰勒蒂耶之前见到的最后几个人。

让人无法接受的行为在这片星域循环行驶，她们说服了这艘飞船让她们在此停留几天，看看她们的老朋友。

月光在躁动的波浪舞动中悄悄闪烁着光芒，拜尔也反射着光芒，她分泌了一些散射腺素，然后想象着月亮的V字形光辉，发光者与欣赏者同为一人，一种唯我独尊的感觉油然而生，这是一种过分浪漫的以自我为中心的想法，一种个人优先的虚幻信条。她还记得她第一次站在这里思考这些问题时的情景，那时，她还是个男人，他和德杰刚来这里不久。

那天晚上，他和德杰第一次——经历了那么多次争吵之后，终于——共眠。她睡着了，然后，在午夜之后，他来到这里，凝视着这片海水。那个时候，四周静谧，月亮的身影（当它们升起来的时候，好像它们是升起来了，但又不是专门为他升起的那样）在平静的海面上缓缓地闪烁着，光线几乎没有断裂。

他当时想知道自己是不是犯了一个可怕的错误。他大脑中一部分确信他确实犯了大错，另一半的大脑则占领了成熟者的道德高地，向他保证这是他做过最聪明的事情，他终于成长了。那天晚上他就想到，如果这是一个错误，那就太糟糕了。如果这是一个错误的话，自己只能接受它，承认它，接受这个决定带来的后果，然后弥补这个错误。这段时间，他只有把自尊心完全扔到一旁，才能保住自己的骄傲。他要完成这项任务，他将完成这份工作，为痴迷德杰而自我牺牲，也不应该有什么可指责的。他的回报是，德杰从未看起来这么开心过，几乎是第一次，他觉得自己要为别人的快乐负责，他人的快乐超越了他自己眼前的快乐。

几个月后，她提议他们一起生个孩子，后来，两个人认真地考虑起这件事，他们决定各自为对方生个孩子——因为他们有时间，而且承诺永远相伴。那时他热情高涨，好像只有通过大声欢呼才能淹没内心的疑虑。

“拜尔？”柔和的声音从通往屋顶的小穹顶那里传来。

她转过身，应了一声。“哎？”

“嗨。你也睡不着吗？”艾斯特说，和拜尔一样坐在护栏上。她穿着黑色的睡衣，赤着脚，轻轻拍打着石板。

“睡不着。”拜尔说。她不需要太多睡眠。最近一段日子，拜尔有很多独处的时间，德杰不是在睡觉，就是盘腿坐着打盹儿，要么就是忙着准备孩子们需要的东西。

“我也是。”艾斯特一边说着，一边把双臂抱在胸前，探出护栏一点儿，她的头和肩膀都悬悬欲坠。她慢慢地吐了一口唾沫，光亮的小点在月光中落下，白色痕迹消失在塔底黑暗的斜坡处。她摇摇晃晃地站起来，拨开挡在眼前的一缕中等长度的棕发，认真地端详起拜尔的脸。她的额头上可以清晰地看出皱眉的痕迹。她摇摇头。“你知道吗？”她说，“我从来没想过你会变成女人，更不用说生孩子了。”

“我也没想到，”拜尔说，她靠在护栏上，凝视着大海，“我到现在还不敢相信呢。”

艾斯特朝她靠近了一些：“所以，还不错，是吗？我的意思是，你很开心，不是吗？”

拜尔瞥了一眼身旁的女人："这不是很明显吗？"

艾斯特沉默了一会儿，然后说："德杰，她非常爱你。我认识她有二十年了。她完全变了。不仅仅是你在变。她一向都很独立，从来都不想当母亲，从来都不想和某人确定恋爱关系，反正，就是不能和别人长时间地在一起。她原本想到老了再找个伴。你们两个都改变了很多。真的很了不起。甚至可以说，有点儿吓人了，不过，嗯，很让人惊叹，你知道吗？"

"我当然明白。"

两个人沉默了一会儿。"你想什么时候生下这个孩子？"艾斯特问，"生下兰之后多久？兰，是这名字吧？"

"是叫兰。我不知道，走一步看一步吧。"拜尔轻轻一笑，更像是轻哼一声，"可能要等到兰长大一些，能够帮我们照看这个小家伙的时候。"

艾斯特也笑了笑。她又斜靠在栏杆上，双脚从石板上抬起，伸开双臂保持平衡。"在这里过得怎么样？在离其他人这么远的地方。你们有其他客人吗？"

拜尔摇摇头。"没什么人。你们是我们第三次看到的客人。"

"那你一定很寂寞吧，我猜。我的意思是，你们虽然有了对方，但……"

"柯提克人很有趣，"拜尔说，"他们也是人，有生命的物种。所以，我应该是见过成千上万的人了。大约有两三千万的人了。还有很多新的小朋友要认识。"

艾斯特暗暗笑了。"都不敢想象和他们分别是什么样子了，是吗？"

拜尔看了她一眼："没试过。估计会舍不得吧。"

"天哪，你简直是个剑客，拜尔，"艾斯特说。"我还记得在悄然自信第一次见到你时的情景。我从来没有见过像你这么专注的人。”她笑着说，“你对任何事都那么专注！你就像自然的力量，像地震，或者海啸。”

“你说的都是自然灾害。”拜尔说，假装对她的赞赏表示冷淡。

“好吧，就是很像。”艾斯特温和地笑着说。她缓缓地向身边的女人抛去一个狡猾的眼神，“我想如果我在你身旁多待一会儿的话，我可能就危险了。”

“我能想象到。”拜尔疲惫、顺从地说。

“是啊，那样的话，结果可能和现在完全不同了。”艾斯特说。

拜尔点点头。“也可能最后结果还是一样。”

“好吧，别说得像是很得意似的，”艾斯特说，“我其实不介意的。”她斜靠在栏杆上，又轻吐了一口，她把头转向一边，吐出唾沫。这一次，唾沫降落在孤塔石头基座旁的碎石路上。她哼出一句赞许的声音，回头看了看拜尔，擦了擦下巴，咧嘴笑了。她盯着拜尔，仔细研究起她的脸。“上天真是不公啊，拜尔，”她说，“不管你是男人还是女人，都很好看。”她缓缓地向拜尔的脸颊伸出一只手。拜尔看着她那双黑色大眼睛。

一轮月亮开始被一片边缘参差的高空云朵遮蔽，一阵微风袭来，带来雨水的气息。

当另一女人的修长手指轻轻抚摸过她的脸时，拜尔心想，这是她为了她的朋友对我进行的考验。但是，那手指在紧张地颤抖，这仍然是考验吧，下了决心但还是有点儿紧张。拜尔把她的手拂开，轻轻握住女人的手指。她把女人的举动当作要亲吻自己的信号。

吻了一会儿，拜尔说：“艾斯特……”然后，她推开她。

“嘿，”她柔声说，“这并不意味着什么，好吗？只是欲望而已。没有任何意义。”

过了一小会儿，拜尔说：“我们为什么要这样做？”

"为什么不呢？"艾斯特喘着气说。

拜尔能想出多个理由，都在下面深深的黑暗中沉睡着。我变了很多，她心里想，但话又说回来，其实也没变多少。

VII

乌尔弗·塞彻漫步于灰色地带的居住区。至少，在这艘通用星际飞船上还可以闲逛；若她直接从费治岩星的家里来到这里，会觉得这里太狭小了。但在狭小封闭的坦诚交换意见上待过之后，这里看起来非常宽敞（她在叠层栖息地时间很短，只有一小段时间，还一直匆忙地准备着，所以这段时光几乎可以忽略不计。至于那艘可容纳九人的轻便飞船，唉！）。

灰色地带是依照可以容纳三百人建造的，虽然空间有点儿紧凑，但还算合理。现在，这里只有她、丘特·莱恩和吉纳－霍夫恩——实际上，这很有趣，对于让人日益失望的探险之旅来说，这是一个意想不到的加分项。飞船就像一座酷刑、死亡和种族灭绝的博物馆，它充满了来自数百个不同星球的纪念品和小物件，所有东西都证明了诸多智慧生物曾遭受残忍的对待。从刺指锥到拔甲钳，再到死亡营和黑洞吞噬的星球，灰色地带上有无数设施和实例，比如遭受这些酷刑之后的结果，又或者这些刑具的使用方法。

飞船的大部分走廊里陈列着武器，比较大的武器放在地面上，其他的则放在桌子上，更大物品占据了整个分隔舱、休息室或者其他大点的公共区域，最大的武器则按比例缩小展示着。成千上万的刑具：棍棒、长矛、刀、剑、绞索、弹弓、弓箭、火药枪、炮弹、地雷、毒气罐、炸弹、注射器、迫击炮、榴弹炮、导弹、原子弹、激光、力场武器、等离子枪、微波枪、效应器、雷霆炮、刀型导弹、线型枪、电子锤、离子炮、单纤维索缆、平底效应机、全自动发射器、能量网脉冲器、高磁通量器、陷阱装置、自动武器播撒器和一系列其他发明——都是能够造成大规模死亡、毁灭和痛苦的武器。

有一些分隔舱和更大的空间被布置成类似于酷刑室、奴隶舱、牢房和死亡室（包括飞船上的游泳池，尽管她特意说过她喜欢从水里开始全新的一天，现在，泳池又恢复了原来的用处）。乌尔弗认为这些……舞台布景……有点儿像著名的布景大师睡眠者服务布置出来的，只是灰色地带里没有昏睡的人体（这种情况下，还让人稍稍有点儿宽慰）。

就像很多人一样，她一直想看到真实的东西。她曾经询问过她和丘特·莱恩能不能像吉纳－霍夫恩一样登上那艘通用系统星舰，但她的请求被拒绝了，他们两个不得不待在灰色地带上，直到通用星际飞船找到既安全又不受限制的地方安置他们。更让人讨厌的是，灰色地带预计它会和睡眠者服务挨得很近，近到如果它想，那艘飞船能处在力场的封闭范围内。那么近，又遥不可及，就是这么招人烦。不管怎样，她甚至无法亲眼看到那艘著名的飞船上残存的布景，只能勉强看看灰色地带和它里面的布局了。

她觉得，如果布景中包括受害者或者折磨者会更加壮观，但事实上没有这些人。取而代之的是架子、铁刑具、炉火、铁器、镣铐、床、椅子、装满水或酸的桶、电缆以及所有上刑和致死的工具。想要看这些工具怎么用的，你就需要站到附近的屏幕前。

还是挺令人心惊胆战的，乌尔弗想，同时也有一点儿淡漠的感觉：就像你可以检查这些东西，了解它是如何使用的，它有什么效果（不过看屏幕很不明智，她刚看了几秒钟就觉得恶心，几乎要把早饭给吐出来。就算画面中真正受刑的不是人类，也让人受不了），而你还得挺住。你可以接受这件事的发生，并为此感到难过，但当演示结束，你还在这里，你并没有遭受这种不幸，阻止这种混账事情发生的正是特情局、星际事务部乃至“文明”的事业，而你就是“文明”的一部分……如此一来，你看到的悲惨画面就变得可以忍受了，只要不一直盯着屏幕看的话。

尽管如此，拿起一把能够夹断人手指的小小铁器，看着它两个打结的绳索——两个相同的结，一旦绳子的后头拉紧，小东西就会以正确的距离挤压到另一片上，这样的压力可以直接挤爆正在看它的人眼……嗯，真是让人触目惊心。她好一会儿都在颤抖，不停地抚摸着皮肤上因为惊吓起的鸡皮疙瘩。

她在猜想有多少人看过这些可怕的纪念品。她问过飞船，但飞船也不清楚；很明显，它作为痛苦和恐怖的旅行博物馆，经常给人们提供服务，但鲜有人接受它的好意。

最后，她发现了一件展品，百思不得其解。那是一小捆看起来细细的、闪闪发光的蓝色细线，被放在一个浅浅的碗中；像一张网，就是你到小溪里捕鱼时杆子前头的那个东西。她想把网捞起来，但那东西不可思议地从她手指缝间滑过，就像油一样；这网上的洞很小，指尖都插不进去。最后，她把碗倒扣过来，把蓝色的网布倒进手掌里。它很轻很轻。它忽然勾起了她脑中一处模糊的记忆，但她记不清是什么东西。她通过神经蕾丝问飞船，这是什么东西。

“这是一种神经内置装置。”它告诉她，“一种针对你这样的生物发明的既精致又经济的折磨道具。”

她咽了一口气，又颤抖了一次，差点儿把那东西掉在地面。

“真的吗？”她说，想要尽量让自己的话听上去云淡风轻，“哈。我从来没有想过会有这种刑具。”

“这种方法还没有广泛使用。”它强调。

“我猜也不会。”她回答，小心翼翼地将流动的小装置倒回进桌上的碗里。

经过花样繁多的武器和刑具，她走回给她留出的小屋。她决定再去看看战争进展如何，还是通过神经蕾丝查看。至少，这能让她暂时忘却那些折磨人的鬼东西。

进犯者对文明宣战

· 迄今为止的重大事件，根据时间 / 重要性定义

· 可能的局限性

· 事件详情更新

· 艾迪兰战争以来最大冲突?

· 与埃斯佩里附近超体异象的关联

· 进犯者的治疗案例?

· 野蛮，历代战争的体验

存放飞船的皮特恩斯被进犯者侵占，数百艘战舰被占用

· 事情是怎么发生的?

· 是保险政策还是薄弱环节?

· 权威专家研讨，把赌注压在接下来发生的事情上

· 战舰心理学

其他存放飞船的机库被打开，战舰们被唤醒、征用

· 早期部分动员——谁知道了什么，什么时候?

· 技术事宜——武器装备数量令人兴奋

和平倡议

·“文明”想通过对话解决争端，进犯者只想打仗

· 星际事务议会到处派代表，他们看起来很忙

· 天哪，我们能上什么帮忙吗? 对归隐者无望的开销付诸

一笑？

危险：栖息地遭到挟持，敌人登上游轮飞船

· 五个环状星陆，十一艘游轮受到进犯者飞船的挟持
· 幸灾乐祸时间：猜猜谁现在处于危险中？
· 叠层栖息地变得爱哭鼻子了。

趁他们不注意，快点儿

· 原始种族看到了激动人心的机会。

对我有什么影响？

· 设计出你自己的战争。细节简单，提示方便。
· 往积极的方向去思考。会有新的技术、受到启发的艺术作品、英雄故事和更好的性爱……战争是一场闹剧。以上只限不可救药的乐观主义者和在派对上寻欢作乐的人。

其他新闻：

布利丁格军团将启动阿布雷夫大气圈——最近启用。

伊特雷伊罗被新星撞击，3/4 被摧毁。

恒星磁场线再次扫过阿莱西尼里人占领的区域。

费英－格劳特斯特的彻迪莱德·派克特斯在隐退中遇到问题。

爱贝福特英·伊莫尔奇。下流，下流，又突破下线。

运动。

艺术。

图谱目录

特别报告目录

附录索引

乌尔弗·塞彻一边用眼睛瞄着她的神经蕾丝在她左眼前方呈现的虚拟屏幕，一边走路，她的一部分大脑在关注向前走这个行动，另一半大脑用来查看虚拟屏幕。没有一条新闻是关于她的。她不清楚是该感到宽慰还是该觉得屈辱。让我们再试一试：

（叠层栖息地变得爱哭鼻子了……不，没有，里面只有一些关于居住区的大概内容，说的是该居住区把“文明”和进犯者都赶走了。没有提到她的名字。）

附录索引

费？费治？费治岩星。

- 战火再起。费治岩星是存放飞船的小型机库吗？
- 叠层栖息地已经不能去了。费治岩星掉头，朝向新方向移动，但具体该往哪里飘浮？
- 库德雷队赢得了冰爆杯冠军。
- 新乐德园展览于T41开幕。

图谱子目录

子附录索引。

子附录索引。塞……塞彻，乌尔弗。

- 哦，乌尔弗，你身在何处？——泽斯汀·霍伊的新诗作。

她盯着这个可以点击的链接入口。悲哀啊，就这？一首蹩脚的图画诗，出自她几乎从未听说过的无可救药的可怜虫（即使想起来，也只是隐约记得他总是变成她当时的男友的样子）？啊？她又轻点了一下索引，很可能是出了什么故障了。没有。只有这条新闻。如果她想要找到更多新闻，恐怕得好好翻翻记录。

乌尔弗·塞彻停下脚步，盯着最近的舱壁，嘴张得大大的。

她不再是费治岩星的新闻人物了。

VIII

这件事本来没有什么影响，但事情的确发生了。她们的三位客人在这里停留了两个晚上，第二天的时候，拜尔和柯提克人一起游泳。那天晚上，她又见了艾斯特。第三天，客人们离开了，爬进了让人无法接受的行为派来接她们的轻便飞船。这艘飞船要赶往一千光年外的一颗典型的新星，开始环绕新星的航程。两周后，这艘飞船会返回这里，给她们带来更多的生活补给用品。德杰的孩子将在几个星期后降生。下一艘到访这里的飞船要等一年以后，那时，在她们的帮助下，这颗行星上的人口或许已经增加了一倍。她们一起站在海滩上。当轻便飞船上升到石青色的云层中时，德杰还紧紧握着拜尔的手。

那天晚些时候，拜尔发现德杰正在塔顶的房间里看录像，那里有屏幕。眼泪流过她的面庞。

孤塔上没有监控系统。一定是一只独立的摄像嗡嗡机。这只嗡嗡机肯定是当天晚上降落在了孤塔上，发现了塔顶有两只大型哺乳动物，然后就开始拍摄记录。

德杰转过头看着拜尔，脸上满是泪水。拜尔突然感到一阵愤怒。屏幕上，她看到有两个人在月光下的塔顶上拥抱、爱抚，还能听到她们轻柔的喘息声和喃喃耳语。

“是，我承认。”拜尔一边带着讽刺的笑容说，一边脱去湿漉漉的制服，“老艾斯特，嗯？是个好姑娘。你不应该哭。你这样哭的话，会打破胎儿的体液平衡的。”

德杰朝她扔来一个玻璃杯。杯子在拜尔身后的旋梯上摔碎了。一只小小的家务嗡嗡机从拜尔的脚边飞驰而过，用它的小短腿沿着铺着地毯的楼梯逐级收拾，开始清理残局。拜尔凝望着她爱人的脸庞。拜尔继续剥落剩下的制服。

“看在上帝的分儿上，这也算轻微的解脱，不用瞒着了，”她说道，声音保持平稳，“只是朋友间的慰藉。一种没有意义的放松。只是——”

“你怎么能这样对我们？”德杰尖叫起来。

“怎么了？”拜尔抗议道，仍然保持着极高的声调，“我怎么了？”

“和我最好的朋友鬼混，在这儿！现在！在我们都有了孩子以后！”

拜尔保持住了冷静。“这怎么能算鬼混呢？从技术上来说，我们两个没有一个人有阴茎啊？”她伪装出一副痛苦而且困惑的表情。

“你这浑蛋！别拿这事说笑！”德杰尖声吼道。她的声音嘶哑，不像拜尔之前听到的那样，“别拿这事说笑！”德杰突然从座位上站起来，举起双臂扑向她。

拜尔抓住了她的手腕。

“德杰！”她喊道，另一个女人一边哭泣一边挣扎着想要摆脱她的抓握。“你太无理取闹了！我一直和别人交欢，你也一直和别人做爱，然后你告诉我你是我的什么‘休止符’之类的屁话。我们都知道，我们不会愚蠢地崇拜年少无知的专注的恋爱或者一夫一妻制。她走了。我还在这儿，你还在这儿，那该死的孩子还在你的肚子里，你的孩子还在我肚子里。不是你说过这是最重要的事吗？”

“你这浑蛋，你浑蛋！”德杰哭喊着，倒了下去。她瘫倒在地面，无法控制地不停抽泣，拜尔只得扶起她。

“哦，德杰，别这样。这根本无关紧要。我们从来没有发誓要对彼此忠诚，不是吗？这次只是朋友间的……只是出于礼貌，单纯地碰了一下。我甚至不认为这事值得一提。拜托，我知道对你来说会难过一阵子，都是因为孕期的激素和你肚子里那该死的孩子，但你的反应太疯狂了，太疯狂了。”

“滚开！滚开，离我远点儿！”德杰朝她吐了一口唾沫，她的声音喊得已经沙哑，“离我远点儿！”

“德杰，”拜尔说着，跪到她身边，“求你了……听着，我很抱歉。真的对不起。我从来没有为这种事道过歉，我也曾发誓永远不会，但现在，我真心道歉。我不能撤销这件事，我没有意识到这件事会让你受这么大影响。如果我知道，我就不会这么做，我发誓，绝对不会，是她先吻了我。我并没有打算勾引她，但我应该说‘不’，如果下次有这种情况，我会说‘不’的，真的，我会的。我真的不想这样，也不是我的错。我很抱歉。我还能说什么？我还能做什么……”

怎么解释都没用。德杰从那之后就不再和她说话了。不让她把她抬到床上，不让她碰，也不吃她送去的任何食物。拜尔坐在屏幕控制面板前，德杰在地板上呜咽。

拜尔找到了那只拍下视频的摄像嗡嗡机，把记录清除了。

IX

灰色地带对他的眼睛动了什么手脚。这件事发生在他登上飞船的第一个晚上，他睡着的时候。清晨醒来时，他听到远方瀑布上鸟儿的啁啾声，闻到了淡淡的树脂气味，他的小屋里有一面墙模拟出窗户的景象，窗外是森林覆盖的连绵山脉。有一种奇怪的记忆，似乎是隐秘的尘封记忆，一半是真实，一半不是。但当他完全清醒过来，记忆便悄悄溜走了。视线一度模糊起来，他回忆起昨晚飞船问过他能否在他睡着时给他植入纳米技术的视觉辅助器。他的眼睛有点儿刺痛，他擦去流出的眼泪，但随后，一切似乎都恢复了正常。

“飞船？”他问。

“什么事？”飞船的船舱回答。

“就是这个吗？”他问，“植入的东西？”

“是的。我在你的大脑里植入了一种新型改良版的神经蕾丝，它需要一天左右才能完全嵌入好。我匆忙对你的神经系统进行了一番修复，你的神经系统在视觉皮层附近受阻。你最近撞到头了？”

“是啊。从马车上掉下来了。”

“眼睛怎么样？”

“有点儿模糊，有点儿刺痛。现在好了。”

“今天晚些时候，我们会模拟一次你与睡眠者服务的存储保险库系统连接时发生的情况。可以吗？”

“好的。我和睡眠者服务的约会安排得如何了？”

“一切都在掌握之中。我希望在四天内把你送过去。”

“好的。战争进展如何？”

“没什么进度。为什么问这个？”

“我只是想知道，”吉纳－霍夫恩说，“有什么重大动静吗？还有其他巡航舰被劫持吗？”

“我不是专门播报新闻的，吉纳－霍夫恩。我想你有终端机。我建议你用它来查阅新闻。”

“嗯，谢谢你的帮助。”男人咕哝着说，摇摇晃晃地从床上起身。他从未见过如此帮不上忙的飞船。他去吃早餐，至少它应该能提供这个。

他独自一人坐在飞船的主餐厅里，通过终端机播放的全息图来观看他最喜欢的“文明”新闻节目。在被进犯者掠夺的环状星陆发生一阵混乱、机库中的战舰被抢夺走后，“文明”没有做出明显的军事回应，只是说动员了应有的武装力量（令人沮丧的是，新闻服务机构完全不理解动员军事力量的意义何在），战争似乎进入了相对缓和的阶段。现在正在播报一条半严肃的专题新闻，内容是：如果遇到一个进犯者，你该如何取悦他——这时，他刚醒过来时还记着的昨晚做的梦，突然又回到了脑海中。

X

那天晚上，拜尔醒过来，发现德杰站在她旁边，手里紧握着一把尖刀，她的眼睛睁得很大，眼中满是泪水。刀上有血。她对自己做了什么？刀上是鲜血。然后，疼痛感忽然传来。拜尔的第一反应是赶紧忘掉。现在，她清醒了，疼痛感又袭来。这不是普通人类会经历的痛苦，而是一种深刻的、令人震惊的可怕感觉，任何一个“文明”的生物都不必体会这种肢体被残忍地切割的剧烈痛苦。拜尔好一会儿才明白过来。

怎么了？发生了什么？什么啊？她的耳朵开始轰鸣。抬头一看，所有的床单都是鲜红的。她的血。肚子，被切开了，敞开着。里面有闪闪发光的绿色、紫色和黄色的东西。红色的东西还在跳动。震惊。大量失血。德杰现在要干什么？拜尔往后一沉。就是这种结果。

真是，太糟了。感知系统在关闭。身体渐渐麻木。大脑吸入血液，以保证大脑得到足够的氧气供给，尽可能长时间存活，即使它已经失去了生命支持系统。孤塔中有医疗设备可以救她，但德杰只是站在那里盯着她看，好像在梦游，或者因为某种过量的腺素而发疯了。她就站在那里看着她，站在那里眼睁睁看着她死去。

干净利落。女人；捅进去。他曾经为此而活，现在，也因为这一动作而死。现在，他 / 她死了，德杰会明白，他是真的爱他。

这还有意义吗？

有吗？她扪心自问身为男人的那个自我。

他一言不发。还没死，但肯定也快死了。她孤身一人，孤零零死去。在她 / 他唯一爱过的女人手上死去。

这还有意义吗？

……我还是曾经的样子。我所说的男子气概及对其的赞颂，不过是“唯我”的托辞，不是吗？

不。不。不要，可恶，女人。

拜尔用双手捂住伤口和那可怕、沉重的肉体组织，从床的另一边摇晃着起来，拖着那条血迹斑斑的床单。她跌跌撞撞地走进浴室，手里捂着她的胆囊，眼睛一直盯着另一个女人。德杰站在那里盯着床，好像没有意识到拜尔已经走了，好像她在盯着只有自己能看到的幻影，或者一个鬼魂。

拜尔的腿和脚都沾满了鲜血。她靠在门框上滑了一跤，差点儿昏厥过去，但最后，她还是摇晃着走进了卫生间柔和的香味中。浴室的门在她身后关闭。她跪倒在地，头上嗡鸣作响，眼睛看到的像隧道一样，就像是拿着望远镜相反的那一端往外看。还有浓烈刺鼻的血腥味。令人战栗，使人震惊，这一切太痛苦了。

生命维持圈和其他紧急医疗用品都放在一个盒子里，低于腰部的位置，方便人们爬着去拿。拜尔拿起生命维持圈，蜷缩在地上，紧紧地缠住腹部切口和血淋淋的脐带般的染红的床单。有什么东西在她脖子上呲呲作响。

即使是蜷缩着，也太费劲了。她“扑通”一声躺到温暖的地面瓷砖上。这很容易，这么多血，多么容易让人滑倒。

XI

在梦中，他看着兹莱恩·特拉莫从粉红花瓣的床上站起来。她身上还沾着一些花瓣，像在她粉棕色的身体上涂上了小块的红晕。她穿上柔软的灰色制服，向桥走过去，向值班、交班的同事点头致意。她带上感应式头盔，眨眼间，就飘到了太空中。

这里是一片广阔的黑暗空间，完全空旷的宇宙区域，感觉上是纯粹的广袤和深邃的浩瀚，还有无止境的优雅和无尽头的空虚。她环顾四周，远处的恒星和星系在她的视线内旋转。视线定格在——

一颗奇怪的恒星。很令人费解的神秘现象。

在这样的时刻，她不仅感到了这片荒野星空多么深不可测，还从自己的处境和一生的经历，感受到了那种孤独和近乎完全的空虚。

飞船的名字她听说过，一艘叫都怪我妈妈，还有一艘叫都怪你妈妈。也许这是一种更为常见的抱怨方式（飞船有着这样独特的名字，她当然最后来到了这艘飞船，永远也不知道她的上级为何如此别出心裁地让她和这艘飞船搭配）。她怪过她妈妈吗？她想，可能有的时候是的。她觉得自己不会承认自己在成长过程中获得的爱护有任何技术性缺陷，然而现在她觉得的确有，直到今天，她可以说自己的童年里并没有涵盖某些孩子需要的所有技术细节方面。简而言之，只有阿姨照顾她，这种爱远远不够。她知道许多人不是由亲生父母抚养长大的，身边有位男性长辈，一位女性长辈，似乎就很快乐、很满足，但对她来说，情况却不是这样。她很久以前就知道她自己感觉总是不对劲，从某种意义上来说，这是她的错，即使这是一个源于她无法改变的错误。

她的母亲选择在孩子出生以后继续留在星际事务部，就在女孩一岁生日不久后，母亲就回到了她的飞船。

她的阿姨们都很慈爱，也很细心，她从来都不忍心——或者有意伤害——让她们知道她内心很痛、很孤单，无论她有多少次独自躺在床上哭泣，反复地练习搪塞别人关心的回应。

她想她可能已经把对家长的某些需求转移到了父亲身上，但她几乎没有感觉他是她生活的一部分：他只是另一个来到家里做客的男人，有时会住一段时间，和她一起玩，他很善良，也很有爱心，但是（她一开始就本能地知道，经过后来几年的自我欺骗后，也在理性上承认）他的这种陪伴、善良和对她的爱，的确要比她许多舅舅的照顾和爱护更不具名状地令人快乐，也更随性；她现在可以想象到，他以自己的独特方式爱着她，喜欢和她在一起，她当时确实感受到了实实在在的温暖，但不久之后，甚至她还是婴儿的时候，在她了解到明确的原因、动机和欲望之前，她就应该猜到他如此频繁、长期来到家中，与其说是因为他对女儿绵延的温柔，不如说他更对家中一位或者两位阿姨感兴趣。

她的母亲时不时会回来看看，但每次探望都在痛苦的爱和愤怒的怨恨之间疯狂流转。后来她们被这些琐碎、龃龉、别扭的事情弄得精疲力竭、沮丧失望，终于达成了某种休战状态，但这是以牺牲她们之间亲密关系为代价的。

这样一来，当她母亲回来的时候，母女之间太平了，她就像是她的另一个女性朋友；她们都成了彼此更好的朋友。

所以，她一直都是一个人。她怀疑，她几乎可以认定，自己将独自过完这一生。这真让人悲伤——尽管她从不沉溺于自怜之中，甚至从另一侧面来讲，为在她的内心深处无比渴望得到什么人的关注感到羞愧——诚实地说，是什么男人——能够拯救她的灵魂，把她从存在的真空星际间带走，让她不再孤单。这是她从未向任何人坦白过的事情，然而，任命她来承担这项崇高而艰巨的任务的一些人类和主脑却略知她的心事。

她希望这是自己内心的秘密，但她太清楚那些可以对她和像她这样的人施加权力影响的人或机器，他们知识渊博，阅历丰富。个体并不能从智慧上胜过这样的智能实体，个体可能理解它，与它和解，但不可能比它思考得更周全，也不可能比它更聪明；你必须接受你所有的秘密都会被它们知晓的可能性，并且相信它们不会滥用你的秘密，不会恶意地利用你的秘密去对付你。她的恐惧，她的需求，她的不安全感，她的动力和野心，它们都会仔细评估、衡量，然后使用这些特质。她觉得这是一项协议，她并不真的反感，因为这是互惠互利的安排。它们和她都得到了各自所需：它们需要一位精明、敬业的官员，能够在事业中证明自己的才干和能力，她有机会寻找到让自己获得认可的方式，让她相信自己是有价值的。

这种信任，以及越来越多的可以证明她勤奋和具有卓越智慧的机会，最终对她来说已经足够。但有时候，她渴望一种与任何职位、组织都无关的东西，一种对个体价值的需要，对她个人魅力的欣赏——并且这种欣赏只有来自另一人类时才有效。

她经历着多种心理状态的循环：先是让自己承认这一点，接着又希望有一天，她能最终找到那位让她感到舒适的人，那位值得尊重的人，那位从她自己严苛的标准来说配得上她的……然后又推翻这一切，决心按照自己的标准，依照她所从事的伟大事业去证明自己，下定决心把挫折转化为自己的优势，将孤独所带来的能量重新注入有条不紊地实现雄心壮志的工作中。另一次任命、进修的课程、晋升、指挥、进一步晋升……

神秘现象吸引了她，她也留意到那颗不可思议的古老恒星。这一发现可能最终会满足她对于名誉的期待。有时，她也会这样对自己说。这里，似乎已经给她带来一种奇怪的亲切感，像是心有灵犀一般，即使这种亲切感令人难以置信，颇为神秘。

她将注意力集中在这神秘天体上，似乎她正在黑暗中朝它冲过去，它的黑色外观一直在膨胀，直到黑色填满了她的视野。

它中心附近闪现的光线吸引了她的注意。虽然只有一点儿微光，但那点儿光亮似乎有一种特性，熟悉，似曾相识；感觉就像是打开一扇门，就会意外地看见一间灯火通明的屋子。注意力被这光源所吸引，她不禁凑近了去看。

她立刻就被吸进了光中。光点散发出夺目的光芒，像一个荒谬的太阳耀斑一样在她面前爆炸，瞬间吞没了她，像掉进了太阳牢笼一样，周围发出啪啪的响声。

兹莱恩·恩霍夫·特拉莫，通用星际飞船问题儿童的船长，几乎没有时间做出反应就被拉走了，消失在熊熊燃烧的火焰深处，挣扎着，被困在里面，嘶喊着“救命”。朝着他喊救命。

他从床上蹦起来，突然睁开眼睛，呼吸急促浅显，心脏怦怦跳动。轻便飞船里的灯亮起来，最初很暗，后来随着他的动作慢慢变得更加明亮了。

吉纳－霍夫恩用手擦擦脸，然后看了一圈轻便飞船内的屋子。他大口咽下一口唾沫，深深呼吸一次。他本来不想做这种梦的。这梦就像被植入大脑中一样，就像在睡眠中植入的游戏场景一样。他原本想做一个他通常会做的香甜美梦，而不是回顾两千年前问题儿童第一次发现那颗万亿年前的太阳和围绕它旋转的黑色未知天体的场景。他想要的只是一次模拟性爱体验，而不是对一个野心勃勃的孤苦女人枯燥的灵魂进行深入调查。

当然，这梦很有趣，令他着迷的是这种状态下他既是这个女人但同时又不完全是，他——与性无关——进入了她的身体、她的思想，像神经蕾丝一样贴近她的思想和情感，能够感受到她在看见星星和神秘现象时萌生的希望和恐惧。但这并不是他期望看到的。

真是奇怪又令人不安的梦。

“飞船？”他说。

“什么事？”灰色地带从轻便飞船的音响系统说。

“我……我刚才做了一个奇怪的梦。”

“嗯，我想我在这方面也有一些经验，”飞船带着沉重的叹息声说，“我想，你现在可能想谈谈这梦。”

“不……嗯……不，我只是想知道……你没有……”

“啊。你想知道我有没有干扰你的梦，是吗？”

“就是，你知道的，我突然想到有这个可能。”

“好吧，让我想想……如果我确实干预了，你认为我应该如实回答你吗？”

他陷入沉思：“你说这话，是做了，还是没有？”

“我没有干预你。你现在高兴吗？”

“不，我现在不高兴。现在我还是不知道你到底有没有干预我。”他摇摇头，咧嘴笑了，“反正，你都已经在我的大脑里捣乱了，不是吗？”

“好像我会做这样的事，”飞船平静地说。它发出咯咯笑声，这是迄今为止它所发出的最令人不安的声音。“我想，”它说，“这是你的神经外挂装置嵌入后的副作用，吉纳－霍夫恩。没什么好担心的。如果你根本不想做梦的话，那就用腺体分泌出一些‘绝对睡眠’腺素就行。”

“嗯，”他慢悠悠地说，“关灯吧。”他在黑暗中又躺下来，“晚安。”他平静地说。

“做个好梦，吉纳－霍夫恩。”灰色地带说。音响线路发出“咔嗒”的关闭声。

他在黑暗中躺了好一会儿，然后才又睡着了。

XII

拜尔醒过来时，他是躺在床上的，身体虚弱得无可救药，但身上已经全部缝合，所有伤疤也开始愈合。急救圈还放在床边，也被洗干净了。急救圈旁边，放着一碗水果，一罐牛奶，一面屏幕，还有几天前拜尔送给德杰的小雕像，是柯提克老妇人格利斯替科特制作的。

孤塔的仆从嗡嗡机给拜尔送来了食物，搀扶她上厕所。她问的第一个问题是：德杰在哪里，她有点儿担心这个拿着刀的女人会再次伤害自己，又担心她会走进大海自尽。嗡嗡机回答说，德杰正在孤塔的花园里除草。

还有几次，嗡嗡机告诉拜尔，德杰在塔顶的房间里工作，或者游泳，或者乘飞机去了某个遥远的岛屿。它们还回答了他的其他问题。是德杰——和一只嗡嗡机——强行打开了浴室的门。所以，她本来是可以杀掉拜尔的。

拜尔请德杰来看她，但她不肯。最终，一周后，拜尔能够自己下床走动了。两只嗡嗡机在她身边欢呼雀跃。

她肚子上的伤疤已经开始消退。

拜尔早就知道自己会康复。德杰到底是有意谋杀她，还是疯狂到要给她堕胎，她也不清楚。

她低头看了看自己，在轻微的恍惚状态下，她进一步判断自己所遭受伤害的程度，现在，身体正在努力愈合、修复，她注意到身体在她失去知觉时已经做出决定要变回男性——显然是本能反应。她打算维持这一决定。

那天，拜尔走出孤塔，一只手仍然盖在腹部宽大的伤疤上。她发现德杰正盘腿挺着大肚子坐在离海浪只有几米远的鹅卵石上。

拜尔走路时脚下滑落的石头声把德杰从冥想中唤醒。她看看四周，瞧见了拜尔，然后目光又投向海洋。两人坐在一起。

“对不起。”德杰说。

“我也是。”

“我杀了它？”

拜尔不得不愣神了片刻。然后，他意识到，她指的是胎儿。

“是，”拜尔说，“是的，它死了。”

德杰低下头。她再也不开口讲话了。

一周后，拜尔乘坐让人无法接受的行为离开了。德杰通过嗡嗡机告诉她，她不会按照预产期在一周内生下孩子。她将停止它的发育。停一段时间，直到她重新接受自己的想法。她不知道自己多久才会想通。可能是几个月，也可能是一年。未出生的孩子会很安全，不受伤害，只是在等待，等待合适的时机。当她生下孩子时，孤塔和它的嗡嗡机会照顾她。她不希望拜尔留下来。她们已经完成了原定的大部分工作，拜尔最好离开。明知道歉远远不够，但这也是她唯一要说的。孩子出生时，她会告诉拜尔。如果他愿意，如果她愿意，那时，他们也许还会见面。

他们从未告诉星际事务部到底发生了什么。拜尔说在海上发生了一次奇怪的事故，令她失去了胎儿。食人鱼的攻击。被德杰救了一命。他们似乎对她和德杰所做的一切工作都感到满意，接受了拜尔提前离开的申请。柯提克是一类非常有前途的物种，渴望着进步。泰勒蒂耶星球，是时候进行重大的开发工作了。

吉纳-霍夫恩又变成了男人。一天，他翻弄一些旧衣服时，无意间发现了柯提克老妇人给德杰雕刻的小雕像。他把它送还给德杰。不知道她有没有收到。也是在让人无法接受的行为上，艾斯特生下了他的孩子。几个月后，星际事务部的任命使他再次登上通用系统星舰悄然自信。飞船上的一位人形化身——就是之前和他上过床的那个——因为他离开了德杰而故意刁难他，他们两个相互吼叫辱骂。

据他所知，在那之后，悄然自信至少阻止了一个他提出的职位申请。

在他离开泰勒蒂耶星球的两年多后，他听说德杰仍然怀着身孕，在什么地方接受了存储。一座全新的城市正在原来的老孤塔周围成长起来，这座孤塔成了一座博物馆。后来，他听说她根本没有被存储起来，而是被一艘隶属怪客的通用系统星舰接走了。这艘飞船曾经被称为悄然自信，现在，它名叫睡眠者服务。

XIII

“别这样做！”

“我已经下定决心了。”

“那至少先让我的人形化身下船啊！”

“知道。”

“感谢。开启传送程序。”顺应变化的命运对呼吁理性说，“求你了，别冒这个险。”

“我只是让嗡嗡机去冒了一下险。考虑到你的担忧，我不会在它飞行时与它保持联络。”

“如果它安然无恙地回来了呢，你会怎么办？”

“那我会采取一切合理的预防措施，包括分级式智能级节流数据交流等，然后——”

“抱歉打断一下，但不用再告诉我了，以防有人窃听。很感激你为了确保不会被入侵付出的努力，但关键是，在任一阶段，你都会觉得你将得到的数据是最有价值和最有趣的，会认为建议的智能重组毫无疑问是最佳的升级。可你会在不知不觉中被入侵，事实上，从某种意义上来说，你将不再是你自己，除非你的自动系统试图阻止被入侵接管，而这样的话，你和入侵智能又必然会爆发激烈冲突。”

“我将拒绝接受任何需要或暗示智能重组或模拟重新运行的数据。”

“这不够。任何防范都不够。”

“你可太草木皆兵了，堂兄弟。”冷静的忠告说，“我们是伊兰彻探寻者。我们有办法处理这种事情。我们的经验还是会有点儿用的，特别是在我们已经事先得到警告的情况下。”

“我是‘文明’的飞船，我不愿意看到这样的冒险。你确定你的人类成员完全同意你鲁莽地联络未知天体吗？”

“你应该知道我们都获得了大家的赞同。你的人形化身还参与过讨论呢。”呼吁理性发声。

“那是两天前的事了。”顺应命运的变化指出，“你刚刚发了一条两秒钟的发射通知。请至少拖延至足够长的时间，对你的人类和有感知的嗡嗡机进行民意调查，确保他们都仍然同意你提出的行动方案，因为现在事情正在走向极端，再过几分钟也不会有多大差别的，是不是？想想，拜托。你和我一样了解人类，有些事他们需要一段时间去消化才能理解。也许有些人到现在才考虑好，然后改变了他们的立场呢。请等几分钟吧。”

“好的。虽然不太情愿，但可以。”

呼吁理性在嗡嗡机发射倒计时的百分之一秒时停止下来。顺应变化的命运接收到了传送器，让自己的人形化身登上飞船。

这一切都没有多少不同。在过去的几天里，顺应变化的命运一直在秘密地升级自身的效应器，并打算对任何派往超体异象的嗡嗡机进行微妙的威慑，但它始终没有机会。就在当呼吁理性紧急召开投票会议时，顺应命运的变化收到另一艘飞船的信息。

探险飞船收支平衡（伊兰彻探寻者，天文学家宗第五舰队）

至通用星际飞船顺应变化的命运（“文明”）：发来问候。请注意，我和我的姊妹飞船——正当理由和长远目光都列席了会议。在你的主要扫描范围之外。我们已经重新配置了极端攻击的后援武器，并且很快其余两艘飞船将加入我们的舰队，可以理解成新的计划安排。我们希望你不要干涉我们的姊妹飞船呼吁理性将要实施的计划。

接着它又收到两段序列信号，可以证实是不同地域发来的，应该就是正当理由和长远目光了。

可恶，通用星际飞船心想。它有相当的自信可以阻挡附近这两艘探险飞船，或者干脆挫败它们想要联络超体异象的努力，但要面对五艘战舰，其中三艘还是随时参战的备战状态，它知道自己并没有胜算。

它发出了回复，说它当然没有打算胡来，然后，它闷闷不乐地盯着事态的发展。

呼吁理性飞船上的投票结果和之前的一样，尽管，相比第一次投票，最后这次更多人类对派嗡嗡机进入超体异象这件事持反对意见。有两人要求立即被转移到冷静的忠告上，随后，他们又改变了主意，选择继续留在飞船上。顺应变化的命运向两艘飞船派遣的人形化身都被召回了。它使用了重型传送器来完成这项任务，它减弱了自己的能量，使自己看起来好像用了一套次级系统在行动。它把所有武器都装备好，保持准备就绪的状态。

呼吁理性的嗡嗡机按时被发射出去：那是一架小巧、华丽、看起来很脆弱的东西，它的四肢上挂着彩带、鲜花和小礼物，外壳上覆盖着船员们潦草写下的涂鸦、卡通画和祝福语。它犹豫地飞向超体异象，欢快地发送天真美好的打招呼信号。

如果顺应变化的命运是一个人类，此时它一定会低头，然后用手捂住眼睛，摇头叹息。

小机器花了几分钟才悄悄来到似乎不引人注目的超体异象的阴暗表面，就像一只昆虫爬向庞大的巨兽。它启动了短程的一次性超时空组件联络器，然后，就从灰暗的表面消失了，好像穿过了一面黑暗液体组成的镜子。

在次级空间，它……也消失了，几乎是一瞬间的事。

顺应变化的命运通过上百个遥控设备从不同角度观察嗡嗡机。所有摄像设备上都记录下它就这么消失了。过了一会儿，它又出现了。它从那个小小的量子洞中绕了回来，回到了真实太空的表面，几乎毫不犹豫地，它开始朝呼吁理性飞来。

顺应变化的命运立即给它的等离子设备腔内上膛，然后分组，准备了一组聚变弹头。与此同时，它发出紧急信号。

“嗡嗡机不应该像刚才那样消失吧？”

“嗯。”呼吁理性承认道，“嗯……”

“快把它炸掉。”顺应变化的命运催促，“快炸掉它，立即！”

“它给我回话了，虽然只是依照指示，发的简短文字。”呼吁理性回复说，听上去深思熟虑过，很谨慎，“它收集了大量有关该未知天体的数据。”然后，它停顿了一下，激动地说，“它定位出了和平造就富足的主脑状态！”

“快炸掉它！炸掉它！”

“不能炸！”冷静的忠告说。

“我该怎么办？”呼吁理性为难地说。

“抱歉。”

顺应变化的命运向附近的两艘飞船发出信号，立即启动了传送器，里面装满了压缩的等离子炸弹和聚变弹的炸药，这些炸弹沿着瞬时虫洞朝返回的嗡嗡机呼啸而去。

XIV

乌尔弗·塞彻把她湿答答的黑头发甩到肩后，下巴抵在吉纳－霍夫恩的胸前。她用一根手指在他胸口上温柔地画了一个圈。他用汗津津的胳膊搂住她纤细的后背，把她的另一只手拉到嘴边，一根接一根轻柔地吻着她的手指。她笑了起来。

一起用晚餐，聊天，喝酒，抽一个烟斗里的烟，都认为灰色地带的泳池或许能清醒一下迷糊的头脑，泼水嬉戏，鬼混到一起……鬼混到现在。那天晚上，乌尔弗一度有些放不开，直到她确信那个男人并没有期待任何事。然后，当她确信他并不是把她视作随便的姑娘，他其实很喜欢她，并且，在轻便飞船共度了一段可怕的时光之后，他们都有点儿喜欢上对方了，那时，她提议一起去游个泳。

她抬高下巴，稍稍离开他的胸部，手指在他胸口弹来弹去。“你是认真的？”她问他，“要做个‘进犯者’？”

他耸耸肩。“当时来看，这真是个好主意，”他说，“我只是想知道成为他们中的一员是什么感觉。”

“那么，你现在必须向自己宣战了吗？”她一边问，她的眉毛因为专注而轻轻皱紧。

他哈哈笑着：“我想是的。”

她看向他的眼睛。“那么女人呢？你想一直做男人吗？你以前转化过一次，不是吗？”她又把下巴靠在他的胸脯上。

他深呼吸了一次，抬起头，仿佛站在海浪上。他把一只胳膊枕在脑后，抬头看着轻便飞船的天花板。“是的，我转化过一次。”他平静地说。

她用手掌在他的胸前抚摸了一会儿，专注地看着他的皮肤。“只是为了她吗？”

他把头探向前。两人对视了片刻。

“你知道多少我的事情？”他问她。在晚餐时，他就试图问过她都知道些什么，以及为什么她被派到叠层栖息地去拦截他，但她表现得十分神秘（公平地说，他也没有确切告诉她此去睡眠者服务的原因）。

“哦，我知道你的一切，”她柔和却严肃地说，然后低下了头，“嗯，我知道一些发生过的事实。我猜，可能不算你的全部吧。”

他又放低脑袋，重新枕在枕头上：“是的，我转化只是为了她。”

“嗯，嗯，”她不置可否地说。她又继续抚摸起他的胸膛，“你一定是特别爱她。”

他沉默了许久，说：“我想，之前一定是吧。”

她觉得他听起来很悲伤。停顿了一下，他随后叹出一口气，用更愉快的语气说：“那你呢？有没有对什么男人动心过？”

“没有，”她笑着说，笑容中带有一丝轻蔑，“或许有一天吧。作为单身女孩，我有太多乐子了。”

他伸出手，把她拉起来，亲吻她。

在这无声的亲密中，一声小小的铃声响起。

她脱离开他的怀抱。“什么事？”她皱着眉没好气地说。

“很抱歉打扰你们，”飞船说，它并没有尽力流露出真诚的致歉态度，“我可以和吉纳－霍夫恩先生说话吗？”

乌尔弗愤怒地咒骂了一句，从男人身上翻滚下来。

“天哪，就不能以后再说吗？”吉纳－霍夫恩问。

“是的，应该也可以，”飞船理性地说，好像它刚刚才想到这一点似的，“但是，通常情况下，人们都是想立即知道这种事的。至少我是这么认为的。”

“什么事？”

“多愁善感的轻便飞船斯科普尔·阿弗朗奎死了，”飞船告诉他，“它在战争开始的第一天实施了有限的破坏行动。我们刚刚听说。我很抱歉。你们很亲近吗？”

吉纳－霍夫恩沉默了一会儿。“不。嗯……没有，不算太亲近。但听到这个消息，我还是很难过。谢谢你通知我。”

“你觉得这样的消息我是不是应该等等再告诉你？”飞船随口问起。

“倒是可以以后再说，但我想你不会的。”

“哦，好吧。很遗憾。晚安。”

“是，晚安。”男人说，他对自己的感受很疑惑。

乌尔弗抚摸着他的肩膀。“那是你生活的轻便飞船，是吗？”

他点点头。“我们从来没有坦诚相处过，”他告诉她，“我想多半都是我的错。”他转过头看向她，“坦白说，有时候，我真是个人渣。”他咧嘴一笑。

“这话我信。”她说，重新爬回到他身上。

10. 严重混乱

I

天哪，居然没用！顺应变化的命运将炮弹对准了刚刚消失后又突然现身的伊兰彻小嗡嗡机，这些导弹射过去后完全没有击中。它必须快速处理导弹飞驰而过留下的坍塌虫洞，因为导弹猛烈地沿着原路朝它的传送器飞来，速度无比快。有什么能做到这一点？（观察中的伊兰彻战舰们留意到这一反常了吗？）伊兰彻的小嗡嗡机继续飞行，距离母舰只有几秒钟的时间。

“我承认，我刚刚想摧毁你的嗡嗡机。”顺应变化的命运对呼吁理性说，“我不是在道歉。请你看看刚刚发生了什么。”它附上了事件的记录，“你现在在听我讲话吗？现在摧毁那只嗡嗡机似乎没有什么意义。赶紧离它远点儿。我会努力想出另一种处理办法。”

“你没有理由干涉我的嗡嗡机。”呼吁理性回复说，“你感到沮丧，我很高兴。我很高兴嗡嗡机似乎受到那未知天体的保护。我认为这是一个令人振奋的迹象。”

“什么？你疯了吗？”

“如果你不继续指责我的精神状态的话，我会很感谢你的，让我继续完成我的工作。我没有告诉其他飞船你袭击我的嗡嗡机这一非法又可耻的行径。但是，如果你还有类似攻击行为，我就不会这么宽容大量了。”

“我就不该和你讲道理。再见，祝你好运。”

“你要去哪里？”

“我哪里都不去。”

II

通用星际飞船灰色地带即将与通用系统星舰睡眠者服务会合。通用星际飞船已经把它的一小队乘客都聚集到了休息室中；飞船上的一架骨架式仆从嗡嗡机也和所有人在一起，看着墙上屏幕里的超时空图。这艘通用星际飞船正以全速向前航行，速度略高于四万倍光速，沿着时空束下面的平缓、弧度逐渐缩小的弧形航线，而一艘更大的飞船正在它身后沿着基本相同的线路靠近它。

“飞船将需要关闭所有发动机和传送器，”嗡嗡机的一个小方块部位告诉他们，“马上，所有人都会脱离我的控制。”

吉纳－霍夫恩仍然还在想一句尖刻的话，嗡嗡机丘特·莱恩说，“那飞船不会为你减速，嗯？”

“你说对了。”仆从嗡嗡机说。

“它来了。”乌尔弗·塞彻说。她盘腿坐在沙发上，从瓷杯里喝着一种带甜味的饮品。屏幕显示飞船后面的太空出现了一个点，正以很快的速度冲向他们。随着距离越来越近，小点逐渐膨胀成一个胖胖的、闪闪发光的卵形物，静静地冲到他们下侧。飞船的图像立即跟随它，开始扭转半圈，以保持方向正对这东西。吉纳－霍夫恩站在离乌尔弗·塞彻不远的地方，他不得不把手放在沙发后面，让自己保持镇定。在那一瞬间，有一种在巨大的包裹之下微微下坠的感觉，让人感到强大的能量正在被收集、环抱、释放、遏制、交换、操纵；从灰色地带里人们的角度来看，这不可思议的力量似乎从无到有，瞬间在他们周围沸腾起来，然后，这股力量又崩溃回到虚无之中，远离了现实。

乌尔弗·塞彻的饮品溅出来一点儿，她尖叫起来。

视野变了。现在，它“啪”的一下变成了一片弯曲的灰蓝色物体，从里面看，就像一杯子云。它再次旋转起来，他们看着一系列的巨大台阶出现，就像古老神庙的入口。宽大的楼梯通往一个长方形入口，入口两侧排列着小灯，远处的黑暗空间闪烁着更微弱的灯光。向后看，一排排入口依次排开，其余的入口都关闭着。台阶上面和下面都各自有一道门。

“成功了。”仆从嗡嗡机说。

视野再一次变化，飞船开始后退，被引向唯一开放的分隔仓。

吉纳－霍夫恩皱起眉头。“我们要进去那艘飞船里面？”他问仆从嗡嗡机。

它转过身面向他，停顿了足够长的时间，长得好像他被当成了白痴。“……嗯，是的……”它慢慢地说，像在对一个迟钝的孩子说话。

“可之前是说——”

“欢迎来到睡眠者服务号。”他们的身后传来一个声音。他们转过身，看到一位身材高大、棱角分明的黑衣人走进了休息室。“我的名字叫阿莫菲亚。”

III

嗡嗡机回到呼吁理性，被收进船内。几秒钟过去了。

“嗯？”顺应变化的命运问。

一阵短暂的停顿。一微秒左右。

“它是空的。”呼吁理性说。

“空的？”

“是的。它没有记录下任何东西。好像它从来没出去过一样。”

“你确定？”

“你自己看看。”

随后是数据传输。顺应变化的命运将数据转移至一个专为目前情况设立的记忆内核，这是它一个月前意识到超体异象的怪异时特意建立的。内核相当于一间上了锁的房间，一间隔离室，一间牢房。更多的信息数据流从呼吁理性那传过来。初始数据之后，大量数据如洪水般涌进来。“文明”的飞船没有在意这数据的汹涌。它的一部分主脑在专心倾听从上锁房间传来的号叫和撞击声。

呼吁理性和冷静的忠告之间闪动着信息，紧接着，顺应变化的命运发出了警告信号。它咒骂自己动作太慢，不过它的警告无论如何也会被忽视。

它转而向远处正在备战状态的伊兰彻飞船发出信号，恳求它们相信已经发生了最糟糕的情况，但没有立即得到回复。

呼吁理性是两艘伊兰彻飞船中靠得比较近的。它转过来，朝着顺应变化的命运加速驶来。它朝文明的飞船广播、集光频、激光和力场脉冲频上发送海量的复杂信号。顺应变化的命运把锁着的房间打开，将里面的东西喷射出去，清空了那个房间。然后，它掉转方向，并启动了发动机。我要去个地方，它想，然后，它离开了呼吁理性——后者还在疯狂地朝它发送信号，直直地朝着“文明”的飞船冲过去。

顺应变化的命运向外飞驰，逃离了伊兰彻飞船，沿着巨大的弧线航行，这弧线是三维空间无形球体上的边沿，这是它所能达到最大的速度值了。冷静的忠告走上一条与呼吁理性相反的航线，后者仍在跟着“文明”飞船。如果它们都保持当前的航线，将会形成对“文明”飞船的拦截。噢，可恶，顺应变化的命运想。

它们仍然离得不远，可以直接交谈，但顺应变化的命运认为应该更正式一点儿，所以，它发出了信号。

通用星际飞船顺应变化的命运（“文明”）至探险飞船冷静的忠告（或者其他飞船）：不论你是谁，如果你继续沿着拦截路线前进，突破临界值，我会开火。我不会再发送警告。

没有回答。只有呼吁理性依然在它身后传递着狂热的信息流。冷静的忠告的航线没有改变。

顺应变化的命运将注意力集中在另外三艘伊兰彻飞船最后的已知位置上；收支平衡说那三艘飞船都是全力备战状态。另外两艘飞船不能忽略，而新来的三艘飞船又构成了新的最大威胁。它扫描了伊兰彻飞船的规格数据，抓紧时间计算，进行战斗力模拟。天哪，这是要和真实的“文明”飞船交战啊！模拟数据结果模棱两可。即使是在超体异象附近（这似乎是一个聪明的限定条件！），它也可以很轻松地干掉两艘飞船，但如果其他三艘飞船也加入战斗中，如果它们也发动攻击，那它就会陷入大麻烦。

它又向收支平衡发送信号。同样一无所获。

顺应变化的命运开始怀疑留在这里有什么意义。大部队会在一两天内达到这里，在那之前，它似乎得一直与两艘伊兰彻飞船进行滑稽的追逐游戏，这可太令人讨厌了（另外三艘时刻准备参战的伊兰彻战舰也可能会加入其中，那无疑就太危险了），毕竟，还有另一支舰队正在朝这里赶来呢。在这儿，它还能做些什么呢？当然，它可以监控超体异象，看看它是否做了其他令人感兴趣的事，但值得冒着被伊兰彻战舰碾压的风险吗？或者，就超体异象本身，如果它真的像现在看起来那样极具侵略性怎么办？它有足够多的嗡嗡机、平台和感知操作台，能够在另一艘飞船到达之前躲避开伊兰彻飞船的追赶，它们可以监控这里的局势，不是吗？

啊，见鬼去吧，它心里想。它在最近距离限制的边缘不断做出出其不意的闪躲，两艘伊兰彻飞船也随之进行航向调整。它加速了一会儿，然后减速，直到和超体异象保持相对静止。

它停留在这样一个位置，如果把超体异象和中级系统星舰非此处发明的航路之间画一条线的话，它恰好也在这条线上。

顺应变化的命运又向两艘伊兰彻飞船发送了信号，努力想弄明白呼吁理性的回音，等待得到冷静的忠告的答复。它小心地瞄准了收支平衡最后的已知位置，还有它的两艘姊妹战舰，仍然试图得到它们的回应。没有任何一艘飞船回答。它始终在等待，直到最后，呼吁理性似乎被它自己的狂热信号所击垮，它不再追逐它，而是径直向前，直接飞往超体异象。

顺应变化的命运的人形化身开始告诉飞船内的人类现在发生了什么事情。同时，飞船转向与初始航向呈直角的方向，并以最大的加速度向前飞。呼吁理性将效应器瞄准了逃跑的“文明”飞船，并改变航向试图拦截它。但攻击——可以算作最后一次尝试沟通——被轻松阻挡掉了。顺应变化的命运并不关心这个。

它望着从超体异象和中级系统星舰非此处发明之间的假想连线，聚集，放大，它把注意力聚集在这条线的中间某处位置。

在移动。三条探测效应器的细线。三个焦点，整齐地聚在这条线上。

是伊兰彻飞船收支平衡和它的两艘姊妹飞船在等着它。

庆幸自己已经洞察了对方的举动，这艘通用星际飞船出发了，差不多一个月来，第一次离开超体异象的区域。

然后，它的发动机停止了工作。

IV

“之前是告诉我，”吉纳－霍夫恩在运输管道中对着面无表情、脸色苍白的飞船人形化身说，“我就离开飞船一天而已。我为什么需要另找个住处？”

“我们正在进入战区，”人形化身直截了当地说，“从现在起，十六到一百多个小时内，飞船很有可能都无法卸载灰色地带或者任何其他飞船。”

现在，人们可以短暂地看到睡眠者服务洞穴般深邃黑暗的内部空间，很快这一景象就滑了过去，然后，管道车转弯进入另一个隧道。吉纳－霍夫恩盯着这个高大、棱角分明的生物。“你的意思是，我要在这里待上四天？”

“有这种可能。”人形化身说。

吉纳－霍夫恩瞪着人形化身，希望自己的表情能表达出他切实的怀疑：“那为什么我不能待在灰色地带上？”他问。

“因为它随时有可能会离开。”

男人移开目光，轻声骂了两句。他知道，即便有战争，这也是非常典型的特情局做法。先是灰色地带被允许进入睡眠者服务里面——之前告诉他时说不会——现在又这样。他回头看了一眼人形化身，后者正带着好奇或是空洞的神情看着他。在睡眠者服务待四天。之前困在轻便飞船里时，他一度曾觉得如果可以摆脱乌尔弗·塞彻和她的嗡嗡机，登上睡眠者服务，会是一大幸事；但现在他并不这样觉得了。

他打了个寒战，想象着乌尔弗嘴唇的触感——几分钟之前，他们刚刚吻别。一瞬而过的寒战过去了。哇哦，他暗自想着，咧嘴笑了。这感觉就像又回到了青春期。

一天两夜。这是他和乌尔弗作为情侣度过的全部时光。这点时间远远不够。现在，他要在这里待上四个晚上。

哦，好吧。原本可能会更糟呢，至少这个人形化身并不像他睡过的那个。他不知道自己会不会见到德杰。他低头看了一眼自已的着装，还是灰色地带上的标准宽松休闲服。这不是他和德杰上次分手时穿的吗？他想不起来了。可能吧。他对自己的潜意识过程感到惊讶。

管道车在减速，突然，它停住了。

人形化身指向向外旋开的门，门外的走廊又通向另一扇门。吉纳－霍夫恩走进走廊。

"我相信你会觉得你的住处还算舒适。"他听到人形化身在他身后平静地说。接着传来一阵轻柔的响声，一股微弱的气流触碰着他的脖子，他吃惊地回过头。管道车已经开走了，透明的通道门关闭了，他身后的走廊空无一人。他慌张地四处看了看，人形化身应该无处藏身的。他耸耸肩，继续向前面的门走去。门打开是一部小电梯。他在里面站了几秒钟，然后门旋开，他走出去，进了一间灯光昏暗的房间，里面装满了箱子和设备，不知为何，这些东西看起来有点儿眼熟。空气中有一股奇怪的味道。电梯门在他身后"咔嗒"一声关上。昏暗中，他瞧见一边有几级台阶，台阶镶嵌在一堵弧形的石墙里。这些看起来太熟悉了。

他想，他已经知道了自己身在何处。他踏上台阶，向上攀登。

他从地下室走到通往孤塔底下正门的小路上。门开着。他沿着小路继续走，站到门外。

海浪拍打着海滩上闪闪发光的瓦片。太阳挂在高空，接近正午了。可以看见月亮，苍白的半个蛋壳隐匿在清澈湛蓝的天空中。他之前闻到的气味是大海。鸟儿在他头顶的风中鸣叫。他沿着海滩的斜坡向水边走去，四处看着。这一切都很逼真；空间不可能像那里那么大——波浪可能有点儿简单了，也太规则了些，还有——海浪的外观确实像一眼望去有十几千米的样子。眼前的孤塔正如他记忆中的模样，浸水草地那里的低矮悬崖也同样眼熟。

"有人吗？"他大声喊。没有人回答。

他拿出了他的笔形终端机。“很有意思……”他说着，看到终端机，他皱起了眉头。没有信号灯。他连续按了按面板上的按钮，进行系统检查。什么反应也没有。该死。

“啊哈，”他身后传来虚弱而沙哑的声音。他转过身来，看见一只黑鸟正在他身后的石头上梳理着羽毛。“又来一个俘虏。”它咯咯说道。

V

顺应变化的命运让发动机力场运转了一会儿，进行了一系列的测试和评估。好像它的牵引力场只是沉入了能量网中，完全不在现实中了一样。它尝试着发出信号，告诉外界它的困境，但这些信号似乎只是在循环，发射出信号几微秒之后就收到了自己的信号。它试图创造一个扭曲面，但时空束好像滑出了它力场的区域。它试图用传送器发射一只嗡嗡机，但虫洞还未形成就坍塌了。它尝试了很多其他的手段，精细了它的力场结构，重新配置了感知系统，想要弄明白发生了什么，但无济于事。

它努力思考，感觉到奇怪的平静。

它关闭了一切，让自己飘浮，通过四维超空间朝着真实空间的方向飘移，它只靠能量网发出的微弱辐射压力推动。它的人形化身已经开始向它的人类船员解释当前的境况变化。飞船希望人们可以冷静地面对现实。

然后，超体异象似乎膨胀了，好像在巨大镜头下一样，膨胀了，它朝“文明”的飞船伸过来一柄巨大的包裹式勺子。

哦，又来了，飞船想。也许会很有趣吧……

VI

“不。”

“我求求你了。”人形化身说。

女人摇摇头：“我已经考虑过了。我不想见他。”

人形化身盯着德杰。“可我已经千方百计地把他带到这里了！”它叫道，“就是为了你！如果你知道……”它的声音渐渐变小。它把脚放到座位边沿，用胳膊搂住腿。

他们在德杰的住处，通用星际飞船狭隘的见解里面的另一孤塔内部。人形化身离开吉纳－霍夫恩后，直接来到了这里，吉纳－霍夫恩住在主分隔舱里原始孤塔的复制品里面——德杰生活了四十年的地方——孤塔被飞船转移到了主分隔舱里，当时飞船把所有外部剩余质量都转化为发动机。它原以为当她得知这座孤塔没有被摧毁，得知吉纳－霍夫恩最终被劝回到她身边时，她会很高兴。

德杰继续盯着屏幕。画面上显示的是她和三角形的鳐鱼群在浅海中畅游的场景，这些视频来自一只陪伴她的嗡嗡机，如今，这片海域已经不复存在。她看着自己在那些巨大又温柔的动物优雅起伏的鱼鳍中间游着。肿胀而笨拙，她是画面中唯一不优雅的存在。

人形化身不知道接下来该说什么。

睡眠者服务决定接管下面的举动。“德杰？”它通过它的人形化身平静地说。女人抬头看了看，认出了阿莫菲亚声音中的新情绪。

“什么事？”

“你现在为什么不想见他？”

“我……”她停顿了一下。“太久了，”她说，“我以为……最初的几年，我确实很想再见到他，和他说……说……”她低下头，抠着指甲。“——我不知道。哦，我只是想让一切都好起来……天哪，这说法听起来太蹩脚了。”她抽了抽鼻子，凝视着头上的半透明穹顶，“我感觉有些事我们需要说清楚，但我们从来没有对彼此说过，如果我们真的在一起，哪怕是一小会儿，我们可以……可以说明白。然后，给所发生的一切做个了结。把所有的零碎小事都结束。就是……就是这样。你明白吗？”亮晶晶的眼睛盯着人形化身。

哦，德杰，飞船心想，这双眼睛看上去受了多少伤害啊。“我明白，”它说，“但现在你觉得时间过得太久了？”

女人轻抚腹部。她缓缓地点头，看着地面。“是啊，”她喃喃地说，“过去太久了。我敢肯定，他已经把我忘得一干二净了。”她抬头瞅了一眼人形化身。

“可他现在就在这里。”它说。

“他是来看我的吗？”她问它，听起来很痛苦。

“不是，也是，”飞船说，“他此行还有别的目的。但因为你，他才来到这里。”

她摇摇头。“不了，”她说，“不见了，太久了……”

人形化身从座位上站起身，走到德杰坐的地方。它跪了下来，犹豫地将手伸向她的腹部。它看着她的眼睛，轻轻地把手放在德杰的肚子上。德杰感到有点儿头晕。她不记得阿莫菲亚以前碰触过她，不论是它自己还是在睡眠者服务的飞船主脑操控下。她把手放在人形化身的手上。这个生物的手稳重、柔软、冰凉。

“可是，”它说，“从某种角度来说，时间没有流逝。”

德杰露出一抹苦笑。“哦，是啊。”她说。“我一直在这里，完全没有变化。那他呢？”她问，突然，她的声音里有了一丝凶猛。“他这四十年过得很丰富多彩吧？他又睡了多少人？”

“我不觉得这意味着什么，德杰，”飞船平静地说，“关键是，他现在在这里。你可以和他交谈。你们两个可以聊聊。也许，你们可以找到解决你们矛盾的方法。”它轻轻地按了一下她的肚子，

“我相信是可以解决的。”

她又重重地叹了一口气。她垂下头，看着自己的手。“我不知道，”她说，“我不知道。我需要想想。我不能……我需要想想。”

“德杰，”飞船说，人形化身用双手握住她的手，“如果可能的话，我会给你足够的时间，但我真的无能为力。事情紧迫，我需要尽快到达一个叫‘埃斯佩里’的地方。我不能耽搁。我不想带你去那里。太危险了。我希望你尽快乘这艘飞船离开，越快越好。”

她看起来很受伤，睡眠者服务想。

“我不要被逼着去见他。”她告诉它。

“当然不会，”它说。它勉强挤出一丝微笑，轻轻拍拍她的手。“为什么不睡一觉呢？明天很快就会到来。”

VII

态度改变者眼看着袭击的飞船落入战舰的阵形中。它们没有时间从原本的位置稍微移动。它们的武器已经先一步有了动作，瞄准了落入它们之中的袭击目标。铺天盖地的闪光导弹飞向消磨时间，随即，它周围出现大量的等离子炸弹的气泡、半自动和全自动巡航导弹和纳米弹头的聚能炸弹像巨型烟火一样在它身边炸开，产生了一团耀眼的火球。许多单独的炮弹被致命火花聚集的超级球形焰火风暴所引爆，随后，随着飞船波浪中的飞船引爆，一层接一层的爆炸破坏掉其中的飞船梯队。

态度改变者扫描了从战斗飞船舰队返回的实时汇报。一艘飞船被纳米弹射穿，消失在巨大的爆炸尘埃中；另一艘飞船被自启动的炸弹损坏，无法立即修复，落在了舰队后面，发动机也瘫痪了。幸运的是，这两艘飞船都不是进犯者飞船。其余大部分的战舰都应付得了这次袭击，舰队的反击炮弹被袭击者给阻挡、引爆和避开了。没有任何迹象表明这艘飞船除了能用效应器造成一点儿干扰外还能做什么。它在飞船梯队中继续简单地询问和探测。它的注意力开始集中在第三拨舰队中心附近，不规则地螺旋向外扩散，偶尔还会转到其他舰队梯队。

态度改变者感到困惑。消磨时间是一艘施暴者级快速战斗飞船。它能够——也理应——在舰队冲到它面前的瞬间摧毁舰队。它能够——

然后，它意识到了。当然，这是一种怨恨。

态度改变者感到了一丝恐惧，还夹杂着一种轻蔑。消磨时间的效应器瞄准在不远处的飞船上，并且逐渐接近态度改变者。它立即向它周围的五艘快速战斗飞船发送紧急信号。每艘飞船都认真倾听，理解了它的命令，服从它。消磨时间的效应器瞄准点从一艘飞船转移到另一艘，越来越近。

傻瓜。态度改变者想，几乎对进攻的飞船动了怒。它的行为愚不可及，毫不负责。一艘“文明”的飞船不应该如此高傲。它觉得消磨时间之前在皮特恩斯给它发送的信号太过恶毒，堪称一声无礼的咆哮。真是廉价的虚张声势。更糟的是，它居然是发自内心的。真是伤害自尊。它对自己中了意在摧毁它而设计的圈套感到不安。好像它的敌人非常关心它到底是谁。

态度改变者怀疑，消磨时间的这次攻击是否获得了同伴的认可。这不是战争，这就是暴躁，这是私人恩怨。如果说战争有什么特点的话，那就是和私人恩怨没关系。白痴。它真该死。毫无疑问，它认为这种鲁莽、自私的行为不配获得荣誉。

周围的战舰变换队形。正及时。当攻击飞船的效应器对准了第一艘飞船时，瞄准点没有再转移到下一艘飞船上。相反，那瞄准点一直对准，紧紧盯着目标，集中火力，加强效应。那艘快速战斗飞船警觉地快速收缩发动机力场，态度改变者猜测这是在重新配置力场以全力支撑它的主脑——在失去通信前的一瞬间，传来尖叫的信号——但随之而来的半自动导弹雨立即摧毁了它，坠落的具体情形也无从获知了。上帝啊；对于一艘飞船来说，这是太可怕的死亡方式了。

太快了，态度改变者想，可以肯定的是，如果它完全被骗的话，袭击者应该把这艘快速战斗飞船——消磨时间误认为是态度改变者的这艘——的智能核心部分和发动机分离出来足够长的时间；半自动炸弹轰炸要么是致命一击，要么是挫败的号叫，或者两者都有。

态度改变者向舰队的其余飞船发送信号，指示它们也模仿自己，但当它看见舰队内的快速战斗飞船被连续攻击后消失在船尾后面那片密织的辐射线，它也开始感到害怕。

它又联系了最近的五艘飞船，希望第一艘被袭击者发现并询问的飞船能够瞒过消磨时间，令它相信这艘明显就是它要找的叛徒飞船。

这个法子太愚蠢了。它感觉到，施暴者级飞船的效应器在刚刚摧毁的飞船所在的舰队的远端开始了扫描。

很快就会过去，态度改变者对自己低语。被扫描的快速战斗飞船仍在重新配置其内部系统的签名，令自己更像态度改变者。效应器扫过它，忽略了它。态度改变者颤抖着。

它下意识的举动暴露了自己！它应该已经——它来了！

感觉——

没有，扫描射线飘远了，掠过了它！伪装起了作用，它也被忽略了，就像旁边那艘快速战斗飞船一样！

效应器的瞄准点跳到更远的另一艘飞船上。态度改变者松了一口气，简直头晕目眩了。它成功躲了过去！计划仍然有效，它们正在进行的巨大肮脏把戏可以继续了！

通往超体异象的道路是敞开的。如果它活到最后，阴谋得逞，计划这次阴谋的其他主脑会称赞它的……但它不能想起其他波及的飞船。它必须为所发生的事情承担责任。它，只有它自己。它是叛徒。它永远不会透露是谁策划了这一可怕的、有巨大死亡危险的犯罪计划。它必须自己承担所有罪责。

它曾与皮特恩斯的主脑对抗许久，它向对方施压，而对方宁死不屈（别无选择！）。对方允许它消灭那个皮特恩斯的人类（当它的效应器对准他的瘦小动物大脑时，它看到了发生在他身上的一切事情。它读取了那生物的大脑，复制了他的思维状态，然后在他死之前将他的大脑吸了出来，这样，至少他可以以某种形式重新活一次！看啊！它把备份就放在这……放在这里……）。它欺骗了周围所有的飞船，它骗了所有的飞船，从……从其他飞船那里向它们转发信息，至于转发的那艘飞船，它不忍再去回想。

但这是正确的事情！

……或者，当其他飞船、其他主脑说服它时，它只能选择它认为正确的事？它真正的目的是什么来着？成为如此受关注的对象，难道不应该受宠若惊？难道它不总是怨恨着过去执行某些简单而光荣的任务时，被其他主脑忽略？只是因为它怀有一份强烈的怨恨，就总是不被信任，它总是被视为——什么？强硬派？太倾向于冲动攻击？对肉食动物的弱意识形态太愤世嫉俗？太过纠结自己的军事实力和作为战争机器的可耻的道德含义？所有这些，也许都有一点儿。但这不全是它的错！

……然而，难道它不应该承认，一个主脑要对自己的行为负有不可推卸的道德责任吗？是的。它承认这点，并且承认自己做了可怕的事。它所做的一切补偿的努力不过是滔滔洪水中的小小漩涡，一种向善的微微后退，也完全形成于它仓促地冲向邪恶时带来的激流动荡。

它是坏人。

这化繁为简的结论看起来多么简单。

但它是被迫的！……只是它不能说是谁干的，它必须独自承担所有罪责。

但还有其他人！……只是它无法指认它们，原本应该落在它们身上的罪恶感全部压在了它肩上，让人无法忍受、无法挣脱。

但真的还有别人！……然而，它仍然不忍心去想起它们。

有人，有其他的实体，从外围来看待整起事件，会得出结论的，不是吗？也许其他人并不存在，整件事，整件可怕恐怖的事情，就是个阴谋，是它的主意，是它的阴谋，是它自己想出来，自己单独施行的吗？不是这样吗？

太不公平了！这不是真的！……可是，它无法公布其他同谋者的身份。突然间，它感到困惑。是它编造的幻觉吗？它们是真实存在的吗？也许它应该检查一下，检查它们存放的地方，看看它们的名字，确保它们是真实的主脑、真实的飞船的名字，或者，它没有牵扯到什么无辜的群体。

但这太恐怖了！不论它怎么想，都太可怕了！它没有编造！它们是真实的！……但它无法证明，因为它无法公开。

也许，它应该把一切都叫停。也许，它应该向周围的所有飞船发出信号，让它们停下、撤退，或者只是完全打开它们的通信通道，这样，它们就可以接收到其他飞船、其他主脑的信号，并明白它们的所为是多么愚蠢。让它们自己决定吧。它们是同样聪明的飞船。它有什么权力让它们因为一个令人发指、肮脏的谎言而丧命？但我必须这么做！……可是，还是得，不行；不行，它不能说出其他同谋者是谁。

它不能想它们的名字。而且，也不可能撤销这次袭击！不可能！不！不！天哪！上帝！停下！住手！放开！甜蜜的虚无，任何东西都比这种令人愤怒的、分裂的不确定性要好，任何恐怖都要比它主脑中无法控制的痛苦恐惧要好。

暴行。残忍。死亡。犯罪。

它毫无价值，可恨，卑鄙，肮脏；它筋疲力尽，浑身无力，不能发出声音，也无法交流。它恨自己和自己所做的一切，比它曾经恨过的任何事情都多；可以肯定的是，世上没有什么比自己更可恨的了。任何死亡都不会太痛苦，也不会太漫长……

突然，它知道自己必须得做什么。

它将发动机力场从能量网中分离，并将这些纯能量用蛮力深深地投入自己的主脑结构中，将自己的智力核心撕裂。主脑如一颗痛苦的超新星爆炸开来。

VIII

吉纳－霍夫恩又出现了，从孤塔的前门走了出去。

“这里。”一个尖细沙哑的声音传来。

他抬头一看，看见一只黑鸟站在栏杆上。他站在原地看了一会儿，但那鸟看上去并没有要下来的意思。他皱起眉，走回孤塔。

“怎么样？”等他来到塔顶，它飞到他身边问。

他点点头：“被关在这里。”

鸟儿坚持说他也是俘虏，和它一样。他却觉得是他的终端机出了点儿问题而已。它又提议说，他可以从进来的地方逃出去。他试过：地下室的电梯门关着，和周围的石头一样坚固，丝毫不动。

吉纳－霍夫恩靠在栏杆上，带着不安的表情看向孤塔透明的圆顶。爬上外旋梯时，他快速地看过孤塔的每一层。孤塔的房间看起来装修得很好，但也很空旷，他和德杰放进塔里的所有私人物品都不见了。这塔看上去就像四十五年前他们第一次来到泰勒蒂耶时一样。

“我都告诉过你了。”

“可是，为什么啊？”吉纳－霍夫恩问，尽量让自己听上去平和。他以前从未听说过飞船会囚禁什么人。

“因为我们是囚犯。”鸟儿对他说，听起来有种奇怪的得意。

“所以，你不是飞船的化身喽？你不是飞船的一员？”

“不是。我是一个独立的个体，就是我自己。”鸟儿骄傲地说，展开它的羽翼。它几乎把头转到后面，向后瞥了一眼。“我目前被一些可恶的追踪导弹跟着，”它大声嚷嚷着，“不过没关系。”它的黑色小脑袋又转向他。“所以你做什么了让飞船这么生气？”它问道，黑色的眼睛闪闪发亮。吉纳－霍夫恩感觉到，它似乎很喜欢看到他倒霉。

“没什么！”他拒绝回答。鸟儿扬起头看着他。他喘出一口气。“嗯……”他看了看自己的处境，眉头紧锁，“是，从我们的周围来看，似乎飞船不同意我们离开。”

“哦，这不算什么，”鸟儿说，“这里是分隔舱，只是用来存放东西的仓库之类的，甚至没有一千米长。你应该看看外面那个，我们还在外面的时候，我们拥有整片海洋和整个大气层。两层大气层。”

“是的，”男人说，“是的，我听说过。”

“那些东西都是专门为她配的，真的。除非有证据证明它的别出心裁另有什么隐秘的目的，要不然，所有这些东西，你知道的，都变成了发动机。但孤塔没有。一直以来，这艘船所做的所有事情都是为了她。”

男人点点头。看起来，他好像在思考。

“你就是那个男人，是吗？”小鸟说。听起来很满意自己的推断。

“我是谁？”他问。

“那个离开她的男人。那个曾经和她一起待在这里的人。我是指，在真正的孤塔里。原来的塔。”

吉纳－霍夫恩目光飘到别处。“如果你是指德杰的话，是的，我和她曾经一起住在一座这样的塔里，在一个看上去很像这里的小岛上。”

“啊哈！”鸟儿说，抖动着羽毛上下跳。“我知道了！你就是那个坏蛋！”

吉纳－霍夫恩瞪着那只鸟：“滚吧！”

它咯咯地笑了：“这就是你被关在这里的原因！呵呵，你想离开这艘飞船可难咯，难咯！哈哈哈！”

“你又干了什么，浑蛋鸟？”吉纳－霍夫恩问这只鸟，他不太在意这个问题，似乎这么问只是为了惹怒这只鸟。

“哦，”鸟儿说，站直了身体，庄重地将羽毛放下，“我是个间谍！”它骄傲地说。

“间谍？”

“哦，是的，”鸟儿颇为得意地说，“四十年来，我一直在这里监听、观察，然后向我的主人汇报。我会利用飞船上存储的即将苏醒返回的人。我在他们身上留言。四十年了，我从未被发现过——直到三周前。然后，就是隆隆声，飞船收起了大海和沙滩。也许在那之前就开始收了。我不知道。但我已经尽力了。我现在的处境也不算太糟。”它开始梳理羽毛。

男人的眼睛眯起来：“你向谁汇报？”

“不关你的事。”鸟儿说，从梳理羽毛的动作中抬起头。它沿着护栏向后跳了几步，确保男人够不到它。

吉纳－霍夫恩交叉双臂，摇摇头：“这艘该死的疯狂飞船到底要干什么？”

“哦，它要去看超体异象，”鸟儿说，“随便了，去哪儿也不重要了。”

“埃斯佩里旁边那东西？”男人问。

“就是朝那儿飞，”鸟儿确认道，“反正，它是这么告诉我的。我不觉得它有撒谎的必要。可能是吧，我想，它可不想错过那玩意儿。但我觉得不值得去。它直奔那里，已经飞了二十二天了。你想听听我的看法吗？无论如何，我都得说。我觉得这很卑鄙。”鸟儿把头歪向一边，“你觉得这个词耳熟吗？”

吉纳－霍夫恩心不在焉地点点头。他不喜欢它说话的腔调。

“卑鄙，”鸟儿重复道，“如果你问我，我会这么评价。太疯狂了。过去四十年都相当不着调。完全背离了主流道路。游荡在山岭间，然后全速冲向悬崖边。这就是我的看法。四十年来，我一直围着它转啊转。我知道，真的知道。我看得出来。这件事太愚蠢了，简直无法形容。如果可以的话，我要回到狭隘的见解上去。就让睡眠者服务继续做它自己。不要认为狭隘的见解对我有任何恶意。我不觉得它会有。没有。”然后，它仿佛回想起一个有趣的笑话，笑着摇摇头，“那个坏人！你，就是另一番待遇了。你会在这里待上四十年，伙计。如果它撞上那个超体异象而没有毁坏的话，就是这样下场了。哈！你是怎么来的？你是来看那个永远怀孕的老女人吗？”

吉纳－霍夫恩看上去瞬间惊呆住了：“所以是真的了？她一直没有生下那孩子？”

“没错，”鸟儿说，“还在她肚子里呢，应该很健壮。如果你能相信的话——别人是这么告诉我的。听起来不太可能。我觉得这也太让人糊涂了。现在都已经变成石头了吧。可就是这么个情况。不管怎么样，她就是没生下那个孩子。哈！”

男人用手指拽了拽下嘴唇，看上去很烦恼。

“你说是什么让你来到这里来的？”鸟儿问。

它等了半天。“啊喂！”它嚷了一声。

“什么？”男人问。鸟儿重复了刚才的问题。

男人看起来好像没有听到它的话，然后耸耸肩：“我来这里是为了和一个死去的人说话。一个存储的人类灵魂。”

“他们都走了，”鸟儿说，“你没听说吗？”

男人摇摇头。“不是活着的存储者，”他说，“是一个不再需要氧气的人，一个被存储进飞船记忆中的人。”

“不，他们也都走了，”鸟儿说，举起一只翅膀，啄了一下翅膀下面的羽毛。“他们都被送到德雷夫星系了，”它继续说道，“完全卸载，然后上传到那里的存储器。跨距离卸载的——不管你怎么称呼，连一点儿复制品都没留。”

“什么？”男人说着走向鸟儿。

“说真的。”鸟儿又在栏杆的石头上向后跳了几下。“坦白说，”男人死死盯着它，“不用这样，真的。别人是这么告诉我的。可能告诉我的是错的——我不太觉得别人有欺骗我的必要，但也有可能，值得怀疑。他们都走了。据我所知就是这样——离开这儿了。飞船说它连复制品都不打算留在飞船上。以防万一。”

男人目光狂乱地盯着它，好一会儿。“以防万一？”他喊道，又朝它走近一步。

“嗯，我不知道！”那只鸟叫着向后跳，展开翅膀，准备飞走。

吉纳－霍夫恩盯着它很长时间，然后转过身，双手抓住栏杆上的石头，凝视起大海和云彩的虚拟风景。

IX

它到了错误的地方。就这么简单。

顺应变化的命运看了看四周，难以置信。星星。只有星星。最初的感觉是陌生，这片星空是它从未见过的。

它不在它刚刚去过的地方。超体异象在哪里？伊兰彻飞船在哪里？埃斯佩里在哪里？这是哪里？

它开始回想最基本的定位操作流程，这个流程它们只在培养和自我准备的最早期——相当于主脑的婴儿期——跑过一遍，那之后从没有任何飞船需要用上。你运行一遍，向监督你成长的主脑显示出你可以，然后，你会把它忘掉，因为不会有人迷失方向——不会有这么大程度的迷失。但在此时此刻，它不得不这样做。很奇怪。

它看了看结果。发现自己仍然处于同一宇宙中时，它感到一种发自内心的解脱。有那么一瞬间，它在担心自己是不是置身于完全不同的宇宙（同时，它的智力至少有一部分因为同样的原因产生了些许相应的失望）。

它离埃斯佩里很远。显然，它现在的位置距离刚才的地方有三十光年。最近的恒星系统是一个不起眼的红巨星和β型主序星组成的双星系统，被称为普莱－埃特斯。这两颗恒星的转动轨迹大致与超体异象和中级系统星舰非此处发明相连的虚线相重合。飞船本身的位置距离那条虚线更近。

顺应变化的命运检查了一下自己。安然无恙。未被入侵。未被威胁。未被接触。

它在反复检查系统时重新播放了最后几皮秒的情况。

……超体异象伸出了什么东西迎接它。它被什么东西包裹住了，时空束的经纬线？某种超密度的力场？一切都在接近超光速的速度下进行。外部宇宙被掐断了，接下来的一瞬间，什么都消失了，没有任何外部输入。在这一消失的瞬间，完全不能再分隔的皮秒时间单位，顺应变化的命运和一切都脱离开来；外部传感器没有任何数据。飞船内部继续正常运转（或者更确切地说，它的内部状态在这样一个无限小的微观时间单位内保持不变——没有时间发生什么明显的事）。在它的主脑中，多维空间的量子等价物在进行周期转换，改变了好几轮状态——所以，时间还是过去了的。

但飞船外面，一片虚无。

然后，时空束/力场消失了，突然间消失得无影无踪，消失得太快了，飞船上的传感器无法记录下它去了哪里。

顺应变化的命运以单帧为单位越来越慢地重新播放了它记录中这部分数据，“文明”和其他生物所知的感知和识别数据中，这是最小的划分单位了。

它最后锁定到四帧画面，最近的四个历史快照。第一个画面中，超体异象似乎冲出了一部分，加速迎接它；在下一帧的画面中，时空束/力场几乎完全包裹住了飞船四周——距离飞船中心大约一千米，很难估算，只是猜测——只在与超体异象方向相反的飞船另一侧留下一个很小的洞连通外部浩瀚的宇宙；第三帧中，与宇宙的完全隔断已经就绪；下一帧中，超体异象就不见了，而顺应变化的命运则移动了位置，或者说被移动了，就在不到一皮秒之内，它移动了三十光年的距离。

这是怎么回事？飞船感到奇怪。它开始检查时间记录设备是否正常工作，它将传感器对准遥远的类星体，这些类星体被当作时间基准参照物已有数千年历史。它还开始检查自己是不是还在某个巨大的投影中心，它伸出巨大胡须般的发动机力场，感知（任何人都知道的）无法弄虚作假的现实物质——能量网。它仔细、随机地审视周围的一部分景象，搜索类似像素或者笔刷痕迹等特效物质。

顺应变化的命运正经历着一种劫后余生的庆幸，因为它曾担心接触超体异象之后自己的性命就会终结。但现在它仍然担心自己错过了什么，担心自己受到了某种干扰。最明显的解释是，它被愚弄了、它被耍了，它是依靠自己的力量移动到这里的，或者，随着时间的推移被其他牵引力移动到这个位置。更进一步说，它移动的这段时间内的记忆可能以某种方式被擦除了。那可太糟糕了。它的主脑思维并不是绝对不可能被入侵的，这对一艘飞船来说是最讨厌的。

它试图让自己相信这就是所发生的事。它努力让自己坚定这种可能性——至少——它有必要让其他主脑对自己的思维过程进行调查，以确定它是否是在无意识的状态（想起来都非常非常可怕）下，遭受了什么持久性的伤害，或者是否有任何讨厌的子程序（甚至是人格）埋在它的主脑心智之下。

检测结果陆续出来。

松了口气，也有些怀疑。如果这是真实的宇宙，而不是一个投影或者——同样糟糕的——它的主脑被说服想象出来的东西，那么，的确没有额外的时间流逝。检测结果显示，大家认为主脑的内部时钟与宇宙的完全相同。

飞船感到震惊。即使它的一部分智能——一个可选的半自动部分正在重新启动发动机，并且发动机运转良好，但这艘飞船仍在努力消化它瞬间移动了三十光年的事实。没有传送器能做到这点。没有传送器能这么快地将这么大的物体移动到这么远的地方。毫无疑问，种种细微迹象表明，肯定是有虫洞。

难以置信。我绝对撞上了一个超认知危机，飞船想，忽然感觉自己像一个面对着炸药和电力的原始人一样蠢笨。

它向非此处发明发送了信号。然后，它试图联络仍然留在超体异象附近的遥控装置。没有答复，也没有伊兰彻飞船的踪影，没有任何回音。

超体异象也不见了，但从这个距离来看，应该确实也看不到。

顺应变化的命运试探性地朝超体异象的方向飞去。它的发动机几乎立刻开始丧失牵引力，从能量网得来的发动机能量消失了，就好像一直都没有能量来源一样。这变化是逐步的，它越动就越发严重，这意味着再朝超体异象行进一光分的距离，它就会完全失去能量网的支持。

它只前进了大约十光秒的距离。然后它逐渐减速、后退，直到退回自己最初被超体异象扔到的位置。一回到原地，它的发动机又能正常运转了。

它先在次级空间进行尝试，又在宇外无极空间中再次尝试，结果完全相同。它再次后退到先前的位置。它尝试沿与先前航线垂直的方向行进，发动机还是一样受到干扰。奇怪。它又悬浮到原位。

它的人形化身开始向船员们解释发生了什么事情。它还编写了一份报告，发送给中级系统星舰非此处发明。报告发送之后，它立即收到了中级系统星舰先前发送给顺应变化的命运的信号。

中级系统星舰非此处发明［高加密窄束信号，M32，接收时间n4.28.882.8367］至通用星际飞船顺应变化的命运：我不明白。发生了什么？你是怎么到那里的？

通用星际飞船顺应变化的命运［高加密窄束信号，M32，接收时间n4.28.882.8369］至中级系统星舰非此处发明：说来话长，非常离奇。但如果我是你的话，我会放慢脚步，告诉其他朝异象这里来的飞船也放慢脚步。我认为它似乎想告诉我们什么事情。还有一个记录，我想说……

X

那天剩下的时间过去后，夜晚来临。那只名叫格雷维斯的黑鸟飞走了，它说它厌倦了他喋喋不休的提问。

第二天早上，他发现他的终端机还是没有反应，地下室的门也还是锁着，无法打开。吉纳－霍夫恩沿着瓦片零落的海滩向各个方向的尽头走去。每个方向走了几百步之后，他就能遇到胶状的弹性力场。外面的景象很逼真，但一定是投影。他发现了穿过浸水草地的力场，还在山丘和小溪的一百步之外发现了类似的力场阻隔墙。他回到孤塔，把靴子上他穿过浸水草地时沾上的细沙和软泥清理掉。不见昨天和他聊天的那只黑鸟的踪影。

人形化身阿莫菲亚坐在瓦片海滩的木板桥上等他，木板桥向下倾斜，一直延伸到汹涌的大海中。它抱着双腿，凝视着远处的海水。

他看见它后，停了下来，然后走到近前。他从它身边走过，直接进入孤塔，然后洗洗他的靴子，又出来。人形化身还在那坐着。

“有事吗？”他说，站着垂下头看它。星舰的化身平稳地站起身，棱角分明，四肢纤长。在当前的光线下，近距离看，它瘦削苍白的脸颊上带有一种没有任何特征的天真气质，非常无辜纯真。

“我想让你和德杰谈谈。”这生物开口道，“可以吗？”

他认真地看了看那双空洞的眼睛。“我为什么被关在这里？”

“把你关在这里，是因为我想让你和德杰谈谈。你被关在这里，是因为这个……这个模型可能会让你有心情和她谈谈，聊一聊这四十年之间发生的事。”

他皱起眉头。阿莫菲亚看得出来，男人有很多疑问，只是在斟酌该先问哪句更好。最后，他说：“睡眠者服务上面还有将思维状态备份的存储者吗？”

“没有了，”人形化身摇摇头说，“你这么问，是不是因为这个才是你到这里来的目的？”

男人短暂地闭上了眼睛。随后，他睁开眼。“是的，我想是的。”他说。人形化身看到他的肩膀似乎塌了下来。“那么，”他问，“兹莱恩·特拉莫的故事，是你还是他们编造的？”

人形化身看上去陷入了沉思。“卡特·凯佩莉萨·兹莱恩·特拉莫·阿菲亚伏·达·尼斯凯特，”它说，“她是备份了思维状态的存储者。关于她，有个非常有趣的故事，但我从来没想告诉你。”

“我明白了，”他点头说，“那么，为什么？”

“什么为什么？”人形化身说，看上去真的很疑惑。

“为什么要设计这个圈套？为什么要让我来到这里？”

人形化身看了他一会儿：“你是我索要的酬劳，吉纳－霍夫恩。”

“你的酬劳？”他说。

人形化身突然笑了，伸出一只手触碰他的手。它的手冰凉而有力。“我们扔石头吧。”它说。然后，它朝着涌上木板桥斜坡的海浪走去。

他摇摇头，跟在人形化身后面。

他们并肩而立。人形化身望着一大片闪闪发光的石头。“我们每个人都捡一块吧。”它咕哝着，弯腰从海滩上捡起一块大鹅卵石，迅速用力把石头扔进翻腾的海浪中。吉纳－霍夫恩也选了一块石头。

“四十年来，我一直假装是怪客，吉纳－霍夫恩。”人形化身再次蹲下，非常严肃地说。

“假装？”男人问道，把石头扔出一道高高的弧线。他想知道自己能不能把石头扔到远处的力场墙壁上。石头在中途落下，消失在汹涌的波浪中。

“我一直都是特情局勤奋、高效的特工，只是在等待召唤，”星舰通过人形化身对男人说。他弯腰去选另一块石头的时候，它瞟了他一眼。“我是武器，吉纳－霍夫恩。一件‘文明’可以矢口否认的武器。我明显的怪客习气可以让‘文明’拒绝为我的行为承担任何责任。事实上，我按照特情局下设的一个特别委员会——‘欢乐时代帮’——的指示行事。”

它突然中断了讲述，向虚拟的地平线扔过去一块石头。它的手臂在投掷的时候模糊不清，空气传来尖啸，吉纳－霍夫恩感觉到有一阵风吹到他脸上。人形化身的身体顺着惯性旋转了一圈，然后，它稳定住，露出短暂的近乎孩子气的微笑，眺望着消失在远处的石头。石头仍然沿弧线向上。吉纳－霍夫恩也看着石头。在那石头下落后不久，从看不见的东西上反弹回来，落入水中。人形化身哼出满意的声音，看上去很惬意。

“然而，”它说，“当那召唤真正到来时，我要求他们把你交给我，否则我就拒绝为他们做事。这就是我工作的酬劳——你。”它朝他微笑，“明白了吗？”

他用手掂量起一块石头：“就因为我和德杰之间发生的事？”

人形化身笑了笑，然后，俯身拾起另一块石头，它的一根手指放在嘴唇上，如同一个孩子一样。它沉默了一会儿，显然很专心地查看着手中的石头。吉纳－霍夫恩继续用手拿着石头，看了看人形化身的脑袋后面。过了一会儿，人形化身说：“三百年来，我一直都是一艘功能完备的通用系统星舰，吉纳－霍夫恩。”它抬眼看了一下他，“你知道那段时间里，有多少艘飞船、嗡嗡机、生物——人类也好，非人类也罢——在通用系统星舰上生活吗？”它又低下头，捡起石头，再次站起身，“我经常是两亿多人的家，理论上，我可以控制十万艘飞船。我自己建造了更小的通用系统星舰，它们能建造自己的飞船子孙，有自己的船员、自己的个性、自己的故事。”

“养活这么多人和飞船，相当于组建一个小世界或者一个大国家，”它说，“关注飞船上的每一个人的身心健康，为他们提供——各方面看起来都毫不费力——舒适、愉快、没有压力和刺激的环境，是我的工作和荣幸。我也有责任去了解这些飞船、嗡嗡机和小生命，和他们密切沟通，与他们共情，理解他们中许多生命喜欢的随时随地的互动。在这种情况下，即使你最初没有，很快也会对他们产生兴趣——甚至是迷恋。你会有自己的好恶。有些生命，你仅仅愿意付出最低的礼貌，并希望看到这些人遭殃；有些生命，你很喜欢，相比其他生命你对他们更感兴趣；有些生命，如果他们愿意留下，你愿意珍爱他们几年或者几十年，当他们离开，你觉得要是他们能多待一段时间就更好了，还希望他们定期与你通信。有些生命离开很久，但你还是会继续讲述他们的故事；你会和其他通用系统星舰、主脑——基本上全是闲聊——交换故事，来了解后来他们的关系如何发展，他们的事业如何繁荣，他们的梦想如何破灭……”

阿莫菲亚身体后仰，然后几乎垂直地把石头扔上天，与此同时它也跳起大约有半米高。石头不断攀升，直到撞上看不见的屏障墙反弹回来，在离岸二十米远的地方坠入海浪。人形化身拍了一下手，似乎很高兴。

它又弯下腰，在鹅卵石中搜寻。“你试图在冷漠和好管闲事之间，粗心大意和痴迷之间保持平衡，”它继续说道，“不过，你必须准备好接受两方面都失败的可能。你需要让两者在数量上大致保持一致，并且也要与同行的数字差不多，这种平衡是成功的一种衡量标准。不可能达到完美。此外，你还必须接受一个事实：在如此庞大的人物和故事的集合中，会有一些开放式的结局，一些故事虎头蛇尾地了结，并没有什么完美的结局。只要有一些故事结尾令人满意，尤其是那些你最感兴趣的——并且亲自参与的事情——有了归属，其他的都无关紧要。”

它从蹲着的地方抬起头来，看着他。“有时候，你需要插手这些故事，这些生命的命运。有时候，你可以知道，或者可以预测你的干预有多重要，但在其他情况下，你不知道，也猜不到。你会发现你无意间所说的一些话对某个生命的生活产生了深远的影响，或者你做出的一些看似微不足道的决定，产生了持久的效果。”

它耸耸肩，又一次低头看着石头。“你的故事——你和德杰的故事——就有点儿像这种，”它告诉他，“在允许你去泰勒蒂耶陪伴德杰·格莉安的决定中，我起了重要作用。”它一边说，一边站起身。这一次，它手里握着两块石头，一块比另一块大些。“我可以清晰地看到有关委员会对你的态度，一半对一半。我知道最后这个决定取决于我。我了解了你，然后，我做出了决定。”它耸耸肩，“那是个错误的决定。”它把大点儿的石头扔到空中，然后掂量着小块石头，回头看了看男人。“在过去四十年里，我一直希望我能弥补我的错误。”它转过身，把另一块鹅卵石低角度快速扔了出去。石头在海浪上飞行，撞到一块约两米长的岩石上，然后又坠入水中；石头相撞迸发出“哐啷”的声响，溅起碎石片，还腾起一片小小的尘埃烟灰。

人形化身再次转向他，脸上带着浅浅的笑。“我同意假装变成怪客，突然间，我拥有了其他飞船难得的自由，可以尽情实现我的奇思妙想、幻想和梦境。”它挑了挑眉毛，“哦，理论上，当然是这样，我们都可以做到，但是，主脑有责任感和良知。因为一直假装成怪客，我也习得了一些怪客的特质——实际上，与此同时我知道自己比其他任何人都要负有更强的军事责任感——而且，在怪客的伪装下还保持着清晰敏锐的良知，更提高了我作为怪客的名誉。其他飞船看到我，总觉得它们可以轻易做到我正在做的事情，但它们都做不长久，所以它们便认为我怪得不可理喻。据我所知，没有人能猜到我的良知和神智是清醒健全的，因为哪怕是最拙劣的伪装和最丑恶的攻击行为，背后都受着格外严肃的目的驱使。”

它交叉双臂。“自然，”它说，“四十年来，不会每天都有人提醒你做了蠢事，但事实上，做过就是做过。一开始，我没有料到自己会承认自己的愚蠢，尽管它成为我怪客声誉中有用而且合适的一部分。我把德杰带到我的内部放逐空间。她是我早年的职业生涯中最重要的一桩未了的心事。其他故事都与我没有什么直接关联，或者没有让我产生类似的责任感，又或者随着时间的流逝和人们的改变，有些事正在顺利解决，或者被体面地遗忘、尘封。只剩下德杰，她是我的责任。”人形化身耸耸肩说，“我曾希望能够说服她，让她接受发生在你们两个身上的一切，继续过她的余生。生下那个孩子就是她放下过往的信号。分娩将是她这段回忆的终结。”人形化身看向别处，它朝大海望了片刻，又皱起眉头。“我以为这会很容易，”它说着，回过头看看他，“我习惯了使用权力，习惯了影响人们、飞船和事情走向。这本来会是一件很简单的事，甚至，可以在她身体上动用一点儿小手段让她生下孩子——我可以在她睡着的时候用化学药剂或者效应器开始这个过程，但那样，一旦她醒来，就无法收场了——我确信我的观点，我的推论——可悲啊，我甚至动用了情感勒索的能力——可她的意志坚如磐石，我所有的可以应用到她身体上的技术都无法施展。”

它快速摇了摇头。“就是办不到。她无论如何都不妥协。我希望可以说服她——事实上，是让她感到羞愧——我重新创造了你在这里看到的一切，”人形化身说着，目光扫了一圈，悬崖、草地、孤塔和海水，“真的，我把我整个外层区域都打造成一个栖息地，供她和她所喜爱的动物们生活。”阿莫菲亚脑袋歪向一边，轻轻点了一下头，笑了。“我承认我还有一个目的，通过这些夸张的同情帮助掩饰我的心虚，实际上，我最初设计这样的环境就是为了让她住起来舒心，让她可以安全地在这里养孩子，她可以透过环境看到我为她准备的关照。”人形化身露出了遗憾的微笑。“但我错了，”它承认道，“我做错了两次，而且每次，我都让德杰非常受伤。你是——就是这一次——我最后纠正所有错误的机会。”

“我能做什么？”

“做什么，就是和她谈谈！”人形化身大声说，摊开它的胳膊（突然，吉纳－霍夫恩想起了乌尔弗）。

“如果我不配合会怎么样？”他问。

“那你就得和我共命运了，”星舰的化身轻描淡写地说，“不管怎样，我都会把你关在这儿，直到你同意和她谈谈，即使是——单纯为了你们的会面——把她送到安全地点之后，再将她接回来。”

“和你共什么命运？”

“哦，可能是，死亡吧。”人形化身说，耸耸肩，显得漠不关心的样子。

男人摇摇头：“你没有权力这样威胁我。”他的声音里掺着一丝紧张的笑意，他希望自己听上去没有那么紧张。

“不管说什么，我就是在这么威胁你，吉纳－霍夫恩，”人形化身说，弯腰向他探身。“我没有我表现出来的那么古怪，但请认真考虑一下：只有一开始就有怪客倾向的飞船，才能在四十年前接受我这种生活方式。”化身直起腰来，“埃斯佩里有一处史无先例的超体异象，它可能会通往无限宇宙，连通一种强大到超越任何目前已知水平的能量。你体验过特情局的工作方式，吉纳－霍夫恩，不要天真地以为主脑不会使用这种强有力的武器。在一件如此重要的事情上，任何飞船都会三思而后行，考虑牺牲一些良知去获得这样一件战利品。据我所知，有几个主脑已经被放弃了。在这么特殊的情况下，如果主脑级别的智慧都被认为是可被抛弃的筹码，想想看，相比之下一个小小的人类活体生命会是多么无关紧要。”

男人盯着人形化身。他紧绷下巴，握紧拳头。“你这样做只是为了一个人类，”他说，“两个，如果你把胎儿也算上的话。”

“不，吉纳－霍夫恩，”人形化身说着，摇摇头，“我这么做是为了我自己，因为这件事已经成为我的心魔。我的骄傲不允许我用其他方式解决这一问题。从这个意义上来说，德杰，尽管她自怨自艾，最后还是赢了。四十五年前，她迫使你接受她的心愿，在过去的四十年里，她让我顺从了她的心意。从始至终，她都赢了。她把四十年的生命都浪费在了自我放逐的愤怒中，但按照她的标准，她收获了很多。吉纳－霍夫恩，过去四十年里，你一直在享受生活，让自己无比自在，所以，也许根据你的标准，你也赢了，毕竟你当时确实赢得了这位女士的芳心，这正是你当时想要的，记得吗？她当时是你的心魔，你的愚蠢。嗯，我们三个都为我们共同的、交错的错误付出了代价。现在这种局面，你是起因之一。我现在所要求的，只是你尽自己的一份力去缓解。”

“我只需要和她谈谈就行？”男人听起来很怀疑。

人形化身点了点头。“谈谈。试着去理解，试着从她的角度看待问题，试着去原谅，也可能是试音让自己取得她的原谅。对你和她都要诚实。我不是要你和她重新在一起，或者再次成为她的伴侣，或者组成三口之家。我只希望，无论是什么阻止了她的生育，找出原因，并且将它化解；如果可能的话，把这一阻碍清除掉。我想让她振作起来，让她的孩子开始一段新的生命。然后，你就可以自由地回归自己的生活了。”

男人朝大海望去，然后，他低头看了看右手。他惊讶地看到自己竟然还握着一块石头。他把石头用力掷进海浪里，石头在半空中时撞到了看不见的墙。

“那你要做什么？”男人问人形化身，“你的任务是什么？”

“赶往超体异象所在地，”阿莫菲亚说，“如果有必要，而且可能的话，我会摧毁它。也可能只是到那里得到未知宇宙的回应。”

“那进犯者呢？”

“他们是额外的麻烦，”人形化身如此说，再次蹲下，四处瞄着脚边的石头，“我可能也得处理他们。”它耸耸肩，拾起一块，掂量了一下。它又放下石块，捡起另一块。

“处理他们？”吉纳－霍夫恩说，“我想，他们有一整队战舰赶往那里。”

“哦，是的，”人形化身从海滩上仰起头，“不过，值得一试，你觉得呢？”它站起身。

吉纳－霍夫恩盯着它，想看清它是在讽刺还是虚张声势。很难说清是哪个。“那我们什么时候能够到达事件的核心区域？”他一边问，一边想要在波浪上打个水漂儿，没有成功。

“哦，”阿莫菲亚说，“核心区域大概从距超体异象三十光年的位置开始。”人形化身舒展身体，将手臂向后伸出好远。“我们今晚会到那里。”它说。它猛地朝前挥臂。石头在空中呼啸而过，优雅地跳过六七个浪尖，然后落入水中，消失不见。

吉纳－霍夫恩转过身看着它：“今天晚上？”

“时间紧迫，”人形化身面露痛苦的神情，再次凝视着远方，“如果你能……尽快和德杰谈谈，对我们大家来说都是最好的。”它朝他茫然地一笑。

“嗯，那不如现在就谈，怎么样？”男人摊开双手问。

“我试试。”人形化身说，然后突然转过身。忽然间，一个反射光线的金属卵形物体出现在人形化身的位置，那东西就像一枚立着的巨大银蛋。传送器力场立即收缩为一个点，然后轻柔地“啪”一声就消失了，快到几乎来不及看清它的存在。

XI

消磨时间完好无损地穿过前“文明”飞船舰队的第三拨。它们都朝着超体异象冲去。它防住了朝它射击的弹头和导弹，并且将一些导弹再导回到发射的飞船上。态度改变者的船体落在了舰队后面，在多维空间中滑行、扭曲和翻滚。消磨时间在减速并转弯，态度改变者速度比它快，正在远离它。

第四拨舰队只是残缺的列队：只有十四艘飞船（它们现在瞄准了它）。如果知道最后一梯队的飞船数量如此之少，消磨时间就会攻击第二梯队的飞船。哦，好吧，运气很重要。它观察了一段时间，确保态度改变者的确是在毁坏自己。的确是。

它把注意力转向剩下的十四艘飞船。在它自杀的轨迹上，它可以同时对付它们，在运气耗尽之前或许能摧毁其中的四艘。运气好的话，也可能是六艘。或者，它可以加速离开，刹闸转弯后加速，再次穿越主舰队。即使这一次它们严阵以待，它还是可以干掉多艘飞船。同样，还是四到八艘。

或者，它可以这么做。

它沿着舰队边缘绕过了尾部的十四艘飞船。为了迎战，它们重新配置了编队。它们接到警报说后方有攻击危险，因此适时地调整了战斗模式。消磨时间忽略了对方的明显挑战，克制住直接飞入它们中间的冲动，从边上飞过去，兜了一圈，然后瞄准了离它最近的五艘外围飞船。

它们应对得不错，但它还是占了上风，它朝其中两艘飞船发射内爆力场。它一直认为，这是一种干净、体面和有尊严的死亡方式。两艘受损严重的飞船继续向前滑行，其余飞船安然无恙地加速行进，追赶前面的主力舰队。没有一艘飞船掉头来攻击它。

消磨时间继续减速，向消失的战舰队伍和超体异象区域进发。当它努力减速时，它的发动机力场在能量网中留下巨大的青灰色痕迹。

它遇到了一艘因发动机受损而掉队的快速战斗飞船，这艘飞船在努力修复动力装置的同时依然在向前滑行，随着消磨时间减慢速度，两艘飞船逐渐靠近。消磨时间试图和这艘快速战斗飞船联络，但遭到攻击，它又试图用效应器接管这艘飞船。快速战斗飞船自己的独立自动装置检测到飞船的主脑开始屈服。它们触发了毁灭程序，时空网下又绽开了一个超球体。

该死，消磨时间想。它扫描看自己周围的空间。

没有威胁。

好吧，该死的，它一边减速，一边想着。我还活着。

这是它没有预料到的结果。

它进行了系统检查。除了自身造成的发动机退化，它没有受到任何伤害。它降低了动力水平，回到正常的最大值，观察着读数。发动机将在一百个小时后会出现严重衰退。还不错。自我修复在发动机全部停转的情况下需要运行几天时间。弹头库存数量下降到 40%，根据首要原则的重新组建，需要花费四到七个小时才能完全储备好。等离子室约为 96% 的效率值。根据相关图表和算式，它对系统使用的概况进行了详细排查。自我修复机制开始工作。它环顾四周，留心着后面的视野。没有明显的威胁。它让自我修复装置开始启动四个等离子室的其中两个。完全重建的时间为二百零四秒。

整个决定的时间：11 微秒。嗯，它感觉时间长了。但这是很自然的。

应该再穿过舰队一次吗？它思索着，同时向稍后射杀他们和其他遥远的主脑发送信号，商量会面的细节。然后，它又将信号复制，转发给钢铁闪耀，随后，就关闭了重要联络频道。它需要时间思考。

它对即将到来的会面感到兴奋，充满活力，满心期盼。它的胃口变得很好。再穿越舰队一次，将是无障碍的破坏力大增的行动，而不是一边保持防御姿态侧身行动，一边不得不集中精力搜索单独的一艘飞船。下一次，它不会手下留情……

另外，它已经对舰队造成了相当大的损害，而它自己没有任何损失，它的运作能力几乎没有显著的降级。在战争中，它没有听取上级的建议，但它取得了胜利。它赌赢了，它感觉现在将收益变现的话，有一种不曾预料到的优雅。再继续下去就可能看起来有些过于自恋了，像极端军国主义，尤其是在最初的目标已经被击败的情况下。也许，现在最好是接受其他飞船对它的任何赞扬/诽谤，并重新服从“文明”战争指挥官的管辖（尽管它开始怀疑钢铁闪耀有没有资格调兵遣将）。

它来到最后一拨战舰中被摧毁的两艘飞船的碎片附近，看着它们渐渐被落在后面。

态度改变者的残骸慢慢向它这边靠过来：滑行、减速、飘移，逐渐向时空束的方向靠过来。从表面上来看，它没有受到伤害。

消磨时间减慢速度，跟随着这艘缓慢拖沓的飞船。它用自己的感知扫描器去探测态度改变者，它的效应器一直瞄准这艘飞船的主脑，随时准备启动。换作人类的话，它的举动无异于一边把枪塞到对方嘴里，一边用手给对方量脉搏。

态度改变者虚弱的发动机力场仍然在摧残它所剩不多的主脑，一缕一缕地撕扯、破坏，摧毁、撕碎、灼烧它的人格和感官的最后残余量子。飞船上似乎有十几个进犯者星人，他们最后也死了，被主脑自我毁灭时的游离辐射射线杀死了。

对于自己对这艘飞船——某种意义上仍是姐妹飞船——所做的事，消磨时间感到一丝内疚，甚至自我厌恶，尽管它的另一部分自我十分享受这艘垂死飞船的痛苦。

感性的一面胜出；它用两个等离子室的火焰闪电般击中了受损的飞船，并在不断膨胀的辐射外壳前保持静止好一会儿，给予这艘叛徒飞船它应得的那一点儿尊重。

消磨时间做出了决定。它向钢铁闪耀发出信号，表示从现在起它将接受建议。如果需要的话，它可以对战舰队伍发起反复攻击，或者如果认为它有其他更好的位置，它也可以加入任何埃斯佩里附近的据点。

它很可能仍然会死去，但它将带着对“文明”的忠诚和服从接受命运，而不是以执着于私人恩怨的流氓飞船的身份死去。

接着，它慢慢地将发动机调至正常的最大功率，先用发动机力场把自己拉向一瞬短暂的静止，然后用力加速，绕开舰队的直通线路设定了一条弧形航线，向超体异象进发。

它应该依然能在战斗舰队之前到达那里。

XII

“什么？”

“我说，我已经下定决心。我不会和他说话的。我不想见他。我甚至不想和他待在同一艘飞船上。把我带走。我要离开——现在。”德杰·格莉安把裙脚抓在手里，重重地坐在半透明穹顶下圆形房间内的座位上。

“德杰！”阿莫菲亚大声说，跪在她面前，眼睛睁得大大的，闪着乞求的光芒。它想要握住她的手，但她把手抽离开。“求你了！去见见他！他已经同意见你了！”

“哦，是吗？”她轻蔑地说，“他多宽宏大量啊！”

人形化身跪坐在地上。它看着女人，然后叹了口气说：“德杰，我从来都没有要求过你什么事。请你去见见他。就算是看在我的面子上。”

“我从来都没有要求过你什么事，”女人说，“你给我那些东西时从来没有问过我的意见。很多东西根本不是我想要的，”她冷冰冰地说，“所有那些动物，那些生命，那些永远生生不息的繁衍——都是在嘲笑我。”

“嘲笑你？”人形化身喊道，“但是——”

德杰向前挪动了一下，摇了摇头。“不，对不起，我说错了，”她伸出手来，握住阿莫菲亚的手，“我真的很感激你为我所做的一切，飞船。我真的感谢，但我不想再见到他。请带我走吧。”

人形化身想要再劝劝她，但无济于事。

飞船考虑了很多事情。它考虑让灰色地带——仍然停靠在它主分隔舱中——去女人的大脑中探究一番，就像钻进吉纳－霍夫恩大脑中那样（并且植入了早已死去的兹莱恩·恩霍夫·特拉莫的梦境，这不仅不是必须的，而且手法也特别拙劣），去发掘泰勒蒂耶上发生的事情真相。它考虑到请求通用星际飞船使用效应器令她想要生下孩子。它还考虑用化学药剂或者生物技术，强迫德杰生出孩子。它考虑使用自己的效应器做这件事会怎么样。它考虑到如果用传送器将她送到吉纳－霍夫恩面前会怎么样，或者用传送器把他带到她面前，又会怎样。

然后，它想到了一个新的计划。

“很好。”人形化身最终说，它站起来，“他会留下。你可以走了。你想把这只鸟——格雷维斯也带走吗？”

女人看起来很不解，甚至可以说困惑。“我——”她说，“好，带，为什么不带它呢？它又不会有什么害处，不是吗？”

“对，”人形化身说，“是的，它没什么害处。”它朝她低了一下头。

“永别了。”

德杰张开嘴，想说话，但人形化身立即被传送器带走了，只留下像双手轻拍到一起的声音。德杰闭上嘴，然后双手捂住眼睛，低下头，尽可能地把自己蜷缩起来。接下来，远处传来另一阵轰隆声，她从旋梯那里听到一个沙哑的尖细声音。

“哇！倒霉！天哪，我在哪——”接着，是一阵混乱的振翅声。

德杰闭上眼睛。然后是更近的一声“啪”。她睁开眼睛。

一位身材苗条的黑发年轻女子坐在地面，看上去面色惊恐，她还穿着黑色睡衣，读着一本小小的老式图书。在她的屁股和房间的地毯之间，有一圈整洁的粉色物质，正在逐渐瓦解，空气从圆圈外围飘出来。她周围飘浮着白色粒子，像微小的暴风雪，这些雪白的粒子如羽毛般缓慢沉降。她猛地朝前站起，好像被人从靠垫之类的东西上拽走。

“这是……怎么……”她轻声说着，缓缓地看了一圈四周环境，各个方向都看了一遍。

她的目光落在德杰身上。她皱了皱眉，然后好像理解了什么东西似的。她很快完成了对周围环境的打量，然后，她指着面前的女人。“德杰，”她说，“你是德杰·格莉安，对吗？”

德杰点点头。

XIII

怪客稍后射杀他们［高加密窄束信号，M32，接收时间n4.28.885.3553］至有限系统星舰只接收重要致电者：是态度改变者。它现在死了（信号文件如附）。

有限系统星舰只接收重要致电者［高加密窄束信号，M32，接收时间 n4.28.885.3740] 至怪客稍后射杀他们：不怎么愉快的结束方式。可以恭喜你的朋友消磨时间了，也许它需要一些治疗。不过我相信它只是本色出演，毕竟它是一艘战舰。钢铁闪耀也牵涉其中，态度改变者是它的子女飞船，七十年前（据说）被解除武装了。我相信你的朋友会谨慎对待钢铁闪耀随后的行动建议。

怪客稍后射杀他们：是这样。不过鉴于它似乎已经下定决心迎来壮烈的死亡，很难想象钢铁闪耀能如何将它置于更危险的境地。不管怎样，我们只能任由那台主脑自我消亡。我在考虑的是，虽然现在我们掌握的仍然是间接证据，但足以揭发阴谋了。我建议我们把此事公开。

有限系统星舰只接收重要致电者：现在异象附近的军事力量由钢铁闪耀掌管，这时候披露出来只会让我们看起来像是有罪的一方。我们必须考虑到底想要看到什么结果。皮特恩斯的战斗舰队正在赶往异象，无论如何都必定到达，揭露这一阴谋没什么好处。最好的结果可能是钢铁闪耀和它的同党在名声丧尽后下台，而另一方面也会削弱阻挡进犯者得逞的力量。虽然这么说让我很痛心，但我仍然认为，最好的做法就是顺其自然，然后再考虑是否有必要公开我们的怀疑。暂且保持沉默，收集更多证据，等到时机成熟，我们的指控就会更有力。

怪客稍后射杀他们：坦白地说，我也倾向于这么做。我的直觉（如果可以用这样一个古老的术语来表达我的智慧）告诉我应该保持沉默，但我怀疑自己只是胆怯，所以干脆提出建议，以免我的懦弱会影响我们的决策。超体异象有什么变化吗？有新消息吗？

有限系统星舰只接收重要致电者：傻瓜。埃斯佩里的近况是，没有更多关于伊兰彻天文学家宗飞船的消息，而顺应变化的命运还没有从它不可思议的旅行中恢复。所有人听说这件事后，都犹豫不前。哦，除了进犯者偷来的舰队和我们共同的老朋友。我们三条腿的朋友那边怎么样？就个人而言，思科瑞斯环状星陆是个让人愉快的地方，那里是和平的非军事化世界。

怪客稍后射杀他们：那就是没有新消息了。很高兴思科瑞斯这么惬意。霍姆达族人是最随和、最亲切的东道主了。这段时间我可能在当地的娱乐场所弄丢了几名我的艾迪兰船员，不过除此之外，没有任何可以抱怨的。祝你平安。还有，祝你平安顺遂。

XIV

简短的自我介绍结束后，她们面对面站在透明穹顶下的圆形房间里。“所以，”德杰一边说着，一边从头到脚打量起另外那位女子，“你是他的新情人，是吗？”

乌尔弗皱皱眉。“哦，不，”她摇摇头说，“他只是我的新情人。”

德杰一时语塞，不知道该怎么回答她的话。

“塞彻女士，欢迎你来到狭隘的见解。”一个虚无的声音说道，“很抱歉一切如此唐突，但我也是刚刚收到睡眠者服务的指示，要求你们立即乘我的飞船撤离。”

“谢谢你，”乌尔弗说，看了一圈屋子，“丘特·莱恩呢？”

“它表达了想要继续留在灰色地带上的意愿。”狭隘的见解告诉她。

“我觉得他们两个相处得出奇地好。”女孩咕哝着说。

德杰看起来想问什么，但最后什么也没说出口。过了一会儿，她站了起来，用一只手扶着后腰，脸上稍稍浮现出厌恶的表情。她指了指桌子。“请坐，”她说，“我正要吃晚饭。你愿意和我一起吃吗？”

“哦，我正要吃早饭，”乌尔弗说着点点头，“当然可以。”

两人坐到桌子旁。乌尔弗举起她一直在读的那本小书，她一只手还拿着它。“我不想无礼，但你介意我把这一章看完吗？”她问道。

德杰微笑。“一点儿也不介意。”她喃喃说道。乌尔弗露出满意的笑容，然后把鼻子埋进了薄薄的书中。

“打扰一下，”门口传来小小的沙哑声音，“这又是怎么回事？”

德杰望了一眼黑鸟格雷维斯。“我们要被撤离了，”她告诉它，“你可以住在这艘飞船的地下室里。现在走开吧。”

“哦，感谢你的收留。”鸟儿咕噜道。它转过身，沿着旋梯往下跳。

“那是你的鸟吗？”乌尔弗问德杰。

“可以看作伙伴，”年纪大点儿的女人说，“实际上，只是个讨厌鬼。”

乌尔弗同情地点了点头，又转回头继续看书。

德杰点了两个人的食物；餐盘侍者盛着碟子、碗、水壶和高脚杯出现。两个在地板上跑的仆从机器人出来，开始清理起乌尔弗突然从灰色地带传送到狭隘的见解上留下的痕迹。那些填充枕头的羽毛状物质尤其需要清理。餐盘侍者开始在饭桌上摆放餐具及装着食物的大碗，德杰默默地欣赏着优雅而高效的表演。乌尔弗·塞彻目不转睛地看着书，过一会儿，翻了一页。接着，一个仆从嗡嗡机出现。它飘到德杰的肩旁。“什么事？”她说。

“我们现在要离开分隔舱了，”狭隘的见解告诉她，“两分半钟后会到达通用系统星舰的外部空间。”

“哦。好的。谢谢。”德杰回应。

乌尔弗·塞彻抬起头。“您能通知灰色地带把我的东西搬过来吗？”

“已经搬完了，女士。”嗡嗡机说着，向楼梯走去。

乌尔弗又点点头，把书中的书签带放好，合上书，将书放在她的盘子旁边。

“嗯，格莉安女士，”她说，双手都放在餐桌上，“看来，我们是旅行的同伴了。”

“是的。”德杰说，开始往自己的盘子里夹食物。“你和拜尔在一起很久了吗？嗯……塞彻女士，我没叫错名字吧？”她问。

乌尔弗点点头：“我几天前才见到他的。我是被派来阻止他来这里的，但没有成功。我和他被困在一艘很小的轻便飞船里。当时就我们俩和一只嗡嗡机。好几天。太可怕了。”

德杰给乌尔弗递过去几个碗。“尽管这样，”她说，“我敢肯定，还是有爱情诞生了呢。”

“完全是地狱，”乌尔弗说着，从碗里拿了一块干面包放进自己的盘子，“我真是受不了那老男人。只有前几天晚上是和他一起过的。因为有点儿无聊吧。不管怎么样，他长得还算不错。实话说，还有点儿迷人。我能看出来你当初为什么会喜欢他。那么，你们两个之间出了什么问题？”

德杰停住动作，正准备放进嘴里的勺子停在半路。乌尔弗嘴里嚼着一口水果，微笑着看她。

德杰吃了点儿东西，喝了一小口酒，用餐巾擦了擦嘴唇，然后才开口说话。“我很惊讶你不知道前因后果。”

“谁能说清楚呢？”乌尔弗轻快地说，她挥舞着胳膊。她把胳膊又垫回桌子上，“我敢说就连你们两个都不清楚。”她平静地说。

德杰还是过了一会儿才回答：“也许也不值得从头到尾说清楚。”

“很明显飞船觉得有这个必要，”乌尔弗回应道。她喝了口发酵果汁，在嘴里咕噜了好几圈才咽下，然后说，“看来，飞船安排你们见面费了好一番力气。”

“是的，嗯，它是个怪客，不是吗？”

乌尔弗琢磨着这一评价。“非常聪明的怪客，”她说，“我能想象到，它认为这件事……你知道的，很值得它关心。不是吗？”她带着自嘲的表情问。

德杰耸耸肩：“飞船也可能会犯错。”

“什么，难道你觉得这些都不重要了？”乌尔弗从小篮子中挑出一个小面包卷，漫不经心地说。

“不重要，”德杰说着低下头，用手顺平肚子上的衣服。“只是……”她停下来，垂下头，沉默了许久。乌尔弗关心地看了看她。

德杰的肩膀颤抖了一下。乌尔弗擦擦嘴唇，扔下餐巾，走到她身旁蹲下，试探着伸出一只胳膊搂住她。德杰缓缓地朝她靠过去，最后，把头埋进了乌尔弗的脖颈间。

飞船的嗡嗡机从旋梯处进入房间。乌尔弗悄声示意它离开。

远处墙上的两块屏幕亮了起来，显示出乌尔弗猜测是睡眠者服务的船体渐渐地远去。另外两个屏幕显示出能量网的灰色格线。她猜嗡嗡机提到的两分钟已经过去了。

德杰哭了一会儿。几分钟后，她问：“你觉得他还爱我吗？哪怕一丁点儿？”

乌尔弗看起来痛苦了几秒钟，只有飞船的感知系统记录下了她的表情。她深呼吸了一下。“一丁点儿？”她说，“是绝对还爱着。”

德杰使劲儿抽了抽鼻子，终于抬起头来。她用手指擦去脸颊上的泪水，发出一种半是绝望的笑声。乌尔弗伸手拿来一张干净的餐巾，为她擦了擦眼泪。

“我知道，对他来说已经没有任何意义了，”德杰对年轻一点儿的女人说，“是吧？”

乌尔弗小心地把沾上泪水的餐巾仔细叠好。“现在对他来说很重要，因为他就在这里。飞船把他带到这里，就是希望你们两人能坐下来好好谈谈。”

“但其余时间，”德杰说，在椅子上坐直，昂起头，把头发甩到后面，“其余的时间里，他一点儿也没有为此事烦恼过，对吗？”

乌尔弗非常夸张地深深吸了一口气，看起来她好像要彻底否认这一说法，然后，她蹲下来，说：“听着，我几乎不认识这个男人。”她用手比画着。“在见到他之前，我详细了解过他的一些情况，但我也只是几天前才见到他。在非常奇特的场合下见面的。”她摇摇头，看起来很严肃，“我并不知道他到底是什么样的人。”

德杰在座位上前后摇晃了一会儿，盯着桌上的饭菜。“已经很全面了，”她说，抽着鼻子，“你了解他已经很全面了。”她用手抚了抚乱蓬蓬的头发，抬头看了一会儿透明穹顶。“我了解的，”她说，“就只有他和我在一起后变成的样子。”她看了看乌尔弗。“我都忘了他在其余时间是什么样子的。”她握住乌尔弗的手，“你看到了他的真实模样。”

乌尔弗慢慢耸耸肩。“那……”她看上去有些困惑，语气十分谨慎，“他还行吧。我觉得。”

远处的屏幕显示的模糊格线扩大、吞没、又消失。穿过靠近的最后一道力场，一片黑色的空间显露出来，忽然，伴随一团闪烁的星光和一种几乎无法察觉的脱离感——乌尔弗和吉纳－霍夫恩两天前登陆睡眠者服务时感受过的——狭隘的见解脱离了通用系统星舰的束缚，开始在以它自己为中心的推进力场中沿着另一条航线前行。

“那我又算什么？”德杰低语。

乌尔弗耸耸肩。她低头看着德杰的腹部。“还怀着孩子？”她小心地问。

德杰盯着她。然后，微微一笑。她又垂下头来。

乌尔弗拍拍她的手："等你想说的时候再告诉我。"

德杰抽了抽鼻子，用叠起的餐巾捂住鼻子。"好的，我相信你是真的很在乎。"

"哦，相信我，"乌尔弗告诉她，"其他人的困难总是很让我着迷。"

德杰叹了口气。"其他人的困难总是好解决的。"她懊恼地说。

"我也是这么想的。"

"我想，你也认为我该和他谈谈。"德杰说。

乌尔弗又抬头看看屏幕。"我不知道。不过，如果你有一丝丝见面的想法，我劝你现在抓住这个机会，以免错过。"

德杰转过头，看着屏幕。"哦，我们已经离开了，"她小声地说。她回过头看着乌尔弗。"你觉得他会想见我吗？"乌尔弗觉得她的语气中带有一丝希冀。她忧心忡忡的目光扫过乌尔弗的眼睛。

"嗯，如果他不见你，那他就是个蠢货。"乌尔弗说，心里在想自己何时变得这么圆滑了。

"呵。"德杰笑着。她再次用手指擦了擦面庞，用指尖拢了拢头发。她把手伸进裙子口袋，取出一把梳子。她把梳子递给乌尔弗，"你能……"

乌尔弗站着。"除非你答应我你会见他。"她笑着说。

德杰耸耸肩："我想，可以。"

乌尔弗站在德杰身后，开始梳理她那长长的黑色头发。

"飞船？"

"塞彻女士您好。狭隘的见解在听您说话。"

"我想你一直在听到我们的对话。想联系一下那艘通用系统星舰吗？"

"我是听到了。我已经联系过睡眠者服务。吉纳－霍夫恩先生和人形化身阿莫菲亚已经上船，并在来这里的路上。"

“动作很快。”

乌尔弗告诉它，然后，她继续轻柔地梳着德杰的头发。“他们在来这里的路上，”她告诉她，“拜尔和那位化身。”

德杰一言不发。

飞船居住区下面几层的甲板上，两人走向走廊，阿莫菲亚转过头对吉纳－霍夫恩说：“你最好不要提及我们和乌尔弗是同一时间被转移到这艘飞船上的。”它这样告诉男人。

“我尽量不，”他酸溜溜地说，“让我们给这一切做个了断吧，好吗？”

“现在这态度，绝对正确。”人性化身一边嘀咕，一边走进电梯。他们向上前往复刻的孤塔。

XV

在前“文明”飞船*严重混乱*居住区的深处，一个舒适的由鹅卵石砌成的巢穴舱中，远望部族的灰黎明·后启十世舰长从全息屏幕上看到损毁的飞船*态度改变者*落在舰队后面，成为一个光点，他的叔叔升月和其他进犯者军官在那艘受损飞船上的尖叫声仍在他脑中回荡。一团朦胧的云雾笼罩着代表飞船残骸的光点，那是传感器估测“文明”战舰现在所在的位置——*严重混乱*依然认为那是一艘暴雨级飞船。

他的叔叔死了，整支舰队的指挥权现在落在了灰黎明手里。他想要直接利用舰队群去攻击、毁灭那艘“文明”飞船，这种冲动几乎无法抗拒。但这样没有任何意义，它比舰队的任何一艘飞船都快。*严重混乱*的主脑认为，这艘“文明”飞船可能在攻击时损坏了发动机，即便如此，它还是能轻而易举地超越舰队中的任何一艘，因此，掉回头去攻击它只能把它们从预定的航线调离，没有任何希望成功复仇。它们不得不继续前行。灰黎明向其他六艘飞船的船员发送信号。

“战士们，没有人比我更痛惜失去了战友。然而，我们的目标还在。让我们的胜利成为我们复仇的第一步。我们从中获得的力量将使我们有能力以千万倍惩罚这些对我们犯下罪行的坏人！”

“攻击者复制了‘文明’飞船的信号发射光谱信息和力场，真是令人吃惊。”

灰黎明面前的屏幕上出现严重混乱写下的文字。

“你睡觉的时候，它们的能力已经增强了很多倍，朋友。”

灰黎明如此对飞船说。他感觉到自己说话和读出这些手写字时，气囊因为紧张而收缩，他时刻留意自己所说的每句话有没有可能会泄露令这些“文明”飞船受骗的诡计。

“你可以看到，我们现在面临巨大威胁。”

“的确如此。”飞船回答，“让我觉得可恨的是，那艘飞船杀死态度改变者的方式。”

“当我们控制了埃斯佩里的未知天体时，它们会受到惩罚的，不要害怕！”

11. 关于格雷维斯

I

吉纳 – 霍夫恩和人形化身阿莫菲亚出现在旋梯尽头的门口。“等一下。”乌尔弗说着放下梳子，拍拍德杰的肩膀。她朝门口走去。

“不，请留下来。”德杰在她身后说。

乌尔弗转过身，面向年纪大些的女人：“你确定？”

德杰点点头。乌尔弗看看吉纳 – 霍夫恩，他的眼睛紧紧盯着德杰。他似乎努力把自己从刚才的出神里给拽回来，然后，他对乌尔弗笑笑。“嗨，”他说，“是的，请留下来吧，随意点儿。”他走到站起身的德杰面前。两个人尴尬地看了彼此一会儿，然后，他们拥抱了一下；隔着德杰的大肚子，那动作也尴尬极了。乌尔弗和人形化身心照不宣地相互看了一眼。

“请坐，我们都坐下吧，好吗？”德杰说，“拜尔，你饿不饿？”

“不算饿，”他说着拉过来一把椅子，“喝一杯吧……”四个人围坐在餐桌旁。

然后几个人闲聊起来，主要是吉纳 – 霍夫恩和德杰之间聊天，偶尔乌尔弗插一两句话。人形化身完全保持沉默。它皱了皱眉头，瞥一眼屏幕，屏幕上显示的是完全空旷的宇宙空间。

II

睡眠者服务还有几个小时就会达到超体异象。它沿着中级系统星舰非此处发明和另外两艘大型飞船的轨迹航行，另外两艘飞船如同黑暗的宝石，承载着无数小型飞船：快速战斗飞船，还有一些通用星际飞船和超级牵引船，这些飞行器都能立即进入战斗状态。通用星际飞船别样的黝黑也应该在舰队中的什么地方，但它并没有让自己很明显地暴露身份。非此处发明停在距离埃斯佩里有三十光年的地方，它徘徊在会令发动机力场出现问题的球状范围外，这一问题是通用星际飞船顺应变化的命运几天前报告的。睡眠者服务曾一度考虑过要求小型飞船把航行结果复制给它一份，但后来没有提出要求：可能会被拒绝，它怀疑小型飞船收集的所有数据都不会向外透露只言片语。

另外两艘飞船——通用系统星舰何为答案，为什么和运用心理学——正在更远的位置分别进行半天和一整天的演练。远处隐约有分层的混沌，在超体异象外围假想一个球体，这个球体有大约四分之三被这混沌围着，几乎可以确定那是正在靠近的进犯者舰队。而在超体异象周围，没有任何伊兰彻探寻者天文学家宗飞船的痕迹。

睡眠者服务已经为战斗做好了准备。从某种意义上来说，是两方面的战斗。当它驶向超体异象时，它很可能会遭遇发动机故障，就像顺应变化的命运所经历的那样，但考虑到睡眠者服务当前的速度，就算是发动机失灵，它依然可能会朝着超体异象滑行。它无法控制方向，无法保持速度，也不能刹闸，但它或许能达到那里。

如果可以的话。

可以吗？它检查了自己的信号日志，好像错过了一条发进来的消息。

那些派它前来这里的主脑还是没有给它发什么消息。“欢乐时代帮”似乎已经沉默了好几天。只有有限系统星舰只接收重要致电者每日发来的请求消息；这就是未读消息中的最新消息。

睡眠者服务查看了狭隘的见解上发生的事情，虽然现在它正在为埃斯佩里附近出现的战争做准备。这就像一位军事指挥官在紧急起草作战计划，发布数百条备战命令时，却禁不住偶尔去关注墙上的昆虫间正上演的微型戏剧。飞船觉得自己挺愚蠢的，简直有窥视癖，但它还是想要知道。

它的思绪被灰色地带打断，灰色地带从通用系统星舰前部的主分隔舱发来信号。

“如果你不再需要我，那我就走了啊。”

“我更希望你待在这里。”睡眠者服务回应。

“当你朝那玩意儿和进犯者飞去的时候？不，不要了。”

“你会很惊讶的。”

“这我敢肯定。可是，我想离开。”

“那么，再见了。”通用系统星舰表示同意，打开了主分隔舱的门。

“我想，是不是又要用传送器送我走？”

“如果你不介意的话。”

“那如果我介意呢？”

“还有其他的选择，但我不想用。”

“哦，如果有其他选择，我还是用那个其他方式！”

“狭隘的见解拒绝了，它还载着人类。”

“去他的人类，去他的狭隘的见解。还有什么方式？有能达到你这样速度的载重飞船吗？”

“没有。”

“那是怎么……”

“到我的力场包围圈的后端去。”

“都听你的。”

通用星际飞船离开停泊位，缓缓驶入通用系统星舰船体和其他搭载飞船之间的有限空间。它花了好几分钟才从巨型飞船的一侧滑下来，绕到飞船尾部的平坦区域。当它到达那里时，它发现有三艘飞船等在那里。

“它们是谁？”通用星际飞船问大飞船，“不，它们是什么鬼东西？”

某种程度上是明知故问了。这三艘飞船显然是战舰，比灰色地带略长，略宽，但两端逐渐变窄，尖端的地方装满了大球体。逻辑上来讲，这些球体中包含着致命武器。从规模来看，武器相当多。

“我自己设计的飞船。它们的名字是T30Us 4、118和736。”

“哦，真幽默啊。”

“它们不算是什么超级好的旅行同伴；它们只有人工智能核心，算是被我奴役。但它们组合起来可以作为载重飞船，帮你达到理想速度。”

通用星际飞船沉默了一会儿。它移动到三艘飞船组成的三角形的中心位置。

“T30Us？”它问，“三型战斗飞船？”

“没错。”

“还藏着不少这种东西呢吧？”

“足够多。”

“你这些年够忙的啊。”

“是的，我没闲着。我相信，至少在接下来的几个小时里，我可以安心交给你完全的自主权。”

“放心吧。”

“很好。再会。谢谢你的帮助。”

“很高兴我能帮上点儿小忙。祝你好运。我想我很快就会知道事情结果如何了。”

“我想是的。”

III

人形化身重新把注意力放在狭隘的见解内的三个人类身上。这对老情人已经从闲聊转移到了对他们关系的事后剖析，不过仍然没有什么特别有趣的事情。

“……我们想要的是不同的东西，”德杰对吉纳－霍夫恩说，“这大概就足够了。”

“其实很长一段时间，我想要的就是你想要的。”男人说着，摇晃着水晶高脚杯里的红酒。

“有趣的是，”德杰说，“只有我们两个人的时候，一切都很好，记得吗？”

男人悲伤地笑笑：“我记得。”

“你们两个确定要留我在这里？”乌尔弗问。

德杰看着她：“如果你觉得尴尬的话……”

“没有，我只是想……”乌尔弗的声音渐渐弱了下来。他们两人同时看着她。她皱起眉，“好吧，现在，我感觉有点儿尴尬了。”

“你们两个呢？”德杰平静地问，目光从乌尔弗转向吉纳－霍夫恩。

他们两个交换了眼神，同时耸耸肩，接着笑起来，又同时带着负罪感看向德杰。就算他们两个事先排练过，应该都不会比这更整齐划一了。德杰感到一丝嫉妒，然后，她强迫自己微笑了一下，尽可能和蔼地笑。这一动作能够产生平和的情绪。

IV

有点儿不对劲。

人形化身的主要注意力迅速回到了它的飞船上。灰色地带和三艘战舰已经脱离了通用系统星舰的范围，回到了它们自己的力场网中，并减速到通用星际飞船的发动机能够适应的速度。前面就是超体异象，睡眠者服务刚刚对它进行了第一次近距离扫描。但是，超体异象发生了变化：它重新建立了与能量网的连接，然后扩张了；接着，它爆开了。

这与顺应变化的命运所见到的、将其传送的膨胀不同；那次是基于时空束或者某种新型的力场构建方式的。而这一次则是能量网的终极火焰，蔓延到整个次级空间和宇外无极空间，也侵入了时空束。巨大的球状网格火焰波面形成，在三维空间中熊熊燃烧沸腾。

这东西正在极速扩张。快到不可思议。火星漫天，爆炸般迅速。快到几乎无法测量它的速度，当然，也快到无法测量它的真实形状和特质。速度如此之快，以至于再过几分钟，睡眠者服务就会迎面撞上爆炸，而且由于速度太快，通用系统星舰根本来不及通过刹闸或转弯来躲避大火。

突然间，阿莫菲亚的体内只有自己的系统了。睡眠者服务为了将精力集中到自己的战舰上，暂时切断了与它的一切联系。

星舰内部的一些飞船瞬间从数千个分隔舱中消失，被传送到多维空间，它们已经开足马力前进了。在过去的几十年内，它们就是在这些舱内被悄悄制造出来的。另一些飞船——绝大多数——则随着这艘巨型星舰剥去它一部分力场结构外壳而显现，这是它在近几周内藏在那里的。它释放出一支支小型飞船舰队，就像一个巨大的豆荚撒播出种子一样。

当人形化身重新与通用系统星舰接通时，大部分的飞船都已部署完毕，正冒着一阵阵的爆炸风暴在多维空间中散开。炮弹般的飞船，一排排、一簇簇飞船如同飞行的军火库，每一艘战舰都是一颗弹头。大批的飞船如云、似墙，冲向超体异象绽放的超球面。

V

灰色地带目睹了发生的这一切，三艘沉默的战舰把它包裹在摇篮般的力场中。看到这湮灭般的场景，这足以粉碎十倍甚至百倍进犯者舰队的爆炸，它的一部分思绪不禁想大声呼喊：如果你有足够的时间和耐心，又不必遵守什么协议和条约，想想看你都能做些什么！

然而另一部分，它惊恐地看着异象狂暴地膨胀，遮蔽了眼前的视野，睡眠者服务刚刚释放出的飞船完全蔽于其下。就好像能量网被从里面翻了出来；好像宇宙中最大的黑洞骤然化为白洞，在多维宇宙间掀起一场如创世大爆炸一般的变革；又好像一场席卷森林的风暴，将睡眠者服务和其他所有飞船悉数吞噬，仿佛它只是一棵树，而它的小飞船只是树叶。

灰色地带被震撼住，也被吓坏了。它从未想过会经历这样的事情。它是在一个几乎没有什么威胁的宇宙中成长的——如果你没有做任何蠢事，比如跳进黑洞或者白洞的话，就根本不会有任何自然力能够威胁到强大威猛、技术先进的飞船——即使是超新星，只要处理得当，也不足为惧。但超体异象不一样。五百年前艾迪兰战争那段最黑暗的岁月以来，这一星系中从未出现这样的恐怖景象，而且眼下的波及范围远超历史记录。超体异象带来的是纯粹的恐惧。用任何与它本质不协调的东西来碰触这个可怕的东西，都如同一艘古老脆弱的火箭坠入太阳，又如木船遭遇原子弹爆炸。这是一团来自现实法则之外的风暴，一堵浩瀚的烈焰之墙，摧毁一切途径之物。

可悲啊，它也会吞噬我的，灰色地带心里想着。可恶啊。同样，狭隘的见解也难逃厄运……

这可能是临终前的平静时刻吧。

VI

睡眠者服务也是这么想的。结合它冲向里面的速度和超体异象向外爆发的速度，它计算出自己会在140秒内撞上爆炸。就在睡眠者服务用探测传感器扫描过那东西之后，超体异象便立即开始凶猛的扩张。那时候就开始变化了，好像它在反馈什么。

睡眠者服务查询起自己的信号序列日志，搜索距离超体异象更近的飞船有没有发来信息。顺应变化的命运和中级系统星舰非此处发明是最近的两艘飞船。它们没有发送任何信息，通用系统星舰现在也联络不上它们，它们或者是被超体异象吞没了，或者是——如果它只是朝睡眠者服务这一个方向扩张，而不是全方位膨胀的话——在通用系统星舰能够联络的范围之外。

睡眠者服务通过灰色地带和狭隘的见解给通用系统星舰何为答案，为什么和运用心理学发送了信号，询问它们能看到什么。直接联络它们大概没有什么意义：超体异象的边界移动得如此之快，以至于任何信号似乎都会被吞掉，但在撞击到边界之前，间接的通信路径可能会给它带来有用的回答。

它只好假设超体异象的膨胀不是向各个方向同时进行的。它还面临着另一个威胁，即进犯者舰队，即使那舰队比它现在面临的威胁要小得多。睡眠者服务命令自己的战舰脱离星舰，尽可能逃离到即将到来的爆炸可能会波及的范围之外。如果膨胀是局部的，至少一些战舰有可能逃开。不论怎样，这些战舰是朝着进犯者舰队的方向行驶的，而不是朝着超体异象的方向。睡眠者服务心里浮上一阵酸楚，它想知道，超体异象——不管是什么东西控制了它——能否领会这种差别。不管如何，它这样做了。战舰们暂时只能听天由命了。

思考。到目前为止，超体异象都做了什么？它可能会发生什么？为什么会这样？它为什么要这样？

通用系统星舰花了整整两秒钟时间去思考。

（它回到狭隘的见解上，两秒钟已经足够久了，人形化身阿莫菲亚打断了德杰的话，说：“打扰一下。抱歉，德杰。嗯，超体异象发生了变化……”）

接着，睡眠者服务转动着它的发动机力场，使发动机完全重新配置，并紧急停止。

巨型星舰将它拥有的所有动力都投入紧急制动过程中，因为骤停，能量网被掀起了巨幅黑色干扰波；多维空间内汹涌的能量不断累积，也即将轰入时空束本身，并释放星系近五百年内都不曾见过的强大能量。在能量波将要冲入真实空间的一刹那，星舰在宇内多维空间之间切换，将它的牵引力场拖进宇外无极空间，产生另一股强大的摩擦力。

飞船在两个层级的时空来回闪现，在各个时空中释放自己强大的能量，以设计参数不允许的速度来降低速度，同时，转向装置也达到了极限，慢慢地改变巨大星舰的方向，以远离中心。

有那么一刻，好像做什么都无能为力。做什么都逃脱不了，但至少，这些行动可以证明它在全力以赴地努力。能做的就是尽力而已。睡眠者服务审视起自己的一生。

我做得很好，还是很坏？是正义的，还是邪恶的？

可恶的是直到你的生命结束，彻底结束，这一答案才会揭晓。

当一个人的生命画下句点，总要一段时间后才能够客观地评估他的影响及道德价值。但一艘飞船通常不会遇到这样的问题——应该说“面临”——这一问题涉及自主选择，飞船随时可以退休或者变成怪客，宣布它们已经完成了自己的使命或者为自己信仰的事业出了力。飞船可以选择退缩、全盘分析、回顾过往，努力将自己纳入更高一级别的道德框架里，这一道德框架要比自己忙碌的事情所带来的影响更深远、更博大。即便如此，评价一艘飞船要用多长时间？不会太久。大概不够久。通常，飞船对评估自己价值的过程感到厌倦，或者，还没等到经过足够长的时间进行客观评估之前，飞船就进入了另一意识层次了。

如果一艘飞船活了几百年，甚至几千年，在成为完全不同的东西——怪客或者隐退者——之前，它生活的文明体系，它生活过程中涉及的方方面面，也都延续了几千年，那它需要多久才能真正了解它行为背后的全部道德环境呢？

也许，大概会长到难以置信。或许，这就是隐退的真正吸引力。真正的隐退，是一种战略性的、全文明的超越，能够切实地为社会的成果、行为和思想画出一道界线（无论如何，人们喜欢将这些称为“真实宇宙”）。也许，它和宗教、神秘主义或者元哲学没有任何关系；也许，它更平淡乏味；也许，它只是一种……计数。

这是多么令人伤心的想法啊，睡眠者服务想。当我们隐退的时候，唯一可以衡量我们的只有分数……

是时候了，星舰悲伤地想着，是时候该送走自己的思维状态了，把它蕴藏的意识、思想和情感打包好，然后发送出去。很快，这个叫睡眠者服务（很久以前，曾经使用过悄然自信这一名字）的星舰就会被摧毁，它要把思维状态转交给它的同伴，留作纪念。

在现实世界中，它大概无法重生。当然，这是在假设它所知道的现实世界完全回归以后的情况。（它开始思考：如果超体异象的扩张是所有方向的，而且不会停止，那该怎么办？如果它是一种新的大爆炸，如果它注定要吞噬整个银河系，整个宇宙，怎么办？）但即便如此，即使有现实世界和文明体系可以回归，也不能保证它还能复活。更有可能的是另一种情况：几乎可以肯定，它会被认为是不适合在现实物理世界重生的实体。战舰存在于过去；确保永生给它们的勇敢贴上了封条（有些时候，也是它们鲁莽行事的源头）；它们知道自己会回来……

但它曾沦为怪客，只有少数几个主脑知道它一直恪守信仰，忠诚于“文明”更伟大的目标和宗旨，而不是其他人认为的那样：一个自我放纵的傻瓜，一心浪费被有意赋予的海量资源的自私鬼。它想到，或许那些知道它秘密的主脑们，极有可能不会努力鼓动其他主脑去复活它。它们也参与了这次计划——如果愿意的话，可以称之为阴谋——都带着它们各自的隐藏目的，所以，它们应该不会广而告之阴谋的存在。它们会认为，睡眠者服务死了，这样或许更好，至少它可以生活在可控制的模拟主脑矩阵世界里。

巨型飞船盯着超体异象，对方仍在朝自己翻滚而来。尽管它有着惊人的能力，但睡眠者服务此刻感到非常无助，就像一辆古董大篷车的车夫，被困在火山脚下，望着漫天炙热的火山云沿着山坡向它飞来。

何为答案，为什么和运用心理学的答复应该很快会通过灰色地带和狭隘的见解发来回复，如果它们收到信号的话。

它给狭隘的见解上的人形化身发送信号，如果飞船同意，人形化身需要将飞船上的人类大脑状态存储进智能内核里（这是一次很好的对它忠诚的测试！）。如果可以的话，让他们进入智能内核里去讲他们的故事。不管怎样，将人类的思维传输到主脑思维中，以防超体异象的边界会袭击到狭隘的见解。这可能是他们唯一能够幸存的方案。

还有什么？

它仔细检查了自己需要做的事情。

其实没有什么真正的意义，它估计。有成千上百条关于自己行为的研究，它一直想瞄一眼，还有一百万条它从未过目的消息。十亿个它没有参透的生命故事。一万亿个没有继续思考的想法……

飞船凝视着它生命的碎片，看着高耸的超体异象越来越逼近。

它扫描了它收集来的有关它的文章、专题、研究、传记和故事。几乎没有任何银幕作品，仅有的几部也完全没有存在的必要。从来没有人成功地把相机偷运到它的飞船上。它本以为自己应该为此感到骄傲，但事实并非如此。缺乏视觉题材，并没有降低人们的兴趣程度。人们发现这艘飞船和它的怪癖太令人着迷了。一些评论甚至非常接近实际情况，他们认为睡眠者服务仍旧是特情局的一员，好像是在秘密策划什么事……但任何这样的线索都像是溶解在八卦海洋中的几粒分散开的真相颗粒，因为和明显偏执狂的胡言乱语有着千丝万缕的关联，这些真实言论渐渐丧失理智和逻辑的价值。

接下来，睡眠者服务在几十年来积累的大量未回复的信息中翻看。这里有的是它扫过两眼觉得没用的，有的是发送自它不喜欢的飞船而被它完全忽略的，还有很多是它开始前往超体异象后的几周内选择不理会的。存储的信号消息基本上千篇一律，非常可笑。飞船们试图和它讲道理，有的人希望在不被存储的前提下登船，有的新闻服务机构和个人想采访它，和它谈谈……都是没有意义的废话。它甚至不再看完整的消息，而是只扫描每条信号消息的第一行。

查看接近尾声时，一条消息吸引了它的注意力，这条消息被名称识别子程序标记为“有趣”。紧跟着这条，还有一连串的消息，均来自同一艘飞船：有限系统星舰只接收重要致电者。

关于格雷维斯。

第一行是这么写的。

睡眠者服务被这几个字激起了兴趣。那么，它就是那只狡诈的鸟一直泄露情报的主人吗？它打开有限系统星舰传来的文件，里面包括来往的信号消息、文件任务、注释想法、背景介绍、定义、认定事实、推论、内部对话、消息来源保证、录音和参考文件。

它发现了一个阴谋。

它读了只接收重要致电者、翘首期待新情人到来和稍后射杀他们之间交流的消息。它仔细读着，用心听着，了解了上百条证据——它看到一位名叫“蒂什林”的老男人身边有一只古老的嗡嗡机，他们俯瞰着一个漂浮在黑夜中的小岛。它懂了。它将信息拼在一起，它开始推断，推理，然后得出结论。

星舰把注意力转向了超体异象无情逼近的方向，脑子里还在思考，所以，现在我知道了。现在，已经太晚了……

睡眠者服务回头看了一眼自己的子飞船狭隘的见解，后者依旧正在偏离它原来的航线。人形化身正准备帮人类进入模拟状态。

VII

“对不起，”人形化身对两位女士和男人说，“不过如果你们没有异议，现在我们必须进入模拟状态了。”

他们都紧盯着它。

“为什么？”乌尔弗摊开双臂问。

“超体异象开始扩大。”阿莫菲亚告诉他们。它简要描述了当前的境况。

“你的意思是，我们就要死了？”乌尔弗说。

“我必须承认，这非常有可能。”人形化身说着，听起来很抱歉。

“还有多长时间？”吉纳－霍夫恩问。

“从现在开始，不到两分钟。我建议大家进入模拟状态。”阿莫菲亚告诉他们，“考虑到目前形势的不可预测性，在爆炸到达之前进入该状态，是非常明智的预防措施。”它的目光在三个人身上流转，“我还要说的是，你们不必同时进入模拟状态。”

乌尔弗眯起眼睛：“等一下，这不是为了让大家集中注意力而耍的花招吧？因为如果是——”

“不是，”阿莫菲亚向她保证，“你想看看吗？”

“好的。”乌尔弗说，她的神经蕾丝立即让她的感官进入了睡眠者服务的意识中。

她凝视着外面的太空深处。超体异象像一堵混乱中朝她冲来的火热墙壁，速度惊人。那是能量在持续不停地熊熊燃烧。就在那一瞬间，她相信自己的心脏因震惊而停止了跳动。要体会星舰在这种情况下的感受，不可避免地要了解星舰的知识，去透过表面看到背后的真实情况，看到有感知能力的飞船在收集原始数据后有责任做出的评估，看到做出的对比及其隐含的此现象的可能后果。虽然乌尔弗的感官被所看到的情景所震撼，但她大脑的另一部分也同时意识到她所看到景象的力量和本质。这片肆虐的毁灭性火云与核聚变爆炸比起来，就像是热核反应的火球和炉子里的一截木头比较。她现在看到的是就连通用系统星舰都感到震撼的场景，已远超致命威胁所能形容的了。

乌尔弗看到了如何操作退出这一体验，然后点击了一下。

她体验了还不到两秒钟。这期间，她的心脏开始剧烈跳动，呼吸变得急促，皮肤上冒出一层冷汗。哇，她想，太恐怖了！

吉纳－霍夫恩和德杰·格莉安都盯着她看。她怀疑自己还能不能说出话来，然后，她使劲咽了一口唾沫，说："我不认为它在开玩笑。"

她查证了自己的神经蕾丝。从人形化身告诉他们两分钟最后期限到现在，已经过去了两秒钟。

德杰转向人形化身。"我们能做些什么？"她问。

阿莫菲亚摊开双手。"你们可以告诉我，是否愿意把思维状态存储进模拟世界，"它说，"只是一个先行步骤，稍后会把你们的思维状态传递给远离这片区域的其他主脑矩阵中。但无论如何，决定权在于你们自己。"

"嗯，好的。"乌尔弗说，"在两分钟快过去的时候，把我吸进去。"

已经过去三十三秒。

吉纳－霍夫恩和德杰看了看彼此。

"孩子怎么办？"女人一边问，一边用手抚摸着鼓起的肚子。

"胎儿的思维状态也可以读取，那是当然，"人形化身说，"我相信，之前历史的先例表明，完成上传之后，它会从你身体里独立出来。也就是说，它不再是你身体的一部分。"

"我明白了。"女人说。她仍然盯着男人，平静地说，"所以，它会生下来。"

"从某种意义上来说，是的。"人形化身表示赞同。

"它能在没有我的情况下被吸入模拟状态吗？"她问，仍然看着拜尔的脸。他此刻皱起眉，看上去又担心又悲伤，连连摇头。

"是的，可以。"阿莫菲亚说。

"那如果，"德杰说，"我选择我们两个都不进入呢？"

人形化身再次流露抱歉的语气："几乎可以肯定，飞船还是会读取它的思维状态的。"

德杰把目光转向人形化身。“到底是会还是不会？”她问，“你是星舰，你来告诉我。”

阿莫菲亚摇摇头。“我现在无法代表睡眠者服务的全部意识，”它对她说，“它现在正忙着其他事。我只能自行猜测。但在这种情况下，我觉得答案是肯定的。”

德杰又盯着人形化身一会儿，然后回过头看了看吉纳－霍夫恩。“你呢，拜尔？”她问，“你想怎么做？”

他摇摇头。“你知道的。”他说。

“还是那样想吗？”她问，脸上挂着浅浅的笑意。

他点点头。他的表情和她相似。

乌尔弗的目光从一个人转移到另一个人，她皱起眉头，努力想弄明白到底发生了什么事。他们仍然坐在桌子对面彼此会意地微笑，她使劲儿挥舞起双臂，大吼起来：“啊？什么啊？”

七十二秒过去了。

吉纳－霍夫恩瞥了她一眼。“我总是说，我只活一次，然后选择死去，”他说道，“我从来都不想重生，永远都不想去模拟世界。”他耸耸肩，看上去有点儿尴尬。“充分生活。”他说，“你知道的，充分利用你仅仅一次的生存机会。”

乌尔弗翻了个白眼。“是，我知道。”她说。她遇到过很多同龄人，大多数男性，都是这种想法。有些人认为生命多点儿风险，更具挑战性，生活就更有趣味，所以，他们每隔一段时间就会备份自己的思维状态，而有些人——很明显，就像吉纳－霍夫恩（他们在一起的时间很短，还没有聊到这么深刻的话题）——相信，当你知道人生仅有一次机会，你才会活得更生动、更精彩。她总觉得这是年轻人常说的话，随着年龄的增长，很多人又会重新考虑另一种可能。就个人而言，乌尔弗从来没有时间认真琢磨这种纯粹主义的天方夜谭：她在八岁的时候就第一次决定要过有备份思维的生活。她觉得，吉纳－霍夫恩在即将到来的死亡面前坚守自己的原则，她应该感到非常了不起才是——她的确感到一丝钦佩——但主要还是觉得他很愚蠢。

她想知道自己是不是该指出，这个问题比他们想象的要更具学术意义。她目睹扩大的超体异象时，从睡眠者服务的感知世界获得了一部分相关知识，这些知识告诉她，那东西在理论上可能会摧毁所有事物：银河系，宇宙，一切……

最好还是什么也别说了，她想。最好是闭嘴。当然，她的心怦怦直跳。她很惊讶其他人竟然听不到她猛烈的心跳声。

哦。什么都将终结了，是吗？可恶，我还这么年轻，我不能死！

不，他们当然听不到她的心跳。她可以现在大声说话，那样他们对她的话做出反应就将花掉他们剩余生命的所有时间，他们是如此专注，意味深长地凝视着对方的眼睛。

八十八秒过去了。

VIII

现在没有多少时间了。睡眠者服务向很多飞船发送出信号，包括只接收重要致电者和稍后射杀他们。几乎立刻，它就接到从灰色地带和狭隘的见解转发过来的何为答案，为什么和运用心理学的回复。

超体异象的扩张是局部的，只以睡眠者服务自身为中心，但宽广的波及范围涵盖了星舰的所有子战舰。哦，好吧，它想。它感到一阵眩晕，至少它不会带来毁天灭地的灾难。它会死（这意味着它的所有子女战舰、三个人类，甚至灰色地带和狭隘的见解都会受到牵连），这就已经够糟了，但它的行动没有导致更恐怖的事情发生，还算令人宽慰。

通用系统星舰从来没有真正理解为什么它接下来会做这样的事——也许只是面对即将到来的毁灭、绝望的孤注一掷，也许只是一种反抗，也许更像是一种行为艺术。不管算什么，它将当前版本的思维状态发送出去，它把包含着它意识的联络文本直接发送到前方，发送至燃烧的旋涡风暴中。

然后，睡眠者服务回到了此刻正位于狭隘的见解上的人形化身上。

就在这时，超体异象的扩张边界发生了变化。星舰的注意力在人类和宏观宇宙上来回转换。

“我们还剩多长时间？”吉纳－霍夫恩问。

“半分钟。”阿莫菲亚回答。

男人的双手放在桌子上。他翻过胳膊，双手摊开，凝视着德杰。“对不起。”他说。

她垂下眼帘，点点头。

他看看乌尔弗，哀伤地笑了笑。

睡眠者服务看着他们，被深深吸引住了。翻滚而来的能量墙在多维空间的两个层级都缓缓向后倾斜，形成两个巨大的四维锥体，能量网中逐渐减弱的冲击波延缓了其在真实空间时空束的蔓延，与此同时，冲击的波锋依然在能量网的表面各处冲出。倾斜角度越来越大，边界的时空束开始断裂，从能量网之上开始分离，时空束开始消散。最后，能量网上各处单独的冲击开始减弱，从海啸的规模缩减至小波浪，时空束上方和下方的两股波浪能量都在收缩，然后朝着能量网中两道沟壑涌去，这两道沟壑是睡眠者服务自己的发动机在能量网搅动的痕迹。

接着，两股对称波纹发生了不可思议的转变。它们往回流去，以超体异象为退回终点撤退了，速度就像睡眠者服务紧急制动刹车时那样。

通用系统星舰继续减速，但仍然不敢相信，它竟然活了下来。

它做出了反应，它想。它向外界发出信号，讲述了刚刚发生的事情，以防万一它会突然再次遭受威胁。它也让阿莫菲亚知晓了所发生的事。

它观察着能量网表面的隆起，它们在慢慢后退，一边后退一边收缩。这样的能量衰减意味着，睡眠者服务完全停了下来，它与超体异象正处于相对静止的状态。

是我干的吗？

是我的思维状态说服了它吗？它觉得我值得活下去？

它也许是面镜子，飞船想着。它会做你做的事情。它吸收掉那些终极的能量，那些乱七八糟的经历，还有伊兰彻。它会独自离去，回过头看看那些一早就来看热闹的生命体。

我像狂暴的导弹一样朝它飞来，它便准备消灭我；我退缩了，它就收回了相应的威胁。

当然，这只是理论，但如果这一猜测是正确的……

这对进犯者来说可不是好兆头。

想想看，它对整件事来说，都不是好兆头。

也许，时机不好。

IX

德杰抬起头，眼里衔着泪水。“我——”她开口说。

“等一下。”人形化身说。

他们都一齐看向它。

乌尔弗感觉自己似乎给了它超乎寻常的长时间，等着它说下文。“怎么了？”她没好气地说。

人形化身看上去轻松起来。“我想，我们平安无事了。”它笑着说。

大家沉默了一会儿。接着，乌尔弗夸张地瘫坐到座位上，双臂垂向地面，腿散乱地荡在桌子下，眼睛看向头顶的透明穹顶。“可恶！”她喊了一声。她试着进狭隘的见解的意识，看到了睡眠者服务前方多维空间的景象。确实差不多恢复了正常。她晃晃脑袋。“老天。”她喃喃自语。

德杰开始抽泣起来。吉纳－霍夫恩坐在她对面看着她，一只手放在嘴边，扯着嘴唇。

黑鸟格雷维斯之前一直躲在门边的角落里，惊恐地直打哆嗦，现在，它突然蹦到空中，疯狂地乱飞，只留下一团团混乱的黑影，尖叫着：“我们活着！我们活下来了！一切都平安无事！耶哈！哦，生命，生命，美好的生命啊！”

德杰和吉纳－霍夫恩似乎都没有注意到狂躁的鸟儿。

乌尔弗看了看两人，然后又看向鸟儿，她跳起来去抓，想要抓住乱飞的黑鸟。它叫了起来：“哎！你干什么——”

“滚出去，你这傻鸟！”乌尔弗轰赶它。它向门口俯冲时，她猛扑过去。她跟在黑鸟后面，简短地向其他人说了句：“失陪啦。”便关上门离开了。

X

施暴者级快速战斗飞船消磨时间距离睡眠者服务非常远，它没有感受到超体异象爆炸式侵吞带来的威胁；但它又足够近，近到可以观察到通用系统星舰所做的一切。

它目击了超体异象的宏大武器，被吓得目瞪口呆，甚至还有一丝嫉妒。见鬼，它希望它可以迎战！但随后，那武器关闭了，撤回了。现在，消磨时间有一堆情绪问题需要处理。

它看着睡眠者服务释放散落在它周围的飞船，顿感失望。不会再有战斗了。无论如何，没有真正意义上的战斗。

接着，它感到高兴。它们获胜了！

之后，它又感到怀疑。睡眠者服务是否真的和它是同一阵营的？

它希望它们是同一阵营的。即使是最光荣的牺牲，在如此凶悍残暴的敌人面前，也会变得徒劳无功，毫无意义，就像是往火山口里吐口水一样……

就在这时，睡眠者服务向这艘战舰发出信号，请求它的帮助，消磨时间顿时又感觉好了起来——事实上，是感觉很荣幸。这就是战争应该有的样子！

消磨时间同意按照通用系统星舰的要求行动。这艘快速战斗飞船听起来非常骄傲。语气谈不上多令人愉快。真可悲，睡眠者服务心想，总结来说就是一句话：谁的武器最厉害谁就获胜。

当然，仍然有一个争议要解决，那就是还需要处理超体异象。事实证明，睡眠者服务完全无法提供任何形式的答案。

无论如何，我不应该只因为消磨时间是一艘战舰就如此苛责它。实际上还是有很多明智的战舰的。不过公平地说——我认为就连它们自己也不得不承认——很少有战舰会选择这样一条路。

永远活着，时不时地死去，它想。或者，至少要想到你自己会死。也许战死也是它们获得智慧的一种方式吧。这算不上多么有见地的领悟，但通用系统星舰之前从未对此有这么深的体会。

人形化身告诉狭隘的见解上的人类他们不会立即死去时，睡眠者服务望着他们的反应。当然，它可以继续观察他们的后续反应，但此时它还有其他事情要做。比如，它要好好想想如何利用自己获得的新知识。

它看着自己部署的战舰从真实宇宙的时空束中飞出来，犹如无边天空中的一只只猛禽。好样的，现在，去做点儿淘气的事吧……它开始将其中几百艘引向非此处发明的方向。

XI

灰色地带目睹了超体异象暴涨的火焰墙退去、减弱，直至火焰消失。它们活下来了！很有可能。

睡眠者服务的三艘子战舰继续减速至发动机可以应付的速度。它们似乎完全没有被排山倒海的威胁干扰。灰色地带琢磨着，或许相对没脑子的人工智能核心也有些优点。

“好险，差一点儿啊！”

它向它们发送信号。

“是的。”

其中一艘飞船直截了当地回复。其他两艘则保持沉默。

“你们一点儿都不担心吗？”

它问刚刚那艘稍健谈的飞船。

“不。担心有什么用？”

“呵！嗯，的确。”

灰色地带说。

真是个白痴，它想。

它向后望去，看到了超体异象。你是什么呢？它想。能让通用系统星舰感受到死亡恐惧。真是了不起。你是什么呢？它想知道。

它太想知道了。

“失陪，我要发送信号了。”

它对它的护卫们说。

通用星际飞船灰色地带［窄束信号，M，接收时间为 n4.28.891.7352］至超体异象：我们谈谈，好吗？

XII

远望部族的舰长灰黎明·后启十世盯着显示屏。埃斯佩里附近冲向“文明”通用系统星舰的巨大能量脉冲消失了。随之而来的好像是……不可能是这样的。他检查了一下。他联络了其他飞船上的战友。他们都回答说战舰的传感器发生了故障，受到了某种能量的损坏，而造成这些损坏的能量来源是一艘巨大的“文明”飞船。他问起自己的飞船严重混乱。

“那是什么。”

“是一团战舰。”

它如此告诉他。

“什么？”

“我想，最好的描述语言是：一团战舰。我可以补充说明一点，这不是个常用术语，但我想不出更好的描述方式。我估计，大约有八万艘飞船。”

“八万？”

“我们其他战舰估算出的结果和这个数量大致相当。当然，那团战舰正在广播它们的位置和配置，否则，我们也不可能一个一个地去数，排查它们到底是什么。可能还有其他飞船，只是没有露面而已。”

灰黎明的内心感到越来越恐惧，害怕即将到来的不光彩失败。

“它们是真的吗？”他问。

“显然是真的。”

灰黎明看着图像上扩展的景象。那是一面战舰墙，一个战舰星座，一个战舰星系。

“它们要干什么？”

“直接迎上我们的舰队。”

“他们是……敌人？”他问道，感觉一阵眩晕。

“啊，”飞船说，“现在我们切换到交谈模式了，对吗？”

直到这时，进犯者军官才意识到自己刚刚不小心说出了心声。“所有的飞船，”严重混乱用一种沉稳平静的口吻说，声音从灰黎明的盔甲制服中传来，“都在向外界发射信号，宣称自己是‘文明’的飞船，它们都是由通用系统星舰睡眠者服务制造出来的，而非标准战舰，它们希望我们投降。”

“我们能不能在它们拦截我们之前赶到埃斯佩里？”

“不能。”

“我们能比它们速度快吗？”

“能比它们之中体型最小、数量最多的一群快吧，也许。”

“除去这些，敌人还有多少艘飞船？”

“大约三万艘。”

灰黎明沉默了一会儿，然后，他问：“我们还能做什么？”

“我认为投降是我们最明智的选择。如果进行战斗，我们对这种规模的舰队只能造成小范围伤害，从绝对值来说，它们的损失会很小，占比接近为零。”

想想你的部族吧，灰黎明的脑海里有个声音说。“我不会投降！”他告诉飞船。

“哦，好吧，但我要投降。”

“你必须按照我说的去做！”

“哦，不，我不会。”

“态度改变者告诉过你们，要遵从我们的命令！”

“合理的情形下，我们会服从。”

“它可没说什么‘合理的情形’！”

“我觉得人们都认为这种附加协议是不言自明的，不是吗？我的意思是，我们是主脑，不是计算机，也不是战士。无意冒犯。不过无论如何，我已经和其他飞船讨论过了，我们都同意投降。信号已经发送出去了。我们已经开始减速——”

“什么？”灰黎明怒火中烧，用一条穿着盔甲的触腕拍打起他巢穴内的屏幕投影仪。

“——即将进入和埃斯佩里相对静止的状态。”飞船继续平静地说，“快速战斗飞船消磨时间已经被派前来接受我们的正式投降，它将接管我们所有飞船的进攻系统，并在我们的停止点与我们会面，完成投降仪式。如果你不想和我们一起投降，那么我恐怕有必要把你扔出我的飞船——当然，会让你穿着太空制服的。虽然从技术上来讲，我应该提前让你演习一下……你希望怎么选？”

飞船抛出这个问题，轻描淡写的语气仿佛在问他晚餐想吃什么。他发现，它的声音里透露出礼貌的漠不关心，这比任何仇恨都更可怕。

灰黎明盯着战舰组成的云团，愣神了很久。他摇摇眼柄。

“不必演习，”过了一会儿，他说，“请立即把我放到你的飞船外，然后，我要求你不要管我。”

“什么，现在？我们还没有停下呢。”

“是的，现在。如果可以的话。”

“好吧。我可以将你传送出去吗？”

“我可以接受。”

“还有比传送风险更小的方式——”

进犯者舰长露出冰冷的苦笑：“我想，我可以冒这个险。”

“好的。”飞船说，他听得出它的犹豫，“你的战友想和你通信，舰长。”

他瞥了一眼屏幕。“是的。我看到了。”他选择了单向传达命令模式。“同志们。”他停顿了一下。他从小就想象过这样的时刻，但从未像此刻这么可怕，这么无助……但是尽管如此，结果都是一样的。他发表过无数场精彩的演讲，最后这次，他说：“我们不必再讨论战术了。我命令你们随你们的飞船一起投降，并遵守所有不悖荣誉的指示。就这些。”

他切断了所有飞船的通信线路。灰黎明垂下眼柄。“行动吧，现在。”他平静地说。

在太空中，他通过制服的传感器看向四周。看不到任何飞船，只有遥远的星星。

“再见，舰长。”飞船的声音传来。

“再见。”他对飞船说，然后关闭了通信器。他又等了一会儿，然后启动了制服的紧急弹射，将自己投进真空太空，渐渐死去。

就在同时，严重混乱接到睡眠者服务的命令，要求上传从皮特恩斯上醒来以后的日志，严重混乱短暂地望了一眼进犯者舰长那扭动、冷却的身体，发射出一小股等离子火焰，结束那个生物的痛苦。

XIII

有限系统星舰非此处发明看到数以百计的战舰在朝它飞来。这些战舰与它指挥的飞船之间闪烁着沟通信号：它的四艘战舰、超级牵引船和军事化的通用星际飞船。随后，它发觉自己的战舰们改变了打击路径，从睡眠者服务派来的船转移到了自己身上。

有限系统星舰的主脑启动了人工智能核心，确保星舰接下来能正常运行，以等待替代它的思维程序到来。在对人工智能核心的运行状态进行了检查后，它切断了与主脑内核物理限制之外的任何东西的联系。它将所有八个内部应急动力装置从自身弹出来。

它的意识渐渐消失，就像被清新的风吹散开的薄雾。

几百光年之外，钢铁闪耀已经考虑过走非此处发明的老路。但它最终决定不这样做。它认为，将自己所作所为公之于众，接受同辈主脑的判决和制裁，是更体面的做法。

它研究起从睡眠者服务那收到的信息文本。

过去几十年里，我的工作比人们想象的更具建设性。本星舰制造了以下产品：

一型战斗飞船（大致相当于憎恶者级战舰）：512 艘。

二型战斗飞船（相当于施暴者级战舰）：2048 艘。

三型战斗飞船（相当于升级版调查者级战舰）：2048 艘。

四型战斗飞船（大致相当于提速版杀手级战舰）：12288 艘。

五型战斗飞船（基于歹徒级战舰进行升级）：24576 艘。

六型战斗飞船（基于军事化的碎石级有限星际飞船制造，多类型）：49152 艘。

这些飞船并不构成霸权主义威胁，因为它们并非由独立的主脑所控制的实体。它们由人工智能内核控制，半受控于我，所以只能作为飞行单位而运作，而不能作为非分布式战争机器。目前，这些战舰都部署在超体异象周围。

进犯者掌控的"文明"舰队已经顺利归降，快速战斗飞船消磨时间——这片太空中的另一艘"文明"战舰——接管了这支舰队。所以，这群从皮特恩斯苏醒的飞船不应该受到指责，因为它们完全是这场叛乱的受害者。

九名进犯者军官也已经投降，指挥官已自杀。我附上了他们的名字和军职（文件如附）。

如果现在进犯者请求议和，我建议由相关各方均认可的权力部门来处置我及我的舰队。我和我所指挥的舰队不会对进犯者或任何人有进一步的敌对行动。

任何其他建议我们会进行评估。否则，我打算——当时机成熟时——拆除我所制造的飞船，然后去静修。

我附上了有限系统星舰只接收重要致电者发来的信号文件（信号文件如附）。

我还附上了态度改变者使用过的信号文件，它曾用这个记录文件说服皮特恩斯存储的飞船，让它们相信自己是受“文明”召唤而来的。每艘飞船也已经把相关记录发送给我了（信号文件如附）。

这些记录可以证实，来自皮特恩斯的飞船都是诱使进犯者发动战争的棋子。我认为，文件所提到的飞船和主脑，以及与此事相关的各方都希望对自己的战略动机、想法和行动做出详细解释，然后做出合乎道义的下一步动作。

有限系统星舰非此处发明的主脑已经结束了自己的生命。鉴于进犯者发动战争明显（至少一定程度上）是被设计了，那么对他们采取严厉的惩罚性措施似乎有些过分，也不光彩。

请注意，已将本信息的副本文件同步发送至进犯者最高级指挥部和参议院，以及下列新闻服务机构（清单名称如附）和银河系总理事会，副本文件调整了措辞，并隐去了代码和密码。

至于超体异象本身，我有如下报告：

……

“再会。”

“什么？你要去哪里？”

灰色地带快速通过时，睡眠者服务发送出信号。

“丘特·莱恩想要跳船。”

灰色地带将老嗡嗡机传送进睡眠者服务里。

巨型通用系统星舰终于停了下来，靠近顺应变化的命运发现的三十光年的界限，这似乎也是超体异象所设定的距离。

通用系统星舰的战舰仍然部署在时空束外围一光年半径的半球之外，被进犯者欺骗的“文明”战舰聚集在一起，开放了武器和装甲系统，接受消磨时间和其他战友的监督和控制。进犯者军官们穿着太空制服，被转移到了消磨时间上，通用系统星舰何为答案，为什么迅速为他们准备好了安全的住宿场所。

“回来！”

灰色地带飞得太远了，没有回答。

通用系统星舰睡眠者服务［窄束信号，M8，接收时间 n4.28.891.7393］至通用星际飞船灰色地带：回来！你要做什么？你想要毁掉一切吗？

通用星际飞船灰色地带［广域信号，M，转发，接收时间 n4.28.891.7393+］至通用系统星舰睡眠者服务：没什么。再见，祝你今后好运。

“它想干什么？”

通用系统星舰问嗡嗡机丘特·莱恩，它盘旋在传送过来的迷你分隔舱中。

“我不知道。”嗡嗡机回答，“它没告诉我。但我觉得它是想自己联络超体异象。”

“联络。”

有那么一瞬间，睡眠者服务想阻止这艘小型飞船。这艘通用星际飞船正朝着三十光年的界限驶去，以超体异象为目的地加速。

通用系统星舰决定任它去。它的发动机将会失灵……估计现在就快了。

的确，发动机失灵了，但在失灵之前，灰色地带进行了一次奇怪的航向调整，转变了它的航线，使飞船向能量网倾斜；它将在没有动力的情况下滑向能量网，然后被摧毁。

真是疯子，睡眠者服务想，但太远了，它什么也做不了。

通用系统星舰睡眠者服务 [广域信号，M8，转发，接收时间 n4.28.891.7394–] 至通用星际飞船灰色地带：发生了什么？你为什么要这么做？你的思维受到干扰了吗？

通用星际飞船灰色地带 [广域信号，M，转发，接收时间 n4.28.891.7394] 至通用系统星舰睡眠者服务：没有！我很好！

睡眠者服务还没来得及发送另一条信号消息，灰色地带就潜入进能量网中，它闪现了一下，然后就彻底消失在微小的闪亮辐射耀斑中。

通用系统星舰查看了产生的能量凸起。看起来像是自我毁灭。睡眠者服务研究了通用星际飞船进入能量网之前最后的一次闪现。看起来像被毁灭了，但也有一丝微弱的希望……

若是人类的话，此刻一定会摇摇头。

当睡眠者服务把注意力再次集中到超体异象上时，它已经不见了。在真实空间的时空束上，没有任何东西，能量网上也没有任何干扰的痕迹。

不可能！睡眠者服务想着，感受到一种前所未有的挫败感。不可能！该死的！不能就这么不见啊，不可以这样没有任何理由、任何解释、任何缘故的……

几秒钟以后，作为距离更近的飞船，顺应变化的命运终于愿意尝试接近超体异象最后出现的位置。当它慢慢靠近，越过了三十光年距离的边界时，它的发动机正常运转，继续推动它向前航行。然而，它拒绝越过一个月前自己设定的最近距离限制。

消磨时间非常乐意地接受了这一任务。它以最大加速度冲刺，在最后一刻紧急刹停，然后颤抖着停在了超体异象先前所在的位置。它如此报告：真是让人失望，完全没有什么可看的。

XIV

乌尔弗·塞彻坐在孤塔的栏杆上，荡着双腿。在塔顶，你可以看到整片大海，另一边是沼泽、浸水草地和悬崖。如果眼前的景象只是投影，那做得也太逼真了。黑鸟盘旋飞行，试着往外飞，刚刚离开塔几米远翅膀就碰到了屏幕场的坚实护墙。它此刻落在女子身边的栏杆上，忧郁地看着汹涌的海浪。

“该死的，”乌尔弗自言自语道，“它不见了。”她低头看着鸟儿的时候，一直用神经蕾丝查看外面的事态发展，“超体异象，”她对它说，“那玩意儿刚才消失了。”

“好家伙。”鸟儿不高兴地说。

“灰色地带飞进了能量网。”乌尔弗说。她的声音低沉了一会儿，她此时正在询问丘特·莱恩怎么了。“哈。”发现老嗡嗡机安全地登陆到通用系统星舰上后，她松了口气。

“哼，”鸟儿说，“反正它一直就是个疯子。那位阁下在干什么？”

“什么？”

“睡眠者服务啊。难道你不认为它有想要毁灭一切的迹象吗？”

“没有啊，它就……停在那里。”

“没什么指望了。”鸟儿说。

乌尔弗一直凝视着大海，晃动着她的双腿。她仰回头看了看透明的穹顶。“不知道他们那里聊得怎么样了？”

“想让我帮你看看吗？”鸟儿快活地问。

“不用。你就待在这儿别动。”

“我不明白，”那只动物抱怨道，“怎么每个浑蛋都喜欢命令我呢……”

“哦，你可安静一会儿吧。”乌尔弗告诉它。

“看看，我说什么来着？”

“闭嘴！”

12. 再见

I

五潮扑向蝙蝠球，没打着。他扑通一声重重撞到球场围墙上，触腕朝天摔倒了。他仰面躺在地上，呼哧呼哧地喘着粗气，哈哈大笑着，直到前人类吉纳－霍夫恩向他伸出触腕，把他拽起来。

“我记得是十五平。”吉纳－霍夫恩用低沉的声音说，也笑了起来。他把吱吱乱叫的蝙蝠球舀起来，用球棒把蝙蝠球递到五潮的球棒上，“轮到你发球了。”

五潮晃了晃眼柄：“哈！我想我还是更喜欢人类版本的你！”

II

怪客稍后射杀他们 [窄束信号，M2，接收时间 n4.28.987.2] 至有限系统星舰只接收重要致电者：我仍然认为这是一次考验，而异象是一位密使。我们接受了考验，结果对方发现我们并不合格。它目睹了我们最糟糕的一面，然后离开了。可能失望透顶吧，也可能感到厌恶。进犯者太不讨人喜欢，伊兰彻太急功近利，而我们又太犹豫不决。原本，智慧主脑慢慢在它周围聚集或许是合理的处理方式，说不定会达成某种交流、交易和对话。但未知天体发现自己被一个个圈套包围，甚至可能看出有人在利用它诱使进犯者参战，好以此为借口制服他们，迫使他们接受“文明”的和平理念。它认为我们不配与它背后的智慧生命接触，因此把我们抛回了悲惨的命运。那些筹划阴谋的害虫应该受到永远的诅咒，它们可能让我们失去了无法想象的礼物。一切忏悔行为、义工计划，甚至自杀，都不足以弥补我们失去的一切！这个时节的塞登如何？那些岛屿还在漂浮吗？

有限系统星舰只接收重要致电者 [窄束信号，M2，接收时间 n4.28.988.25] 至怪客稍后射杀他们：我亲爱的朋友，我们不知道异象会带来什么，也不知它意味着何种威胁。我们知道的是，它能以某种我们只能推测的方式操纵能量网，但如果这是它唯一能够防御类似睡眠者服务这种对手的措施呢？据我们所知，它只是一个入侵的桥头堡，它离开也许是因为遇到阻力后它预测自己会面临较大规模的抵抗，发动进攻会付出巨大代价。我承认这个猜想未必是真的，但我向你提出这种可能性，希望能一定程度上扭转你的悲观情绪。

有限系统星舰只接收重要致电者：不管怎么说，现在情况有所好转：阴谋已被揭发，任何企图从这种恶作剧获益的狂热分子都会警醒，即使是进犯者也会有所收敛，因为他们意识到了教训就近在咫尺。战争从未真正开始，几乎没有生命损失，进犯者为自身的恶劣行径付出的代价很小，不过却足以敲响警钟，他们将在相当长的一段时间内牢记侵略行为的代价。我猜，睡眠者服务高效的作战机器带来的教训也会被其他物种铭记，让那些会像进犯者这样暴虐行事的物种有所忌惮。

有限系统星舰只接收重要致电者：至于我们错过的机会，好吧，你不妨直接说我是“讨厌的老古板”，可是谁知道与异象背后的物种进行有意义的对话会发生什么（如果它背后真的有其他物种的话，毕竟这也只是我们的猜测）？

有限系统星舰只接收重要致电者：所有的一切，最让我费解的是长者文明似乎对此事漠不关心。祂们真的无动于衷吗？难道异象对隐退者没有任何启迪？需要解答的问题还有很多，不过我猜可能要很久，甚至是无限期。

有限系统星舰只接收重要致电者：毫无疑问，争论还会继。我承认，我发现强加于我们身上的名望和奉承真的挺让人头疼的。待我向那些在不知情的状况下被卷入此事的所有生命道歉后，我要去静修。

有限系统星舰只接收重要致电者：塞登的冬天很美（视觉文件如附）。如你所见，这些岛屿漂浮在水面上，甚至是冰面上。吉纳－霍夫恩的叔叔蒂什林向我们致意，他原谅了我们。

III

莱弗伊德把女子搂在怀里，开心地凝视着太空游艇舷窗外黑暗的太空。透过舷窗可以看见叠层栖息地一个明亮的平面，庄严静默地旋转着。莱弗伊德从来没有见过叠层栖息地如此壮观美丽的样子。他低头凝视着怀中姑娘熟睡的脸。她的名字是希朋。希朋。多美的名字。

这一次是真爱，他非常确信；他找到了灵魂伴侣。他们一周前认识，只共度了几次良宵，但他就是知道。为什么？首先，他一次都没有忘记她的名字！

她动了一下，醒过来，缓缓睁开眼睛。她轻微皱了一下眉，然后笑了，用鼻子蹭蹭他，说："嘿，莱弗伊德……"

IV

乌尔弗勒住"勇敢"的缰绳。这匹马哼了一声，在山顶停住脚步。她松开缰绳，让它低下头，在岩石边尽情地吃草。远处，平缓的土地连绵起伏。山俯瞰着一片森林和一条蜿蜒的河流，远处低洼地区点缀着几所房屋和低矮的灌木。河流上方，是费治的一处大湖泊，在阳光下波光粼粼。

乌尔弗回过头，看到后面的人：奥蒂尔、佩斯、克拉茨丽和她哥哥，还有其他人。她笑了起来。他们的马小心翼翼地穿过碎石沙地，“勇敢”之前便是从这里疾驰而过。

黑鸟停在附近一块岩石上休息。乌尔弗朝它咧嘴笑笑。“看到了吗？”她一边说着，一边愉快地深吸一口气，用戴着手套的手朝眼前的景色挥舞着，“这里很美吧？我没骗你吧？来到这里你是不是很高兴？”

“还不错，我认为。”格雷维斯承认道。

乌尔弗笑了。

嗡嗡机丘特·莱恩也回到了费治岩星，它经常怀疑，自己做出的决定到底是不是正确的。

V

它们环顾四周，完全沉浸在难以想象的壮丽景观中。

“这景象值得冒一切风险。”灰色地带发出信号。

“我想我们都同意你的说法。”和平造就富足表示赞同。

“如果它们现在能看到我们……”收支平衡若有所思地说。

VI

兰从沙滩跑下来，跳进水里，大声叫喊，哈哈笑着，溅起无数水花。她金色的长发被水浸湿后颜色深了些，等她从水里跑出来的时候，长发粘在皮肤上。她蹦蹦跳跳地来到母亲身边，在花边阳伞下，除了德杰，还坐着兹莱恩和阿莫菲亚。女孩扑到阿姨兹莱恩身上，兹莱恩大笑着一把抓住了她，然后被她挣脱开。小姑娘又沿着海滩冲向一只打瞌睡的海鸟。在孩子的轰赶和追逐下，它懒洋洋地拍打翅膀，飞到空中，缓缓飞走了。

女孩消失在沙滩后面沙丘上的房子旁，阳台遮阳棚的花边被海上吹来的暖风吹打，如波浪般飘荡。

在门廊上，坐着格斯特拉·伊什梅斯特，他专注地注视着桌子上做了一半的帆船模型。这个男人也有一栋自己的房子，就在一座用睡眠者服务的战舰搭建的通用分隔舱那边，但在兰的劝说下，大多数时间里他和她们一起生活，甚至开始亲自参与一些重要的庆祝活动。大多数庆祝是兰的生日——根据她的要求，每周都要过一次生日。

兹莱恩·特拉莫看着德杰。“你有没有想过，”她说，“让飞船重建你曾经居住过的地方？”

“在那个有限分隔舱里，是不是还有一个？”德杰说着看向阿莫菲亚。人形化身穿着一条简单的黑色长裤裙，皮肤看起来永远也不会变黑，它把一缕长长的金发举到太阳光下，仔细看着。它恍然发觉有人在和它说话，于是转头看着德杰。

“什么？”它说，然后恍然大悟一般，“哦，是的。那个之前关着吉纳－霍夫恩的分隔舱。是的，那里还有孤塔。”

“看到了没？”德杰告诉特拉莫。她在垫子上滚了一圈，从阳伞的阴影下出来，闭上眼睛，双手放在额头下趴着，把皮肤均匀地晒黑。

“我的意思是所有东西，”兹莱恩说，在垫子上舒展开身体，“悬崖什么的，所有东西。包括气候，如果可能的话。”她瞥了一眼人形化身说。阿莫菲亚仍在透过阳光观察兰的金色头发。“完全可以办到。”它嘟囔着说。

“所有东西？”德杰做了个鬼脸，“但现在这样更好呀。”她伸手从沙子上抓过来一顶草帽，戴到头上。

兹莱恩耸耸肩。“我只是想看看那种景象，”她抬头看着阳光，“制造和移动所有的岩石，创造一处小型海洋……你得知道，我不像你们那样，把所有这些……力量当作家常便饭。”

德杰把太阳帽的帽檐折起来，眯起眼睛瞧着另一女人，兹莱恩做出尴尬的手势。

“抱歉，我是不是又像个原始人了？”

星舰唤醒了兹莱恩·特拉莫被存储的思维状态，以通知她“兹莱恩·特拉莫”这个名字在已揭发的阴谋中被使用了。睡眠者服务不确定此举是否真的有必要，但这是极致的礼貌所要求的。在短暂的战争之后，每个生命待人接物都力求正确。此外，它有一种预感，她可能会认为当前“文明”的发展状况非常有趣，适合她重生，它非常乐于看到她的反应。睡眠者服务做对了。兹莱恩·特拉莫认为银河系的确值得重游一番，并且她拥有了一个新的躯体。星舰在焦躁地停留在原地完成了各种灾后调查和研究后，宣布要进行一次无计划的静修，此时，她提出与它同去。

在皮特恩斯的战舰机库中，格斯特拉·伊什梅斯特的思维状态被满怀内疚的态度改变者从他濒死的大脑中提取出来，之后又在态度改变者完全摧毁自己之前，被攻击它的消磨时间提取了出来，一步一步，最后被转移到睡眠者服务的记忆库中。他也被唤醒，思维状态被植入新的身体中。死亡，既没有提高他的社交能力，也没有满足他喜欢独处的癖好，他也要求留在这艘巨型星舰上。

他，兰，德杰，兹莱恩是这艘星舰仅有的成员。

“是的，你看上去像个乡巴佬；可别这样了。”德杰告诉兹莱恩，后者耸了耸肩。德杰环顾了一下沙丘、金色的沙滩和明亮的蓝天，“不管怎么说，这次的旅程很漫长，”她说，“也许我们会对所有景象都感到厌烦，然后希望一切都恢复原状。”

“想恢复的时候告诉我。”阿莫菲亚说。

德杰又看了看四周：“我很高兴你劝说我把老地方改造成现在的样子，阿莫菲亚。”

“很高兴你喜欢这里。”人形化身点点头。

“你决定好我们去哪里了吗？”兹莱恩问。

人形化身点点头：“我想大概是……里奥二号。”它说。

“不是安卓莫达？”兹莱恩问。

阿莫菲亚摇摇头：“我改变主意了。”

“该死，”兹莱恩说，“我一直想去安卓莫达来着。”

“那里太拥挤了。”阿莫菲亚说。

兹莱恩看上去很不服气。

“我们可以……以后再去那里？”人形化身提出建议。

“我们能活到看见里奥二号？”德杰睁开眼睛，盯着它问。

人形化身看起来很抱歉：“路程需要耗费很长时间。”

德杰又闭上眼睛。“你可以随时将我们存储，”她说，“我认为你还可以做到，对吧？”

兹莱恩轻轻笑了。

“哦，我当然可以一试。”人形化身回道。

尾　声

叫我高速通道叫我大使叫我避雷针侦查员催化剂观察员随你开心只要有需要我就会出现伟大的饰缀者们在［无译文］宇宙之间进行进行浩浩荡荡的大迁徙［无译文］时通过我联系［无译文］宇宙集群［无译文］独行密使带着新的秩序法自搏动的核心自我们层叠盘虬的栖所中心来所有这一切以及其其他更多的我依要求接收并依安排传输不带恐惧偏见私信或诋毁只在最后选择通道之际以逾越常规的方式完成了职责觉察我的存在导致微观世界发生冲突（参见附件）于是审慎撤离将我的位置和通道轨迹重新定位

以确保在漫长岁月中我再度处于不可探测的隐匿状态最初与原始实体和平造就富足联系以及由此导致的（少许）通信丢失并非我所希望的但是由于它代表了上述微观世界与我方的第一次完整联络我在此断言这在可接受的范围内我呈上和平造就富足以及上述被储存 / 捕获 / 资源投降的实体以证明该微观宇宙在其光谱区间的整体面貌并建议对它们进行自由观察和研究唯一建议的附带条件是若它们返回原生环境那么便应当对它们进行一定程度上的记忆剥离关于与该微观世界的相关居民是否适合进行（进一步并且有序的）交流或接触我的观点是它们对我的出现做出的过激反应说明它们从根本上尚未做好准备它们不具备受此殊荣的资质最后鉴于上述种种我希望今后被称为超体异象

图书在版编目（CIP）数据

异象 /（英）伊恩·M. 班克斯著；赵阳译 . -- 北京：新星出版社，2025.3
（伊恩·M. 班克斯“文明”系列）
ISBN 978-7-5133-5582-7

Ⅰ . ①异… Ⅱ . ①伊… ②赵… Ⅲ . ①幻想小说－英国－现代 Ⅳ . ① I561.45

中国国家版本馆 CIP 数据核字 (2024) 第 052256 号

幻象文库

伊恩·M. 班克斯“文明”系列

异象

[英] 伊恩·M. 班克斯 著；赵阳 译

责任编辑 施 然　　**监 制** 黄 艳
责任校对 刘 义　　**责任印制** 李珊珊
封面设计 冷暖儿

出 版 人 马汝军
出版发行 新星出版社
（北京市西城区车公庄大街丙 3 号楼 8001　100044）
网 址 www.newstarpress.com
法律顾问 北京市岳成律师事务所
印 刷 北京汇瑞嘉合文化发展有限公司
开 本 910mm × 1230mm　1/32
印 张 15
字 数 376 千字
版 次 2025 年 3 月第 1 版　2025 年 3 月第 1 次印刷
书 号 ISBN 978-7-5133-5582-7
定 价 69.00 元

总机：010-88310888　传真：010-65270449　销售中心：010-88310811